수아의 산수화

수아의 산수화

1쇄 발행일 | 2023년 01월 25일

지은이 | 심우정
펴낸이 | 윤영수
펴낸곳 | 문학나무
편집 기획 | 03085 서울 종로구 동숭4나길 28-1 예일하우스 301호
이메일 | mhnmoo@hanmail.net

출판등록 | 제312-2011-000064호 1991. 1. 5.
영업 마케팅부 | 전화 | 02-302-1250, 팩스 | 02-302-1251
ⓒ심우정, 2023

ISBN 979-11-5629-157-2 03810

수아의 산수화

심우정 장편소설

문학나무

ㅅㅣ ㅁㅇㅜㅈㅓ ㅇㅈㅏ ㅇㅍㅕㄴㅅㅗㅅㅓㄹ

차례

수아의 산수화

1
정월비원

할아버지 얼굴빛이 점점 창백해지고 있었다. 가냘프게 이어지던 숨소리마저 희미해져서 멎어버린 듯했다. 이미 늦어버린 건 아닐까? 간이 콩알만 해진 수아가 할아버지 코끝에 손을 댔다. 손가락 끝에 옅은 콧김이 느껴진다. 마음이 조금 놓인다. 그것도 잠시였고 다시금 밀려드는 불안에 오금이 저려 온다. 수아는 초조한 마음으로 바깥의 기척에 귀를 기우렸다. 사랑 마당을 가로질러오는 숙부의 발걸음 소리가 좀처럼 들려오지 않았다.

숙부가 오고, 단지를 하면 할아버지는 곧바로 괜찮아질 것이다.

애타는 마음을 누르면서 수아는 방안의 정경을 훑어보았다. 세발소반이 눈에 들어온다. 소반 위에는 굵은 실타래와 솜, 무명베와 칼이 단정하게 놓였다. 소반 옆 방바닥에는 깨끗하게 닦인 도마가 놓여있었다. 평소에는 고방 안에 있던 것으로 명절이나 잔치 때 떡을 썰었던 도마였다. 문득

수아의 산수화

소반 위에서 칼이 날을 번뜩였다. 살을 에는 듯 차가운 빛이다. 스치고 지나치는 섬뜩한 기운에 수아는 자신도 모르게 몸을 흠칫 떨었다. 잘 벼른 탓일까? 칼날 쪽으로 둥그스름하게 휘어진 칼이 희번덕거렸다. 눈을 부라리고 쳐다보는 듯했다.

칼은 예전부터 군데군데 싯누런 녹을 피우고서 사랑방 문갑 맨 아래 칸에 들어있었다. 어느 틈에 말끔하게 닦여서 푸른빛을 발하고 있었다. 숙부의 솜씨일 터였다. 감색 비단에 자색 봉새가 수놓아진 칼집은 보이지 않았다.

발자국 소리가 들렸다. 문이 열리고 숙부가 방안으로 들어섰다. 할아버지를 살펴보는 숙부의 얼굴빛이 어두웠다. 수아를 바라보는 표정에는 근엄하면서도 근심이 배어있었다. 숙부의 우뚝한 콧날이 여느 때보다 예민해보였다.

수아는 숙부 앞으로 바투 다가앉았다. 속으론 무섭고 겁이 났지만 내색하지 않으려고 애쓰면서, 왼손을 쫙 펴서 도마 위에 얹었다. 숙부가 수아의 손가락들 중에서 약지를 골라잡았다. 수아는 주먹을 꽉 쥐면서 될 수 있는 대로 새끼손가락만 쭉 펴려고 노력했다. 주먹 쥔 수아의 손 위에 숙부는 자신의 손을 얹었다. 숙부의 커다란 손이 손등을 덮자, 수아는 어쩐지 안심이 되었다. 숙부가 수아의 손을 꾹 누르면서 소반 위의 칼을 잡았다. 칼날이 둘째마디에서 손톱 쪽으로 조금씩 옮겨갔다. 조심조심 옮겨가던 칼끝은 손톱이 시작되는 곳 조금 못 미쳐서 잠시 멎었다가 다시 움직이더니, 첫째마디 쯤에서 멈췄다. 숙부가 칼날을 세웠다. 손등을 덮은 숙부의 손바닥이 땀에 젖은 채 미세하게 떨렸다. 겁이 났다. 숙부를 슬쩍 쳐다보았다. 숙부의 표정은 더욱 굳어있었다. 단칼에 조카의 손가락 끝마디를 잘라내지 못할까를 염려하는 숙부의 마음을 느낄 수 있었다. 숙부와 눈길이 마주치자 수아가 고개를 끄덕였다. 그리고 두 눈을 꼭 감았다.

뜨거운 불에 덴 것처럼 화끈했다. 활활 타오르는 불길에 살점이 타들어가는 듯했다. 곧이어 매서운 통증이 시작되었다. 무서웠다. 눈을 뜰 수조차 없었다. 잘려나간 손가락을 본다는 사실에 겁이 났다. 자신도 모르는 사이에 악 하고 소리쳐서 일을 그르치게 된다면? 그것이야말로 두려운 일이었다. 그렇지만 수아는 용기를 냈다. 눈을 똑바로 떴다. 새빨간 선혈이 뭉툭하게 잘린 약지 끝에서 주르르 흘러내리고 있었다. 숙부가 할아버지의 몸을 아주 조금 일으켜 안고서, 피가 엇나가지 않고 오롯이 할아버지 입속으로 흘러들어가도록 애쓰는 게 보였다. 선혈은 막힘없이 흘렀고 알맞은 각도에서 할아버지의 입속으로 자연스럽게 흘러들었다. 수아는 조금 어찔했다. 몸속의 기운이 모두 빠져나가는 듯도 했다. 첫닭 우는 소리가 들렸다.

통증은 시시각각 다르게 찾아왔다. 손가락에 불이 난 듯했던 처음의 놀라움이 사라지기도 전에 날카로운 아픔이 시작되었다. 소리를 내지 않으려고 눈을 질끈 감았지만 몸속을 가득 채운 지독한 통증은 신음소리가 되어서 저절로 입 밖으로 새어나오려고 했다.

아픔의 강도는 점점 심해졌다. 종내에는 예리한 칼날이 가슴속을 후벼 파는 듯했다. 새끼손가락 첫마디가 잘렸는데 통증은 왜 가슴속에서 나오는지 알 수 없었다. 그렇다고 해도 아프다고 소리를 질러서는 아니 된다. 만사가 정성이라고 했다. 눈물을 흘리는 요사한 행위는 정성을 의심 받을 수 있었다. 혹여 경망스럽게 굴어서 약효가 발원되지 못하고 할아버지가 돌아가시는 불상사가 일어난다면 그것보다 더 큰 불효와 수치는 없을 터였다. 그런 일이 일어나서는 안 되었다. 평생 고개를 들고 다닐 수 없을지도 모르는 일이었다. 기껏 정성단지를 한다면서 생손가락을 잘라대더니 아프다고 소릴 질러대서 약효는 고사하고 망신살만 뻗쳤다는 소문이 일가친척은 물론이고 주위의 사람들에게 파다하게 퍼져나갈 것이다. 수아는 이를 악물었다. 일각일각 다르게 다가오는 통증들을 되도록 생생하게 기억하려고 노력하는 것만이 고통을 잠재울 수 있다고 생각했다. 아픔에도 시간의 흐름에 따라 그 느낌을 달리한다는 것을 수아는 처음 알았다.

오밤중에 할아버지가 까무러쳤다는 것을 알았을 때 수아는 손가락을 이빨로 깨물어 피를 내려고 했다. 깨물어 흘린 피 몇 방울 드려봐야 별 효험이 없다는 말이 생각났다. 숙부에게 청했다. 정성단지를 하면 할아버지가 깨어나실 듯하다고. 예전부터 다급할 때 써왔던 비상처방이라는 것을 익히 알고 있을 테지만 숙부는 즉답을 하지 않았다. 숙부도 결정하기가 어려웠을 것이다. 조카딸의 손가락 자르는 일을 어찌 쉽게 결정할 수 있겠는가.

한의원에 보낸 심부름꾼이 빈손으로 돌아왔다. 할아버지의 상태는 호전될 기미조차 없었다. 자칫하다가는 약 한 첩 써보지도 못하고 큰일을 당할 수도 있었다. 잠을 자다가 급사했다는 사람들이 많이 있다는 소문이 여기저기에서 많이 들리기도 했다. 달리 뾰족한 방법이 없었던 숙부도 수아의 뜻대로 해보자면서 덧붙여 말했다. 하필이면 형님도 계시지 않을 때 이런 일이 생기다니, 형님을 무슨 낯으로 보냐 말이다. 또 한 가지 걱정이 있다. 유근에게 물어보지 않아도 괜찮겠느냐? 숙부는 수아의 정혼자인 유근이나 그 집안에서 싫어하지 않을까를 염려하고 있었다. 괜찮아요, 나쁜 일이 아닌데요. 수아는 씩씩하게 대답했다. 사실 나쁜 마음으로 하는 일이 아니지 않는가? 문제될 게 있을 까닭이 없었다. 더구나 군장교가 된 유근은 너무 먼 곳에 있어서 의논할 상황이 아니었다. 마침 정월대보름을 맞이하기 위해서 목욕재계까지 한 상태여서 수아는 자신의 정성을 믿을 만하다고 생각했다. 마음을 굳히기 쉬웠다.

먼동이 트고 있었다. 어느 사이 새벽이었다. 희뿌옇게 밝은 빛이 창호지를 뚫고 방안으로 스며들었다. 가물거리는 정신을 꼭 붙들고 있던 수아의 귓속으로 숙부의 목소리가 파고들었다.

"아버님, 정신이 좀 드십니까?"

할아버지의 가슴에 손을 얹고 있던 숙부가 말했다. 나직했지만 떨리는 목소리였다. 수아도 할아버지 곁에 바싹 다가앉았다. 할아버지의 코끝에 손을 대보던 숙부가 수아를 돌아보면서 말했다.

"미세하지만 분명한 온기다. 약하지만 안정된 숨소리다."

수아는 할아버지의 손을 꼭 잡았다. 약간의 온기가 느껴졌다. 수아의 왼손 약지에서는 아직도 선혈이 조금씩 새어 나오고 있었다.

"수아야, 할아버지 깨어나셨나?"

숙모의 목소리가 들렸다. 곧바로 방문이 열렸다. 미음이 담긴 쟁반을 두 손으로 받쳐 들고 방안으로 들어온 숙모가 수아의 손을 내려다보고는 곧바로 방안을 휘둘러보았다. 숙모의 눈길을 따라서 수아도 방안을 둘러보았다. 변한 건 없었다. 다만 도마 위에는 아직도 잘린 약지의 첫마디가 그대로 놓여있었다. 깜짝 놀란 듯 숙모는 들고 있던 쟁반을 그대로 방바닥에 내려놓고는, 그것을 상 위에 있던 무명천으로 감싸 쥐었다. 그리고 작은 목소리로 중얼거렸다. 양지바른 곳에 잘 묻어야겠구먼, 이어서 숙부를 힐끗 쳐다보면서 들릴 듯 말 듯 말했다.

"아를 잡겠심더."

숙모는 소반 위의 솜을 집어서 수아의 잘린 약지 끝에 대었다. 하얀 솜은 금세 새빨갛게 물들어갔다. 무명천으로 수아의 새끼손가락을 동여매려던 숙모는 미심쩍은 눈빛으로 또다시 숙부를 힐끗 쳐다본 다음 수아에게 말했다.

"쪼매 기다리거래이."

밖으로 나간 숙모가 된장이 담긴 보시기를 들고 왔다. 숙모는 아직도 조금씩 핏물이 배어나오는 수아의 손가락에서 솜을 떼어내고 된장을 붙였다. 수아는 깜짝 놀랐다. 기절할 듯했다. 따가웠다. 뾰족한 가시 수백 개가 동시에 마구잡이로 잘린 곳을 찔러대는 듯했다. 온몸이 저절로 덜덜 떨렸다. 숙모가 무명천으로 꼭꼭 싸매면서 말했다.

"따갑제?"

"예."

대답하는 수아의 목소리가 어눌했다. 혀가 마음대로 돌아가지 않았다. 심한 통증 때문에 정신까지 몽롱했다. 대답한 사람이 자신인지 딴사람인지 헷갈릴 정도였다. 아픔을 잊기 위하여 수아는 딴청을 피우듯 할아버지를 바라보았다. 할아버지는 생기가 돌아오는 듯했지만 아직은 확실하게 마음을 놓을 수 없는 듯했다. 숙모가 숙부에게 물었다.

"돌아오셨지예?"

"아직."

숙부가 짧게 대답했다. 수아는 목덜미로 쏟아지는 숙모의 시선을 느꼈다. 숙모를 쳐다보았다. 애잔한 눈으로 자신을 바라보는 숙모와 시선이 마주쳤다. 참았던 서러움이 울컥 올라왔지만 수아는 가까스로 참아냈다. 어머니와 오라버니가 행방불명되고 난 다음부터 수아를 알뜰하게 챙겨온 숙모였다. 숙모가 수아의 머리를 쓰다듬으면서 말했다.

"걱정 말거래이. 우리 수아 정성을 봐서라도 꼭 일어나실 끼다."

"그랬으면 좋겠어요."

"걱정 말래두."

"할아버지는 어머니와 오라버니 걱정으로 기력이 쇠하신 거여요."

"그럴지도 모르지. 하루아침에 장손과 큰 자부를 잃어버리셨는데 어찌 멀쩡하시겠노? 그렇지만 어쩌겠노. 일이 그렇게 돼버렸는데. 단디 마음먹고 다시 찾아봐야제. 수아야, 마음을 굳게 먹어야 된다. 여기서 주저앉아뿔면 안 되는 기라."

숙모는 죽이 놓인 쟁반을 끌어당기면서 말을 이었다.

"미음 좀 끓였다. 마이 놀랐을 낀데. 놀란 속 달래는 것은 미음이 최고다. 흑임자도 살짝 갈아 넣었다. 우선 놀란 속이나 좀 달래자. 억수로 놀랬을 낀데."

"작은어머니도 참. 할아버지가 드셔야 제가 먹지요."

"괘안타. 할아버지도 다 이해하실끼다."

숙모는 흑임자미음을 한 숟가락 뜨더니 억지로 수아의 손에 들려주었다. 아무런 맛도 느낄 수 없었지만 워낙 물처럼 묽은 죽이어서 저절로 목으로 넘어갔다. 반 그릇쯤 비웠을 때였다. 잠자코 할아버지의 용태를 살피던 숙부가 수아의 손을 잡으면서 말했다.

"할아버지 깨어나셨다. 수아야, 정말 고생했다."

"예……."

수아는 왠지 눈물이 났다.

"걱정 말거라. 좋은 소식 있을 거다. 여러 방면으로 연줄을 대어서 찾고 있으니 곧 무슨 연락이 있지 않겠느냐?"

숙부가 수아의 등을 두드리며 말했다. 이어서 숙부는 숙모를 돌아보면서 물었다.

"집에 마이신 사다둔 거 있나?"

"떨어졌어예. 저번에 당신 발등 다쳤을 때 다 묵고는 미처 사다놓질 못했어예."

"날 밝으면 약국부터 갔다 와야겠구먼. 수아는 건너가 쉬어라."

수아는 할아버지의 손을 잡아보았다. 따뜻했다. 숨소리도 편안했다. 아직 말씀은 하시지 않으시지만 깨어나신 것만은 틀림없었다. 비로소 안심이 된 수아는 전신의 힘이 모두 빠져나간 듯 그 자리에 풀썩 쓰러졌다. 질긴 끈처럼 몸을 옥죄고 있던 긴장이 풀려나가자 수아는 그만 맥을 놓아버렸다.

"수아야, 수아야, 정신줄 꼭 잡고 있어라이."

숙모의 외침이 수아의 귓속으로 파고들었다. 숙부에게 업혀서 건넌방에 눕혀지면서도 수아는 통째로 정신을 잃지 않으려고 애썼다. 꿈속인지 잠속인지 혼혼해지는 의식 중에서도 생각 한 가닥을 줄곧 붙잡고 있었다. 어머니와 오라버니를 찾아야한다는. 도대체 어떻게 된 일일까? 마산상고 국어교사인 오라버니는 겨울방학인데 집에 오지 않았다. 공부할 게 있다는 말만 들었다. 어머니는 반찬과 인절미를 준비하여 오라버니에게 갔다. 얼굴만 보고 선걸음에 돌아온다면서 새벽 첫차에 오르던 어머니의 뒷모습이 방금 일어난 일처럼 생생했다. 자꾸만 수아의 눈앞에 어른거렸다.

　수아가 기력을 차렸을 때는 날이 완전히 밝아있었다. 윗목에는 조각상보를 덮은 상이 놓여있었다. 상보를 걷었다. 오곡밥이었다. 강낭콩 차조 수수 팥 서리태가 어우러진 오곡밥은 달짝지근한 향기를 뿜어냈다. 아홉 나물과 빨갛게 고추물이 우러난 나박김치와 김, 두부를 큼직하게 썰어 넣은 된장찌개와 호두와 땅콩까지 놓였다. 맛있어 보였다. 호박고지볶음은 아버지가 좋아했고, 고사리볶음과 무나물은 어머니가 즐기셨다. 오라버니는 뭘 잘 먹더라? 도라지볶음이었나? 가지나물이었나? 수아는 문득 목이 매어왔다. 잘린 손가락 끝머리가 아직도 찌릿찌릿 아팠다. 정월달이 반이나 지나도록 생사조차 모르는 어머니와 오라버니. 생각만으로도 한량없이 서글퍼진다. 그런대도 오곡밥에 입맛이 당긴다. 죄스러운 일이다. 수아는 상을 아랫목으로 조심스레 끌어당겼다. 젓가락을 들어 오곡밥 속의 강낭콩 한 알을 집어먹었다. 금방 고소한 맛이 입안을 가득 채웠다. 호박고 지나물 한 젓가락을 입에 넣는데 숙모가 동동주 술병을 들고 들어온다.

"일어났나? 귀밝이술도 마셔야제?"

"작은어머니는 드셨어요?"

"아이다. 같이 먹자. 할아버지도 미음 드셨다. 이제 마음 놓아도 될 듯하다."

"다행이에요. 숙부님과 숙모님께서도 고생 많으셨어요."

"우리가 남이가? 그런 인사 안 해도 된다. 수아가 큰일 했구마."

"그럴까요?"

"그렇다마다."

"재숙이는요? 혼자 집에 있는 거 아니겠지요? 무서울 텐데."

"어제저녁참에 재영이 왔으이께 걱정 말아."

마음이 놓였다. 수아는 젓가락질을 하다가 문득 멈췄다. 가족들이 즐겨먹던 반찬들을 물끄러미 내려다보았다. 지금 어머니와 오라비의 생사도 모르면서 오곡밥이 맛나다고 꾸역꾸역 먹는 자신이 한심하다는 생각을 지울 수 없었다. 죄를 짓고 있는 듯해서였다. 모처럼 달래지던 속이 또다시 오그라졌다. 숙모는 아무 내색도 하지 않았다. 나물과 된장찌개와 김 등을 수아 앞으로 자꾸만 밀었다. 동동주까지 따라 놓았다. 고사리가 부드럽게 볶아졌으니 먹어라. 부름을 깨물어라. 귀밝이술을 마셔라. 이것저것 먹기를 권했다. 수아의 밥숟가락 위에 아주까리 나물을 펴서 올려놓고는 숙모가 말했다. 목소리가 젖어있었다.

"쌈을 싸 먹어야 해. 좋은 일들을 쌈으로 싸서 데려오게."

"제발 좋은 일이 일어났으면…… 기적처럼."

"하모, 그럴끼다. 새벽부터 복조리꾼들이 들이닥쳐서 복을 퍼주고 갔데이."

"몇이나 왔는데요?"

"안 헤아려 봤는데? 아마 열은 넘었을 걸."

"동네 애들이 모두 온 건 아니네요."

"다 일가들이지. 타성바지 애들은 안 왔어."

어른들이 단속한 모양이었다. 보름날이지만 아직은 정월이라 타성바지들끼리는 서로의 집을 출입하지 않는 것을 미덕으로 여기는 게 동네풍습이었다. 수아는 두 손으로 복조리를 들고 부엌문 앞에 서 있었을 아이들의 모습이 선히 떠올랐다. 십여 년 전에는 수아도 그렇게 서 있곤 했다. 그 시절이 그리웠다. 그때는 아버지와 어머니, 오라버니와 함께 아무 일 없이 잘 살고 있었지 않았던가. 오늘 같은 날이면 다 같이 둘러앉아 오곡밥을 먹고 부럼을 깨물고 귀밝이 술을 마시면서 마냥 즐거워하지 않았던가. 세월이 훌쩍 지난 뒤에 악몽 같은 일이 기다리고 있다는 사실을 꿈에도 모르고서 말이다. 어린 시절 수아를 괴롭히던 무섬증이 다시 스멀스멀 전신을 휘감는 듯했다. 다시 무섬증이 찾아온 건 아닐까? 어릴 적에 수아는 유난히 무서움이 많았다. 해마다 복조리에 얻어온 오곡밥을 변소에서 먹었다. 무서움을 타지 않게 된다는 말을 믿었다. 쪼그리고 앉아서 야금야금 씹어 먹다보면 아래 변기통에서 올라오는 똥냄새도 견딜만했다. 그 덕분인지 나이가 들어가면서 차츰차츰 무서움이 덜했다.

"그 아이들도 변소에서 오곡밥 먹을까요?"

"내도 그랬는데, 요즘 아이들은 모르겠구마."

옛일이 떠올랐던지 숙모가 클클 웃었다.

"조금 있다 마이신 묵자. 독한 약이래. 위장 버린다고 꼭 밥 먹고 난 다음 30분 지나서 먹으라카더라. 작은아버지가 신신당부했다."

"작은어머니, 재수오라버니는 왔어요?"

"아이다. 재수는 친구와 어디 들릴 곳이 있다카더라. 재영이와 재식이는 달집 짓는다고 한창 법석을 피우고 있을 끼다. 니는 방에 꼭 붙어있어라. 찬바람 쐬면 덧날 수도 있으니께. 심심하면 라디오 연속극을 듣고. '사랑은 흘러가도' 재미있더라."

"예. 한숨 잘게요. 자꾸 졸리네요."

"당분간 식사는 작은집에서 마련할 테니 애쓰지 말거라."

"많이 힘드실 텐데요."

"괘안타. 한식구끼린데 뭐가 힘들겠노?"

숙모는 약과 물이 담긴 쟁반을 들여놓고 나갔다. 숙모는 일가친척들에게 친절했고 사리분별 또한 분명했다. 동네 사람들도 숙모를 좋아했다.

수아는 라디오를 켰다. 대한반공청년단이 결성되었고, 다수의 학생과 시민들이 신국가보안법 위반으로 검거되었으며, 정부는 반대시위가 곧 끝날 것이라 예상하고 있다는 말소리가 흘러나왔다.

오전 11시 뉴스가 끝났다. 곧 연속극이 시작될 터였다. 어제는 여주인공이 먼 곳으로 떠나버린 연인을 찾으러 가야 할지말지 망설이면서, 점점 불러오는 배를 어루만지는 장면에서 끝났다. 뒷얘기가 궁금했지만 노곤한 피로감이 몰려들었다. 어머니와 오라버니의 소식을 알아오겠다면서 마산에 간 아버지는 언제쯤 반가운 소식을 안고 오시려나? 수아는 할아버지를 뵈러 가야 된다고 생각하면서도 깊은 잠에 빠져들었다. 라디오도 끄지 못했다.

사나이 목숨 걸고 바친 순정 무참히도 밟아놓고……

노래 소리에 수아는 눈을 떴다. 요즘 라디오에서 자주 흘러나오는 유행가였다. 얼마나 잤을까? 마침 대청마루에서 괘종시계가 종을 한 번 쳤다. 오후 한 시가 된 모양이었다. 오늘은 정월 대보름날이다. 하마 달집은 다 지었을까? 문득 달집이 보고 싶었다. 달이 뜰 때 맨 처음으로 달집에 불을 붙일 사람은 누구로 정했을까? 아직 정해지지 않았다면? 작년에는 같은 일가인 순돌이 아주머니가 첫 불을 붙였다. 결혼한 지 5년이 지났건만 아이가 없어 애간장이 탄다는 말을 일가청년들이 들어주었다. 그 효험일까? 지나간 동짓달 중순에 순돌이가 태어났다. 옳다. 그거다. 번개처럼 뇌리에 파고드는 한 생각에 수아는 가슴이 뛰었다. 자리에서 벌떡 일어났다. 그런 기적이 일어날 수도 있을 것이다. 달집에 맨 처음으로 불을 붙일 수만 있다면 어머니와 오라버니를 찾을 수 있을지도 모른다. 수아는 동네 청년들이 달집을 짓고 있을 동구 앞으로 갔다. 정자 옆 우물을 지나치는데 동갑내기 친구 미자가 물을 긷고 있었다. 미자가 수아를 빤히 쳐다보면서 샐쭉 웃었다. 입술을 달싹거리는 품이 무슨 할 말이라도 있는 듯했다. 그러나 미자는 예사롭게 말했다.

"달집 보러 가나베?"

"응. 넌 달맞이 할 때 볼 거야?"

미자가 삐죽이 웃으며 고개를 끄덕였다. 오늘따라 미자가 이상하게 굴었다. 평소 성격은 하고 싶은 말을 참지 못하고 아무렇게나 뱉기 일쑤였다. 기분이 좋은지 자랑이 하고 싶은지 모르겠지만, 입으로는 웃고 표정은 샐쭉한 것이 뭔가 감추고 있는 게 분명했다. 냉랭한 기운까지 느껴졌다. 뭐지? 나한테 서운한 게 있었나? 수아는 고개를 갸웃거리며 생각해봤지만 미자가 서운할 만한 일이 생각나지 않았다. 이따가 만나서 물어보면 알겠지, 수아는 발걸음을 빨리했다.

달집은 동구 앞 두 마지기 재실 논에 짓는다. 해마다 그랬다. 수아가 동네 앞에 갔을 때 동네 청년들이 성씨를 가리

수아의 산수화

지 않고 어울려서 달집을 짓고 있는 중이었다. 조무래기들도 낄낄대면서 생솔가지나 삭정이를 달집에 꽂아댔다. 웬 낯선 사람이 청년들을 쫓아다니면서 나무 그만 베라고 잔소리를 해댔다. 동란 때 벌거숭이가 다 된 산에서 또 나무를 베면 어떻게 하느냐, 달맞이 때 생나무 베는 거 자제하라는 공문이 내려왔다면서 청년들 뒤를 쫄쫄 따라다니고 있었다. 면사무소에서 나온 사람이라고 했다.

"누야, 수아누야!"

재영이었다. 마른솔가지를 한 아름 안고 오면서 수아를 알아보고 소리를 질렀다. 수아도 재영에게 손을 흔들었다. 숙모는 동네아낙들과 한창 이야기 중이었다. 숙모 곁에서 놀던 재숙이 언니야 소리치면서 뛰어왔다. 덩달아 깜짝 놀란 얼굴로 다가온 숙모가 수아를 나무랐다.

"손가락에 바람 든다고 집에 가마이 있으래도."

"작은어머니께 부탁할 게 있어서요."

"뭔데?"

"달집에 첫 불 놓을 사람은 정해졌어요?"

"벌써 정했다카더라. 이번엔 우리 일가 차례가 아니제. 아랫담 강씨로 정했다카더라. 와?"

"제가 할 수 있는 방법은 없을까요?"

"달님에게 빌려고? 나도 그 생각이 나서 운을 떼 봤는데, 안된다카더라. 단칼에 자르더라꼬. 작년에 우리 일가가 했으이 올해는 자기들 차례라 카더라."

"강씨네는 누구차례래요? 사정해보면 양보해주지 않을까
요?"

"꿈도 꾸지 마라. 니 동무 미자 있잖아? 그 집이라카는
데, 말해 봤자 씨도 안 맥힌다."

"미자네는 지지난해에 붙였잖아요?"

"지지난해뿐이야? 그 전전해도 그 전전전해에도 일등으
로 붙였데이."

"강씨들은 불 킬 사람이 없나 봐요? 어떻게 한 집에서만
계속할 수 있대요?"

"남의 집안 애기는 할 것도 없지만서도 육군사관학교 졸
업한 큰아들 잘 되라고 깡촌댁이 마구잡이로 밀어 붙인다
카더라. 워낙 기가 쎄가꼬 집안사람들도 어찌지 못하고 냅
삐둔다카더라. 워낙이 시끄러우니 봐 주고 있다더만."

"미자 오라버니요? 육사 졸업한 강두석 말이에요?"

"맞아. 이름이 두석이었제? 네댓 살 될 때까지 똥오줌도
못 가리더만. 오줌싸개에 어리숙하기가 근동에서 따라갈
애가 없었제. 무슨 조환지 커 갈수록 인물이 훤해. 유별난
깡촌여편네 덕일지도 모르겠지만."

수아는 숙모가 강촌을 깡촌이라 불러대는 게 좀 우습지
만, 숙모의 말이 아주 틀린 말도 아니었기에 동조하는 마음
이 들기도 했다.

"미자엄마가 좀 특별나긴 해요."

"두 말하면 잔소리다. 보다보다 그 여편네처럼 독한 인간

은 내가 처음 본다. 며칠 전에는 생으로 이빨까지 뽑았다카더라."

"예? 생니를 뽑아요? 왜요?"

"미자가 무슨 말 안했어?"

"오다가 우물가에서 미자 만났는데 별 말 없었어요. 왜 생으로 이빨을 뽑았대요?"

"그 여편네 독하기가 독사 같다니까. 긍께, 위아래 두 개씩 합해서 앞니 네 개를 뽑아내야 큰아들 두석인가 돌석인가가 성공한다고 점쟁이가 신점을 쳤다더라. 그 여편네 그 자리에서 이빨 네 개를 사정없이 뽑아버렸다카데."

"어머나, 진짜예요?"

숙모는 끌끌 혀를 차면서 말했다.

"두석인가 돌석인가가 얼매나 잘 되는지 내가 두고 볼 끼다."

좀처럼 남을 험담하지 않는 숙모였는데 유독 미자어머니에게 날을 세우는 게 좀 지나치다는 생각이 들었지만, 그것보다 생니를 뽑았다는 말 때문에 수아는 놀랍기만 했다. 그것도 네 개씩이나! 무당의 말을 듣고 생니를 뽑다니? 미자어머니의 툭 튀어나온 뻐드렁니와 유난스레 붉거진 광대뼈가 선하게 떠올랐다. 수아는 어쩐지 온몸에서 기운이 쑥 빠져 나가는 듯했다. 만약 어머니와 오라버니가 무탈하게 집으로 돌아올 수 있다면서 수아더러 앞 이빨 네 개를 뽑아야만 한다고 말한다면 과연 자신은 뽑아낼 수 있을까? 자신이 없었다. 미자어머니를 찾아가서 달집에 불붙이는 것을 양보해 달라고 아무리 사정해도 절대 안 된다고 할 것이 틀림없었다. 절로 몸이 부르르 떨렸다. 수아는 자신도 모르게 전신이 휘청거렸다. 숙모가 말했다.

"낙심하지 마래이. 달 뜰 때 열심히 비손하면 효험은 똑같으니께. 독하기가 독사 같은 그까짓 깡촌댁에 비할 바가 아니다."

재숙이가 수아의 치마를 잡았다. 숙모가 재숙을 안으면서 말했다.

"집에 가자. 달이 뜨려면 아직 멀었다. 오늘은 5시 55분이란다. 일찍 저녁 먹고 나오면 된다. 해 지면 춥다. 옷을 잘 챙겨 입어야 한다. 할아버지가 걱정하시겠다. 어서 가자."

수아를 바라보면서 숙모가 재촉했다.

숙모가 한 손으로 재숙을 안았다. 또 한 손으로는 수아를 잡고 걸었다.

마당에 들어서자 한약 냄새가 났다. 그사이 숙부가 한약을 달이고 있었다. 흙풍로는 사랑채 앞뜰에 놓였다. 풍로 위에서 약탕기가 자글자글 끓는 소리를 냈다. 할아버지는 그런대로 기운을 차린 듯했지만 숙부의 두 눈은 십 리나 들어가 있었다. 정월보름이라 방앗간 일을 쉬는 숙부는 어젯밤부터 할아버지 곁을 쭉 지켰다. 한의원에 들러서 약도 짓고, 또 달이느라 온 종일 바빴을 것이다. 수아를 본 할아버지는 담담했지만 두 눈에 이슬 같은 게 맺혔다가는 홀쭉한

수아의 산수화

뺨으로 스르르 흘러내렸다. 그 모습을 본 재숙이가 할아버지에게 쪼르르 달려갔다. 두 손으로 할아버지의 뺨에 묻은 물기를 닦으면서 물었다.

"할아버지, 아파서 울어?"

"이제는, 괜찮단다."

재숙을 올려다보면서 할아버지가 말했다. 그다음 숙부에게 물었다.

"내가 얼마나 누워있었지?"

"아버님도 참, 오늘이 대보름이니까 딱 하루 지났습니다."

할아버지가 고개를 끄덕였다.

"하루밖에 지나지 않았건만, 몇 년은 된 것 같구나."

"예, 아버님. 종종 그럴 때가 있지요. 기력이 조금만 더 회복되시면 대구나 진주에 있는 큰 병원에 가서 정밀검사를 받아보시는 게 좋겠어요."

"괜찮다. 유난 필 거 없다."

"호미로 막을 거 가래로 막는다고 합니다. 큰 병 되기 전에 검사 한 번 받아 보는 거지요."

수아가 숙부와 숙모를 바라보면서 말했다.

"작은아버지, 제가 할아버지 곁에 있을게요. 좀 쉬셔요. 작은어머니도요. 어제부터 너무 고생 많으셔요."

"아버님, 미음 끓여 오겠심미더. 애비는 옷을 좀 갈아입어야 합니더."

할아버지가 머리를 끄덕이며 말했다.

"그래라. 고생이 많구나."

숙모가 방을 나가면서 재숙을 불렀다. 재숙은 수아언니와 같이 있겠다고 했다. 숙모는 재숙에게 언니 말을 잘 들어야 된다고 일렀다. 수아도 할아버지 곁에 혼자 있는 것보다는 재숙과 같이 있어서 든든하다고 생각했다. 수아는 장독 속에 갈무리 해둔 강정과 산자와 엿을 꺼내어 재숙에게 주었다. 재숙은 엿부터 먹었다.

아직도 완전히 기력을 되찾지 못한 할아버지가 스르르 눈을 감더니 이내 잠이 들었다. 재숙은 엿을 먹다가 산자를 먹다가 강정을 먹다가 방안을 빙글빙글 돌아다니면서 장난을 쳤다. 그러다가 누워서 발장난을 치더니 어느 사이 할아버지 곁에서 잠이 들었다. 수아는 간간히 약탕기를 살폈다. 풍로 속에는 숯불이 환했다. 혹시라도 약재가 우러나지 않고 졸아버릴까 염려되어 바람구멍을 조금만 열어두었다.

해가 많이 기울었다. 숙부와 숙모가 왔다. 숙모는 흰죽을 끓여왔고, 숙부의 손에는 신문과 한약재가 들려있었다. 다시 보약재를 지어 온 모양이다. 신문은 할아버지가 심심해 하실까 염려되어 가져온 듯했다. 수아는 라디오가 생각났다. 건넌방으로 라디오를 가지러 가려고 방문을 여는데 할아버지가 수아를 불렀다.

"수아야."

"예."

수아는 할아버지 곁에 앉았다.

"괜찮으냐?"

"예, 괜찮아요. 할아버지."

"그래야지. 암, 그래야 되고말고."

그렇지만 할아버지의 목소리에는 기운이 없었다. 완전히 예전처럼 기운을 차리시려면 시간이 더 지나야 될 성싶었다.

수아는 라디오를 가져와 할아버지 머리맡에 놓았다. 그리고 동구 앞으로 갔다.

달집을 본 수아는 깜짝 놀랐다. 참으로 근사했다. 작은 집채만큼 컸다. 한가운데서 중심을 잡고 서 있는 굵은 생소나무의 푸른 잎사귀들이 바깥으로 삐죽삐죽 나와 있었다. 마른 나뭇가지들이 소나무를 빙 둘러쌌다. 빈 공간이 없었다. 생소나무와 마른 나뭇가지 틈새마다 짚단과 마른 나뭇가지들을 차곡차곡 채워 넣었다. 군데군데 이름과 소원을 적은 소지종이가 붙어있었다. 손가락만한 생소나무 가지를 둥글게 만들어 붙인 달문은 달뜨는 쪽에 매달려있었다. 솔잎이 다닥다닥 붙어있는 잔가지로 만들어서 마치 푸른 화관을 보는 듯했다. 달문 한가운데 소지종이 하나가 붙어있었다. '강두석 무병장수 소원성취.' 강두석, 미자 오라비 이름이다.

수아는 할아버지와 양친의 성함과 재민 오라버니와 정혼자 하유근의 이름이 적힌 소지종이를 달문 옆자리에 나란히 붙였다. 수아의 소원이 담긴 소지종이는 달이 뜨기만 하면 곧바로 활활 타오를 터였다. 수아는 곧바로 소원이 성취될 것이라 믿고 싶었다.

한 쪽에서는 매귀굿을 할 풍물패들이 상모가 달린 벙거지와 작은 삿갓을 쓰고 꽹가리와 소고, 장구, 징, 북, 나팔 등을 들고 서 있었다. 허수아비 복장을 하고 턱에서 귀밑까지 숯으로 수염을 그린 달구아저씨도 보였다. 팔산아저씨, 재실고지기 지씨, 미자 사촌인 경수, 장돌뱅이소장수 마씨 등 동네 사람들이 거의 다 모인 듯했다. 모두들 한바탕 신명나게 놀아볼 기세였다. 동네 부녀자들도 많이 나왔다. 아들 둘 데리고 홀로 사는 안금댁, 경수의 신부로 율곡에서 갓 시집온 샘실댁, 웬만해선 집 밖으로 나오지 않던 마씨의 언청이 부인 거창댁까지 나와 있었다. 모두들 달이 뜨기만 기다리고 있었다.

미자엄마 강촌댁이 달문 앞을 왔다 갔다 하면서 보름달이 솟아오를 대암산을 쳐다보고 있었다. 강촌댁 얼굴을 꼼꼼하게 살펴보았다. 앞니 네 개를 뺐다던 숙모의 말은 사실인 모양이었다. 앞 잇몸과 턱주가리까지 탱탱하게 부어올라있었다. 툭 튀어나온 입 모양이 마치 도야지 주둥이를 보는 듯했다. 어쨌거나 온전한 모습이 아니었다. 수아가 알기로는 지금 미자네 형편이 평안하지 않았다. 미자아버지는 중풍으로 자리보존 중이었고, 군인인 두석을 빼고도 미자 아래로 동생이 줄줄이 넷이나 되었다. 미자어머니 혼자서 억척스럽게 집안을 이끌어가는 중이었다.

미자가 보였다. 보통 몸매에 박색도 미색도 아닌 미자는 평소에는 사람들 눈에 잘 띄지 않았는데 오늘따라 유난히 환한 얼굴로 사람들의 시선을 끌고 있었다. 미자는 강촌댁 뒤를 쫑쫑 따라다니면서 수아를 핼끔핼끔 쳐다보았다. 수아는 미자가 핼끔거리며 쳐다보는 시선이 못마땅했다. 미자는 뻐드렁니를 내보이며 자꾸만 환하게 웃었다. 미자에게 뭔가 좋은 일이 있는 모양이라고 짐작했다.

숙모가 왔다. 숙모는 털스웨터 위에 두툼한 점퍼까지 껴입었다. 적당한 키에 살집이 좋은 숙모는 두꺼운 옷 때문에 더욱 두루뭉술한 몸매가 되었다. 뒤뚱거리며 다가온 숙모가 수아의 몸차림을 스윽 훑어보고 난 뒤 말했다.

"두터운 점퍼 입지 그랬어? 춥다."

"춥지 않아요. 내복 껴입었어요."

숙모는 노란색 털모자를 재숙의 머리에 씌우고 털스웨터를 입혀주면서 고개를 끄덕였다. 그때 누군가가 다섯 시 오십오 분이 지났다고 외쳤다. 모두들 대암산이 있는 동쪽을 바라보았다. 공교롭게도 달이 뜨는 자리라고 짐작되는 곳에 검은 구름이 걸려있었다. 하필이면 왜 구름이냐는 탄식이 들려왔다. 누군가가 또 외쳤다. 무곡에서 연기가 올랐다. 덕정 쪽에서도 올랐다. 사람들이 우리 달집에도 불 지르자고 떠들었다.

선수를 빼앗길세라 미자엄마가 냉큼 성냥불을 달문에 대

는 걸 보고 수아도 얼른 성냥불을 켜서 달집과 소지에 붙였다. 불꽃이 화르르 타올랐다.

빌고, 또 빌자. 숙모가 수아의 등을 토닥거리면서 말했다. 숙모가 두 손을 가슴께에 모으고 고개를 숙였다. 수아도 두 손을 모으고 머리를 깊숙이 숙였다. 옆을 보니 재숙이도 숙모를 따라서 고개를 숙이고 있었다. 중얼거리는 소리까지 들렸다. 수아가 물었다.

"우리 숙이는 뭘 빌었나?"

"헤~ 할아버지 빨리 일어나라고 했다. 언니야는?"

재숙이가 헤헤 웃었다. 웃는 얼굴이 티 없이 맑았다. 빠져나간 앞니 대신 하얀 잇몸이 꼬물거렸다. 마치 잇몸이 웃고 있는 듯했다. 일곱 살짜리 사촌동생의 웃음 앞에서 수아는 꽉 쥐고 있던 주먹이 스르르 풀리는 것처럼 그동안의 긴장감이 빠져나가는 듯했다. 이러면 안 되는데, 편안하면 안 되는데 생각하면서도 아주 조금 행복해진 수아가 재숙의 귀에 대고 속삭였다.

"언니야도 똑같이 빌었다."

달집테두리를 빙 돌면서 타오르기 시작한 불꽃은 금방 꼭대기까지 치솟았다. 팔산아저씨가 큰북을 둥둥 쳤다. 매귀꾼들이 꽹가리, 장구, 소고를 치고 나팔을 불면서 활활 타오르는 달집둘레를 빙빙 돌았다. 허수아비 차림새를 한 달구아저씨가 맨 끝에 따랐다. 동네 사람들도 달구아저씨 뒤를 따라가면서 덩실덩실 춤을 추었다. 달집이 내품는 열기

수아의 산수화

와 밝기 때문에 사람들의 얼굴이 모두 붉은색으로 번들거렸다. 달이다, 누군가가 외쳤다. 수아는 대암산 위쪽 하늘을 바라보았다. 달이 있었다. 마침내 달이 구름을 벗어났다. 수아는 또다시 고개를 숙이고서 비손을 했다. 달은 조금 붉은 기운을 내뿜고 있었다. 올 여름은 제법 더울 것 같네, 어쩌나, 미리 더위 막을 준비를 해야 하나? 두런두런 얘기하는 노인들의 말소리가 들렸다.

흥겨운 소리로 달집을 몇 바퀴 돌고 난 굿패가 골목길로 접어들었다. 동네의 골목골목을 누비면서 지신을 위로한 다음 꼭대기 집부터 다시 지신을 밟아 내려오는 게 해마다 정해진 순서였다. 언제나 그랬다. 아이들이 쿵쾅쿵쾅 뒤따라갔다. 집집이 내놓는 유과나 엿을 먼저 먹겠다고 덤비는 아이들의 모습이 선하게 떠올랐다.

숙모가 작은 대야처럼 넓적하게 생긴 다리미에 콩을 담아 왔다. 달집 숯불에 콩을 볶을 셈인 듯했다. 수아도 정월보름 달집에 콩을 볶아먹으면 더위를 타지 않는다는 속설을 들어서 알고 있었다. 밤이 깊어갔다. 활활 타올랐던 달집은 점점 사위어갔다. 숙모가 막대기로 사위어가는 불더미를 휘저었다. 시뻘건 숯불이 가장자리로 쏟아졌다. 숯불 위에 다리미를 흔들어대는 숙모의 얼굴이 붉게 빛났다. 콩이 볶아지면서 탁탁 튀는 소리를 냈다. 사방에 고소한 냄새가 퍼졌다. 볶은 콩 다리미를 들고 노인들 앞으로 다가간 숙모가 흰색 목장갑을 낀 손으로 볶은 콩 한 주먹씩을 노인들에게 건넸다. 어구구, 뜨거워. 콩을 받은 노인들이 반은 웃고 반은 뜨겁다 소리쳤다. 그 모습을 보고 재숙이가 헤헤 웃었다.

"수아야, 집에 가자. 매굿패들이 들이닥칠 때를 대비해야 된다이."

남은 불기운은 해마다 그랬듯이 매굿을 마친 풍물패들이 뒤풀이 겸사겸사해서 막걸리를 마시고 숯을 만들면서 새벽까지 놀 것이다. 노인들 몇이 불을 지키고 있었다. 숙모가 재숙을 업었다. 수아는 다리미를 들었다. 뜨거웠다. 달그락거리는 콩을 흘리게 될까봐 조심조심 걸었다. 다리미를 작은 집까지 가져다주었다. 숙모가 볶은 콩을 작은 바가지에 담아주었다. 콩 한 알을 깨물었다. 고소했다.

할아버지는 고모와 고모부, 숙부와 함께 있었다.

수아가 유과와 강정, 수정과를 놓은 다과상을 내놓으면서 물었다.

"고모, 저녁은 드셨어요?"

"먹고 왔다. 우리 수아, 큰일 했구마. 마이 놀랬지?"

"아니요, 괜찮아요."

"유근이랑 같이 왔다. 너 찾는다고 갔는데 못 만났냐?"

반가웠다. 유근이 오다니. 급한 마음에 방문을 열고 나오는데 할아버지가 말했다.

"매굿패 오면 쌀과 다과 내는 거 잊지 마라."

"예, 할아버지. 챙겨두었어요."

뜰에는 약탕기가 보글거리며 한약 냄새를 풍겼다. 유근은 어디 있을까? 고모와 유근은 한 동네에 살았다. 유근이 휴가차 고향에 왔다가 고모와 동행하게 된 모양이라고 짐작했다. 대문을 나서는데 유근이 마주 들어왔다.

"잘 있었어? 보고 싶었어."

유근이 웃으며 수아의 손을 꼭 잡았다. 유근에게 손을 잡힌 수아가 귓불을 붉게 물들이면서 배시시 웃었다. 그때 풍물소리가 크게 들리면서 매굿패가 마당으로 들어섰다. 사랑에서 나온 숙부가 약풍로를 사랑채 축담 위 가장자리로 옮겼다.

매굿패가 마당을 빙빙 돌면서 꽹가리와 징을 치고 나팔을 불고 북을 울렸다. 소고꾼들은 상모를 휙휙 돌리고 흥을 돋우며 신명을 냈다. 맨 먼저 부엌 안으로 우르르 들어가서 한바탕 놀았다. 그다음은 곳간과 변소 앞이었고, 마지막으로 사랑채를 한 바퀴 돌았다. 수아는 준비해 둔 쌀을 굿패들이 들고 다니는 자루에 쏟아주었다. 자루가 무거워보였다. 동동주와 산자, 강정, 엿이 놓인 개다리상을 마당에 놓았다. 굿패들은 선 채로 동동주 한 그릇씩을 들이키고는, 엿이나 산자 등을 입에 문 채로 장구와 꽹가리, 북을 치고 나팔을 불어대면서 대문을 빠져나갔다. 따라다니는 아이들도 몇 되지 않았다. 조용하던 집이 와그르르 했다가 다시 조용해졌다. 한약 냄새만 폴폴 날렸다.

참 이상한 일이었다. 굿패들이 가버리고 난 다음 개다리상과 술잔들을 치우면서 수아는 고개를 갸웃거렸다. 분명 조용했다. 약탕기가 끓은 뽀글뽀글 소리도 여전했다. 그런데 달랐다. 매굿패들이 들이닥치기 전의 조용함과 그들이 떠난 다음의 조용함에는 어떤 차이가 있었다. 땅 아래서 서운하다고 투덜거리던 지신을 잘 달래주어서일까? 아니면 그들이 풀어놓고 간 신명이 아직도 공기 중에 떠돌고 있어서일까? 모를 일이었다.

수아와 같이 서 있던 유근은 사랑으로 들어가고, 사랑에서 나온 고모가 약탕기를 들어올렸다. 사랑마루에는 약을 짤 그릇과 보자기가 마련되어 있었다. 고모가 약탕기 속의 약을 삼베보자기에 쏟았다. 양손에 막대기를 잡고서 보자기를 살살 돌리면서 약을 짰다. 뜨거운 듯 고모가 얼굴을 찡그렸다. 고모는 찌꺼기는 쟁반에 펼쳐놓고는 벌게진 손을 후후 불었다. 고모가 약을 들고 사랑방으로 들어가는데 숙모가 왔다. 숙모가 반가운 듯 말했다.

"형님, 오셨어예요?"

"올케, 수고가 많네."

숙모와 고모가 함께 사랑으로 들어갔다. 사랑에서 두런두런 말소리가 흘러나온다. 다시 앉힌 약은 잘 달여지고 있었다. 수아는 흙풍로에 숯을 조금 더 넣고는, 하늘을 우러러보며 달을 찾아보았다. 어느덧 달님은 하늘 한가운데 떠 있었다. 어머니는 어디 계실까? 달님은 어머니와 오라버니 있는 곳을 알고 있을까? 안주인이 없는 방, 방문만이 달빛을 받아 허여스름하게 빛나고 있었다. 어머니가 돌아오지 않고부터 아버지는 가끔 안방에 들렀다가 사랑에서 자는 날이 많았다.

사랑 문이 열리는 소리가 났다. 고모가 불렀다.

"수아야, 잠깐 들어오너라."

"예."

수아는 마음속을 휘젓고 다니는 상념을 접었다. 수아가 앉자 할아버지가 말했다.

"수아야, 유근이 왔으니 의논했다. 잡아 놓은 날에 미루지 않고 혼인식을 거행하기로 했다. 상달 계묘일, 시월 열이레, 너희 둘 다 잊지 않았겠지? 길일이다. 잊지 마라. 그때까지 어멈이 돌아오면 좋으련만."

"어머니도 안 계시는데 괜찮을까요?"

"그때까지야 어멈을 볼 수 있지 않겠느냐? 응초와는 이미 얘기됐다."

응초는 유근 할아버지 호이고, 할아버지와 둘도 없는 친구였다. 수아를 바라보는 유근의 얼굴에 슬며시 웃음이 퍼졌다. 어린 시절부터 보아온 정다운 웃음이었다. 그때 수아는 왜인지는 몰라도 힐끗힐끗 쳐다보던 미자의 얼굴이 갑자기 떠올랐다.

2
바람이 불어오는 곳

　사랑채 가마솥에 송기를 삶는다. 길쭉한 나무주걱으로 송기를 휘저었다. 상긋한 솔 냄새가 풀썩 피어올랐다. 수아의 이마에 좁쌀 같은 물 알갱이가 생겼다가 떨어진다. 송기는 지난봄에 아버지가 생솔가지를 벗겨서 마련해 둔 거였고 열흘 전부터 물에 불렸다. 삶을수록 송기는 짙은 자색으로 반들거렸다. 더불어 가마솥의 물은 검붉은 색으로 변해갔다. 충분히 익은 송기를 건져 찬물에 담갔다. 빨래하듯이 송기를 두 손으로 치댔다. 손바닥으로 전해오는 촉감이 매끈매끈했다. 비단을 만질 때처럼 부드럽다. 마음까지, 어머니와 오라버니 걱정에 굳어있던 마음까지 말랑말랑해지는 듯했다. 수아는 넋을 놓고 한참동안 송기를 주물럭거렸다.

　아버지는 재민오라버니의 친구를 만나려고 마산에 갔다. 오라버니와 마지막까지 함께 있었다는 그 친구는 오라버니의 행방을 알고 있다고 했다. 어제 저녁참에 연락을 받은 아버지가 날이 새기 바쁘게 마산으로 떠났다. 아버지는 일이 잘 풀리면 오늘, 더디게 풀리면 내일이나 모레쯤은 되어야 집에 올 수 있다고 했다.

수아는 유근 생각이 났다. 보고 싶었다. 자꾸만 눈앞에 어른거린다. 서글서글하게 웃으면서 앞에 서 있는 듯했다. 어제 유근의 편지를 받았기 때문일까? 편지에 만나고 온 지 보름도 안 됐는데 벌써부터 보고 싶다고 씌어 있었기 때문일까? 답장은 내일 아침나절에 쓸 생각이다. 어릴 때부터 정혼한 사이여서 별다르게 여기고 있긴 했지만, 올가을 혼례식을 치른다고 생각하니 더욱 애틋한 마음이 들었다. 슬쩍 웃음이 난다. 아버지가 좋은 소식을 가져오고, 일이 좀 한가해지면 인절미를 한 바구니 빚어서 유근이 근무하는 부대로 찾아가봐야겠다고 생각했다.

송기를 치대던 수아가 손을 멈추고 숙모를 쳐다보며 물었다.

"이만하면 잘 물렀지요?"

대야 앞에 앉아서 불린 찹쌀을 건져내던 숙모가 조리질을 멈추고 수아를 바라보았다. 수아는 송기를 손으로 들어올려 숙모에게 보여주었다. 수아 곁으로 다가온 숙모가 송기를 만져보더니 고개를 끄덕이며 말했다.

"잘 물렀다. 딱 좋다. 그나저나 수아야, 친가에서 영등제 올리는 것도 올해가 마지막이제? 올가을에 혼례 올리고 신랑 따라가면 내가 마이 쓸쓸해지겠다."

"작은어머니, 그때까지 어머니가 돌아오시지 않으면 어

떡하지요? 돌아오실 때까지 혼례를 미루어야 할까요?"

"혼례식 같은 큰일은 미루는 게 아니다. 그런 말은 아예 입에 담지도 말아. 부정 탈라. 그때까지야 형님이 돌아오시것지."

숙모가 정색을 하고 나무랐다. 수아는 더 이상 아무 말도 할 수 없었다. 설마 그때까지는 어머니가 돌아오시겠지, 숙모의 말을 따라 되새김했다.

말려 두었던 쑥도 삶아서 쓴맛을 우려냈다. 하루를 꼬박 우려내자, 쓴맛이 많이 순해졌다. 지나간 단오 때 어머니와 수아가 직접 채취해서 말려둔 쑥이다. 해마다 단오절이면 동네 부녀자들과 어울려서 놀이삼아 쑥을 채취하러 들에 나가곤 했다. 단오절 정오의 쑥은 일 년 중 양기가 가장 많아서 훌륭한 약재가 된다고들 했다. 동네 사람들은 양기가 충만한 쑥절편을 먹으면 여름 한더위쯤이야 거뜬히 넘길 수 있다고들 믿었다.

내일은 2월 초하루다. 영등할머니가 오시는 날이다. 겨울 동안 들과 산을 휘저어대던 찬바람을 몰아내고 온화한 바람과 풍족한 비를 데리고 온다는 영등할머니. 그 할머니는 떡을 좋아한다고 했다. 온 동네가 하루 종일 부산했다. 집집에서 풍겨 나오는 쑥과 송기향이 종일토록 골목길을 가득 메웠다. 숙모가 큰집 영등제도 다 알아서 준비할 테니 걱정하지 말라했지만 수아는 직접 마련해야 한다고 생각했다. 지극한 정성으로 영등할머니를 맞이하고 싶었다. 피붙

이의 생사를 모르고 지내는 아픔을 헤아린 영등할머니가 어머니와 오라버니가 무사히 집으로 돌아올 수 있도록 보호해줄 수도 있지 않겠는가.

제를 준비하면서 수아는 어머니의 손맛을 기억하고, 그 모습까지 떠올리려고 애썼다. 좀 더 열심히 어머니를 쫓아다니면서 배울 걸, 농업고등학교 졸업하고 혼례식만 기다리면서 빈둥빈둥 놀았던 게 후회됐다. 어머니는 수아가 집안 일을 하는 걸 좋아하지 않았다. 어차피 혼인하면 매일매일 해야 하는 게 집안 일이 될 텐데 미리부터 지겨운 일을 할 필요가 없다고, 어머니는 생각했을지도 모른다.

크게 들어가는 손품은 숙모와 같이 했다. 어머니가 하던 모습을 머릿속으로 그리면서 숙모와 함께 떡을 만들었다. 쑥떡, 송기떡, 통팥이 듬뿍 들어간 통팥시루떡.

물에 불린 찹쌀을 방아확에 넣고 난 다음 숙모가 말했다.

"힘껏 밟거래이."

수아는 방아다리를 힘껏 밟았다. 방아머리에 달린 절굿공이가 방아확에 내리꽂히고 쌀알이 부셔졌다. 쌀알들이 방아확 바깥으로 튀어나온다. 숙모가 튀어나가는 쌀알들을 잽싸게 방아확 속에 쓸어 넣었다. 쌀알이 거의 보이지 않게 부셔졌다. 숙모는 체질을 했다. 대야 속으로 하얀 쌀가루가 떨어져내렸다. 숙모는 남은 알갱이를 다시 방아확 속에 넣고 말했다.

"밟거래이."

수아는 다시 힘껏 밟았다. 지난해에도 방아다리를 밟았다. 그때는 어머니가 쌀가루를 체에 내렸다. 지금은 숙모다. 수아는 체에서 떨어지는 뽀얀 쌀가루와 체질을 하는 숙모의 모습을 물끄러미 내려다보았다. 어머니의 모습이 자꾸만 떠오르면서 체질하는 숙모와 겹쳐진다. 수아는 연신 방아다리를 밟으면서도 마음은 좋아하던 옷을 잃어버린 듯 허전했다.

숙모가 큼직한 대야 두 개에 각각 송기와 쑥을 담았다. 찹쌀가루를 송기와 쑥에 넣고서, 비벼가면서 골고루 섞었다. 숙모가 가마솥에 시루를 걸었다. 송기떡과 쑥떡을 쪘다. 콩으로 만든 고물은 미리 준비해두었다. 깨끗하게 씻은 대두를 볶았다. 숙부가 정미소에서 밀가루 빻는 기계에 내렸다. 콩고물은 디딜방아에 찧은 것보다 훨씬 부드럽고 고소했다. 노란색도 하얀색도 아닌 노리끼리한 색깔의 콩고물이 고소한 냄새를 사방으로 흩날렸다. 숙모가 일감이 줄었다고 좋아했다.

"디딜방아 찧어서 콩고물 내려 봐라. 하루 종일 걸릴끼다. 다리가 죽어난다."

숙모가 하하 웃으면서 말했다.

시루에 찐 송기찰떡과 쑥찰떡을 식기 전에 절구통에 넣고 찧었다. 떡매질은 숙부가 했다. 숙모는 숙부 옆에서 찰떡이 절구통에 눌러 붙지 않게끔 가장자리에 연신 물을 발랐다. 숙모의 이마와 콧잔등에 땀방울이 대롱거리다가 바닥으로 떨어졌다. 숙부가 절굿공이로 차지게 매질한 덕분에 송기떡과 쑥떡은 끈기가 있었다. 윤이 나면서 반들거렸다. 완성된 찰떡들을 길고 넓적하게 만들어서 함지에 각각 담았다. 작은집과 반씩 나누어 담았다. 수아는 숙모가 송기떡을 만드는 모습과 어머니가 하던 모습을 비교해보았다. 숙모도 어머니가 하던 것처럼 똑 같이 한다. 그런데도 완성된 떡은 달랐다. 같으면서도 어딘가 조금 달랐다. 그게 뭔지 궁금했지만 수아는 알아낼 수 없었다.

대문 양쪽에 소복소복 놓아둘 붉은 황토는 뒷산 밭에서 두어 삽 담아왔다. 소지를 준비하는 것도 잊지 않았다. 정화수는 내일 꼭두새벽에 길어 오고, 팥시루떡도 그때 찔 참이다. 시루와 솥이 맞붙는 가장자리를 빙 둘러 붙일 시룻번을 밀반죽한 수아는 쪽잠이 들었다.

첫닭이 울었다. 수아는 찬물에 세수부터 한 다음에 시루떡을 안쳤다. 시루 위의 보자기를 깔고 통팥을 골고루 뿌렸다. 그 위에 쌀가루를 판판하게 폈다. 쌀가루 위에 또다시 통팥을 골고루 보기 좋게 얹었다. 아궁이에 솔가리를 넣고 성냥을 그어 불을 붙인 다음 솔가지를 올렸다. 마른 솔가지는 연신 환한 불꽃으로 타올랐다. 시루에 김이 오르기 시작했다. 김이 조금 더 오를 때까지 열이 약해지지 않게 솔가지를 아궁이 속에 조금 더 넣었다. 뜸이 들 시간에 동네 어귀에 있는 우물에서 정화수를 떠오기로 했다. 집안 마당가에도 우물이 있지만 동네 앞 느티나무 옆의 우물이 물맛이 더 좋았다. 동네에서 가장 크고 깊은 우물이기도 했다.

그믐날이라 밖은 숯검정 같았다. 수아는 등불을 밝혀들고 우물로 향했다. 다른 사람이 첫 우물물을 뜨기 전에 제일 먼저 우물물을 길어 올려서 정화수로 쓰고 싶은 마음에 자신도 모르게 걸음이 빨라진다. 지난밤은 날밤을 새우다시피 했다. 늦게 일어나 허둥지둥 통팥시루떡을 찌게 될까 두려웠다. 남들이 다 퍼 간 우물에서 뒤늦게 정화수를 뜨게 될까 걱정했다. 깊게 잠들 수 없었다.

우물에 도착한 수아는 등불로 주위를 살펴보았다. 물 자국이 없었다. 그 누구도 첫 우물물을 길어가지 않았다. 다행이었다. 2월 초하루 영등할머니를 맞이할 맨 처음의 우물물을 뜰 수 있다는 사실이 뿌듯했고 신기했다. 어머니는 해마다 이렇게 꼭두새벽에 일어나서 가족들을 위하여 정성을 드렸을 것이다. 문득 목이 메어왔다. 우물 속으로 조심스레 두레박을 내렸다. 찰랑, 두레박이 우물의 수면에 닿는 소리가 들렸다. 두레박줄을 조금 내리면서 아래로 힘껏 내려쳤다. 곧바로 두레박에 한가득 물이 담기는 느낌이 왔다. 조심조심 줄을 끌어올렸다. 제법 묵직했다. 사방이 조용했다. 바람소리 하나 들리지 않았다. 우물가 저만큼 떨어진 곳에 자리 잡은 느티나무마저 잔가지 하나 흔들지 않고 조용하게 서 있었다. 오직 수아가 끌어올리는 두레박 소리만이 싸륵싸륵 들렸다. 무거운 정적 때문일까? 수아는 자신도 모르는 사이에 심호흡을 했다. 마음가짐이 더욱 경건해지는 듯

　　　　　　　　　　수아의 산수화

했다.

수아는 정화수를 담은 사발을 가장 키가 큰 장독대 위에 올려놓았다.

그다음 어머니는 어떻게 하셨더라? 갑자기 먹먹해져서 무엇을 해야 할지 모르는 사람처럼 우두커니 서 있었다. 어머니가 하는 것을 잘 보고 배워두었어야 했는데, 그래, 멍석이야. 수아는 고개를 끄덕였다. 꼭 누군가가 곁에서 시키는 것처럼 멍석을 가져다 장독대 앞에 깔았다. 장독대를 정면으로 바라보는 곳에 통팥떡시루를 통째로 가져다놓았다. 양 옆으로 송기떡과 쑥떡을 나란히 놓았다. 그 앞에 세발소반을 놓고 상 위에는 성냥과 소지종이를 올려놓았다. 어제 뒷산 밭에서 담아 온 황토를 대문 바깥 양쪽으로 한 주먹씩 일곱 무더기로 놓아두는 것도 잊지 않았다. 모든 준비가 끝났다. 이제 먼동이 틀 때 소지를 태우면서 비손을 하면 된다. 이만하면 영등할머니가 만족해하실까? 수아는 재의상차림을 훑어보았다. 뭔가 허전했다. 장독대 뒤에 서 있는 감나무 가지가 눈에 들어온다. 영등제를 올릴 때 눈에 익었던 모습이 아니었다. 문득 색색으로 흔들거리던 나뭇잎이, 환상인 듯 보인다. 그랬다. 감나무 제일 아래 가지에 오색으로 엮은 천이 매달려 있어야 했다. 모둠발로 나뭇가지에 오색 천을 매달았던 기억이 떠올랐다. 해마다 어머니가 수아에게 시켰던 일이다.

수아는 안방에 들어갔다. 어머니의 반짇고리에는 틀림없

이 갖가지 색깔의 천 조각이 있을 터였다. 어머니는 물건을, 자투리 천 같은 것도 함부로 내버리지 않았다. 반짇고리에는 천 조각이 꽤 많이 들어있었다. 빨강, 노랑, 파랑, 하양, 검정색을 골라내어 차곡차곡 포개어 묶었다.

감나무 맨 아래 가지에 오색 천을 매달고 났을 때 수아는 사랑방에 불이 켜진 것을 보았다. 그 사이 할아버지가 일어난 모양이다.

수아는 통팥시루떡을 찐 솥 속의 더운 물을 세숫대야에 담아 우물곁에 놓았다. 그다음 따뜻하게 데운 물 한 그릇을 받쳐 들고 사랑방 앞에 서서 할아버지를 불렀다.

"할아버지, 기침하셨습니까?"

"오냐."

수아는 물을 들고 사랑으로 들어갔다. 할아버지는 자리에서 일어나 있었다. 방바닥에는 두루마기와 버선 등 한복일습이 놓여있었다. 할아버지가 손수 꺼낸 듯했다. 어젯밤에 미리 챙겨드렸어야 했다고 수아는 생각했다. 물을 할아버지 앞에 놓은 수아가 할아버지께 다시 여쭈었다.

"간밤에는 편히 주무셨어요?"

"그래. 모처럼 잘 잤다. 준비는 다 되었느냐?"

"예, 할아버지. 세숫물 준비했어요."

"잘했다. 소지는 내가 올리마. 날이 밝기 전에 시작하자구나."

"예."

따뜻한 물을 마시고 난 할아버지는 곧바로 일어나 우물가로 가셨다.

수아는 영등제상 앞에 섰다. 잘못 차리지 않았는지 혹시 빠진 게 있는지 살펴보았다. 어머니가 차린 것과 꼭 같았다. 그렇지만 또 뭔가 좀 허전했다. 어머니가 하던 걸 하나하나 떠올리면서 차근차근 준비했건만 어딘가 좀 어설펐다. 뭘 빠뜨렸을까? 다시 상을 둘러보는데 할아버지가 오셨다.

할아버지는 새하얀 옥양목 두루마기 위에 옥당목 도포까지 입으시고 갓을 썼다. 할아버지가 입고 있는 두루마기와 도포, 바지, 저고리, 버선까지 한복일습은 어머니가 손바느질로 손수 지었다. 수아는 자신을 보고 눈을 찡긋하며 웃어주던 어머니가 저절로 떠올랐다. 명치 아래가 가시에 박힌 것처럼 쓰라렸다.

할아버지가 제상을 쓰윽 훑어보고는 말했다.

"초가 빠졌구나."

수아는 움찔 놀랐다. 초를 빼놓다니? 어이없는 실수를 했다. 어딘가 어설프다고 했더니 초였다. 왜 진즉에 생각나지 않았을까? 내심 완벽하게 해냈다고 뿌듯하게 여기고 있었던 마음이 부끄러워진다. 수아는 안방과 건넌방 사이에 있는 대청에 바쁜 걸음으로 올랐고 곧바로 뒤뜰 쪽으로 나 있는 문을 열었다. 초는 쪽마루를 겸한 고방에 보관되어 있다. 명절 때 사용하는 놋그릇과 제기 사이에 끼어있는 곽에서 초를 꺼내면서 수아는 상차림 어디쯤에 초가 놓여있었는지를 기억해냈다. 정화수와 떡 사이였다. 할아버지 앞에서 초를 어디에 놓아야할지 몰라 더듬거리지 않게 되어서 좋았다.

할아버지가 멍석에 꿇어앉았다가 다시 일어나 성냥불을 그어 초에 불을 붙였다. 할아버지는 아주 천천히 절을 한 배 올린 후 느릿하게 남, 서, 북 방향을 향해 각각 한 배씩 한 다음 단정하게 앉아서 축문을 읊었다. 무슨 뜻인지 알 수 없었다. 웅얼웅얼 한참동안 읊조리던 할아버지가 일어서서 소지를 촛불에 대어 불을 붙였다. 화르륵 불이 붙은 소지를 오른손과 왼손에 번갈아 옮기면서 할아버지는 두 손을 점점 높여 들었다. 높이 들린 할아버지의 손 안에서 소지는 하얀 재가 되어서 공중으로 흩어졌다. 바람이 불었다. 할아버지의 새하얀 수염이 흩날렸다.

정성껏 소지를 올리는 할아버지를 지켜보면서 수아는 초를 깜빡했던 게 새삼 떠올랐다. 정성을 다해 제의를 차리고는 있었지만 실상은 흉내만 내고 있지나 않았을까? 정성은커녕 마음속엔 사악한 생각이 가득 들어차 있는 가살쟁이일지도 모른다는 생각에 수아는 저절로 움츠려들었다. 만약 그렇다면 뻔뻔한 일이었다. 할아버지와 부모님, 오라버니께 미안한 일을 저질러버린 게 된다. 어머니가 보셨다면 뭐라고 하실까? 그래도 어머니는 토닥여 줄 듯했다. 괜찮아, 우리 수아, 참 잘했어. 어머니가 그리웠다. 어머니가 간

수아의 산수화

절하게 보고 싶었다. 지금 이 시각 어머니와 오라버니는 도대체 어디에 있는 것일까? 날이 밝아오기 시작했다.

모든 제의를 마친 할아버지가 멍석에서 내려와 신발을 신더니, 대문 밖으로 나가셨다. 어디로 출타하시느냐고 여쭤볼 틈이 없었다. 도포자락이 할아버지를 감싸 안고 휘날리는 바람인 듯 대문 바깥으로 휘리릭 사라졌다. 수아가 생각하기로 만약 신선이 정말로 있다면 할아버지와 비슷할 듯했다. 이야기책이나 민화 속에 나오는 신선들의 길고 하얀 수염과 할아버지의 수염이 비슷했기 때문일까? 비록 갓을 쓴 신선 그림을 보지는 못했지만, 키 크고 풍채 좋은 데다 목까지 내려오는 할아버지의 새하얀 수염은 그림 속의 신선보다 더 보기 좋았다. 문득 수아는 기억 속의 정경 한 장면이 떠올랐다. 서당에서 한문을 가르치는 할아버지에게 살금살금 다가가 무릎에 앉았던 아주 오래전의 기억이다. 해가 뜨기도 전인데 할아버지는 도대체 어디를 가시는 걸까? 아직은 바람살이 차갑다. 혹시 감기라도 들까, 걱정이 앞섰다.

수아는 송기떡과 쑥떡, 통팥백설기 등을 갈무리했다. 떡에서는 아직도 고소한 콩고물 냄새가 솔솔 풍겨 나오고 있었다. 군침이 돌게 하는 좋은 냄새였다. 숙모도 영등할머니를 잘 모셔들였을까. 수아와 할아버지가 어떻게 영등제를 지냈는지 숙모가 궁금해 할 듯했다. 날이 밝으면 먼저 숙모에게 영등할머니를 잘 맞이한 새벽의 일들을 말해주어야겠다고 생각했다. 그다음 점심때를 넘기지 않았을 때쯤에 친척과 이웃에 떡을 돌려야 비로소 영등제가 끝날 터였다.

수아는 정화수를 장독대 뒤의 오색천이 묶여있는 감나무 뿌리에 조심스레 부었다. 소원을 빌어본다. 내일 아버지가 오신다고 했다. 부디 좋은 소식을 가지고 오시기를.

할아버지가 들어오셨다. 긴 시간이 아니었지만 수아는 반갑기 한량없는 마음에 서둘러 할아버지께 여쭈었다.

"할아버지, 바람이 찬데 어딜 다녀오셨어요?"

"좀 걸어 다녔단다. 뒷산 네 할머니와 증조부모 산소에 들렀다가 돌아오는 길에 동네도 한 바퀴 둘러보았다. 아침은 송기떡으로 하자구나."

"예, 할아버지."

수아는 할아버지의 신발을 내려다보면서 대답했다. 신발에는 붉은 황토가 묻어있었다.

아버지가 왔다. 그제 재민오라버니와 함께 공부모임을 했다는 친구를 만나러 마산에 갔던 아버지가 아침 일찍 돌아왔다. 정미소에 가던 숙부와 숙모도 건너왔다 아버지와 숙부가 사랑에 들었다. 사랑방에서 흘러나오는 말소리가 마당까지 두런두런 울렸다. 수아는 귀를 기우려 보았지만 잘 알아들을 수 없었다.

수아는 번철이 걸린 아궁이에 솔방울을 넣었다. 마른 솔방울은 금세 빨갛게 불이 붙었다. 부지깽이로 솔방울을 뒤

적이며 숙모에게 물었다.

"작은어머니, 아버지가 오라버니 친구를 만났을까요?"

"그니까, 나도 모르지. 궁금하면 인절미 들고 가서 슬쩍 들어보고. 기쁜 소식이믄 좋게구마."

번철에서 인절미를 구워내면서 숙모가 말했다. 문득 손길을 멈춘 숙모가 수아를 잔잔한 눈길로 건너다보았다.

구운 떡은 송기나 쑥이 들어갔지만 원래 찹쌀로 만든 인절미라서 겉은 바싹하고 속은 말랑했다. 수아가 동치미와 산자를 곁들인 소반을 들고 사랑방 문을 열고 들어갔을 때 할아버지와 숙부와 아버지는 수런수런 이야기를 나누고 있었다. 수아가 들어갔는데도 어른들은 돌아보지도 않았고 말을 멈추지도 않았다. 할아버지는 머리를 조금 수그리고 있었다. 새하얀 수염이 목 아래 명치 바로 위까지 내려와 있었다. 할아버지가 아버지에게 물으셨다.

"그래서? 재민이 들어간 단체나 정당 이름이 도대체 뭐냐?"

아버지가 대답했다.

"정당이 아니고 공부하는 모임이랍니다. 책도 같이 읽으면서 토론하고, 예전 이야기가 구전된 곳에 답사도 다니고 했답니다. 절대 불량한모임이 아니랍니다."

"그런데? 그게 무슨 문제가 된 것 같다는 말을 하고 있는 것 아니냐?"

할아버지가 갑갑한 듯 한숨을 내쉬자, 작은아버지가 말했다.

"아버지, 재민이가 국어선생이지 않습니까? 저한테 말하기를 작가가 되겠다고 했어요. 작가가 되려면 책을 많이 읽어야 한답니다. 제 생각에는 재민은 이곳저곳을 여행하면서 보고 듣고 경험을 쌓는데 누군가가 못마땅하여 이상한 제보를 한 듯합니다. 혹시 어떤 놈이 시기를 하여 빨갱이라고 밀고를 했을 수도 있고요. 요즘 세상에 미운놈 트집 잡아 감옥소 보내려면 빨갱이로 몰아가는 게 제일 빠르다고 안 합니까."

작은아버지의 말에 할아버지가 펄쩍 뛰듯이 목소리를 높였다.

"빨갱이라니? 무슨 그런 흉측한 소리를 다 하느냐? 그렇게 재민일 해코지할만한 사람이 있기라도 하단 말이냐?"

아버지가 할아버지 손을 잡으면서 말했다.

"아버지, 진정하세요. 다른 것은 아직 알아내지 못했어요. 어제 만난 재민이 친구가 모임을 같이 했던 친구들을 모두 만나겠답니다. 그 애한테 일어난 일을 하나도 빼놓지 않고 수소문해서 알려주기로 했어요. 그렇게 하나하나 짚어 가다보면 무슨 일이 일어났는지 알 수 있어요. 너무 염려마세요. 곧 좋은 소식 올 겁니다."

조금 사이를 둔 아버지가 말할까 말까 머뭇대는 듯하다가 다시 말을 이었다.

"그리고, 재민이 사귀는 처자가 있는 듯합니다. 재민이 친구가 말하기를 같은 동료교사라고 하던데요. 만나지는 못했어요."

할아버지가 머리를 끄덕이시며 말씀하셨다.

"그래? 그런 일이 있단 말이지. 반가운 소식이구나."

할아버지의 얼굴이 조금 밝아졌다. 잠시 생각에 잠겨 있던 할아버지가 다시 아버지에게 물었다. 아직도 역정이 묻어나는 음성이었다.

"그건 그렇고, 어멈 행방은 어떻게 좀 알아봤느냐?"

"어디에서도 흔적을 찾을 수 없었어요. 재민이 자취방에 인절미랑 옷이 있는 걸 보면, 다녀 간 건 맞아요. 재민을 만났는지 못 만났는지는 알아내지 못했어요. 주인집에 물었더니, 하필이면 그날 집안 결혼식에 참석하느라 집을 비웠답니다."

아버지가 대답했다. 목소리에 힘이 없었다.

"이 무슨 해괴한 일이 다 있단 말이냐? 짐작할 만한 게 없느냐? 혹시?"

할아버지의 말이 끊어졌다. 그다음 아무런 말도 없었다. 아버지도 숙부도 아무 말을 하지 않았다. 방안에는 무거운 침묵만이 떠다녔다.

방안 분위기에 눌려서 방문 앞에 무르춤하게 서 있던 수아는 퍼뜩 정신을 차렸다. 가까스로 소반을 어른들 가운데 들이면서 말했다.

"할아버지, 참 드세요. 구운 송기인절미에요. 작은어머니가 준비했어요."

"오냐. 술이 없구나. 맑은 술을 좀 내오너라."

"예, 할아버지."

대답을 한 수아는 부리나케 사랑을 빠져나왔다. 온몸을 짓누르는 무거운 공기 때문에 숨 쉬기가 힘들었다. 크게 숨을 들이마시면서 하늘을 바라보았다. 먹구름 두어 조각이 해를 가리고 있었다. 수아가 청주를 들고 사랑에 갔을 때 숙부는 없었다. 정미소에 간 듯했다. 서둘러 처리해야할 일이 있는 모양이었다. 청주를 소반에 올려두고 사랑을 나오는데 할아버지의 음성이 들렸다.

"혹시 말이다. 그동안 어멈이 애들 외삼촌과 연락하고 있었던 건 아니지?"

"아니에요, 아버지. 그랬다면 제가 몰랐을 리가 없지요."

수아는 조금 놀랐다. 어머니보다 세 살 아래인 외삼촌은 돌아가셨다고 들었다. 왜 할아버지는 이 세상에 없는 외삼촌이 살아있는 것처럼 얘기를 할까? 아주 어렸을 때 보았던 외삼촌의 얼굴을 떠올리려고 했지만 기억나지 않았다.

문살에 바른 창호지가 아직도 팽팽한 방문과 문고리를 중심으로 꽃잎처럼 펼쳐져 있는 여섯 개의 댓잎! 댓잎은 지난 가을에 어머니와 같이 붙였다. 찬바람이 불기 전, 시월 초에 묵은 문종이를 뜯어내고 새 문종이를 다시 바를 때였다. 댓잎은 재실 뒤 대밭에서 수아가 따 온 거였다. 격자문살

위로 여섯 꽃잎처럼 고즈넉이 앉아있는 댓잎이 소곤거렸다. 어머니 목소리였다.

"애, 가운데 잎이 비뚤어졌어. 왼 쪽이 조금 기울어."

"엄마, 이렇게?"

가운데 댓잎을 조금 치켜세우면서 수아는 어머니를 돌아보았다. 어머니가 고개를 끄덕이며 웃었다. 어머니의 가지런한 치아가 초가을 햇살에 반짝였다. 생시인 듯 꿈인 듯했다. 서서히 정신이 돌아온 수아는 몸을 일으켜 앉았다. 방안은 유백색으로 가득 차 있었다. 창호지를 뚫고 들어온 햇살이 방안에 잘 익은 봉숭아 빛을 뿌려댔다. 아니다. 햇살이 창호지를 뚫고 들어오는 게 아니라, 문살에 붙은 창호지가 햇살을 한껏 품에 앉았다가 다시 풀어놓는 듯하다는 게 알맞은 말이다. 여섯 개의 댓잎들이 다시 도란 거렸다.

골목을 뛰어가는 아이들 발소리와 내지르는 목소리가 떠들썩하게 들려왔다. 아마도 아이들은 앞산에 오르려고 뛰어가는 모양이었다. 봄은 참으로 이상한 계절이다.

문을 열었다. 마당에 내려앉은 햇빛이 찬란했다. 장독 위에서는 아지랑이가 꼬불꼬불 춤을 추고 있었다. 완연한 봄이 되었지만 어머니가 없는 집안은 썰렁하기만 했다. 고개를 빼고 집안을 휘둘러보았다. 장독대, 감나무, 우물, 담벼락과 변소 그리고 사랑채 등등이 눈에 들어온다. 집안 곳곳마다 수아가 알지 못하는 비밀이 숨어있는 듯했다. 혹시 어머니는 외삼촌을 만나기 위해 집을 떠난 것일까? 알 수 없

다. 선걸음에 온다던 어머니가 이틀이 지나도 돌아오지 않
자 아버지가 마산에 갔다. 재민도 어머니도 없는 썰렁한 자
취방엔 어머니가 가져간 인절미와 반찬통이 덩그러니 놓여
있었다고 했다.

수아는 안방 문을 열고 아버지를 찾았다. 아버지는 사랑
에 있었다. 할아버지와 무언가에 대한 이야기를 나누고 있
었다. 수아가 아버지에게 말했다.

"아버지, 포천에 한 번 다녀올까 해요."

"유근이 보고 싶은 게로구나. 언제 가려고?"

"글피쯤에요."

"재수와 함께 다녀오너라. 내일은 대구동산병원에서 할
아버지 건강 검사하는 날이다. 장에 부담되지 않게 흰죽으
로 저녁을 하고 내일 아침은 준비하지 말거라."

"예, 아버지."

손님이 왔다.

희끗희끗하던 산벚꽃이 지고, 짙은 향기가 콧속으로 솔솔
스며들게 하던 아카시아꽃도 지고, 폐병쟁이 각혈인 듯 산
허리를 붉게 물들이던 철쭉도 사라졌다. 산과 들은 초록일
색이다. 올보리가 피어서 누렇게 익어가는 논도 더러 눈에
띠었다.

손님이 온 것은 5월 셋째 주 일요일 아침나절이었다. 미
색 원피스를 입고 단발머리를 한 장신의 여자가 할아버지

와 아버지를 찾아왔다. 수아는 손님을 사랑으로 안내했다. 때마침 아버지는 집에 없었다. 합천경찰서에서 어머니 연배와 비슷한 시신이 발견되었다는 연락이 지서를 통해서 전달해왔고, 아버지는 황급하게 경찰서로 갔다.

수아가 산자와 강정, 보리단술을 얹은 다과상을 들고 사랑에 들어갔을 때는 수인사가 끝난 듯했다. 할아버지가 수아에게 말했다.

"애야, 인사하렴. 마산에서 온 네 오라비 학교동료라 하는구나.'

수아는 여자를 향해 꾸벅 머리를 숙이며 말했다.

"먼 길 오셨습니다. 저는 하수아입니다."

"예, 박순분입니다. 재민씨와 같은 학교에 있어요. 재민씨가 수아씨 얘기를 많이 했어요. 오라버니 때문에 걱정이 많지요?"

미소 띤 얼굴로 수아에게 말한 순분은 할아버지를 바라보면서 다시 말을 이었다.

"할아버지, 어제서야 재민씨가 마산경찰서 특별감찰실에 감금되어 있다는 사실을 알아냈어요. 하루빨리 알려드려야할 것 같아서 이렇게 오게 되었습니다."

깜짝 놀란 수아가 큰소리로 말했다.

"예? 뭐라고요?"

"수아씨, 놀랐지요? 어디 있는지 알았으니, 한시름 놓았어요."

수아의 놀란 목소리에 안심하라는 듯 분순이 살짝 웃고는 다시 말했다.

"할아버지, 학교에는 재민씨 병가휴직을 신청해 두었어요. 2학기 때부터 출근하면 됩니다."

할아버지가 순분에게 말했다.

"별 문제될만한 책은 없었다? 그런데 왜?"

"저희 독서동아리에서는 문학서적을 주로 토론했어요. 보통 책 한 권이 정해지면 그 책을 돌려가면서 읽고 이야기를 진행합니다. 문제 삼았던 책이 하필이면 재민씨 수중에 있을 때 검열을 당했어요. 저희들도 모르고 있다가 근래에 그 사실을 알게 되었어요."

"도대체 그 책이 뭐고?"

"예, 『고요한 돈강』이라는 소설책입니다."

"소설책이 뭔 힘이 있다고? 사람을 잡아 가두나?"

할아버지의 목소리에 노염이 묻어있었다. 도저히 이해할 수 없다는 표정이었다. 순분이 다시 할아버지께 말했다.

"할아버지, 그 소설은 나라에서 금서로 지정한 책입니다. 간첩혐의를 씌우려고 지금껏 가두었는데, 다른 증거를 찾을 수 없으니까 풀어줄 수밖에 없을 거여요. 너무 걱정하지 마십시오."

"그렇다고 사람을 몇 달씩이나 가두나?"

"간첩활동에 관한 것은 방첩대 소관이라서 보통 일반범죄와는 많이 다르다고 말해요. 원하는 혐의가 나올 때까지 무한정 잡아둔다고도 합니다. 그동안 재민씨에게 누명을 씌우려고 했지만, 뚜렷한 혐의점을 찾지 못했나 봐요. 그러니 할아버지, 너무 걱정 마세요. 다만 왜 그렇게 재민씨에게 집착하는지는 모르고 있어요. 마산경찰서에는 아주 못된 짓만 골라하는 경찰들이 몇 있다고 해요. 그들의 소행일 거라고 짐작하고 있어요."

"혹시, 일제 때 그놈들?"

"예, 할아버지. 악질고등계형사였데요. 많은 독립군을 잡아서 고문하고 죽였다고 해요. 해방 후 반민특위에 체포되었으나 특위가 해체되면서 풀려났고요. 미군정 때 다시 경찰이 됐다는데요. 지금은 또 많은 사람들을 간첩으로 몰아 체포하는 악질경찰이에요."

"큰일이구나."

"할아버지, 다시 잘 알아보겠습니다. 너무 걱정마세요."

순분이 아버지를 뵙고 가고 싶어 했지만 합천경찰서에 간 아버지는 오지 않는다.

오후 5시에 마산으로 가는 막차를 타고 순분은 떠났다. 수아는 면소재지의 버스정류소까지 순분을 배웅했다.

돌아오는 길에 수아는 미자를 만났다. 미자의 얼굴에는 여전히 화색이 만연했다. 수아를 본 미자가 또 히쭉히쭉 묘한 웃음을 날렸다. 요즘 들어서 미자는 수아만 보면 히쭉거리는 일이 잦았다. 겉모양도 열심히 꾸미고 다녔다. 저만치 앞서 가던 미자가 도천 징검다리를 건너가서 걸음을 늦추었다. 수아가 다가가자 미자가 물었다.

"어디 갔다 와?"

"손님 배웅. 넌?"

수아도 짤막하게 대꾸했다. 미자가 또 실실 웃으며 말했다.

"나? 정골 이모 댁에 갔다 오는 길이야. 이모가 불렀어."

정골이면 수아 고모와 유근이 본댁이 있는 마을이다. 수아는 뭔가 좀 찝찝했지만 미자에게 내색할 수는 없는 일이었다. 수아가 미자를 빤히 바라보고만 있자, 미자가 또 냉큼 떠들었다.

"참, 우리 두석오빠 대구에서 결혼식 올린다. 요 다음 일요일에."

"잘 됐다. 그래서 네 기분이 그렇게 좋았구나?"

미자는 대답 대신에 낄낄 웃었다. 웃을 때면 제 엄마 강촌댁을 꼭 빼닮은 뻐드렁니 두 개가 입술 밖으로 툭 튀어나온다. 한 가닥으로 묶은 꽁지머리를 촐랑대며 집 쪽으로 사라지는 미자를 보면서 유근에게 갔다 온 일이 새삼 떠올랐다. 유근을 만나려고 철원까지 갔다가 만나지 못하고 돌아온 지 달포가 지났다. 유근에게 다섯 번이나 편지를 보냈건만 답장 한 장 오지 않았다. 이상한 일이었다. 그동안 이렇게 답이 없거나 오랫동안 소식이 없던 적이 없었다. 수아는 가지고 간 인절미를 부대에 맡기고 돌아서는 발걸음이 무겁고 꺼림칙했던 게 자꾸만 마음에 걸렸다.

2년 전에 육사를 졸업한 유근은 소위로 입관되어 철원 군 부대에 소속되어있었다. 그동안 서로 주고받은 편지의 주소를 보면 확실했다. 수아가 찾아갔을 때 유근은 중위로 진급하였고, 서울 근교의 부대에 출장근무 중이어서 부대에 없다고 했다. 더 이상의 세부적인 것은 보안사항이라면서 말해 줄 수 없다 했다. 그렇다고 유근의 부모님을 찾아가 물어본다는 것은 생각도 할 수 없는 외람된 일이었다. 수아는 그냥 기다리고 있는 게 상책이라고 생각했다. 유근이 일이 아니더라도 지금 집안에는 해결해야할 일이 수두룩하지 않는가.

아버지는 쓰러질 만큼 기진한 모습으로 돌아왔다.

경찰서에서 보여준 시신은 어머니가 아니라고 했다. 아버지가 한숨 섞인 목소리로 웅얼웅얼 말했다.

"다행인지 불행인지…… 그것조차 모르겠다."

아버지의 한탄 속에는 끝 모를 비탄이 담겨있었다.

할아버지와 아버지는 오래도록 얘기를 나누었다. 두 분이 무슨 얘기를 하는지 수아는 알 수 없었다. 아마도 낮에 다녀간 재민 오라버니의 동료교사이자 연인으로 짐작되는 순분에 대한 얘기도 포함되었을 것이라고 짐작할 수 있었다. 밤이 이슥해서야 사랑에서 나온 아버지가 안방으로 들어갔다. 어머니가 없는 안방에서 아버지는 밤새도록 홀로 먹먹해 할 것을 떠올리자, 어쩐지 마음이 아렸다.

한 주일이 지났을 때 오라버니를 면회할 수 있다는 연락을 받은 아버지는 마산에 갔다. 돌아올 때 아버지의 손에는 책 꾸러미가 들려있었다. 영어사전과 영어판 『고요한 돈강』 이었다. 한글번역판은 없는 모양이었다. 이후 아버지는 틈만 나면 그 책을 펼쳤다. 수아는 아버지가 영어사전을 옆에 두고 단어를 찾아가면서 읽는 모습을 보았다. 아버지는 오라버니를 잡아갈 정도로 흉측한 이야기가 그 책에 숨어있는지 알아내고 싶었던 것일지도 모르겠다. 다만 수아는 그런 아버지의 모습이 불안해보였다.

강두석이 5월 셋째 일요일에 대구 팡팡예식장에서 결혼식을 올렸다, 신부가 장군 딸이다, 처가가 상당한 재산가다, 결혼식에 군인들이 떼거리로 참석했다, 제주도에 있는 군대휴양지로 신혼여행을 떠났는데 군인들이 도열해서 배웅하고 맞이하는 행사까지 벌렸다, 등의 온갖 소문들이 동네에 떠들썩하게 퍼졌다. 동네 사람 그 누구도 결혼식에 초대받지 못했음으로 헛소문이라는 소문 또한 앞의 소문 뒤를 이어서 떠돌았다.

며칠 뒤 강두석이 본가 부모님에게 인사를 온다는 이야기로 동네가 또 한 번 떠들썩했다. 미자와 강촌댁은 집 안팎을 청소하느라 법석을 떨었다. 이상한 일은 잔치음식을 만들지 않는다는 것이었다. 두석이가 말하기를 음식은 필요한 만큼 가져갈 테니 아예 장만하지 말라 했다는 말도 들렸다. 이틀 뒤 오전 10시쯤에 강두석이 신부를 데리고 나타났다. 놀랍게도 지프차를 타고 왔다. 강두석이 혼자 온 게 아니었다. 또 다른 지프차 두 대가 강두석의 차를 앞뒤로 호위하면서 동네 어귀에 나타났다. 더욱 놀라운 것은 두석이 뒤를 따라온 차에서 유근이 내렸다는 사실이었다. 유근의 모습을 먼저 알아본 숙모가 숨을 헉헉거리며 뛰어왔다.

마침 수아는 할아버지가 여름에 입을 모시고의적삼과 두루마기를 미리 손질하고 있던 참이었다. 겨우 숨을 가다듬은 숙모가 수아의 손을 꽉 잡고서 말했다.

"유근이 왔데이. 두석이놈 옆쿠데이 딱 붙어가꼬 왔데이. 따라각시 맹키로."

"예? 미자오빠와 유근이 함께 왔다고요?"

"긍게, 긍게. 모양새가 딱 두석이 호위꾼이더마."

"어쩌다……왜?"

놀라움을 감추지 못한 수아는 숙모를 멀뚱하게 바라볼 뿐이었다. 멀뚱멀뚱 서 있는 수아의 손을 잡아 끌어 마루에 앉히고서 숙모가 찬찬히 말했다.

"잘 들어보래이. 유근이 편지 기다리면서 속 태운 거 내 안다. 유근이 곧 이리로 올끼야. 무슨 꿍꿍이가 있는지는 몰라도 할아버지가 시퍼렇게 살아 계시는데 그냥 내빼는 본데없는 짓은 하지 않을끼다. 유근이 오면 붙잡고 확실히 해라. 알겠제?"

"어떻게요?"

"거두절미하고, 결혼할 사인데 왜 답장조차 안 하냐? 몰아부쳐야 된데이."

유근이 왔다. 수아가 숙모와 같이 부엌에서 할아버지 점심상을 차리고 있을 때였다. 수아를 힐끗 쳐다본 유근은 곧바로 사랑으로 들었다.

수아는 사랑 앞마당에서 유근을 기다렸다.

수아의 산수화

3
보리

사랑에서 나온 유근이 수아를 보고도 뻘쭘하게 서 있었다. 수아는 그 모습이 낯설었다. 수아가 다가가자 그제야 유근은 다정한 웃음을 보이면서 말했다. 언제나처럼 서글서글한 모습이었다.

"잘 지냈어?"

수아는 심경이 복잡했다. 서글서글한 웃음 위에 뻘쭘하게 서 있던 조금 전 모습이 자꾸만 겹쳐진다. 그 괴리감을 어떻게 처리해야 좋을지 알 수 없었다. 한동안 유근을 바라보고 서 있던 수아가 돌아서서 걸으며 말했다.

"얘기 좀 해요."

사랑 앞마당을 벗어난 수아가 걸음을 멈추고 돌아섰다. 뒤따라오던 유근이 움찔 놀라며 우뚝 섰다. 수아는 되도록 차분하게 행동하려고 애썼다.

"잘 지냈냐고요? 아니요."

유근은 아무 말도 하지 않았다. 수아가 다시 말했다.

"포천 부대로 찾아갔었는데, 부대원들이 말 않던가요?"

"들었어. 인절미도 잘 먹었고."

"편지를 세 번이나 보냈는데, 답장을 왜 안했어요?"

"좀 바빴어. 두석이형 따라다니느라."

"미자 오라버니 강두석?"

"그래. 두석형이 이번에 중요한 일을 맡았거든. 그 일 끝나면 시간이 좀 날 거야. 그때까지만 좀 기다려줘. 휴가 받게 되면 곧바로 올게. 미안해."

유근이 진지하게 말했다. 진실인 것 같았다. 유근이 수아의 손을 꼭 잡으면서 웃었다. 뭔가 미진하다고 생각됐지만 수아는 더 따지고 들 수 없었다.

"누야, 누야."

재식이 소리를 지르며 대문 안으로 풀쩍 뛰어들었다. 입 언저리가 까맣다. 숙모가 재식의 머리에 꿀밤을 먹이면서 말했다.

"니, 또 보리밭에 들어 갔띠가? 입꼬라지가 그기 뭐꼬?"

"동네 아아들 다 들어갔다. 재숙이도 들어갔다마. 와 나한테만 꿀밤을 맥이노?"

"남의 놈에 들어가지 마라 했나? 안했나? 보리밭 임자가 보리밭 삐댔다고 보리값 물어내라하면 어쩔긴데?"

"주인 오기 전에 도망쳤다."

재식은 제 어머니를 치어다보면서 입을 삐쭉거렸다. 숙모가 또다시 재식의 머리를 쥐어박으면서 말했다.

"이놈의 자식 보래이. 어디서 입을 삐죽거려? 깜부기가 뭐 맛있다꼬 따 먹노? 따 먹길."

"꼬습따."

재식이 제 어머니한테 한 마디도 지지 않고 꼬박꼬박 대꾸하는 모습에 수아는 슬며시 웃음이 났다. 숙모도 더 이상 나무라지 않고 재숙을 챙겼다.

"이놈의 자식이 한 마디도 지지 않는다카이. 그래 숙이는 어데 버려두고 니 혼자 왔노?"

"뽕밭에 갔다. 오들개 익었나 보고 온다캤따."

"못 가게 해야지. 뽕낭개 올라갔다가 떨어지면 우짤끼고. 얼렁 데꼬 온나."

"엄니 때문에 유근이형 심부름도 까먹겠다. 고만 좀 때려."

재식이 제 엄마를 흘겨보며 바지주머니를 뒤적뒤적 하더니 누런색 편지봉투 하나를 꺼내 수아에게 주면서 말했다.

"누야, 유근이형이 이거 누야 주라카더라."

밀봉되지도 않은 봉투 속에는 급히 쓴 듯한 쪽지편지가 들어있었다. 쪽지를 폈다. 유근의 필체였다. '사랑해. 사랑해. 사랑해. 조금만 기다려줘.' ㅏ, ㅣ, 글자들이 안쪽으로 살짝 휘어져 있었다. 유근은 글자를 쓸 때 모나지 않게 둥글둥글하게 쓰는 걸 좋아했다. 수아는 쪽지의 글을 가만히 들여다보다가 작은 소리로 읽어보았다. 사, 랑, 해. 곁에서 수아의 모습을 지켜보던 숙모가 재식을 보고 다그쳤다.

"재숙이 뽕낭개서 떨어졌으면 맞을 줄 알아. 내랑 같이 가자. 개미누에 밥 줘야니까 뽕따러 가야한다."

바구니를 집어든 숙모가 재식의 머리를 또 쥐어박았다. 재식이 씩씩거리면서 맞은 머리를 문지르고는 숙모를 따라서 대문 밖으로 뛰어나갔다. 숙모는 엊그제 누에씨를 받아왔다. 작은댁 문간방에 잠실을 차렸다. 숙모는 해마다 봄여름 두 번씩 누에를 친다. 숙모가 개미누에라고 하는 걸 보니 누에가 벌써 알을 깨고 나온 모양이다. 꼼틀꼼틀, 깨알보다 더 작은 씨앗을 깨고나온 아기누에가 꼼틀거리는 모습이 눈에 선했다.

재식의 손에 끌려온 재숙의 입언저리도 까맣다. 재숙은 제 오라비를 보고 눈을 흘겼다. 수아를 보고는 언니야를 부르면서 뛰어왔다. 재숙이 바지 호주머니가 볼록했다. 재숙은 제 주머니 속에서 까맣게 익은 오디를 꺼내 수아에게 건네며 재잘댔다.

"언니야도 무라. 오들개는 참 이상해. 억수로 잘 변해. 처음 나올 때는 파랬는데 하얀색으로 변하다니 빨개. 또 까매. 까매야 달아. 언니야 이상하제? 오들개는 요술쟁이제? 누에도 뽕을 먹어서 자꾸 변하는갑다. 언니야."

"그런가? 그런가보다."

수아는 재숙을 바라보고 웃었다. 그리고 오디를 입에 넣었다. 약간 시큼하고 들척지근한 단맛이 입안에 퍼졌다. 수아는 미간을 찡그렸다. 앞니가 볼록하게 자라고 있는 재숙이 입을 헤 벌리고 웃었다. 재숙이 말했다.

"어무이는 똥누에 밥 주러 갔다."

"똥누에?"

"히, 똥누에 맞다. 똥누에가 꼼틀꼼틀한다."

재숙은 누에씨가 누에똥만큼 작으니까 똥누에라 부르는 모양이었다. 수아는 재숙의 손을 잡고 잠실에 갔다. 숙모가 잠실바닥에 앉아서 뽕잎을 가늘게 채 썰고 있었다. 똥누에야, 밥 줄게. 재숙이 잘게 썬 뽕잎 한주먹을 꼬물거리는 개미누에 위에 솔솔 뿌렸다. 좁쌀만큼 작은, 커봐야 검정깨 한 알만한 까만 개미누에들이 뽕잎에 까맣게 달라붙어서 뽕잎을 갉아먹는다. 수아는 개미누에를 한참동안 내려다보았다. 문득 재숙이 물었다.

"어무이, 누에도 나이를 묵나?"

"묵고말고. 지금 야들은 1령이제. 밤낮으로 나흘 동안 묵고 난 다음 한 이틀 잠자고 나서 허물 한 번 벗으면 2령이제. 또 나흘 동안 밤낮으로 열심히 묵고 또 이틀 잠자고 허물 또 벗으면 3령이 되제."

"1령이 한 살이가?"

"하모. 요 쪼그만 게 네 번 자고 네 번 허물 벗고 오 령쯤 되면 니 아부지 가운데 손가락만 하데이. 그러면 익은누에가 되고, 꼬치를 짓기 시작하제."

재숙은 개미누에가 익은누에로 성장하여 꼬치를 짓는다는 엄마의 얘기가 신기한 모양이다. 머리를 끄덕여 가며 열심히 생각하는 눈치다.

일 년에 봄 가을 두 번씩 농번기 사이사이에 짬짬이 누에 꼬치 치는 일은 동네부녀자들에게는 요긴한 일이었다. 양잠은 군청에서 장려하는 사업이어서 양잠조합이 있었다. 또 읍에는 누에꼬치만 전문으로 매매하는 상회가 있어서 고치만 가져가면 곧바로 목돈을 만질 수 있었다. 그리고 팔고 남은 꼬치는 긴긴 겨울밤에 실을 뽑아 비단을 짜기도 했다.

보리가 팼다. 일찍 팬 보리가 누렇게 익어갔다. 들에는 달콤한 보리향기가 늠실거렸다. 보리는 익어도 벼나 조처럼 고개를 숙이지 않는다. 깃털을 세우고 꼿꼿한 자세로 익어가는 보리를 보노라면 수아는 할아버지 생각이 나곤했다. 보리이삭 사이로 새까만 깜부기도 따라서 폈다. 아이들은 깜부기 따 먹는 걸 좋아했다. 아무 맛도 없는 깜부기를 동네 아이들은 입이 새까맣게 될 때까지 따 먹었다. 거의 모든 집은 지난해 거둬들인 양식이 이미 동난 지 오래됐다. 낮은 점점 길어지고 배는 자꾸만 고파지는 계절이 딱 지금이다. 봄은 배고픔으로 찾아오는 듯했다. 보리가 패기 전까지 먹을 만한 것이 없었다. 어른아이 할 것 없이 모두 배고픈 시절인데, 또 먹을 만한 것들이 산과 들에 널려 있었다.

밭에 심은 밀이나 보리가 논보리보다 항상 조금 일찍 익었다. 양식이 궁한 집에서는 보리가 다 익을 때까지 기다리지 못했다. 여물지도 않은 보리이삭을 베어서 소쿠리나 대야에 담아 쓱쓱 문질렀다. 겉껍질이 반이나 떨어져나간 물렁해진 보리를 가마솥에 쪄서 먹었다. 또 보리이삭에 절구질을 몇 번 한 다음 묵나물이나 호박오가리 시금치나 미나리, 대파 등 넣을 수 있는 것들을 넣어서 죽을 끓이면 몇 끼는 너끈하게 해결됐다. 논두렁 밭두렁에 메꽃나물도 지천이다. 지금은 나물로만 먹지만 조금만 있으면 뿌리를 먹을 수 있다. 눈처럼 하얀색이고 길쭉한 메꽃 뿌리는 삶거나 찌는데, 그 맛이 달달하여 아이들도 좋아했다. 한 바구니 캐어다가 삶으면 부자가 된 듯했다.

아이들은 봄이 오자마자 앞산이나 둑, 밭 언덕 혹은 묘지의 잔디밭을 누비고 다녔다. 잔디밭에서 새파란 잔디가 올라오기 시작하면 배고프고 입이 심심한 아이들은 삘기를 뽑아 먹었다. 볼록하게 배동이 부풀어 오른 삘기를 쏙쏙 뽑아서 입에 넣고 잘근잘근 씹으면 달짝지근한 즙이 입 안 가득해졌다. 삘기철이 가면 아이들은 나무의 새순들을 따 먹었다. 통통하게 살이 오른 찔레순은 달착지근하고 소나무순은 조금 새콤한 짠맛이 돌았다. 지금은 오디와 깜부기뿐만 아니라 밀이나 보리도 구워먹을 수 있다. 비록 배는 고팠지만 아이들에게 요즘처럼 신나는 계절이 또 있을까. 동네 아이들은 끼리끼리 모여서 밀사리나 보리사리를 했다. 턱과 입, 손바닥에 까만 검댕이 칠을 하고 산이나 들로 쏘다녔다. 길가에 자리한 밀밭에는 밀의 마디가 꺾여서 사라진 곳이 더러 있었다. 아이들은 밀밭 가장자리에 있는 밀을 똑똑 꺾어서, 산이나 들녘 후미진 곳에서 나뭇가지로 불을 피워서 구워먹었다. 더러는 밀밭 임자에게 들켜서 혼이 나기도 하는데, 대부분의 어른들은 겁을 주는 시늉만 할 뿐 심하게 다그치지는 않았다. 아이들의 주린 배를 짐작하기도 했을 터였다. 어쩌면 자신들의 어린 시절을 떠올렸을지도 모르겠다. 그들도 개구쟁이 짓거리의 묘미를 겪으면서 자랐을 것이다.

"어떤 놈인지 잡히기만 해뿌라. 아주 골로 보낼끼다."

재실지기 지씨 목소리가 골목에 쩡쩡 울렸다.

"어떤 시러베 놈들이 넘의 보리는 와 베 가노?"

지씨가 골목을 오르내리면서, 골목이 떠나갈 만큼 소리를 질러댔다.

숙모는 대청에 앉아서 마른행주로 뽕잎을 닦는 중이었다. 벌써 누에는 3령이 되었다. 두 번째 잠을 잤고 허물을 벗었다.

뽕잎을 닦던 숙모가 일어나 대문 밖을 나갔다. 수아와 재숙이도 따라갔다. 지씨가 분기탱천한 얼굴로 씩씩대며 서 있었다. 숙모를 보자 지씨가 하소연을 늘어놓았다.

"내 말 좀 들어보이소. 저기 골 밖으로 나가는 길옆 재실에 딸린 논 있재요? 좀 전에 가 보이께 잘 익어가던 보리이삭을 반이 넘게 잘라가 뿌렸심더. 아무리 배가 고파도 그렇제예, 아아들이 한 주먹씩 꺾어가는 것도 아이고요, 우째자고 넘의 논에 낫을 들이대고 베어 갈 수 있느냐? 그 말입니더. 시상에 어떤 놈 소행일까예?"

"난들 알 수가 있겠나? 너무 배가 고파서 내꺼 니꺼 구분이 안 갔던 모양인 게지. 이왕에 벌어진 일이니, 화를 좀 가라앉히시게."

숙모의 말에도 소용이 없었다. 재실지기는 더욱 화가 나는 듯 더 큰 소리로 떠들었다.

"내는 헛농사 지었구마. 어떤 놈은 손도 안 되고 코를 풀어삐고. 어떤 년놈들인지 걸리기만 해뿌라. 손목아지를 확 잘라 뿌릴 끼다."

"진정 허시게. 아까 아침 먹을 때 밥 얻으러 온 걸배이 보지 않았는가? 일가족 다섯 식구가 올망졸망한 아가들을 데리고 밥 동냥을 다니더만. 누군지 모르지만 얼매나 배가 고팠으면 익지도 않은 보리를 베 갔겠노? 그러니 좀 진정하시게. 나중에 양식 모자라면 내가 꾸어주겠네."

재실지기는 눈을 희번득거리며 숙모에게 대들었다.

"뭐라고예? 넘의 집 농사라고 말도 참 쉽게 하네예. 내 입 갖고 화도 내 맘대로 못 냅니꺼? 내사 마 화를 엄청시리 내 볼랍니더. 말리지 마이소. 내 집집마다 쳐들어가서 가마솥 뒤져 볼끼라예."

"이보시게. 설마 우리 동네 사람 소행이겠나?"

"우리 동네 사람이 아니라면 빨갱이들이 그랬을까예?"

"그런 말 마시게. 빨갱이들 없어진지가 한 참 되지 않았는가."

"아이라예. 아직도 마이 있심더. 거창에 숨어 살다가 피난 온 장돌뱅이 소장수 마씨와 그 마누라가 빨갱이라는 소문이 있어예. 그 잡것들 소행이 틀림 없심더. 지금 가서 그 집구석 솥단지부터 뒤져 볼랍니더. 말리지 마이소."

재실지기가 마씨네 집 쪽으로 몸을 돌렸다. 숙모가 재실지기를 붙잡았다.

"이보시게, 증거도 없이 막무가내로 쳐들어가면 도리어 역풍을 맞는다네. 우선 빼도 박도 못하는 증거를 잡아야 안 하겠나? 하니 마음을 좀 가라앉히시게."

재실지기가 머리를 갸웃거리면서 그 자리에 우뚝 섰다. 재실지기 집이 있는 쪽으로 가는 골목에서 도리댁이 걸어오는 게 보였다. 도리댁의 성깔은 남편인 재실지기보다 거칠고 억셌다. 얼마 전에 재실에 있던 재기 몇 벌과 이계서원에서 내려오던 현조와 고조 윗대 할아버지들의 문집과 서책을 도둑맞은 다음부터 기가 많이 죽어 있긴했다. 숙모가 재실지기에게 말했다.

"쩌기 도리댁이 오고 있네. 도리댁에게는 아무 말도 마시게. 동네가 떠내려갈지도 모르네. 염려마시고 우선 집에 가계시게. 진실로 마씨의 소행인지 은밀히 알아보고 난 다음 자네에게 연락하겠네."

재실지기가 고개를 갸웃대더니 돌아서서 도리댁이 오고 있는 골목으로 걸어갔다. 재실지기가 도리댁을 돌려세우고 골목길을 되돌아갔다. 재실지기의 뒷모습이 이상했다. 왼편으로 기우뚱했는데 왼발을 약간 절뚝거렸다. 숙모가 혀를 차며 말했다.

"저, 저 또 기분이 나쁜 모양이구마. 평소에는 아무렇지도 않다가 기분만 나쁘면 다리를 절뚝거린다니께."

아들 하나에 딸 셋을 둔 재실지기가 다리를 절뚝거리는 것은 6·25동란과 관계가 깊었다. 재실지기 지씨에게 빨갱이는 철천지원수, 아들 죽인 원수였다.

사변 때 지리산 끝자락 서부경남 산골짜기에 위치한 동네에 북한군이 들이닥친 것은 구월 중순, 추석을 며칠 앞 둔 날이었다. 동네 사람들은 모두 산 속으로 도망가 숨었다. 사변이 일어났다는 소식이 들리고 오랑캐가 점점 가까이 쳐내려온다는 소문에 동네 사람들은 집집마다 뒷산에 방공호를 마련해 두었다. 그날 아침 열 명쯤 되는 북한군들이 따발총을 들고 마을 입구에 나타났을 때, 동네 사람들은 각자가 맞춤한 자리에 숨어들었다. 마을에 들이닥친 무뢰한들은 총을 쏘아대면서 집집을 뒤져서 양식을 챙기고 밥을 해먹고 돼지를 잡아먹었다. 그들이 동네를 떠날 때까지 동네 사람들은 뒷산 곳곳에 숨어서 챙겨간 음식을 먹으면서 꼼짝도 하지 않았다. 그들은 이틀 동안 동네를 자기 집처럼 들쑤시고 다니다가 떠났다. 그들이 떠났어도 사람들은 섣불리 동네로 내려오지 않았다. 하룻밤을 산에서 더 지내고 나서야, 염탐꾼이 산등성이를 돌아서 그들이 자취를 완전히 감추었다고 말했을 때에야 산에서 내려왔다. 그런데 재실지기의 아들 만진이 동네 한가운데 마당에 죽어 있었다. 가슴과 다리에서 흘러내린 피가 마당흙 속에 스며들어 굳어있었다. 총상이었다. 그들의 소행이 틀림없었다. 그때부터 빨갱이 북한군은 재실지기의 철천지원수가 되었다. 사변 때 죽은 사람은 재실지기 아들뿐이 아니었다. 팔미재를 넘어서 용주 시댁으로 돌아가던 수아 왕고모도 폭격을 맞아 죽었다. 강씨네도 두 사람 죽었다. 검은들 동네에서는 일가족 일곱 명이 한꺼번에 목숨을 잃었다고 했다. 검은들은 신작로가 동네 앞으로 횡 지나간다. 북한군이나 공비 같은 침입자들이 들이닥치기 딱 좋은 길목에 동네가 자리 잡고 있던 셈이다.

소장수 마씨는 재작년에 우연히 동네로 흘러들어와 터를 잡고 살고 있다. 5일장의 우시장에서 소를 사고 파는 거간꾼 노릇으로 생계를 이어가는 장돌뱅이였는데, 돈이 좀 있으면 소를 싸게 사서 이문을 붙여서 되팔기도 했다. 부인 거창댁은 언청이로 윗입술 가운데가 양쪽으로 갈라져서 약간 위로 말려 올라가 있었다. 거창댁이 지나가면 짓궂은 아이들이 째보, 째보가 간다, 놀리고는 후다닥 숨었다. 미자 엄마 강촌댁과의 인연으로 동네에 들어왔다는 소문이 있었다. 타성 집성촌에서 버티고 사는 걸 보면 영 틀린 말이 아닌 듯했다. 누군가의 보살핌이 없다면 집성촌에서 터를 잡기 어렵다. 따돌림이 심해서가 아니라 그냥 어떤 일이 생기면 일가끼리 뭉쳐서 의논하여 해결해나가는 것이 집성촌의

특성이기 때문이다. 타성바지가 자연히 따돌림을 당하는 것 같은 소외감을 느끼게 마련이다.

보리가 누렇게 익어가는 밭 언덕에 서 있는 뽕나무에 오디가 까맣게 익었다. 아이들이 뽕나무에 다닥다닥 붙어서 오디를 따 먹는다. 밭 자락을 지나가던 어른들이 아이들을 보고 소리질렀다. 이놈들아, 낭개는 올라가지 마라. 뱀 나온다.

숙모는 누에치는 일에 바빴다.

이제 누에는 네 번 잠을 자고 5령이 되었다. 남자어른 가운데 손가락만큼 자란 누에들은 엄청나게 많이 먹었다. 와삭와삭, 서걱서걱, 잠실 밖까지 누에들이 뽕잎 먹는 소리가 들렸다. 숙모는 뽕잎 따는 일이 하루 일과가 되었다. 밭 언덕에 서 있는 뽕나무의 뽕잎은 거의 다 없어졌다. 5령 된 지 닷새가 되었으니 이삼일은 더 먹여야 된다. 뽕잎이 바닥났다고 숙모가 한탄했다. 산뽕잎이라도 따와야 누에들을 먹일 수 있다면서 숙모는 바구니를 챙겨들었다. 수아도 뽕잎 따는 데 같이 가겠다고 바구니를 들고 나섰다. 숙모는 괜찮다면서 재숙이나 잘 보고 있으라고 말했지만 재숙이도 수아의 손을 잡고 같이 가겠다고 했다.

산에는 수풀이 무성했다. 겨울철에는 나무꾼들이 낙엽을 샅샅이 긁어가고, 풀잎마저 지고 없어서 땅이 훤히 드러났지만 여름에는 풀이 우거져서 길이 아닌 곳은 다니기가 힘들었다. 동란 때 폭격 맞았던 나무들이 많이 되살아났다.

수아는 혹시 수풀 속에 포탄이 숨어있을지도 모른다는 생각에 조심해서 걸었다. 산이나 들에 떨어져서 흙속에 파묻힌 포탄이 있을 수 있으니 조심하라는 공문이 군청에서 면사무소로 수시로 내려온다고 구장이 말했다. 반상회 때에 빠지지 않고 나오는 동민들의 주의사항1호였다. 이웃마을뿐만 아니라 본동에서도 예전에 포탄이 터져서 팔이 잘려나가는 사고가 간혹 있었다.

숙모는 산뽕나무가 어디 있는지 훤히 알고 있었다. 앞산 중턱 산등성이가 꼬부라져 돌아나가는 곳에 뽕나무 여남은 그루가 서 있었다. 조금 습하다는 느낌이 드는 곳이었다. 뽕잎이 밭 언덕의 나무에서 나는 잎보다 훨씬 작았다. 수아는 숙모와 함께 뽕잎을 땄다. 바구니가 가득차면 가져간 자루에 옮겨 담았다. 오디도 작았지만 달았다. 재숙은 오디를 따 먹었다. 나무가 우람하여 가지를 휘어지게 잡아주어야 재숙은 오디를 딸 수 있었다. 숙모가 재숙에게 벌레가 오디에 붙어있을지도 모르니 잘 보고 먹어야 된다고 말하자 재숙은 더 이상 오디를 먹지 않았다. 자루 두 개가 뽕잎으로 가득 찼다. 머리에 이고 산길을 내려오는데도 무겁지 않았다. 나뭇가지가 아니고 이파리이기 때문에 무게가 그리 많이 나가지 않았다.

댕기들판이 훤히 내려다보이는 곳에서 잠시 쉬었다. 누렇게 익은 보리논이 많았다. 이미 보리타작을 하는 논도 있었고, 타작마당을 만드는 논도 눈에 많이 띄었다. 보리타작은

수아의 산수화

거의가 논에서 했다. 보리를 베어낸 논에 보리대궁을 밀어내고 흙을 고르고 다져서 임시로 타작마당을 만들었다. 논에서 베어낸 보리를 바로 그 자리 논바닥에 널어놓고 도리깨로 두드려서 타작을 하게 되니 시간이 많이 절약된다. 또 도리깨질을 해서 보리이삭을 털어내야 하는데 집 마당에서는 불편한 게 많았다. 자갈이나 애면 흙이 보리에 뒤섞이는 경우가 많았다. 그 고귀하고 도도하던 보리의 수염은 까끄라기가 되어 집안 곳곳에 내려앉았다. 운반도 힘들었다. 논마당에서 타작을 해서 보리는 가마니에 담고, 보릿대는 묶어서 가져가면 집안에 까끄라기 날릴 일은 없으니 여러 모로 수월하게 보리타작을 끝낼 수 있는 게 논바닥 타작이었다.

뽕잎을 가득 담은 자루 옆에서 잠시 쉬고 있던 숙모가 일어섰다. 궁둥이에 붙은 지푸라기를 털면서 숙모가 말했다.

"수아야, 우리 논하고 큰집 논에 보리가 다 익은 거 보이제? 누에 올리고 바로 보리를 베야겠다. 보리 베고 타작할 때 비가 오지 말아야 될 텐데."

"작년에는 소낙비가 한 차례씩 왔어요."

"그랬제. 더운 참에 시원해서 좋긴 했는데 걷고 펴고 하느라 성가시고 고생이제. 애고 저기 봐라. 머슴애나 가스나나 보리이삭 줍고 있다."

"재식이오빠야도 이삭가마니에 보리이삭 넣던데."

"그놈의 자식은 하라는 공부는 안하고, 싸돌아다닐 때 알아봤다."

"작은어머니도 참, 재식이 혼내지 마세요. 또래 애들 다 보리이삭 주워 모아서 참외 바꿔 먹고 수박 바꿔 먹고 하는데요. 하지 말라 윽박지른다고 하지 않을 재식이도 아니고요. 괜히 작은어머니만 속 끓이시게 되세요."

"맞다, 어무이. 오빠야는 참외 나한테도 준다. 내도 이삭 주워서 오빠야 줄 끼다."

재숙이 말에 숙모는 웃었다. 숙모의 눈꼬리가 감실감실해진다. 숙모는 막내인 재숙이 눈에 넣어도 아프지 않을 만큼 사랑스럽고 귀여운 모양이다. 매번 재숙에게 흐물흐물해지는 걸 보면.

그렇게 많이 땄는데도 누에들의 먹성을 당할 수가 없었다. 수아는 이튿날도 숙모와 함께 산뽕잎을 다시 따왔다. 알에서 깨고 나왔을 때는 깨알처럼 작았던 누에가 불과 스무날 만에 일만 배도 더 커졌다. 네 번이나 허물을 벗은 누에는 뽀얀 젖빛을 띠고 있었다. 자신의 몸 안에 일천오백미터나 되는 비단실을 품고 있는 녀석들의 몸을 만져보았다. 비단결처럼 부드럽다. 볼수록, 만질수록 신기했다. 누에를 만지작거리는 수아에게 숙모가 말했다.

"이쁘제?"

"예."

숙모가 짚을 얼기설기 엮기 시작했다. 누에 집이다. 다음 날부터 뽕잎을 먹지 않는 누에가 하나 둘 눈에 띄었다. 숙모는 한 마리씩 집어서 짚으로 만든 집 속에 넣어주었다.
밤이 되자 누에 올리기는 모두 끝났다. 누에들은 하루하고
반나절 동안 안심하고 고치를 지을 것이고, 고치에서 나온
암수 누에나방은 교미 후에 암나방들은 대략 오백 개나 육
백 개의 알을 낳고 죽을 것이다.

누에들이 스무 며칠 동안 살았던 잠실 방바닥을 숙모는
쓸고 닦아 다시 문간방으로 되돌렸다. 누에는 하얀 고치를
남겼고 잠실은 사라졌다. 숙모는 읍에 나가서 양잠조합에
고치를 넘겼다.

보리 베기가 시작됐다. 숙부는 보리타작이 끝날 때까지
정미소를 닫았다. 아버지와 숙부, 팔산아저씨는 팔산아저
씨 논부터 보리를 벤 다음 큰집 논과 작은집 논의 보리를
베기로 정했다. 열심히 하면 사흘이면 모두 베어낼 수 있다
고 했다.

수아는 숙모와 같이 식사 준비를 했다. 세 끼 밥과 참을
만들었다. 짭짤하게 졸인 갈치와 무조림, 뱅어조림 감자조
림은 미리 준비했고 국이나 벼락김치는 그때그때 만들었
다. 더운 때라 만든 음식이 곧 쉬어버릴 수 있었다. 조금씩
만 만들었다. 참은 국수와 수제비로 했는데 숙부와 팔산아
저씨가 맛나다고 말해서 숙모가 좋아했다.

도리깨질이 한창일 때 논으로 재실지기 지씨가 찾아와서
숙모에게 물었다.

"소장수 집에 가서 증거를 잡았어예?"

"가 보긴 했는데, 아무것도 없었네. 생보리 삶아 먹은 흔적도 보이지 않았고. 아무래도 그 사람은 아닌 듯하네. 설마 동네 사람이 그런 짓을 했겠나?"

"틀림없이 빨갱이 짓심더. 빨갱이가 아니라믄 누가 넘의 논에 번듯하게 서 있는 보리를 베어간단 말입니꺼?"

"빨갱이는 예전에 다 잡혀가지 않았나?"

"아이라요. 아직도 천지삐가리로 활개치고 다닙니더."

제 하고 싶은 말을 툭 던진 재실지기가 논두렁 쪽으로 허적허적 걸어갔다. 그는 진짜로 빨갱이 짓이라고 믿는 듯했다.

숙부가 무슨 일이냐고 물었다. 숙모의 설명에 숙부는 아무 소리도 하지 않았다.

보리타작을 할 때 다행히 비가 오지 않았다. 작년에는 타작 막바지에 소나기가 쏟아져서 비설거지에 혼비백산했다. 소나기 지나가고 난 다음에 대암산에서 국수봉에 걸쳐서 생겨났던 무지개는 참으로 예뻤다. 수아는 타작이 끝나고 난 다음 논 마당에서 태우는 북데기에 재숙이와 마늘을 구워 먹었다.

보리타작이 끝나고 며칠이 지나간 다음에 할아버지가 수아를 불렀다. 혹시나 오라버니와 어머니의 소식을 들을 수 있을까 생각하면서 사랑으로 들어갔다. 수아를 본 할아버지가 빙긋 웃으면서 말했다.

"무릇 세상만사가 다 그렇듯이 인연이란 것 또한 묘한 것

수아의 산수화

이어서……."

할아버지가 문득 말을 멈추고서 수아를 지긋하게 바라보았다. 애잔한 눈빛이었다. 말로 다 하지 못하는 많은 말들을 할아버지는 눈 속에 담고 있었다. 수아도 말없이 할아버지를 올려다보았다. 한동안 수아를 바라보던 할아버지가 다시 물었다.

"그래, 요즘은 어떠냐?"

"잘 지내고 있어요."

"힘들지 않느냐?"

"견딜만해요. 어머니와 오라버니 소식은 있어요?"

"그래…… 곧 좋은 소식이 있을 게야. 그것보다 정골에서 소식이 왔는데, 유근이 할아버지가 돌아가셨다는구나."

"예? 어쩌다가요?"

"노환이겠지. 혼인날짜만 잡았을 뿐이니, 너는 조문하지 않아도 된다. 친구들이 하나 둘 모두 떠나고 이제 이 할아비 혼자 남았구나."

할아버지의 얼굴에 미소가 떠올랐다. 어쩐지 쓸쓸하고 외로워 보이는 미소였다. 이튿날 아침나절에 할아버지는 정골 유근이네로 조문을 떠났다가 저녁 무렵에 돌아왔다.

4

파혼

들판은 초록일색이다. 모내기가 끝났다. 일손이 조금 한가해졌다. 콩밭에 난 잡초를 뽑아주고, 고구마나 고추 옥수수 등의 밭작물이 잘 자라는지 살펴보는 게 요즘 해야 할 일이다.

모내기 할 때는 집집마다 어울려서 품앗이로 일했다. 모심기 하는 집에서는 보리밥일망정 넉넉하게 밥을 지었다. 새참국수도 넉넉하게 삶았다. 품앗이에 참여한 가족들도 모두 모심기하는 집에 가서 밥을 먹었다. 동네 전체가 잔치집 같았다. 못자리에서 논으로 이식된 볏모는 새 땅에 부지런히 뿌리를 내리는 중이었다. 자잘한 애기 벼에 비해서 삼밭에는 대마가 무성하게 자랐다. 4월에 씨 뿌린 대마는 다른 작물에 비해 자라는 속도가 월등하게 빨랐다. 하루하루가 다르게 쑥쑥 자라났다. 두어 달 만에 어른 키 두세 배가 되었다. 빽빽하게 서 있는 대마 때문에 삼밭은 밀림 속처럼 어둡고 축축했다. 이제 아이들은 삼밭에 들어가지 않았다.

대마가 어른 키만 했을 때는 요리조리 대마 사이를 헤집고 다니면서 숨바꼭질 하는 아이들 모습을 종종 볼 수 있었다. 햇볕 들지 않는 깊숙한 어느 곳에 똬리를 틀고 있을 뱀이 무서운 것은 아이들뿐일까? 어른이 되어도 뱀이 무섭긴 매 한가지일 듯했다.

대마를 수확할 시기가 되었다.

대부분 대마는 꽃을 피우기 전에 벤다. 베어낸 즉시 삶아서 껍질을 벗긴다. 벗겨낸 껍질을 재빠르게 햇볕에 말려서 피마로 만들어 두는 게 가장 중요한 일이었다. 그 다음부터는 쉬엄쉬엄 해도 되었다. 보통은 농사일을 쉴 때 삼배가 될 올실을 뽑았다. 피마를 물에 불려서 겉의 꺼칠꺼칠한 부분을 삼톱으로 낱낱이 훑어낸 뒤 손질하여 다시 말리면 정마가 된다. 정마를 물에 불려 잘게 찢어서 삼실을 뽑았다. 삼실을 만들어 두면 언제든 길쌈을 할 수 있게 된다.

달구아저씨가 동네 장정들과 어울려서 삼을 찔 아궁이를 만들고 있었다. 해마다 이때쯤이면 동네 앞 도천 냇가에 커다란 삼굿을 만든다. 삼굿을 만들 때 제일 먼저 하는 것은 넓적한 돌로 아궁이모양을 잡는 일이다. 증기가 새어나가지 못하도록 돌과 돌의 틈새를 진흙으로 꼼꼼하게 바른다. 진흙이 마르고 난 뒤에 갈라지는 부위가 있는지 살펴보고는 미심쩍은 부분에는 다시 바른다. 작게 만든다 해도 2미터 넓이에 길이가 4미터가 넘어야했다. 대마를 쪄내려면 그 정도는 되어야만 한다. 다 자란 대마는 길이가 대략 3미터에서 4미터다.

수아는 숙모와 동네 부녀자들과 함께 냇가에서 빨래를 했다. 국민학교에 입학하지 못한 동네 조무래기들이 물고기를 잡는답시고 물속에 첨벙첨벙 돌아다녔다. 여자아이들은 물가에서 찰박거리면서 조개나 고등을 줍고 있었다. 까르르 웃는 소리가 빨래터까지 들렸다. 재숙이 웃음소리가 제일 컸다. 수아는 빨래를 하면서도 재숙이 어디쯤에서 놀고 있는지를 살펴보는 걸 잊지 않았다. 숙모가 곁에 있었지만 수아는 그렇게 했다. 도천 물은 너무도 맑아서 물속에서 헤엄치는 피라미나 모래무치의 수염까지 훤히 다 보였다. 깊지 않았지만 물때가 앉은 돌들은 사정없이 미끄러웠다. 수아가 재숙의 모습에서 눈을 떼지 못하는 것은 물 때 긴 돌을 밟은 재숙이 넘어질까 염려된 탓이다. 재숙은 잘 놀고 있었다. 수아는 어머니가 곧잘 빨래하던 곳, 반들반들하고 넓적한 돌을 바라보았다. 어머니가 지금 이곳에 있다면 얼마나 좋을까.

"요즘 미자 봤어?"

빨래를 하면서 누군가 말을 꺼냈다. 또 누군가 받아서 말했다.

"미자? 어제 봤는데, 왜?"

"좀 이상하던데? 두리뭉실한 게 몸에 살집이 많이 올랐어. 시집도 안 간 처녀가 왜 몸집이 불어나고 있느냐 그 말이지."

수아의 산수화

이번엔 순돌이 엄마 손목아주머니 목소리였다. 이어서 강촌댁은 사돈집을 잘 두어서 좋겠다느니, 미자도 제 오라비 덕을 보겠다느니, 지지리 궁상이던 그 집도 허리 좀 펴게 생겼다는 등의 말들이 오갔다. 빨래는 손으로 하면서 입으로는 한 마디씩 보태는 게 빨래터 재미고 말하는 재미인 듯했다.

수아는 미자 얘기만 나오면 이상하게도 유근이 떠올랐다. 유근이 미자 오라버니 강두석을 따라왔던 그날이 떠오른다. 그때 유근이 싱글싱글 웃으며 말했다. 두석이 형 돕는 일 끝나는 대로 곧 올게, 조금만 기다려 줘. 곧 오겠다던 유근은 오지 않고 별 탈 없이 잘 있다는 편지만 두어 번 보내왔을 뿐이다. 뭔지 모르지만 아직도 그 일이 끝나지 않은 모양이라고 수아는 생각했다. 혼인날까지는 여유가 있었다. 부대로 한 번 더 찾아가볼까 하는 생각도 들었지만 허탕치고 돌아왔던 때가 떠올라 선뜻 나설 엄두가 나지 않았다.

대마를 쪄낼 아궁이, 삼굿이 완성되었다. 수아는 문득 생각했다. 올해 길쌈을 해야 하나? 말아야 하나? 집안에는 지난 겨울동안 어머니가 베틀에서 짜낸 고운 삼베가 남아있을 터였지만 삼베는 워낙 요긴하게 쓰이는 곳이 많았다. 길쌈을 또 한다고 해서 나쁠 것은 없었다. 몇 년 전까지만 해도 아버지가 삼밭을 직접 가꾸었지만 근래 들어서는 삼밭을 그만 두었다. 어머니도 피마나 정마를 사서 길쌈을 해왔다. 피마보다 한 번 더 손질을 거친 정마가 조금 더 값이 나 갔다.

그리고 무엇보다 수아는 무슨 일이든지 손에 쥐고 있어야 만 견딜 수 있었다. 일에 집중하다보면 마음이 조금씩 안정 되어갔다. 아무것도 하지 않고 멍하니 있는 것이야말로 지 금으로서는 견디기 힘들었다.

재숙의 손을 잡고 집으로 돌아오는 길에 수아는 숙모에게 물었다.

"작은어머니, 길쌈거리를 얼마나 마련해야 할까요?"

"삼베야 많을수록 좋지. 집안에 어른도 계시는데…… 언 제 왕창 필요한 일이 생길지도 모르는 일이고. 와? 길쌈할 라카나?"

"예. 작년에는 어머니가 하는 거 곁에서 구경만 했는데 요. 올해는 어머니 몫까지 해볼까 하고요. 작은어머니 정마 살 때 같이 샀으면 해요."

"웬만하면 그냥 쉬라. 그러지 않아도 힘든 일이 천지빼까 린데."

"아니에요, 무슨 일이든지 해야만 해요. 일을 하지 않은 시간이 더 힘들어요. 어쩐 일인지 저도 모르겠지만요. 왜 그를까요?"

"옛날에 우리 할매가 일이 보배라카더라. 일에 열중하다 보면 시름이 도망가뿌린다꼬."

"그렇지요? 그렇게 어머니 자리를 굳건히 지키다보면,

수아의 산수화

어머니가 무사히 돌아오시겠지요?"

"하모, 그렇다마다."

"예. 노력해 볼게요."

"할아버지는 사랑에 계시지?"

"예, 아버지는 볼일이 있다고 읍내에 가셨는데 저녁 전에 오신댔어요."

"할아버지 좋아하시는 노각무침과 북어부스러기무침을 만들어 놨다. 저녁상에 올리자."

"예."

숙부가 할아버지를 모시고 대구 동산병원까지 가서 여러 가지 검사를 받고 온 지도 두 달이 다 되어간다. 정월에 기함으로 쓰러진 할아버지 때문에 집안 식구들이 많이 놀랐다. 한사코 괜찮다는 할아버지를 숙부가 반강제로 모시고 가서 검사를 받았다. 팔순이 지났으니 기력이 쇠하여졌고, 노환이 진행되고 있을 뿐이지 특별히 나쁘지 않다고 의사가 말했다고 했다. 모두들 한시름 놓았다. 정말 다행한 일이라고 수아는 생각했다.

동네 노인 몇이 베어놓은 대마 무더기에서 잎을 따고 있었다. 그 모습을 본 숙모가 수아의 팔을 끌고 삼밭으로 들어갔다. 대마는 반이나 베어져 있었다. 숙모가 눕혀진 대마를 훑어보았다. 작고 노란 꽃을 달고 있는 대마도 눈에 띄었다. 숙모는 재빠른 동작으로 꽃을 따 앞치마에 담았다. 영문을 몰랐지만 수아도 꽃을 찾았다. 재숙도 꽃을 땄다.

수아는 서너 주먹 될 만큼 꽃을 딸 수 있었다. 재숙은 작은 손으로 딴 꽃을 수아에게 내밀었다. 삼밭을 벗어나 집으로 돌아오면서 숙모가 말했다.

"꽃을 잘 말려두자. 요긴하게 쓰이는 약재다. 이파리도 좀 딸 걸 그랬나?"

"내일 따죠. 널렸잖아요. 잎은 다 훑어내야 하니."

"맞따. 내일이나 모래쯤 바구니 하나 따 놓자."

찰칵찰칵, 엿장수 가위소리가 들렸다. 아이들이 소리 나는 쪽으로 우르르 몰려갔다. 아이들은 제각각 손에 탄피조각들을 들고 있었다. 대문간이나 마당가 혹은 반반한 언덕배기를 파면 동란 때 쏟아진 폭탄의 파편이나 탄피 같은 것을 쉽게 찾아낼 수 있었다. 흙을 조금만 파 들어가면 널려 있을 만큼 흔했다. 아이들은 떼를 지어 다니며 탄피를 캤다. 엿장수가 올 때를 기다렸다가 엿으로 바꿔 먹었다. 어떤 때는 아직 터지지 않은 폭탄이나 수류탄이 발견되었고, 간혹 터지기도 했다. 그 자리에서 죽거나 팔다리가 잘려나가는 경우도 더러 있었다. 어른들은 아이들에게 탄피 같은 거 절대 만지지 말라 타일렀지만 아이들은 들은 척도 하지 않았다.

"엿장수양반, 엿장수양반."

서원담 골목에서 헐레벌떡 뛰어나온 안금댁이 소리를 질렀다.

찰칵찰칵, 가위소리를 내면서 골목을 벗어나던 엿장수가

리어카를 세우고 멈춰 섰다. 엿장수 앞에까지 뛰어온 안금댁이 잠시 헐떡거리는 숨을 고르고 나서 다짜고짜 리어카 속을 뒤지더니, 누런 양은냄비 한 개를 끄집어냈다. 한 귀퉁이가 심하게 찌그러진 냄비를 요리조리 살펴보던 안금댁이 화난 음성으로 말했다.

"이거 우리 냄빈데 엿장수가 와 갖고 있능교?"

"좀 전에 어떤 아가 엿 바꿔 간 냄비라예."

"우리 냄비가 맞는데, 꼬라지가 보록꾸에 찍힌 것처럼 찌그러졌구마. 이상타."

"갖고 올 때부터 그랬어예. 옆꾸데이가 찌끄리져서 아무 짝에도 몬 쓰겠네예."

엿장수가 슬며시 웃으며 능청스럽게 대꾸했다. 이놈의 자슥아를…… 새 냄비를……, 안금댁이 소리를 질렀다. 화가 많이 난 목소리였다. 냄비를 포기한 안금댁이 집 쪽으로 걸어가버리자 엿장수가 히죽 웃었다. 안금댁의 아홉 살 아들 경식이 가지고 왔을 때는 말짱한 냄비였다. 경식이 엿을 들고 가자말자 엿장수는 항상 가지고 다니는 망치로 냄비 한 귀퉁이를 찌그렸다. 한 번 두 번 해본 솜씨가 아니었다.

"수아야, 이상한 소문이 들린다이."

저녁 설거지를 하는 수아에게 숙모가 말했다.

"예? 무슨?"

수아가 의아한 얼굴로 돌아보았다. 숙모는 조금 머뭇대다가 말했다.

"동네에 너 파혼당했다는 소문이 쫙 깔렸어. 손가락 한 마디 없는 며느리는 못 들인다고 시어미가 펄쩍 뛴대. 신랑 앞길을 막는다나, 어쩐다나. 이상한 일도 다 있다이. 가을이면 혼인식인데."

"예? 무슨 그런 헛소문이?"

수아는 당장 편지를 썼다. 별고 없는지를 묻는 안부편지 말미에 우리 두 사람 파혼했다는 이상한 소문이 떠돌고 있으니, 다녀가라고. 빠른 답장을 기다린다는 말을 덧붙였다. 유근이 편지를 받았는지 어쨌는지 소식이 없었다. 무슨 일이 있긴 있는 것인가? 떠돌아다니는 말들은 그냥 헛소문일 거야. 수아는 처음엔 기분이 좀 나쁘기는 했지만 터무니없이 떠도는 말이라고 치부하고 넘겼다. 유근의 답이 없는 시간이 하루 또 하루 길어갈수록 사실일지 모른다는 불안이 수아의 마음속에 자리 잡기 시작하더니, 어느 사이 마음 속 깊은 곳에 똬리를 틀었다.

삼굿에서 김이 올랐다. 동네 사람들이 푹 익은 대마줄기를 꺼내, 군데군데 앉아서 껍질을 벗기기 시작했다. 수아도 한 묶음을 가져와서 숙모 곁에 앉았다. 처음 해보는 일이었다. 숙모가 하는 것을 보고 따라했다. 먼저 밑동 부분의 껍질을 벗긴 다음 손가락을 대와 껍질 사이에 넣어서 쭉 밀었다. 너무 뜨거웠다. 중간쯤에서 쉬었다가 다시 밀었다. 숙모가 한 묶음 벗길 동안 수아는 반 묶음도 해내지 못했다.

수아의 산수화

남은 것을 숙모와 함께 벗겼다. 대마줄기를 양쪽 끄트머리를 묶었다. 피마는 삼밭 주인에게 돌려주었다. 껍질을 삼밭 주인에게 돌려주고 줄기는 벗긴 사람이 가져가는 것이 삼굿일의 풍습이었다. 하얗게 빛나는 대마줄기를 머리에 이고 파랗게 자라나고 있는 논둑길을 벗어나 집 쪽으로 난 골목으로 접어들었을 때, 빨간 자전거를 탄 우체부가 수아 앞에 멈췄다. 우편가방에서 편지 한 장을 꺼내어 수아에게 주었다. 유근의 편지였다.

유근의 편지를 읽는 수아의 손이 부들부들 떨렸다. 열무를 들고 우물로 가던 숙모가 편지를 낚아챘다. 쓰윽 훑어본 숙모가 말했다.

"야가 지금 뭐라카노? 미안하다꼬? 혼인을 미루자고? 야가 와 카노?"

수아는 할 말이 없었다. 아니, 모르는 일이었다. 뜬금없었다. 화를 내던 숙모가 말없는 수아를 보더니 무슨 말을 해야 좋을지 모르는 듯 우물거리고 서 있다가 열무를 들고 다시 우물가로 갔다.

처음에는 그저 정신이 멍했다. 무슨 말인지 이해가 잘 되지 않았다. 숙모가 불같이 화를 내는 모습을 보고야 퍼뜩 제정신이 돌아왔다. 도대체 유근에게 무슨 일이 일어났을까? 미, 안, 하, 다. 유근은 뭐가 미안하다는 것일까? 그토록 오랫동안 함께 쌓아왔던 시간들을 허물어뜨리고 싶다는 말을 하고 있는 것일까? 수아는 착잡한 마음으로 한동안 편지를 내려다보았다. 아무리 오래 내려다보아도 미안하다 글자 외에 다른 글자는 눈에 들어오지 않았다. 그는 '미안' 속에 무엇을 담고 싶었을까? 분명한 것은 유근이 무언가를 숨기고 있다는 것만은 알 수 있었다. 그에게 무슨 일이 일어난 게 틀림없었다. 도대체 그것이 무엇일까? 어떤 크나큰 잘못을 저질렀을까? 그렇지만, 그럴 리는 없을 것이다. 그는 성실한 사람이다. 어디에서든 함부로 나대어 일을 그르치거나, 일이 서툴러 윗사람에게 미움 받을 사람이 아니다. 그렇다면 말 못할 어떤 사정에 단단히 붙들려있는 게 틀림없었다. 혹시 너무 굶어서 병이 난 건 아닐까? 동란 직후에 군대생활을 한 사람들의 이야기를 들어보면 험난하기 그지없는 게 군인생활이라고 했다. 배고픔도 심하다고 했다. 5촌인 진수아저씨는 너무 배가 고파서 구보 중에 민가에서 버린 고구마껍질을 주워 먹었다고 했다. 설사 군대 사정이 그렇다할지라도 유근과는 비교할 수 없을 터였다. 진수아저씨는 그 당시 졸병이었을 테고, 유근은 사관학교를 나온 어엿한 장교이지 않는가. 아무리 곰곰 생각해보아도 '미안하다'는 유근의 말을 어떻게 받아들여야 하는지 수아는 감이 잡히지 않았다. 그가 말하지 않는, 그가 숨기고 있는 그것이 무엇인지 알고 싶었다. 어쩌면 유근 그 자신도 자신의 진짜마음을 모르고 있는 것은 아닐까? 시류에 휘말려서 혹은 분위기에 휩싸여서 자신의 진심도 모른 채 소낙비에 떨어진 나뭇잎처럼 이리저리 휘둘리고 있는 것은 아닐까? 혹

수아의 산수화

시 그를 둘러싸고 흐르는 무언가에 그 자신도 모른 채 속고 있는 것은 아닐까? 아니면 거부할 수 없는 어떤 욕망에 혼이라도 빼앗겼을까? 아직은 알 수 없었다. 무엇 하나 확실한 게 없었다. 미안하다는 그의 말을 뒷받침할 수 있는 실체가 드러난다면, 그때 이 난감한 문제를 풀어낼 수 있으리라. 수아는 그때까지 유근을 놓지 않으리라 다짐했다. 유근을 찾아가자, 찾아가서 무슨 사정인지 알아보자. 아버지가 돌아오시면 곧바로 말씀드리고 유근이 근무하는 포천 부대로 찾아가서 사실을 확인해보자고 수아는 생각했다.

유근은 부대에 있었다.

"부대까지 왜 왔어? 편지로 하면 될 것을."

유근은 예사롭게 말했다. 아무 일도 없는 것처럼 빙글빙글 웃었다. 그 모습을 보자, 수아는 노여움이 차올랐다. 가슴속에 고여 있던 응어리가 명치를 거쳐서 목을 타넘고 있었지만, 되도록 분을 억누르고 천천히 한 문장 한 문장을 또박또박 말했다.

"그런 편지를 보내놓고 가만있으라고요?"

"때가 되면 설명하려고 했어. 조금 기다려봐."

"그 때라는 게 언젠데요?"

"내 말이 그 말이잖아. 편지로 말했잖아. 여기까지 왜 왔어?"

"답답하니까 여기까지 올 수밖에요. 나와 파혼했다는 그 소문이 정말인지 그것부터 말해요."

선뜻 말하지 않고 군화발로 땅만 후벼대던 유근이 낮은 목소리로 말했다.

"변명할 낯짝이라도 있으면 정말 좋겠다. ……그냥 한 마디만 할게. 우리 여기서 그냥 끝내자."

"뭐? 끝내? 안 돼. 그렇게는 못하지. 우린 어릴 때부터 서로 사랑해왔어요. 혼인식이 백일도 남지 않았어요. 약속을 지켜요."

"혼약을 깨트려서 미안해."

유근이 웃으며 말했다. 웃어? 수아는 애써 눌렀던 감정이 사납게 터져 나왔다. 수아는 유근의 턱밑까지 바짝 다가갔다. 유근의 뺨을 사정없이 때렸다. 연거푸 석 대나 때렸다. 수아가 말했다. 목소리가 부들부들 떨려 나왔다.

"웃어? 헤어지자는 말이 그렇게 아무렇지도 않게, 웃으며, 할 수 있는 말이야? 싹싹 빌어도 모자랄 판에? 내가 우습지? 이 돼먹지 못한 자식아!"

유근이 놀란 듯 주위를 살폈다. 근방에 아무도 없는 것을 확인한 유근이 말했다.

"뭐하는 짓이야? 차라리 잘 됐다. 뺨 석대로 샘 끝난 걸로 하자."

"누구 맘대로? 도대체 뭐야? 말해."

"말 할 수 없어. 이유 불문하고 끝내자."

"누구 좋으라고? 납득할 만한 이유를 대. 이유도 모른체

가만히 당하라고? 닥치고 혼약 따윈 없던 걸로 하자고? 나를 얕잡아 봐도 유분수지. 어떻게 그 말을 쉽게 할 수 있어?"

"좀 봐줘. 네가 안 봐주면 누가 날 봐 주겠니?"

"참 웃기네. 지금 누가 누구를 봐줘야 하는데?"

"제발 이유는 묻지 마라. 차마 내 입으로 말할 수 없어. 앞날이 걸려있거든. 함부로 말할 수 없는 일이 또 있어. 보안이 걸려 있어. 이해 좀 해줘라. 지금은 미안하다는 말밖에 달리 할 말이 없어. 죽으면 우리 할아버지께 매 맞을 각오는 진작부터 하고 있으니까, 나 좀 용서해 줘라."

유근이 잘도 쏙살거렸다.

수아는 기가 막혔다. 어떻게 대꾸해 줘야할지 감도 잡히지 않았다. 무슨 일인지는 모르겠지만, 유근은 심상치 않은 일에 휘말린 듯했다.

"도대체 어떻게 이해하란 말이야? 내가 정말 싫은 거야? 그건 아니잖아?"

"아니지, 아니지."

사이를 두었다가 수아가 다시 닥달했지만 유근은 끝내 입을 열지 않았다. 도대체 유근에게 무슨 일이 일어난 것일까? 왜 그는 사실대로 말하지 못하는 것일까? 그에게 닥친 일이 예삿일은 아닌 듯했다. 지금까지 살아오면서 수아는 유근과 헤어질 수 있다는 생각 같은 건 단 한 번도 하지 않았다. 이제부터라도 유근에게 무슨 일이 일어났는지 알아봐야겠다고 수아는 마음을 다잡았다. 어디서부터 알아봐야 할까? 누구를 먼저 찾아가봐야 할까? 할아버지는 무언가를 알고 있을까? 할아버지는 이일을 어떻게 받아들일까? 유근의 할아버지가 돌아가신 뒤 할아버지도 정골 유근의 집과도 멀어졌을 것이다. 수아가 이 생각 저 생각에 잠겨있는 틈에 유근은 슬금슬금 부대 안으로 사라졌다. 수아는 유근이 사라진 쪽을 향해 소리쳤다.

"잘 생각해서 행동해요. 마른하늘에서 떨어지는 벼락 맞기 싫으면!"

부대원들 두셋의 머리가 보였다가 사라졌다.

수아가 대문으로 들어서자, 대청마루에 앉아 있던 숙모가 벌떡 일어섰다. 수아의 몰골을 보고 모든 것을 알았다는 듯 말없이 수아를 꼭 껴안았다. 숙모가 수아의 등을 가만히 토닥였다. 숙모의 따뜻한 손길이 등에 닿자 수아는 참고 있었던 설움이 북받쳤다. 소리도 없는 눈물이 끝없이 흘러내렸다. 숙모는 수아를 꼭 껴안은 팔에 더욱 힘을 주었다. 이야기를 대충 들은 숙모가 화를 내면서 말했다. 겨우 뺨 석 대만 갈겼냐? 다리 하나는 못쓰게 박살내 주어야 그 긴 세월을 끝장낸 분풀이가 되지 않겠냐? 그날부터 수아는 며칠을 앓았다.

얼마 후, 유근 아버지가 할아버지와 아버지를 찾아왔다. 사랑에서 한동안 얘기를 나누다 나온 유근 아버지가 마당

수아의 산수화

에 서 있는 수아에게 말했다.

"미안하다."

수아는 고개만 숙여보였다. 유근 아버지가 돌아가고 아버지가 말했다.

"유근이 큰 실수를 했다는구나."

"도대체 무슨 실수를 했대요? 사람이라도 죽였대요?"

"넌 알려고 하지마라. 그만 유근은 잊어라."

수아가 무슨 말인가를 하려고 하자, 묵묵히 앉아있던 할아버지가 말했다. 어쩐지 목소리에 힘이 없었다.

"내가 너무 오래 살았구나. 초산, 어서 오시게. 나를 부르는 응초의 목소리가 들리는 듯하다. 친구가 죽어 왕래하기 민망하여 발길을 끊었더니 이런 불상사가 일어났구나."

응초는 유근의 할아버지 호였고, 초산은 할아버지 호다. 두 분이 절친 사이였다 유근은 어릴 때부터 할아버지를 따라 수아의 집에 자주 들락거렸다. 그런 인연으로 유근과 어릴 때 맺게 된 혼약이었다. 지금껏 유근과 수아는 서로에게 더없이 좋은 정혼자로 정답게 지내왔다.

"아버지, 왜 그런 말씀을 하십니까? 세상이 고약하게 변하고 있을 따름이지요."

당황한 아버지가 황급히 말했다. 이어서 수아에게 말했다.

"인연이 아니었다고 생각하고 마음 잘 다독거리도록 해라.

유근과 수아의 혼약파기는 돌이킬 수 없는 사실이 되었다. 이제 완전한 남남이 되었다. 앞으로는 만날 일이 전혀 없을 터였다. 혼약이 깨졌다는 소문만은 두 집안의 관계를 아는 사람들 사이에서 제법 오래 떠돌았다. 장차 시어머니가 되었을 유근 어머니가 며느리 될 처자가 새끼손가락 첫마디가 없는 병신이라서 아들 출세 길에 지장 있다는 점쟁이 말에 혹해서 반대했다더라, 그게 아니라 신랑 될 자가 딴 짓을 한 탓에 그 집안에서도 어쩔 수 없었다고 하더라. 등의 말들이 한동안 뜬구름처럼 떠다니다가 잠잠해졌다.

소문은 가라앉았지만 수아는 여전히 유근의 변심에 대한 의구심을 풀지 못했다. 유근이 괘심해서였다. 유근의 아버지가 집으로 찾아오기 전까지만 해도 수아는 유근과의 사이를 끝났다고 생각하지 않았다. 잠이 오지 않았다. 쉬 잠들지 못하는 많은 밤을 보냈다. 어떻게 그럴 수 있냐고? 이때껏 사이좋은 오누이처럼 다정하게 지내지 않았느냐고? 별 이상한 낌새도 없이 갑자기 파투를 내는 이유가 도대체 뭐냐고? 하필 이런 때, 죽마고우라면서 주구장창 붙어 다니던 재민오라버니가 경찰서에 잡혀있고 어머니의 소식조차 모르는 이런 때에 어떻게 헤어지자는 말을 할 수 있느냐? 그동안 두 집안의 정을 생각해서라도 네가 그러면 안 되는 것 아니냐? 수아는 유근에게 가 닿지 않은 수많은 물음들을 던지고 또 던졌다. 그러다가 그것마저 억울하다는 생각이 들었다. 어떤 날은 유근에 대한 생각을 완전히 접어주는 것

수아의 산수화

이 또 다른 진정한 복수이지 않을까? 생각했다. 그런 날은 어머니 생각이 더욱 간절했다. 어머니만 떠올리면 따뜻한 물속에 발을 담그고 있는 듯했다.

5

황강 백사장 모래찜질

여름밤이 시작되었다.

촘촘히 빛나는 별들 사이로 유월의 상현달이 떴다. 달빛 아래 모든 것들이 화려하게 빛났다. 나뭇잎과 풀잎들이 땅 위에 내려앉은 별들인 것처럼 반짝였다. 산과 들에 살고 있는 모든 생물들이 대낮에는 드러내지 않았던 속내를 은밀하게 내보이고 있었다. 나무와 나무들이 서로 손을 잡고 속삭였다. 하늘에서는 은하수 이쪽저쪽에서 견우와 직녀가 마주 바라보며 애간장을 태우는 밤이기도 했다.

저녁 설거지를 끝낸 동네 부녀자들과 처녀들이 수아네 집 마당에 모였다. 숙모와 수아, 순돌엄마, 앞집 처녀 순이와 옆집에 사는 기영엄마 뒷집의 명이네 그리고 미자가 왔다.

수아는 마당에 멍석을 깔았다. 멍석 한가운데 등잔불을 밝혔다. 처녀들과 부녀자들이 빙 둘러 앉았다. 삼발이를 앞에 놓았다. 삼실을 삼발이에 걸었다. 길쌈 준비가 모두 끝났다. 이제 실을 이어서 바구니에 담기만 하면 된다.

수아는 밤에 하는 길쌈이 낮보다 지루하지 않아서 좋았다. 등잔불을 가운데 두고 둥글게 모여앉아서 도란도란 이야기를 나누는 것도 썩 괜찮았다. 때론 노래를 부르기도 했다. 성가신 건 모기였다. 앵앵거리면서 맨살 여기저기를 물어댔다. 멍석 옆 마당에 모깃불을 피웠다. 삼발이에서 삼 하나를 꺼냈다. 앞니와 송곳니로 삼 끝머리를 매끈하게 다듬었다. 다시 삼 한 가닥을 꺼내어 송곳니로 삼 끝머리를 두 갈래로 갈랐다. 두 갈래가 된 삼에 먼저 다듬은 삼을 끼워서 허벅지 위에 놓고는 오른손으로 도르르 비비며말았다. 두 가닥 삼이 꼬아지면서 하나로 연결되었다. 다시 삼 한 가닥을 꺼내어 같은 동작으로 이어나갔다. 이어진 삼은 오른쪽에 놓인 바구니에 담았다. 헝클리지 않게 둥글게 빙 돌려가면서 가지런히 담았다. 서툴렀지만 실이 흐트러지지 않게끔 노력했다. 수아에겐 익숙하지 않은 일이다. 어머니는 수아가 길쌈하는 것을 좋아하지 않았다.

수아는 맞은편에 앉은 미자를 건너다보았다. 미자는 길쌈을 잘하는 편이다. 뻐드렁니 덕분인 듯했다. 미자가 올실 한 가닥을 잡더니 앞니로 삼 끄트머리를 쓱 흩었다. 삼실은 곧바로 두 가닥으로 갈라졌다. 두 가닥 사이에 삼 한 가닥을 넣으면서 허벅지로 가져갔다. 미자의 뻐드렁니가 참으로 튼튼하다고 수아는 생각했다. 무언가를 한 번 물면 절대 놓치지 않을 만큼 튼실해 보였다. 저렇게 튼튼한 앞니를 강촌댁은 아들 강두석의 출세를 위해서 4개나 뽑아냈다고 했다. 강촌댁 스스로는 강단 있었겠지만 수아는 듣는 것만으로도 소름이 돋을 만큼 무서웠다. 수아는 자신도 모르는 사이 몸서리를 쳤다.

길쌈일이 슬슬 손에 익어갔다. 두런두런 이야기를 나누던 길쌈꾼들이 나지막한 소리로 흥얼거리기 시작한다. 앵두나무 우물가에 동네처녀 바람났네. 오동추야 달이 밝아 오동동이요, 오동동 술타령에 동네처녀 바람났네. 시오야 밝은 달은~ 한 둘이 시작한 노래가 합창으로 변했다. 목소리들이 점점 커졌다. 노래 소리가 둥글게, 둥글게 주위로 퍼져나갔다.

수아의 귀에 문득 장구소리가 들렸다. 환청인가? 진달래꽃이 한창 피었다가 지던 날 열렸던 동네회연 때 들었던 장구소리가 지금껏 귓가에 남아있었던 것일까? 아니다. 어머니가 치는 장구소리다. 어머니는 장구를 잘 쳤다. 그 장구소리가 그립다. 올해도 새봄을 맞이한 회연을 열었다. 오래전부터 동네에 내려오는 풍습이었다. 해동이 되자마자 동네 사람들은 보리논에 솟아난 김을 맸다. 콩과 옥수수 등 씨앗작물을 심고 난 뒤에 일손이 잠깐 쉴 때다. 곧 보리타작과 모심기 등으로 눈코 뜰 사이 없을 정도로 일손이 바빠지는 시기가 닥친다. 그때가 오기 전 잠깐 짬을 내어서 해마다 봄 회연을 열었다. 회연이라고 해봐야 많은 음식을 장만하지도 않는다. 멸치 육수에 데쳐서 무친 미나리와 부추, 당근으로 고명을 얹은 잔치국수 한 그릇과 파전과 뻘건 밀전병이 전부였다. 그랬다. 봄 회연은 먹고 마시는 게 아니었다. 꽃그늘 아래서 장구치고 노래 부르고 춤을 추는, 그냥 노는 거였다. 길어진 흥은 밤늦게까지 이어졌다. 놀이는 이틀 동안이나 계속됐다. 보기 좋았다.

수아는 밤낮으로 열렸던 그 회연이 올해는 어떻게 지나갔는지 생각나지 않았다. 아늑하고 포근했던 봄밤들이 어떻게 모두 다 지나가버렸을까? 생각할수록 아득하기만 했다. 모든 사람이 회연을 즐길 때 수아가 마음 놓고 즐기지 못한 것은 어머니의 장구소리가 계속해서 귓가에 맴맴거렸기 때문일 터였다. 올해 봄은 참으로 쓸쓸하기 그지없었다. 지난해 봄은 즐거웠다. 수아는 어머니와 함께 거닐던 살구꽃그늘과 진달래꽃을 얹어서 부쳤던 찹쌀화전과 살짝 데쳐서 무친 미나리를 고명으로 말아먹었던 국수를 다시 떠올렸다.

문득 노래 소리가 끊겼다. 길쌈꾼들은 다시 두런두런 이야기를 시작했다.

길쌈꾼들은 오래전에 상처한 뒤 쭉 홀로 살아온 달구를 화젯거리로 삼고 있었다. 달구의 외숙이 중매를 했고, 달구는 신부될 여자가 마음에 들었으며, 혼인식은 올 가을쯤에 하는 것으로 결정했다는 이야기를 하고 있었다. 이야기 끝에 순돌 엄마가 미자를 보고 물었다.

"군인오빠는 잘 있는가베?"

"또 진급했다고요. 히힝, 벌써 대위가 됐다고요. 부하가 억수로 많이 생겼다했다고요. 머잖아 소령이 되고 또 장군이 될 거라는데요잉. 히힝."

미자의 목소리에는 콧소리가 달라붙어있었다. 애고 좋아라! 애고 좋아라! 자랑을 하고 싶어서 안달이 난듯했다.

손과 입으로는 열심히 길쌈을 하면서도 눈으로는 미자를 요리조리 훑어보던 숙모가 물었다.

"애, 미자야. 니도 요즘 무슨 좋은 일이 있나보다? 집에 먹을 게 천지빼까린가베? 몸에 살집이 더덕더덕 붙었다."

미자는 무슨 말인지 모르겠다는 듯 두 눈을 멀뚱히 굴리고 있었다. 그러다가 문득 알겠다는 듯이 깔깔 웃으며 대답했다.

"좋은 일요? 킥킥, 있지요. 아주 좋은 일이 있어요."

숙모가 다시 물었다.

"무신 일이고? 혼자만 알면 재미없데이."

"안되어요. 울 엄마가 절대로 이야기 하면 안 된다고 했어요. 킥킥."

미자는 얼굴색까지 붉게 물들이며, 평소답지 않게 단호하게 말했다. 숙모는 입을 삐쭉이며 큼큼거리다가 미자를 건너다보면서 다시 꼬드겼다.

"깡촌댁이 무슨 일을 꾸미고 있는 게지? 무슨 꿍꿍일꼬? 미자야, 우리가 깡촌댁한테는 니가 말했다고 하지 않을 테이니께 살째기 쪼꼼만 이야기해줘 봐라."

"히잉……."

미자가 수아를 쳐다보면서 묘한 웃음을 흘렸다. 미자는 무슨 말인가를 하고 싶은 것처럼 입술을 달싹거렸지만, 달싹거리기만 할뿐 끝내 입을 꾹 다물었다. 강촌댁이 입단속을 단단히 시킨 모양이었다. 도대체 무슨 대단한 비밀이기에 말도 못하게 하는 걸까?

목덜미가 따끔했다. 모기다. 수아는 이어가던 삼실을 가지런히 바구니에 담았다. 모깃불을 지피기 시작했다. 짚북데기 위에 마른솔가지를 얹어놓고 불을 붙였다. 곧바로 불꽃이 일었다. 그 위에 생솔가리를 올렸다. 생솔가리는 곧바로 불붙지 않았다. 매운 연기가 먼저 피어올랐다. 생솔가지에서 피어난 연기가 나지막하게, 마치 그림자인 듯 멍석을 덮쳤다. 연기가 온 마당으로 퍼져나갔다. 매캐한 연기가 코와 입속으로 들어온다. 연기에 솔향기가 섞였다. 저절로 기침이 나온다. 콜록,콜록, 기침소리가 들렸다.

유두절을 하루 앞둔 7월 19일은 일요일이었고, 동네부녀자들이 길쌈을 하루 쉬기로 했다. 모래찜질을 하자는 의견이 모아졌기 때문이다. 숙모를 따라가기로 한 수아는 아침부터 서둘렀다. 선선할 때 걸어가서 마음에 드는 곳에 자리를 잡으려면 일찌감치 길을 나서야 한다. 황강 백사장까지는 시오리나 되었다. 수아는 숙모와 같이 점심으로 먹을 주먹밥을 만들었다. 보리쌀이 쌀보다 더 많은 밥에 깨소금과 볶은 잔멸치를 넣어서 버무렸다. 보리쌀이 많이 들어가면 잘 뭉쳐지지 않기 때문에 푹 삶아야 한다. 보리쌀미숫가루를 타서 나무통에 담았다. 먹을 물을 수통에 담으면서 숙모가 말했다.

"수박은 무거우니께 황강 근처 수박밭에서 사자. 없으면 말고. 물기 있는 거 마이 먹으면 쉬하러 다니느라 찜질도 못한다."

순돌이네, 기영이네, 명이네와 순이와 수아, 숙모가 일찌 감치 길을 나섰다. 놀기 좋아하는 미자가 불참인 게 이상했다. 숙모는 골 밖에 나오자마자 정미소로 가서 숙부에게 말했다.

"모래찜질 갑니더. 하도 허리가 아파서."

수아도 숙부에게 인사하고 일행들과 어울렸다.

버드나무 가로수가 양쪽 가장자리에 늘어 서 있는 한길은 한산했다. 아침 일찍이라 볕이 뜨겁지 않았지만, 얼마 걷지 않아서 얼굴과 등에서 땀이 솟았다. 걸어갈수록 땀범벅이 되었다. 땀을 식히느라 가로수 그늘 아래에서 쉬어쉬어 가 다보니 한 시간 반이나 걸려서 황강에 도착했다. 백사장이 울긋불긋했다. 많은 사람들이 자리를 차지하고 있었다. 둘 셋, 혹은 더 많은 사람들이 끼리끼리 모여서 찜질을 하고 있었다. 수아는 숙모와 동네 사람들을 따라서 운동화를 벗어들고 모래사장으로 들어섰다. 모래 위를 걸어갔다. 발바닥이 따끔따끔했다. 한낮이 다 되어가니까 모래는 충분히 뜨거워져 있었다. 물가에서 그리 멀지않은 곳에 동네 사람들과 자리를 잡았다. 수아는 처음으로 하는 모래찜질이지만 사람들은 해마다 하는 놀이인 듯 익숙한 모습이었다. 뜨거운 모래 위에 드러누워 주위의 모래를 다리와 배 가슴 위에 올렸다. 머리 밑에는 수건 두어 장을 두었고, 양산을 펴서 얼굴 쪽을 가렸다. 수아는 숙모의 몸 위에 뜨거운 모래를 많이 올렸다. 한낮이 될수록 모래는 더욱 뜨거워 졌다. 뜨거운 모래 속에 묻혀서 강 건너 연호사는 물 속에 있는 듯 시원해 보였다.

황강 백사장은 이름난 모래찜질 장소로 알려져 있었다. 여름이면 초계나 의령 신반에서도 산후 조리가 시원치 않았던 부녀자들이 즐겨 찾아온다고 숙모가 말했다. 수아는 숙모와 동네 사람들과 함께 하루 종일 뜨거운 모래더미에서 놀았다. 다들 준비한 주먹밥으로 점심을 맛나게 먹었고, 배고프면 미수가루도 마셨다. 수박은 귀찮다고 사러 가지 않았다. 모두들 마음껏 웃고 떠들면서 하루를 보냈다. 모두 얼굴이 빨갛게 익어서 집으로 돌아왔다.

6
미자

재민오라버니가 풀려났다는, 반가운 소식이 들렸다. 독서동아리와 문예동아리의 회원들이 경찰서에 탄원서를 넣었다고 했다. 재민의 여자 친구인 박순분의 고모부가 마산경찰서 고위간부를 알고 있는데 힘을 좀 보탰고, 사정을 알게 된 재민이 가르치는 반 학생들도 모두 탄원서를 냈다고 했다. 재민은 우선 좀 쉬다가 여름방학이 되면 본가에 오겠다고 했다.

여름방학이 시작되었다.

재민이 집에 왔다. 야윈 모습이었다. 갇혀있으면서 얼마나 많은 고초를 겪었을까? 어머니가 있었다면 아마도 몸보신부터 시켰을 것이리라. 수아는 숙모와 의논했다. 몸보신에 좋다는 가물치곰탕과 오리백숙을 하자고 했다. 이참에 할아버지와 아버지와 숙부와 숙모까지 다 함께 보신하는 것도 나쁘지 않을 것이라 생각됐다.

재민은 보름 남짓 집에 있었다. 할아버지와 아버지는 재민과 같이 있는 걸 좋아했다. 때마침 논과 밭에도 크게 할 일이 없었다. 아버지는 해뜨기 전에 뒷산 자락 밭에 가서 풀을 뽑았다. 메주콩, 팥, 고구마, 참께, 고추를 심은 밭에는 이틀이 멀다하고 풀이 자라났다. 대낮에는 세 사람이 사랑마루에 앉아서 바둑도 두고 장기도 두면서 한가한 척 놀았다. 수아가 보리단술을 들고 가서 슬그머니 곁에 앉아보면 세 사람 모두 별로 말은 하지 않았다. 그냥 바둑이나 장기를 두면서 언뜻언뜻 서로를 바라볼 뿐이었다.

가끔씩 아버지와 재민은 『고요한 돈강』을 펼쳐놓고는 뭔가에 대해서 말하기도 했다. 두 사람은 서로를 바라보면서 고개를 끄덕거리고, 때로는 찡그리기도 했다. 손가락으로 어떤 부분을 짚으면서 슬쩍 웃기도 하는 걸 수아는 몇 차례 볼 수 있었는데, 재민보다 아버지가 그 문제의 책을 더욱 애지중지하는 듯했다. 그 모습을 보고 수아는 조금 걱정했다. 괜찮을까? 위험한 책이라는데. 아버지 몰래 내다 버릴까? 그러면 아버지가 도시에 나가서 다시 구해 올 것이다.

재민은 유근과 수아의 파투난 혼인 소식을 듣고 매우 놀란 듯했다.

재민과 수아는 대청에 걸터앉았다. 밤하늘의 수많은 별들이 두 남매를 내려다보고 있었다. 그동안 집에서 몸을 추스른 재민은 내일 아침에 떠난다고 말했다.

수아는 재민 앞에서 아무렇지도 않은 듯이 굴긴 했지만, 유근을 떠올릴 때면 아직도 마음이 쓰라렸다. 그러나 어쩌겠는가? 이미 지나가버린 옛이야기였다. 수아는 유근을 잊어버리는 게 상책이라고 생각했다. 꿋꿋하게 견디다보면 잊히는 날도 있을 것이고 어머니도 집으로 돌아올 것이었다. 수아는 그렇게 아무렇지도 않은 것처럼 지내고 있었다.

때마침 구름에 가려져있던 달이 얼굴을 내밀었다. 달은 은하수에 걸려있었다. 직녀성인가 견우성인가 곁에 바짝 붙은 달이 환한 빛을 사정없이 지상으로 뿌려댔다. 장독대 뒤에 서 있는 감나무가 이파리를 활짝 펼치고 달빛을 받았다. 반들, 반들거리는 모양이 마치 참기름을 발라놓은 듯했다. 튼튼하게 뿌리를 내린 들판의 벼들과 천지 사방의 풀과 나무들이 여름밤의 달빛아래 화려하게, 그러나 고요히 빛나고 있었다.

대낮처럼 밝은 달빛에 재민의 얼굴이 드러났다. 벌겠다. 아니 퍼랬다. 한동안 고개를 주억거리던 재민이 말했다. 노여움 때문인지 떨리는 목소리였다.

"내가 그 자식을 묵사발로 만들어서 다시 네 앞에 끌어다 놓을 게."

수아는 재민이 여동생을 위로할 말을 찾지 못해서 내뱉은 말이라고 생각했다. 수아는 아무렇지도 않은 듯이 말했다.

"이젠 괜찮아. 다 지나간 일인데, 뭐."

"지나가긴? 내가 그 새끼 당장 찾아가 요절 낼께."

어디선가 나타난 구름 한 조각이 문득 달을 가렸다. 환하게 빛나던 여름밤의 정경이 구름에 가려져 희미해졌다. 풀

냄새가 났다. 상추쌈을 먹을 때 입 속에서 났던 아삭거리던 소리를 닮은 냄새였다.

재민은 다시 집을 떠났다. 진주와 마산에서 만나야 할 사람도 있고, 무엇보다 중요한 것은 어머니의 행적을 찾아보는 것이라고 했다. 그날 어머니가 자췻집에 다녀간 것이 분명했으니, 그 시점부터 소소한 것도 놓치지 않고 차근차근 나아가다보면 어떤 꼬투리가 잡히지 않겠느냐면서 재민은 집을 떠났다. 배웅삼아 뒤따라가는 수아를 보고 재민이 의미심장하게 말했다.

"아무래도 나를 감금했던 박가 그놈, 그놈이 수상해. 외삼촌 행방을 말할 때까지 안 풀어준다고 했거든. 어머니가 집에 돌아오시지 못하는 것은 그놈이 뒤에서 뭔가 조작질을 해대고 있는 게 분명해."

"뭐라고? 도대체 무슨 말을 하는 거야? 외삼촌 돌아가신 거 아니었어?"

"모두들 그런 줄 알아. 얼마 전까지 나도 그랬고."

"세상에나, 뭔 일이 어떻게 돌아가는지 답답하네."

"자세한 건 나중에 차차 얘기해줄게. 참, 할아버지에게는 비밀이야."

재민은 더 이상 말하지 않고 떠났다. 도대체 무슨 일이 벌어지고 있는지 궁금했지만 어른들에게 물어볼 수 없었다. 재민이 반 년 가까이 잡혀있었던 것은 그 책 때문만이 아니라는 것을 짐작할 수 있었다. 어쨌거나 재민이 왔다간 자리는 푸근했다. 할아버지는 대놓고 내색하지는 않았지만 한결 근심을 덜어낸 표정이었고 아버지는 어머니를 찾아야한다는 짐을 재민에게 좀 덜어준 것처럼 보였다. 암울하던 집안의 분위기가 그런대로 안정을 찾아가는 것처럼 느꼈다. 어쩐지 어머니도 어딘가에서 무사히 살아있을 듯했다. 어머니의 빈자리를 굳건하게 지키고 있으리라, 다시 다짐했다. 머지않아 집으로 돌아온 어머니를 반갑게 맞이하려면 집안을 반들반들하게 가꾸어야 된다. 수아는 자신의 결심을 꿋꿋하게 실천하고자 마음먹었다.

입추가 지났다. 백중날이 되었다.

우란분재에 참석하기 위하여 할아버지가 출타하는 날이다. 언제인가 할아버지가 말했다. 우란분재는 혹시라도 저승을 떠돌고 있을 조상님들의 넋을 위하여 후손들이 간절히 올리는 기도의 제사라고. 제사는 곧 조상님들의 넋을 천도하는 감로수가 된다고.

할아버지와 아버지는 새벽 일찍 목욕재계를 끝냈다. 모시 두루마기에 한복일습을 갖추어 입었다. 보기 좋았다. 할아버지는 대암산 줄기에 있는 보원사에서 우란분재 제사를 올리려고 길을 나섰다. 아버지도 평소에 입는 감색 여름양복을 입고 할아버지의 뒤를 따랐다. 할아버지는 해마다 음력 칠월 보름 백중날이면 보원사에서 선대조상님들의 명복을 빌었다. 어쩐 일일까? 올해는 아버지도 할아버지와 동행하여 떠났다. 수아의 기억에는 백중날 아버지가 할아버지

수아의 산수화

를 따라 간 일이란 지금껏 없었다. 이번에는 아버지가 자청해서 먼저 챙기는 모습을 보였다. 아무래도 재민오라버니와 어머니의 일을 겪으면서 심경에 변화가 있었던 듯했다.

밤이 되자 길쌈꾼들이 모였다. 밤마다 하는 길쌈을 오늘밤은 쉬기로 했다. 숙모가 밭두렁에서 누렇게 익어가는 호박 한 덩이를 따왔다. 마당 아궁이에 가마솥뚜껑을 뒤집어서 걸었다. 숙모가 호박을 채 썰고, 풋고추는 다져서 밀가루에 섞었다. 사카린과 소금을 넣어 버무린 반죽을 솥뚜껑에 올려 구웠다. 모두들 멍석에 둘러앉아서 달을 올려다보면서 먹었다. 달달했다. 순돌엄마가 막걸리를 가져왔다. 딱한 잔씩만 하자면서 길쌈꾼들이 박수를 쳤다.

대추와 감이 울긋불긋 익어갔다. 들에는 올벼들이 고개를 숙이기 시작했다. 입추가 지나고 달포가 흘렀으니 곧 가을이 코앞이었다.

어머니 소식도 듣지 못했는데, 한가위가 다가오고 있었다. 동네 사람들은 추석 차례상에 올릴 올벼를 수확하고 햇과일을 장만하느라고 분주한 날들을 보냈다. 동네 청년들은 해마다 추석명절에 행사를 벌렸다. 노래자랑과 추천대회였다. 진주에서 고등학교를 다니는 재영도 청년들과 어울렸다. 진주교대에 다니는 재수는 아직도 집으로 돌아오지 않았다. 재수형은 바쁜 일 때문에 추석 전날이나 올 수 있다고 재영이 말했다.

추천대회는 한가위 이튿날 동네 뒷산에서 열린다. 새끼를 여러 번 꼬아서 만든 튼튼한 밧줄을 뒷산 소나무 가지에 매달았다. 그네를 타다가 바로 앞 소나무의 솔잎을 땄다면서 재영이 좋아했다. 노래자랑은 한가윗날 밤에 동네로 들어오는 입구, 옛 재실 터에서 열린다. 상품은 일등 무쇠밥솥, 이등 큼직한 대야, 삼등 양은 주전자이고 추천대회와 그네, 모두 같은 상품이라고 했다.

종갓집인 큰댁은 웃담에 있다. 고조와 증조부의 차례상은 작은집의 장손인 할아버지가 주관한다. 수아는 차례상을 어떻게 할 것이지를 숙모와 의논하면서 하나하나 준비해 나갔다. 어머니 자리가 비었으니 숙모와 의논해서 준비하는 게 올바른 일이었다. 언제나처럼 장날에 읍내에 가서 장을 봐 오는 일은 아버지 몫이다. 숙부는 방앗간 일로 바빴다. 추석에 쓸 햇벼를 빻는다고 일감이 많이 몰려들었다. 일찍 딴 햇솜을 트는 사람도 있었다. 더러 논에 도랑을 내면서 미리 벤 벼를 찌고 말려서 찐쌀을 만들기도 했다.

정미소는 가을철로 접어들면서 일이 많았다. 일손이 딸리면 아버지가 정미소로 갈 때도 있었다. 어떤 날은 숙모가 달려가기도 했다.

고방에서 놋쇠제기를 꺼냈다. 설날 이후로 사용하지 않았던 놋그릇은 잘 보관했는데도 시퍼런 녹이 쓸어있었다. 선대제사가 다섯 위나 되었지만 모두 구시월에 몰려있어서 봄여름에는 제기를 꺼낼 일이 없었다. 수아는 헌 가마니를

수아의 산수화

펼쳤다. 짚을 느슨하게 꼬아서 둥글게 말아 짚수세미를 만들었다. 물을 묻힌 짚수세미에 부엌 아궁이에서 퍼온 재와 기왓장을 갈아 만든 고운 가루를 묻혀서 제기를 닦기 시작했다. 빡빡 문질러 닦았다. 퍼렇던 녹이 조금씩 벗겨지면서 윤이 나기 시작했다. 다 닦으려면 하루 종일 걸릴 듯했다. 지난해 한가위 때는 어머니가 하는 걸 숙모와 수아가 조금 거들었다. 어머니는 이 많은 일들을 어떻게 감당하면서 살았을까? 수아가 서너 개의 놋그릇을 닦았을 때, 골목이 두런두런했다. 팔산아주머니가 대문으로 쑥 들어오면서 말했다.

"놋그릇 닦나?"

"예."

수아의 대답에, 팔산아주머니가 웃으며 말했다.

"쩌기, 동네 앞 우물가에서 놋그릇을 번쩍번쩍한 스텐그릇으로 바꿔준다고 사람들이 빠글빠글해. 웃돈도 안 받고 공짜로 바꾸던데? 니는 안 바꿀끼가?"

"예? 스텐으로요?"

"생전 녹 닦아낼 필요가 없다꼬, 많이 바꾸던데?"

"저는 괜찮아요."

못 거들어서 미안하다는 말을 한 팔산아주머니가 대문 밖으로 사라졌다. 숙모가 재숙일 데리고 왔다. 재숙은 수아를 보고 좋아라했다. 숙모가 수아를 나무랬다.

"혼자 닦고 있능겨?"

"작은어머닌 정미소 일로 바쁘시잖아요?"

"바빠도 그렇지. 녹 벗겨내는 일이 보통 일인가? 팔이 뚝 떨어져나갈 일이다."

"놀아가면서 오늘 하루 종일 닦으려고 했어요."

"이런 일은 혼자 하면 몇 배나 힘이 더 든다."

"재미삼아 시름시름 닦으려고 했어요. 오늘 다 못하면 내일 또 닦으면 되고요."

"참 한가한 소리 한다. 사람이 너무 올곧고 무르면 억울한 일을 당한다꼬."

"예?"

"아무것도 아니다. 그냥 해본 말이다."

숙모는 더 이상 아무 말도 하지 않았지만 표정이 심상치 않았다. 두툼한 입술을 꾹 다물었다. 눈을 아래로 내리깔고 꿈쩍도 안하는 걸 보면 무슨 일 때문인지는 몰라도 화가 단단히 난 게 분명했다. 숙모는 재 묻힌 짚수세미로 놋그릇을 빡빡 문질러 닦았다. 화풀이를 하는 것처럼 보였다. 온 힘을 쏟아 놋그릇 다섯 개를 닦아낸 숙모가 허리를 폈다. 숙모의 꼭 닫혔던 입술이 아주 조금 벌어져 있었다. 한결 누그러진 표정이다. 다시 몸을 앞으로 수그리고 놋그릇 한 개를 잡고 닦기 시작한 숙모가 말문을 열었다.

"세상 참 희한하데이. 내가 오늘 기막히고 코 막힐 이야길 들었다아이가. 참 남사시러서 말이 안 나온다."

"예? 무슨?"

숙모는 얼른 입을 열지 않았다. 말하기 곤혹스러운 듯 머뭇거렸다. 그릇 닦던 손길을 멈추고서 물끄러미 수아를 건너다보았다. 이윽고 숙모가 말했다.

"그게 말이야. 아, 나 참, 말하기도 민망하다."

"뭐가요?"

"아, 긍께, 미자가 얼라를 뱄다 안하나."

"예?"

"미자 몸띵이 봄부터 두리뭉실한 기 어쩐지 수상쩍더라. 기냥 살집이 올랐다고 생각했더니만 그게 아인기라. 얼라를 배갖고 고 모양이었던기라. 아이고 고 가스나 띠리한 줄 알았는데 별 희한한 재주를 다 부리네. 야시가 따로 없다."

"설마요?"

수아가 못 믿겠다는 듯이 눈을 크게 뜨고 숙모를 바라보며 말했다. 그러자 숙모는 또다시 화가 치밀어 오르는 듯했다. 아예 놋그릇에서 손을 때고는 속사포를 쏘는 것처럼 단숨에 말을 쏟아냈다.

"백지로 하는 말이 아이다. 미자 이모가 정골에 사는 건 알고 있제? 솜 탄다꼬, 그 먼데서 우리 정미소에 일부러 왔더라. 이제 가을걷이가 시작인데 발쎄 햇솜을 땄냐, 추석이 코앞인데 뭐 땜시 서두러쌌냐고 물었더니, 글쎄 미자가 얼라를 배서 혼인을 시켜야 된다고 하더라. 신랑각시가 덮을 신혼이불을 책임지기로 했다더라."

말을 끊은 숙모의 얼굴빛이 붉으락푸르락했다. 수아가 숙모를 쳐다보면서 물었다.

"상대 남자가 누군지 말했어요?"

"나도 자세히는 모른다. 나를 핼끔핼끔 쳐다보면서 냄새를 폴폴 풍기는 게 억수로 기분 나쁘고 더럽더라. 어쩐지 그놈인 거 같다. 묻지 마라 보굴난다."

숙모는 더 이상 말하지 않았다. 수아는 숙모가 말하는 그 놈이 그놈이라는 걸 알았다. 정월대보름날부터 수아만 보면 헤실헤실 웃던 미자였다. 그 웃음이 무엇을 뜻했는지 궁금했는데 이제야 모든 걸 알 것 같았다. 수아는 숙모 앞에서 되도록 아무런 내색을 하지 않으려고 노력했다. 이미 끝난 지 오래된 사이가 아닌가. 숙모가 갑자기 생각난 듯이 말했다.

"참, 그 도둑놈 잡았다카더라. 봄에 재실에서 재기 훔쳐간 도둑놈 있었제. 멀쩡한 놈이라더라. 읍내서 행세깨나 하는 집 아들이라던데."

"그런 집 아들이 왜 도둑질을 했을까요?"

"긍께, 세상 참 알다가도 모를 일이제."

놋그릇을 모두 닦았다. 제기들이 반짝반짝 빛났다. 대청에서 혼자 놀던 재숙이 뛰어왔다. 눈을 동그랗게 뜨고 윤기 나는 그릇들을 만졌다. 재숙이 다시 대청으로 올라가서 라디오를 만지작거렸다. 난데없이 라디오에서 일기예보가 흘러나왔다.

수아의 산수화

'관상대에서 예보합니다. 태풍 사라호가 북상하고 있습니다. 한반도에는 상륙하지 않습니다. 태풍의 위력도 점차 줄어들고 있습니다. 기세가 한풀 꺾인 사라호는 내일 자정에 동해안으로 빠져나갈 것으로 보입니다.'

며칠 전부터 라디오에서는 태풍 사라호가 제주도 아래에서부터 북상중이니 바닷가 주민들은 배를 잘 묶어두라고 말이 흘러나왔다. 수아는 하늘을 올려다보았다. 먹구름이 자꾸만 남쪽으로 몰려가고 있었다. 동해안으로 빠져나가면 큰 피해는 없을 듯했다.

추석이 하루 앞으로 다가왔지만 날씨는 계속해서 끄무레했다. 온 동네가 추석맞이로 떠들썩했다. 남자들이 아침 일찍 돼지를 잡았다. 도천 곁에 있는 넓적한 바위로 끌려온 돼지가 꽥, 울었다. 수아 앞집 순이가 겨와 쌀뜨물, 음식찌꺼기로 키운 돼지였다. 냇가 임시로 만든 아궁이에 걸린 솥에서 물이 설설 끓었다. 100근도 더 나가는 돼지는 네 발이 묶인 채 바위에 누워서 꽥꽥 울었다. 달구가 돼지 목에 칼을 꽂았다. 돼지가 울음을 멈췄다. 선지가 쿨럭쿨럭 소리를 내면서 양동이로 쏟아졌다. 집집마다 원하는 만큼의 고기와 선지를 가져갔다. 수아는 숙모와 함께 간, 콩팥, 앞다리 고기를 가져왔다. 간과 콩팥은 삶아서 누름적으로 부치고 고기는 삶아서 차례상에 올리기로 했다. 수아는 차례를 준비하면서 되도록 어머니가 하던 그대로 하려고 노력했다.

잘 알고 있는 일이라고 생각하고 있었지만 막상 하다보면 순간순간 일이 막혔다. 송편의 소를 만들다가도, 탕을 끓이다가도, 누름적을 부칠 때도, 단술을 삭히다가도 머뭇거렸다. 그럴 때마다 숙모의 도움을 받았다.

한가위 전날 재민과 재수도 집으로 돌아왔다. 가족들이 모두 모였다. 오직 어머니 자리만 비었다. 어머니의 행적을 찾아보겠노라고 자신 있게 말하던 재민은 기대만큼 좋은 소식을 알아오지 못했다. 마산 재민 방에 다녀간 것은 분명했고, 집으로 돌아오는 버스 정류장으로 간 것까지는 알아냈다고 했다. 어머니의 흔적은 그 정류장에서 끊어졌는데, 매표소 직원과 그 앞에서 옥수수와 오징어를 구워 팔던 아주머니가 어머니를 본 듯하다고 했는데, 어머니가 어느 버스를 탔는지는 알 수 없다고 했다. 그 아주머니가 좀 더 세세한 기억이 떠오르면 이야기해 주겠노라고 다짐했다는 말을 하면서 재민은 머리를 숙였다. 그리고 좀 더 많이 알아오지 못한 것에 죄책감을 느끼는 듯 말했다.

"세상 끝까지 가서라도 찾아낼 겁니다. 조금만 더 기다려 주세요."

할아버지와 아버지는 아무 말도 하지 않았다. 할아버지가 고개만 약간 끄덕였을 뿐이었다. 아버지는 무슨 말인가를 하려고 하다가 그만두었다.

수아가 사랑에서 나왔을 때 어디선가 불어온 바람 한 줄기가 회초리처럼 장독대 뒤 감나무를 때리고 지나갔다. 감나무이파리 몇 개가 어수선하게 장독대 위로 떨어져 내렸다.

추석날은 새벽부터 날씨가 쌀쌀하고 흐렸다. 비라도 한바탕 쏟아질 듯했다.

대청에 차례상을 차렸다. 수아는 숙모와 같이 부엌과 고방에서 진설에 필요한 누름적, 밀전병, 과일과 포, 탕과 나물 등을 준비하여 대청으로 날랐다. 아버지와 숙부는 제기에 제수를 담고서 상 위에 진설했다. 재민과 재수 재영도 거들었다. 재숙도 제법 일손을 도왔다.

진설이 끝나고, 할아버지와 아버지, 숙부가 옥당목도포까지 입었을 때 대소가의 재종 3종형제들 예닐곱이 몰려들었다. 오랜만에 대청에는 제관들이 꽉 찼다. 고조의 자손 중에 맏이를 이어가는 종손인 할아버지를 뵙고 차례를 올린 뒤에 작은댁, 또 그다음 작은댁으로 차례차례로 차례를 지내는 게 집안에 내려오는 명절풍습이다.

초헌을 올리고, 할아버지의 축문이 끝나고, 매를 올렸을 때 후드득 빗소리가 들리더니, 눈 깜짝할 사이에 장대비가 억수같이 쏟아졌다. 세찬 바람까지 불었다. 우지끈, 우지끈, 앞산뒷산에서 나뭇가지 부러지는 소리가 요란하게 들렸다. 차례를 지내고 있던 친척들이 비설거지를 못했다면서 허둥허둥 뛰어나갔다. 뚜두둑, 마당가에 서 있던 감나무 가지가 부러졌다. 설익은 감이 마당에 떨어졌다. 차례를 지내던 사람들이 서둘러 비설거지를 하느라 흩어졌고, 차례

제상은 대청에 한참동안 제 홀로 앉아있었다. 비는 하루 종일 쉬지 않고 내렸고, 강하고 매서운 바람마저 계속해서 불었다.

관상대의 예보는 빗나갔다. 사라호 태풍은 따뜻한 9월의 바닷물에서 온기를 빨아들여 한층 더 큰 몸집으로 한반도 남쪽을 치고 북상했다.

밤이 되어도 비바람은 그치지 않았다. 정양저수지가 꽉 찼다. 아촌, 하늬, 정양마을이 물에 잠겼다. 예전 한가윗날 밤이었다면 한창 노래자랑이 열리고 있었을 도천의 모래사장은 누런 황토물 속에 잠겼다.

숙부는 정미소가 물에 잠길까 걱정했다. 정미소는 도천 건너 세 동네가 갈라지는 길목에 있다. 도천의 물이 불어나서 길이 막혔다. 숙부는 애만 태울 뿐 정미소에 가지 못했다. 만약 산길로 돌아가자면 산등성이 두 개는 넘어가야했다. 그 산길마저 온전한지 알 수 없었다.

이튿날 새벽 무렵이 되어서야 비가 그쳤다.

물 구경을 가자는 재영에게 이끌렸다. 수아는 재수와 재숙이 숙모까지 어울려 도천에 나갔다. 누런 황토물이 도천의 둑을 무너뜨리고, 벼가 익어가던 둑 옆의 논까지 휩쓸었다. 저 쪽의 산자락까지 황토물이 넘실거렸다. 황토물 속에 둥둥 떠내려 오는 소가 보이더니 연이어서 돼지가, 지붕이 떠내려 왔다. 숙모가 많이 구경했으니 집에 가자고 수아와 재숙이를 끌었다.

아랫담 미자네 집 앞 골목을 지나치는데 성난 강촌댁의 목소리가 들려왔다. 강촌댁이 고래고래 소리를 질러대고 있었다.

"이년아 이제 어쩔 겨? 혼삿날에 잡을 돼지가 떠내려갔잖아? 뭐가꼬 잔치할 거냐? 혼인이고 나발이고 모다 치아삐라. 돼지 한 마리도 못 지킨 고이얀 년."

숙모가 미자네 집을 노려보며 침을 탁 뱉고 말했다.

"꼬방지다. 하늘이 천벌 내렸데이."

숙부의 정미소에는 큰 피해가 없었다. 정미소 앞마당에 쓰레기와 황토가 수북하게 쌓여있긴 했다. 태풍이 지나가고 난 뒤의 사흘이 지났을 때였다. 합천경찰서에서 연락이 왔다. 이번 홍수에 떠내려 온 50대 중반으로 보이는 여자의 시신이 가족인지 아닌지 확인이 필요하다고 했다. 태풍에 쓰러진 벼를 일으켜 세우느라 여념이 없던 아버지가 일손을 놓고 급히 합천경찰서에 갔다.

7
구속

아버지는 몇날 며칠 동안 쓰러진 벼를 일으켜 세웠다. 아
버지는 일으켜도 자꾸만 쓰러지는 벼를 예닐곱 포기씩 함
께 묶어서 세웠다. 수아가 아침나절 새참을 가지고 갔을 때
아버지는 논 가장자리 낮은 곳에 도랑을 내고 있었다. 도랑
을 내면서 잡은 우렁이를 논두렁에 수북하게 쌓아놓았다.
수아를 본 아버지가 허리를 쭉 펴면서 말했다.

"하필 여물어갈 때 태풍을 만났어. 반은 쭉정이가 되겠어."

논바닥에 쭝긋쭝긋 서 있는 벼 다발을 휘 둘러보면서, 아
버지는 믿을 수 없다는 듯이 기가 막힌다는 듯이 쯧쯧 혀를
찼다.

사라호 태풍은 엄청난 피해를 남겼다.

경상과 전라 제주에서만 900여 명의 사상자가 났다. 태
풍이 할퀴고 간 논밭은 쑥대밭으로 변했다. 논의 벼는 이리
저리 쓰러졌다. 콩과 고구마와 참깨 등을 심은 뒷산 초입의
밭은 절반이나 산사태에 휩쓸려 떠내려갔다. 미처 일으키

지 못한 벼는 썩거나 싹이 났고, 밭 언덕은 다시 말뚝을 박고 둑을 쌓아야만했다. 누렇게 익어가던 벼를 통째로 덮쳐버린 도천 둑은 아직도 무너진 그대로 방치되고 있었다. 둑이 터지면서 모래와 흙더미가 덮어버린 논을 복구하지 못해 애가 탄 논임자들이 면사무소로 몰려가서 하루빨리 공사를 하라고 다그쳐도 소용없었다. 나라에서 무너진 도천 둑을 쌓아야 논임자들도 모래흙을 걷어내어서 논을 되살릴 수 있었다. 관할구역에서 입은 태풍피해를 조사하여 군청에 보냈다, 군청에서 책정한 태풍피해복구비가 언제 내려올지 면사무소에서는 알 길이 없으니, 군청에서 돈이 내려올 때까지 기다리는 수밖에 달리 방법이 없다는 면사무소 담당직원의 말을 구장이 동네 사람들에게 전했다.

아버지는 멸치와 북어머리를 넣고 우려낸 국물에 말아낸 국수를 좋아했다. 풀잎을 이리저리 눕힌 논두렁에 앉은 아버지가 국물부터 들이켰다. 젓가락으로 국수를 집어 올리면서 수아에게 물었다.

"할아버지는 드렸나?"

"예, 드시는 거 보고 왔어요."

수아가 아버지를 바라보면서 대답했다. 볕에 그을린 아버지의 얼굴이 까맣다.

"아버지, 참깨는 제가 벨게요."

"집일도 많은데. 할아버지 진지도 그렇고. 낼 새벽에 후딱 벨게."

"아버지 일이 너무 많아요. 제가 해도 돼요. 얼마 되지도 않잖아요."

"그럼, 그래라. 점심은 들어가서 할아버지와 같이 먹으마."

"예, 겸상으로 차릴게요."

수아는 아버지가 잡아놓은 논두렁의 우렁이를 빈 그릇에 담았다. 고등들은 진흙이 조금씩 묻은 채 모두 입을 꾹 다물고 있었다. 수아는 물에 담가 해금을 한 다음 삶아 살을 빼내어 된장찌개에 넣어야겠다고 생각했다.

수아는 집으로 돌아오는 길에 재숙을 만났다.

재숙은 메뚜기를 잡고 있었다. 일곱 살 재숙은 국민학교에 들어가지 않은 또래들과 어울려서 곧잘 메뚜기를 잡았다. 메뚜기가 훤히 다 보이는 대짜 소주병에 메뚜기를 잡아넣는 아이들과 달리 재숙은 대통으로 입구를 마감한 베주머니에 메뚜기를 잡아넣고 있었다. 수아가 만들어준 주머니였다. 재숙이 들고 있는 베주머니가 볼록했다. 주머니가 꿈틀거렸다. 주머니 속에서 메뚜기들이 날개 짓이라도 하는 모양이었다. 재숙은 베주머니에서 메뚜기가 튀어나올까봐 대통입구를 손가락으로 꼭 막고는, 수아를 쳐다보았다. 재숙이 입을 벌리고 헤벌쭉 웃었다. 정월에는 젖니 빠진 잇몸이 휑했는데 그사이 간니가 뾰족뾰족 올라오고 있었다. 개구쟁이처럼 보였다. 숙모는 재숙의 발육상태가 다른 아이들보다 조금 늦다고 걱정했다. 뭐, 좀 늦으면 뭐가 어때서, 수아는 재숙의 손을 꼭 잡았다. 재숙이 또다시 수아를 올려다보면서 헤 웃었다.

들에는 메뚜기천지였다. 수아는 재숙을 앞세우고 논두렁 길로 접어들었다. 화들짝 놀란 메뚜기들이 여기저기에서 폴짝폴짝 뛰었다. 메뚜기를 본 재숙이 살금살금 다가가 한 손으로 꽉 움켜쥐고는 활짝 웃었다. 재숙은 메뚜기를 잘 잡았다. 수아는 재숙의 모습이 보기 좋았다. 사촌지간이라고는 했지만 멀리 떨어져 살지 않았다. 바로 옆집이어서 한 울타리 속에서 같이 살아가는 친동기 같았다. 재숙이 태어날 때부터 커가는 모습을 쭉 지켜본 탓인지 수아는 십여 년도 더 나이차이가 나는데도 친자매처럼 정이 갔다.

숙모는 정미소에 갔다. 집안에 할 일이 없을 때면 숙모는 숙부의 점심밥을 챙겨서 일찌감치 정미소로 갔다. 숙부의 일을 도와주다가 같이 점심을 먹고 저녁밥 지을 무렵에 돌아왔다. 재숙은 할아버지와 같이 식사할 때가 많았다. 들판 가운데 논으로 아버지에게 새참을 가져갈 때만 해도 하늘은 맑았다. 그지없이 맑은 하늘이었다. 호박장을 끓여서 점심을 차리는데, 어디선가 날아온 먹구름이 하늘을 덮었다. 가을에는 흔하지 않은 구름이었다. 할아버지와 아버지가 점심상을 물릴 때, 재숙이 소리쳤다.

"언니야. 비온데이."

비가 참 흔했다. 수아는 비설거지를 했다. 재숙도 팔짝팔짝 뛰면서 거들었다. 작은집 마당에 걸린 이불부터 걷었다. 마당가 멍석 위에 베보자기 깔고 널어두었던 자른 가지와 호박고지를 걸었다. 햇빛바라기로 열어두었던 간장된장 뚜껑도 닫았다. 그사이 비가 잦아들었다. 가을비가 심하게 변덕을 부렸다. 그나마 다행한 일이다. 가을걷이가 한창일 때 추적추적 내리는 비는 성가시고 밉상이다.

"하늘도 참, 너무하데이. 무신 놈의 비가 시도 때도 없이 오다말다 하노?"

누군가 대문 앞을 지나면서 군시렁거렸다.

수아가 대문간으로 나갔다. 순돌아버지인 팔산아저씨가 바지게지게를 지고 수아네 집 대문 앞을 지나쳐서, 저만큼 걸어가고 있었다. 바지게에는 낫과 새끼와 짚단이 얹혀있었다. 참깨 밭에 갔다가 비를 맞고 되돌아오는 듯했다. 팔산아저씨는 바쁜 일이라도 생각난 듯 바쁜 걸음으로 집이 있는 쪽으로 가버렸다. 수아도 점심 설거지를 한 다음 뒷밭에 가려던 참이었다. 아저씨네 밭과 수아네 밭은 뒷산 첫머리에 나란히 붙어있었다.

숙모가 헐레벌떡 오는 게 보였다. 다가온 숙모가 물었다.

"할아버지 점심 드셨나?"

"예, 재숙이도 같이 먹었어요. 일찍 오셨네요."

"비가 안 오나. 이불 걷으려고."

"벌써 걷었어요."

"잘했따. 고맙다."

가을비가 스치듯 지나갔다. 그나마 다행이었다. 아버지는 다시 논에 갔다. 오늘 중으로 쓰러진 벼를 세우는 일은 끝낼 수 있다고 아버지가 말했다.

수아는 주머니가 큼직하게 달린 앞치마를 둘렀다. 낫과 가늘게 꼰 새끼와 혹시 몰라 짚 한 단도 챙겼다. 뒷산 밭으로 갔다. 태풍이 휩쓸고 간 밭 언덕은 그런대로 다시 쌓았다. 고구마는 흙이 많이 쓸려나간 탓에 뿌리와 줄기를 붉게 드러내놓고 있었다. 콩은 쓰러져서 대가 휘어진 게 많았다. 김장배추와 무는 그런대로 잘 자라고 있었다.

언제 왔는지 팔산아저씨가 건너 밭에서 참깨를 베고 있었다. 수아도 밭에 들어가 참깨를 베기 시작했다. 벌써 농익어 입술을 벌리고 있는 깨송이도 눈에 띄었다. 조심해야했다. 깨알이 벌린 입술을 뚫고 땅으로 쏟아질 수 있었다. 수아는 벌어진 깨송이를 조심스레 따서 앞치마 주머니에 담았다. 그다음 참깨 줄기를 베었다. 낫을 들고 일하면서 딴생각을 하면 안 되는데 자꾸만 돌아올 줄 모르는 어머니와 그동안의 일들이 떠올랐다.

어머니의 시신이 맞는지 확인 차 합천경찰서에 갔던 아버지는 막차로 돌아왔다. 시신은 어머니가 아니라고 했다. 부패가 심해서 얼굴은 알아볼 수 없었지만 입성이 아니었다고 했다. 그날 어머니는 진자주색 한복통치마에 미색저고리를 입고 나갔다. 시신은 굵은 삼베로 짠 치마저고리를 입고 있었는데, 아마도 한창 더울 때 익사한 시신인지 여기저기가 헤진 모습이 보기에 좋지 않았다고 했다. 그러면서 아버지는 네 엄마도 어디서 그런 모습으로 어디엔가 버려져 있거나 묻혀 있는 건 아닌지 모르겠다며 한숨을 쉬었다. 그렇게 말한 아버지는 오래도록 앉은 자리에서 일어나지 않았다.

수아는 문득 자신의 이름을 부르는 팔산아저씨의 음성이 들었다. 허리를 펴고 아저씨를 바라보았다. 아저씨가 말했다.

"몇 번이나 불렀데이. 무신 생각을 그리하노?"

"깨송이 떨어질까 조심하느라 못 들었어요."

"아버지는 어데 가셨나? 와 니가 깨를 베노?"

"논 일이 아직 끝나지 않았어요."

"성님 본 지가 한참 되뿐기라. 잘 기시제?"

"예. 아저씨네 깨는 어때요? 쭉정이가 별로 없지요?"

"태풍 맞은 것 치곤 괘안타. 수아야, 소식 들었제?"

"예? 무슨 소식이요?"

"아즉 몬들었는갑네. 아랫담 강촌댁 딸내미 혼롓날 잡았다 안 카더나?"

"미자요?"

"긍께, 미자. 배가 불룩하니 나왔더만."

"언젠데요?"

"언제라카더라."

얼른 생각나지 않는지 아저씨가 머리를 갸웃거렸다. 한참 생각하더니 말했다.

"어제아래 들었는데, 긍께 시월 스무날이라 카더라. 순돌네가 읍내장날에 도배지 사는 강촌댁을 봤다 안카나. 강촌댁이 똑띠 말했다카더라. 다음달이라고. 하도 쉬쉬하니께. 신랑이 어디 사람인지는 아직은 모르고."

수아는 움찔 놀랐다. 이미 다 알고 있는 일이면서도 화들짝 놀랐다. 머리로 알고 있는 것과 가슴으로 느끼는 것은 감정 자체가 다른 모양이었다. 그동안 수아는 설마 유근이 이 동네에 와서 혼인식 같은 걸 올리지는 않을 것이라 생각하고 있었다. 유근의 배신을 처음 알았을 때보다 더 큰 배신감이 몰려들었다. 수아는 낫을 꼬나들고 어찌할 줄을 몰랐다. 심호흡을 했다. 들고 있던 낫을 가만히 땅바닥에 놓았다. 팔산아저씨가 눈치 채지 못하게 예사로운 목소리로 말했다.

"혼인날이면 다 알게 되겠지요."

"읍에서 온 꾸부정한 사람이 성님을 염탐하고 다닌다는 말이 떠돈다. 수아야, 아부지한테 뭐 조심해야할 일이 있나 물어보고, 그기 뭐가 됐던 단디하라고 꼭 말씀드리거래이. 시간되면 성님 한 번 만나러 가야겠다."

"예? 아버지한테 염탐꾼이 붙었다고요? 아버지는 그냥 농사짓고 사는 평범한 사람인데 웬 염탐꾼일까요? 아저씨가 잘못 들은 거 아니에요?"

"아이다. 내 똑디 들었다안카나. 저기 골 밖에 사는 수찬이가 두 번이나 봤다꼬 단디 전해달라꼬 신신당부 했구마."

"예? 두 번이나요?"

"허투루 들으면 절대로 안된데이."

"꼭 조심하시라고 말씀드릴게요."

"잊지 말거라."

아저씨가 한 번 더 다짐했다. 어디서 무슨 소리를 단단히 들은 듯했다.

"예."

수아는 담담하게 대답했다. 속으로는 화들짝 놀랐다. 혹시 그 책 때문일 수도 있겠다는 생각이 불현 듯이 들었다. 재민이 그 책을 핑계로 반 년 동안이나 생고생을 했다. 그 불똥이 이제 아버지에게 날아들지도 모르는 일이다. 수아는 손이 덜덜 떨렸다. 얼마 전까지만 해도 아버지는 틈날 때마다 그 책을 들여다보는 듯했다. 읽은 내용을 표지가 파란 공책에 한글로 옮겨 적던 아버지의 모습이 떠올랐다. 위험한 책이다. 아무래도 그 책을 집 안에 두는 것은 옳은 일이 아니다. 집안에 그러한 책이 있다는 사실을 그 누구에게도 내색해서는 안 된다는 것을 수아는 어렴풋이나마 깨달을 수 있었다. 집에 가면 그 책부터 숨겨야겠다고 마음먹었다. 어차피 요즘은 너무 바빠서 아버지도 책 같은 걸 들여다볼 시간이 없을 터였다. 책을 숨겼다고 해도 아버지는 책이 없어졌다는 사실을 알지 못할 게 뻔했다. 마음을 정한 수아는 조심조심 참깨 줄기를 베는 일에 열중했다. 굳이 아버지에게 말할 필요도 없을 것이다. 책만 잘 숨겨두면 될 성 싶었다.

참깨는 얼마 되지 않았다. 태풍에 쓰러진 참깨는 벼처럼 세울 수도 없었다. 흙에 파묻힌 깨알은 모두 썩었다. 베어낸 깨줄기를 스무여 개씩을 새끼줄로 가지런히 묶어서 깻단을 만들었다. 집으로 가져가서 마당에서 말려야겠다. 멍석을 깔아놓고 헌 이불호청을 편 다음 그 위에서 말려서 털어내야 유실이 적다. 다 털어봐야 두세 되나 나올까말까. 한 되는 참기름을 짜고, 아껴 먹는다면 양념으로 일 년 동안 먹을 수 있는 양이다. 깻단을 집으로 날라 온 수아는 마당에 멍석을 깔고 이불호청을 깔고 참깨다발을 쭉 세우고, 곧바로 안방에 들어갔다. 어머니의 냄새와 온기가 사라진 안방은 썰렁했다. 들에서 아버지가 돌아오기 전에 책을 찾아서, 그 누구도 찾아내지 못할 장소에 숨겨 놓자. 아니면 아예 부엌 아궁이에 넣어서 없애버리자. 그래야만 마음이 놓일 듯했다. 방안을 뒤졌다. 보이지 않았다. 문갑 위에는 영어사전만 놓여 있을 뿐이다. 장롱 속도 화장대 서랍도 뒤져보았지만 없었다. 혹시 몰라 이불 속까지 뒤져보았지만 허사였다. 누군가에게 빌려준 건 아닐까? 아니면 아주 없애버렸을까? 아버지는 의심받고 있다는 것을 눈치 채고 있었던 건 아닐까? 어쨌든 보이지 않아서 다행이었다. 그런데 장롱 안이 조금 허전했다. 어머니의 흰색 백이 보이지 않았다. 어머니의 옷과 손수건 양말 등이 많이 사라졌다. 아버지가 치웠을까? 왜? 수아는 갈피를 잡을 수 없었다.

다시 문갑의 서랍들을 차근차근 뒤졌다. 보이지 않았다. 집안에는 없는 게 확실했다. 맨 아래 서랍 밑바닥에 명함

한 장이 있었다. 하영수, 아버지의 이름이 선명하게 박혔다. 서부경남 진보당원증이었다. 진보당은 칠월 말에 사형당한 간첩 조봉암이 당수라는 것쯤은 수아도 알고 있었다. 지금까지도 진보당원들은 거의 다 간첩이라는 말이 공공연히 떠돌고 있었다. 많은 사람들이 잡혀갔다. 구속되기도 하고 풀려나기도 했다. 읍내에 사는 아버지 친구도 구속됐다고 들었다. 혹시 아버지가 진보당과 깊숙이 연루되어 있는 것은 아닐까? 수아는 잠시 멍했다. 아버지 몰래 책을 숨기면 만사가 좋아질 것이라고 여겼던 것은 보잘 것 없고 안일한 생각에 지나지 않았던 것이 아닐까? 아버지에게 모든 걸 직접 물어보고, 염탐꾼에 대한 것도 말씀드려야겠다고 생각했다.

가을일이 너무 바빴다. 바쁜 중에도 아버지는 가끔씩 집을 비웠다.

아버지에게 진보당원증에 대해서 물어본다는 게 용의치 않았다. 수아는 틈틈이 안방에 들어갔다. 겉표지가 영어로 된 책과 파란 공책을 찾아보았지만 끝내 찾아내지 못했다. 언제나처럼 영어사전만이 문갑 위에 놓여있었다. 요즘 들어서 아버지의 외출이 부쩍 잦았다. 어쩐지 그깟 책이 문제가 되진 않을 듯했다. 다른 일이 있는 게 분명했다.

아침저녁으로 선들바람이 불었다. 아버지는 또 약속이 있다면서 읍내를 다녀왔다. 저녁상을 물린 후 아버지는 사랑에 들어 할아버지와 담소를 나누었다. 수아는 오늘은 더 이

수아의 산수화

상 미루지 말고 아버지에게 팔산아저씨에게 들었던 말을 전해야겠다고 마음먹었다. 아버지가 사랑에서 나올 때를 기다렸다. 아버지는 오랫동안 사랑에서 나오지 않았다. 두런두런 이야기소리만 흘러나올 뿐이었다. 가끔씩 문살에 일렁거리는 그림자가 비치기도 했다. 호롱불 옆에서 머리를 수그리는 아버지 모습이었다. 할아버지 장죽에 불이라도 붙이는 걸까? 수아는 마루에 앉아서 오래도록 사랑에서 흘러나오는 말소리와 문틈으로 새어나오는 불빛을 바라보았다. 그동안 할아버지가 많이 쓸쓸했을지도 모른다는 생각이 문득 들었다.

갓을 쓰고 하얀 옥양목두루마기와 옥당목도포를 입고서 할아버지를 찾아오던 손님들이 끊어진 게 그 언제였던가? 오래된 일이었다. 할아버지와 정답게 교류하던 많은 할아버지들은 거의 다 세상을 떠났다. 그중에서도 외할아버지와는 친분이 돈독했다. 어린 수아가 보기에도 두 분은 다정했다. 수아만 보면 늘 함박웃음을 보이며 덥석 안아주던 외할아버지였다. 그 외할아버지가 어느 날 갑자기 돌아가셨다는 것을 수아는 한참 뒤에 알았다. 어머니는 얼마나 억장이 무너졌을까? 갑자기 아버지를 잃어버린 어머니의 픽픽했을 심정을 다 헤아리긴 어렵지만, 짐작은 할 수 있을 만큼 자신이 자랐다고 수아는 생각했다.

아버지가 사랑에서 나온 것은 밤이 이슥할 때였다. 기다리다가 지친 수아가 방으로 들어온 다음이었다. 수아는 사랑에서 나온 아버지가 마당을 가로질러 걸어오는 발자국소리를 잠속에서 설핏 들었다. 어서 말씀드려야지 생각하면서 일어나지 못했다.

수아는 불안, 불안한 마음으로 며칠을 그냥 흘려보냈다.

누렇게 익은 벼가 고개를 숙였다. 무자비한 태풍과 홍수로 쓰러진 벼가 들녘 곳곳에 누워있긴 했지만 벼는 익었고 메뚜기도 뛰었다. 모심기 때와 마찬가지로 벼 베기도 혼자 할 수 있는 일이 아니다. 서너 집이 품앗이로 돌아가면서 하든지 놉을 구해서 해야 그나마 수월하게 넘길 수 있었다. 흥도 나고 지치지도 않았다. 품앗이는 대소간 일가뿐만 아니라 강씨니 하씨니 성도 따지지 않았다. 해마다 열었던 봄 회연 때 어울려 함께 놀았던 것처럼, 어울려서 모내기와 추수하는 것이 동네풍습이다.

숙부는 정미소 일에 눈코 뜰 사이 없이 바빴다. 가을에 더욱 바쁘게 돌아가는 게 정미소였다. 추위가 닥치기 전에 목화송이를 털어서 솜이불도 만들고 목실도 앗아야 겨울날 긴긴 밤에 삼베와 더불어 무명베를 짤 수 있을 터였다.

수아는 아버지에게 언제쯤 벼 베기와 볏단 묶기를 하는지 물었다. 물음 끝에 염탐꾼과 진보당원증에 대해서도 세세히 묻고자 마음먹었지만 입이 떨어지지 않았다. 벼 베기가 끝난 다음, 조금이라도 마음이 한가해지면 그때 찬찬히 물어보는 게 좋겠다는 생각이 들었다. 아버지는 작은집 벼부터 베고 그 이튿날에 우리 집 벼를 벤다고 말했다. 품앗이

하는 일꾼들의 점심과 새참까지 미리 준비해둬야 그날 밥 짓는 일이 수월하게 돌아간다. 추수철이 다가오면 어머니는 미리미리 막걸리는 담그고 밑반찬을 준비했다. 수아는 벼 베는 날 품앗이꾼들이 먹을 점심과 참을 숙모와 의논했다. 막걸리가 문제였다. 어머니였다면 미리 막걸리를 담가 두었을 터였다. 일꾼들은 술도가 막걸리를 좋아하지 않았다. 맛이 없다고 했다. 가정에서 술을 빚지 못하게 단속이 심했지만 농번기나 잔치 때는 몰래몰래 술을 빚었다.

수아가 숙모에게 물었다.

"작은어머니, 막걸리는 술도가에서 사야 될까요?"

"내가 말 안했더나? 막걸리 담가 났다. 그제 담가으니께 우리 논 벨 때 쓰고, 다음날 큰집 때 쓰면 된다. 걱정 말거라."

숙모가 웃으며 말했다. 숙모는 요즘 얼굴에 살이 조금 더 올랐다. 둥글둥글해 보여서 더욱 친근하고 선한 인상을 주었다. 수아는 숙모를 마주 바라보면서 말했다.

"술 때문에 걱정했어요. 그날 반찬은 뭘 하는 게 좋을까요?"

"두부조림, 무고등어조림, 무생채나물, 청국장 끓이면 안 되겠나? 장떡도 미리 구워놓자. 국은 뭐가 좋겠노"

"담치 배추국은 어때요?"

"배추국? 괘안데이. 담치는 있나?"

"예, 추석에 쓰고 남겨 둔 마른 담치 있어요."

"담치 넣고 된장 살째기 풀면 맛나겠다. 그건 그렇고, 재민한테는 뭐 소식 온 거 읍나?"

"오라버니가 애 많이 쓰고 다니는 모양이에요. 버스 주차
장 근방을 샅샅이 찾아다녔지만 뚜렷한 흔적을 찾지 못했
다고 해요. 아버지 볼 면목이 없대요. 마음고생이 심한가
봐요. 아무리 생각을 해도 이해할 수 없어요. 어머니가 새
가 되어 하늘로 날아 올라간 것도 아니고, 땅속으로 가라앉
은 것도 아닐 텐데 말이에요."

숙모가 머리를 들어 하늘을 치어다보면서 말했다. 얼굴색
이 티가 나게 어둡다.

"긍께. 이 맑은 가을날에 우리 성님은 어데 기실꼬?"

품앗이로 온 일꾼은 다섯이었다. 팔산아저씨와 달구, 윗
담에 사는 종형제 둘, 미자 사촌 경수. 아버지는 그들 집에
서 벼를 벨 때, 가서 일을 거들어 주지 못하면 품삯을 주어
야 한다고 말했다.

수아는 숙모와 아침나절 참으로 국수를 삶았다. 열 시를
넘기지 않아야 한다. 다른 논에서 일하는 일꾼들의 새참보
다 늦으면 안 된다. 벼를 베면서 허리를 펼 때마다 새참이
오나 안 오나 기다리면서 길목을 쳐다보게 된다고 했다. 낫
을 들고서 자꾸만 쳐다보다가 헛손질이나 헛발질로 다칠
수도 있는 일이다.

육수는 멸치와 북어머리와 가을무 한 토막을 넣고 우려냈
다. 가늘게 채 썬 애호박과 당근, 부추를 넣었다. 색깔이 예
쁘다. 국수색깔이 불그스름했다. 직접 씨 뿌리고 길러낸 밀

로 뽑아낸 국수였다. 밀 껍질 가까운 부분까지 가루로 갈아 대다보니까 가루에 붉은 껍질이 섞이기 마련이어서, 하얀 밀가루가 아닌 조금 불그숙숙한 밀가루가 되고 국수까지도 불그뎅뎅한 색을 띠게 되었다. 숙부도 아버지도 동네 사람들도 밀을 많이 심지 않았다. 보리파종은 벼 추수 끝난 다음 늦가을에 한다. 겉보리를 씨로 뿌린 다음 흙으로 덮었다. 그때 밀은 보리파종 끝난 논 귀퉁이에 조금씩 뿌렸다.

수아는 숙모와 새참을 가지고 들판 한가운데 논으로 갔다. 들 가운데 있는 다섯 마지기 논은 반 넘게 베어가고 있었다. 오늘 중에 베야 할 논은 모두 열한 마지기다. 한 군데 몰려 있는 게 아니고, 여기저기 흩어져 있어서 논이 있는 곳으로 옮겨 다니면서 벼를 베야 한다.

수아는 벼가 누워있지 않은 곳을 골랐다. 대궁만 남아있는 논바닥에 넓은 보자기를 폈다. 숙모가 국수사리를 그릇에 담고 육수를 부었다. 수아가 막걸리주전자와 노란색 양은대접 세 개를 한가운데 놓았다. 재숙이 잡아온 볶은 메뚜기와 깍두기를 안주로 곁들였다. 국수부터 먹는 사람도 있고, 막걸리부터 찾는 사람도 있었다. 아버지는 국수를 먼저 먹고 난 다음 막걸리를 한 대접 마셨다. 수아와 숙모가 점심을 차려 내 갔을 때는 들판 첫머리에 있는 세 마지기를 반도 더 베었고, 오후 참을 가지고 갔을 때는 집 가까이 있는 마지막 세 마지기 논의 벼를 베고 있었다. 오늘 중에 벼 베는 일은 수월하게 끝마칠 듯했다.

한 포기 두 포기 세 포기 베어진 벼들이 논바닥에 가지런히 누워있었다. 한 사나흘이나 닷새 쯤 지나가고 벼의 낱알이 말랐다싶으면 볏단으로 묶는 작업을 해야한다. 크지도 작지도 않게 두 손으로 들면 딱 손에 잡힐 만큼 묶어야한다. 그래야 탈곡할 때 수월하다. 볏단이야 숙모와 아버지와 수아가 잘 마른 벼부터 차근차근 묶어나가면 될 터였다. 사나흘쯤이면 모두 묶을 수 있을 것이다.

아버지가 보이지 않았다. 새벽잠이 없는 아버지였다. 항상 수아보다 먼저 일어났다. 아버지가 땔나무 한 짐을 해올 때쯤에야 수아는 잠이 깨곤 했다. 물을 데워 할아버지의 세숫물을 준비하고, 따뜻한 보리차를 가져다 드린 뒤에도 아버지는 오지 않았다. 아버지와 겸상으로 아침을 드시는 경우가 많았던 할아버지가 아침상을 받고 난 다음 물었다.

"아범은 새벽일을 나가서 아직 들어오지 않았느냐?"

"예."

수아도 그러려니 했다. 허지만 아침때가 지나가자 불길한 예감이 들었다. 안방 문을 열었다. 방바닥에는 이부자리가 어지러이 펴진 채였다. 잠자리에 들었던 흔적이다. 점심때가 지나가도 아버지는 나타나지 않았다. 아버지에게 무슨 일이 일어나도 단단히 일어난 게 분명했다. 수아는 어찌해야할지를 생각했다. 우선 할 일은 할아버지께 말씀드리고, 숙부에게 알리고, 재민에게 전보를 치는 일이다. 수아는 읍내 우편국에 가서 재민에게 전보를 보냈다.

'부행방묘연급래.'

돌아오는 길에 수아는 숙부의 정미소에 다시 들렀다. 그 사이 숙부는 여기저기 수소문을 한 듯했다. 숙부가 말했다.

"구야와 수찬이가 지난밤에 시꺼먼 옷을 입은 사람 셋이 골 안으로 들어가는 걸 봤다는구나. 경찰서정보과에서 나온 사람들일 수도 있어."

"그 사람들이 아버지를 데려갔을까요?"

"아무래도 그런 것 같다. 왜 이런 일이 자꾸만 생기는지 무슨 일이 벌어지고 있는지 알 수 없어 답답하지만 짐작되는 일이 있으니 너무 걱정 말거라."

재민은 막차로 왔다. 수아는 아버지가 감추고 있던 진보당원증을 재민에게 보여주면서 감시당하고 있었다고 말했다. 재민은 놀라지도 않았다. 이미 알고 있는 듯했다. 재민은 사랑에 들어서 할아버지와 한동안 얘기를 나누었다.

다음날 재민은 사정이야 어찌됐든 신고부터 하자면서 지서에 갔다. 읍내 경찰서에도 갔다 온 재민은 사랑에 들어갔다. 수아도 따라 들어갔다. 재민이 말했다.

"할아버지, 아버지가 읍내 경찰서정보과에 붙잡혀있는 듯해요. 단순 참고인 조사인지, 혐의를 씌워 꼼짝 못하게 옭아맬 작정인지 알 수 없지만요."

"다 잘 넘어 갈 게다. 아범이 어디 있는지 알고 있는 것만 해도, 그게 어디냐?"

뜻밖에도 할아버지는 담담하게 말했다. 수아는 조금 의아했지만 할아버지가 놀라지 않아서 참 다행이라고 생각했다. 재민이 다시 말했다.

"그런데 할아버지, 경찰이 무슨 낌새라도 알아냈나 봐요. 보안정보과 소속이라고 하면서 어머니가 어디 있는지 물었어요. 아무래도 어머니와 관련된 일인 듯해요. 어머니 일이라면 역시 이번에도 외삼촌과 연결되어 있을 테지요?"

"그런 것 같구나. 너무 걱정 말거라. 나도 알아보고 있느니."

할아버지의 목소리가 낮고 담담했지만 어떤 결기 같은 게 숨어있다고 수아는 느꼈다. 만약 아버지가 경찰서에 구금되어 있다면 수아 자신이 알지 못하는 어떤 비밀이 숨어있다고 짐작했다. 갑갑했다. 재민에게 경찰이 왜 어머니를 찾느냐고 물었다. 재민은 말하지 않았다. 이번에도 나중에 말해준다고만 했다.

아버지가 없다고 벼를 논바닥에 그냥 둘 수는 없는 일이다. 볏단을 묶기 시작했을 때, 벼는 적당하게 말라있었다. 지나치게 바삭거리지도 눅눅하지도 않았다. 수아와 숙모는 며칠 동안 볏단을 묶었다. 볏단을 다 묶는 마지막 날에 재민이 왔다. 할아버지까지 거들었다. 재민과 수아가 말렸지만 할아버지는 심심하던 차에 몸을 움직일 수 있어서 얼마나 좋으냐고 했다. 아버지 자리를 대신한 재민은 할아버지와 나란히 앉았다. 할아버지는 두 손으로 벼를 모아 쥐며 볏단의 크기를 가늠하면서 묶어나갔다. 어느 정도 일에 익숙해진 수아도 숙모, 할아버지, 재민과 뒤서거니 앞서거니 묶어나갔다. 뒤를 돌아보면 사이좋은 형제들처럼 가지런히 누워있는 볏단들이 파란 하늘을 올려다보고 있었다. 도란도란, 재미난 얘기라도 하는 걸까? 하늘엔 흰 구름 서너 개가 떠다녔다. 저 구름은 어머니 소식을 알까? 걱정스런 수아의 마음 따윈 아랑곳없다는 듯 햇빛이 너무 환했다. 아직은 따가운 볕이다. 우수에 찬 눈빛으로 가끔씩 하늘을 우러러 보던 아버지가 난데없이 떠올랐다. 올 한 해 동안 아버지가 겪었던 많은 일들이 생각났다. 갑자기, 볼쏙볼쏙 튀어나와 있는 벼 대궁이 어지럽게 돌아다니는 듯했다.

재식도 볏단을 묶을 줄 알았다. 재식은 볏단을 묶다가 싫증이 나면 볏가리를 쌓았다. 재숙은 볏가리를 쌓다가 고등을 잡다가 했다. 재숙은 뭐든 잡는 걸 좋아했다. 재숙은 고등이 숨어있을 만한 구멍을 찾아내면 날이 무딘 부엌칼로 콕콕 찔렀다. 짤그락 소리가 들리면 구멍 속을 헤집어서 고등을 찾아냈다. 까르르 웃는 재숙의 웃음소리가 파란 하늘로 날아올랐다.

아침밥을 준비할 때 논에서 먹을 새참과 점심을 같이 준비했다. 참과 점심을 가지러 집에 갈 필요가 없었다. 새참 때가 되었을 때 찐고구마, 술떡, 막걸리, 열무김치를 펴놓고 먹었다. 점심에는 장떡에 붕어조림, 무생채, 우렁이된장국을 반찬으로 먹었다. 혹시 몰라 숙모는 할아버지를 위하여 누룽지와 쌀밥을 함께 넣어 끓인 누룽지죽과 달걀찜도 만들어서 식지 않게끔 솜 누비주머니에 넣어왔다. 밥할 때 밥솥 안에 넣어서 찐 달걀찜은 할아버지가 즐기는 반찬이다. 볏단을 집 마당까지 옮겨올 때는 달구지에 실어왔다. 소달구지가 들어가지 못하는 들판 한가운데 논은 길까지 지게로 져 날라야했다. 재민은 밤중까지 일했다. 수아도 숙모도 농번기 가을방학을 맞은 재식이도 열심히 거들었다. 진주에서 재영이도 오후 늦게 와서 일손을 보탰다. 정미소 일을 끝낸 숙부도 볏단을 날랐다. 오밤중이 되어서야 논에 있던 볏단을 모두 집 마당에 옮겨놓을 수 있었다. 만약 지금 비가 내린다면 난감하기가 성가신 정도가 아니라 울고 싶을 지경일 터였다. 재영은 밤늦게까지 일을 하고 새벽 첫차로 진주로 돌아갔다.

탈곡하는 날은 맑았다. 아버지가 벼를 탈곡할 때는 품앗이보다 일손을 사는 게 편하다면서 미리 일손을 맞추어두었기에, 일손을 사느라고 애쓸 필요는 없었다. 미자사촌오라비인 경수와 팔산아저씨였다. 숙부도 정미소문을 이틀이나 닫았다. 재민과 재수가 있어 넉넉하지는 않았지만 그런대로 일손이 돌아갔다.

새벽부터 탈곡을 시작했다. 먼저 팔산아저씨와 경수가 탈곡기의 페달을 밟으면서 돌아가는 급치 위에 볏단을 댔다. 낟알을 떨궈낸 짚단을 뒤쪽으로 휙휙 던졌다. 숙부와 재민이 볏단을 탈곡기 양 옆으로 쌓았다. 수아와 재수는 뒤쪽에서 짚단을 정리하면서 탈곡기 앞에 수북하게 쏟아진 벼 낱알을 갈퀴로 긁어내는 작업을 했다. 아저씨와 경수가 다리가 아플 때쯤에 숙부와 재민이 자리를 바꾸었다. 벼를 탈곡하는 일은 예삿일이 아니다. 발로는 탈곡기의 페달을 힘차게 밟으면서 두 손으로는 볏단을 꾹 움켜잡고 탈곡을 해야한다. 잘못하여 볏단을 놓치면 볏단은 여지없이 탈곡기 안으로 쏠려 들어간다. 탈곡기를 멈추고 볏단을 말끔히 끌어낸 다음에야 다시 탈곡을 시작해야한다. 끌어낸 볏단은 가지런히 묶어서 다시 탈곡해야한다. 엉망으로 엉켜서 가지런히 묶을 수 없을 때는 홀치기로 낱낱이 흩어내야 했다. 일이 곱으로 늘어나기 때문에 정말 조심하지 않으면 안 되는 일이었다.

여섯 사람이 쉴 틈 없이 일했다. 하루 종일 탈곡기 돌아가는 소리와 탈곡할 때 쏟아져 나오는 낱알과 검불과 지푸라기들로 마당은 시끄럽고 뿌옇다. 매캐하기까지 해서 콧속이 싸했다.

할아버지가 간간히 사랑에서 나와 뒷짐을 지고 바쁘게 돌아가는 마당을 휘익 돌아보고는 다시 사랑으로 들어가곤했다.

저녁밥 먹기 직전에야 탈곡이 모두 끝났다. 저녁식사 뒤 경수와 팔산아저씨를 보내고 난 다음, 남은 식구들은 뒷마무리를 했다. 두 개의 호야등불을 최대로 키운 다음 빨래줄 장대에 묶어서 마당 이쪽저쪽에 세웠다. 사방이 환했다. 풍구질한 알곡은 가마니에 담았다. 검불과 뒤섞여있는 낱알은 다시 손질해야함으로 따로 모아두었다. 이 모든 뒷일은 밤이 이슥해서야 끝났다. 벼의 낱알을 모두 털어낸 짚단은 커다랗게 묶어서 짚동을 만들었다. 숙부, 재민, 재수가 다 함께 힘을 모아서, 짚동을 마당 가장자리에 일렬로 쭉 세웠다. 겨우내 군불로도 쓰고, 소여물도 끓이고, 지붕도 이고, 남으면 이른 봄날에 잘게 썰어서 못자리 논에 뿌리면 훌륭한 거름이 될 터였다. 가마니 속의 벼는 다시 말려야한다.

수아는 마당가에 쭉 늘어서 있는 짚동을 보자 어릴 때 재민과 사촌형제들과 숨바꼭질하던 게 생각났다. 그땐 참 재미있었다. 연달아 서 있는 커다란 짚동은 보기에는 빈틈없이 꽉 차있는 듯이 보이지만, 아이들이 몸을 숨기기에 맞춤한 것처럼 좋은 장소였다. 몸집이 작은 아이들은 짚동 사이사이를 얼마든지 드나들 수 있었다. 짚동과 짚동 사이를 비집고 들어가면 새의 둥지처럼 동그란 공간을 만들 수도 있었다. 그 속에 숨어있으면 어쩐지 아늑하고 포근했다. 비밀스럽고 은밀하여 긴장되기도 했다.

어느 날인이었든가? 추수 끝난 늦가을이었고 신작로나 길가에는 늦게 핀 살사리꽃이 하늘거리던 꽃잎을 모두 털어내고 까만 씨가 뾰족하게 드러나던 때였다. 예닐곱 살 때쯤이었다. 또래들과 어울려서 저녁때까지 숨기놀이를 했다. 짚동 속에 숨었다. 바람은 제법 차가웠다. 짚동 속은 따스했다. 동무가 찾으러 올 때를 기다렸다. 자신도 모르는 사이에 스르르 눈이 감겼다. 다음날 수아는 안방에서 잠에서 깨어났다. 눈을 뜨자 어머니가 수아, 하고 불렀다. 쉰 목소리였다. 어머니 다리에는 무명베가 둘둘 말렸다. 벌건 피가 배어나와 있었다. 뒤에 알았다. 수아를 부르면서 동네 구석구석을 찾아다니던 어머니가 돌부리에 걸려서 길 아래 도랑으로 떨어졌다. 물 없는 도랑(가을 겨울에는 물이 별로 없었다)에 널려있던 울퉁불퉁하고 뾰족한 바위와 돌에 어머니는 왼다리 정강이뼈를 찢겼다.

언제인가 숙모가 말했다.

"너 어무이가 천지사방으로 너 찾았어. 미치갱이 맨치로."

그 당시 어른들은 해방이 되었다면서 여기저기 몰려다니기만 할 뿐, 아이들 따윈 크게 신경 쓰지도 않았다. 아이들은 저절로 큰다고 여겼을까? 유독 어머니만이 수아를 살뜰하게 챙겼기 때문이었을까? 아니면 무명베에 선명하던 핏빛 때문이었을까? 알 수 없다. 아버지가 구속되었는데도 애써 아무렇지도 않게 행동하는 재민과 할아버지를 어떻게 이해해야 할까? 수아는 짚동 앞에 우두커니 서서 정강이뼈가 보이도록 어린 딸을 찾아다녔던 어머니를 다시 생각했다. 어머니가 더욱 보고 싶었다. 행여나 이대로 영영 어머니를 찾지 못하게 되는 건 아닐까 겁이 났다. 어머니 없이 한평생을 살게 되면 어쩌나?

읍내 경찰서를 다녀온 할아버지가 말했다.

조만간 아버지가 풀려날 것이라고. 그렇게만 된다면! 정말 다행한 일이다. 이제 어머니만 돌아온다면 예전의 편안한 일상을 되찾게 될 터였다. 아버지가 어머니 때문에 붙잡혀간 게 정말일까? 재민의 말이 가시인 듯 목에 걸려서 찔러댔다.

뒷산 밭에서 고구마를 캤다. 고구마줄기는 소가 좋아한다. 수아는 고구마 잎을 세 바구니나 땄다. 어머니가 하던 것처럼 삶아서 말려 둘 작정이다. 집으로 돌아온 어머니가 갈치조림이나 민어조림을 할 때 언제나처럼 같이 넣어서 졸릴 수 있게끔. 내년 정월 보름나물에도 쓸 수 있게끔 될 수 있는 대로 많은 건채를 만들어 둘 작정이다.

밭이 휑뎅그렁했다. 콩과 팥은 이미 거둬들였다. 수아는 어머니가 해마다 하듯이 고춧잎과 고추를 말리고 삭히는 일도 끝냈다. 고구마까지 캐고 나면 이제 밭에는 김장 무와 배추만 남는다. 무 배추는 그런대로 잘 자라고 있었다. 된서리가 내리기 전에 김장도 할 수 있을 터였다.

고구마 줄기는 모두 걷어냈다. 밭 위 편편한 잔디 위에 널어 말렸다. 줄기에서 나는 달짝지근한 냄새와 말라가는 잔디에서 피어오르는 향기가 함께 어울려서 수아의 콧속으로 스며들었다. 향긋했다. 목화냄새 같기도 하고 젖비린내 같기도 했다. 그것은 어떤 그리움을 불러내는 냄새였다. 어머니일까? 유근일까? 아니면 알 수 없는 내일을 염려하고 기다리는 마음일까? 수아는 그 모든 게 현실 같지 않았기에 쓸데없는 믿음을 가져서는 안 된다고 생각했다. 확실한 것은 없다.

고구마는 그런대로 씨알이 굵었다. 혹독한 사라호 태풍을 만난 것 치고는 나쁘지 않은 수확이었다. 고구마 두 두럭을 캐고 났을 때 쾅, 소리가 들렸다. 폭탄 터지는 소리 같았다. 놀랐다. 또 전쟁이 났나? 주위를 살펴보았다. 밭에서 일하던 사람들이 소리 난 곳으로 달려가고 있었다. 수아도 뛰어갔다. 밭 언덕 아래 도랑이 있는 곳에 미자 막내남동생 두철이 꼬꾸라져있었다. 다리를 다친 듯, 다리에서 흘러나온 피가 흥건했다. 도랑물 가장자리까지 핏물이 고여 들었다. 바짓가랑이가 찢겨져 너덜거렸다. 누구 한 사람 선뜻 다가가지 못했다. 모두들 어정쩡히 서서 어쩔 줄 몰라 할 때 미자 사촌오라비 경수가 사람들 속에서 뛰어나왔다. 경수가 두철이 바짓가랑이를 쳐들자 정강이뼈가 벌겋게 드러났다. 곧바로 윗도리를 벗어 정강이와 장딴지를 묶은 경수가 두철을 업고 집 쪽으로 뛰어갔다. 모여 있던 사람들이 흩어졌다. 다시 밭으로 일하러 가면서 한 마디씩 했다.

"두철이 쟈는 와저카노?"

"동란 때 떨어진 수류탄이 터져뿌렸나?"

"긍께. 잘못 밟았을 수도 있을 끼고, 엿 바꿔먹으려고 뚜드려댔을 수도 있을 끼고."

"강촌댁이 놀라서 자빠지면 우짜노? 그 애살에 그 깡심에 여럿 잡겠데이."

경수가 두철을 자전거에 태우고 읍내병원으로 갔다. 정강이뼈가 부셔져서 큰 병원에 가야한다는 연락을 받은 강촌댁이 두철이 신발과 옷가지를 싼 작은 보퉁이를 들고 읍으로 갔다. 웬만한 일에는 눈도 깜짝 않는 강촌댁이었지만 큰 병원에 가야한다는 연락을 받고는 사색이 되었다고 동네 사람들이 말했다. 소식을 들은 숙모가 투덜거렸다.

"그 예편네 팔자가 짜달시리 좋지는 않는 모양이다. 두석이 자랑을 늘어지게 해쌌더만."

대구 큰 병원까지 갔지만 두철은 왼다리 무릎아래를 잃었다. 두철은 거의 보름 만에 집에 돌아왔다. 비록 목발을 짚고 있었지만 건강해보였다. 다리 하나가 없다고 할지라도, 그게 어딘가? 살아있지 않은가? 동란 때 죽은 사람들이 얼마나 많은가? 이웃동네 검은들에는 폭탄을 맞아 일가족이 몰살당한 집도 여럿이다. 그들, 더러는 점심상에 둘러앉았다가 떨어지는 폭탄에 집과 함께 산산조각으로 흩어져버렸다.

중풍으로 거동이 불편한 남편에 두철이까지 얹혀있는 꼴인데도 강촌댁의 기는 꺾이지 않았다. 기가 더욱 세졌다. 수아가 직접 보지는 않았지만, 들리는 소문에는 강두석의 앞날이 창창할 것이라는 점쟁이의 말을 철석같이 믿고는 큰소리친다고 했다.

내 아들 두석이가 누구냐! 장차 장군이 될 사람이여! 이 나라가 두석이 발밑에 있게 되는 날이 온다하더라. 두석이는 신령님이 점지한 사람이라꼬!

수아의 산수화

8
도투마리와 바디

"누야, 수아누야!"

재식이 목소리다. 수아는 삼실뭉텅이에 모래를 끼얹고 있다가 소리 나는 쪽으로 고개를 돌렸다. 재식이가 두 팔을 휘젓고 뛰어오면서 수아를 불렀다. 숨을 헐떡이며 멈춰 선 재식의 모습에 수아는 슬며시 웃음이 나왔다. 바지를 무릎 위까지 걷어 올렸는데, 장딴지랑 팔과 옷, 얼굴에도 진흙이 잔뜩 묻어있었다. 흙구덩이에서 기어 나온 꼴이다.

삼실을 감느라 마당 이쪽저쪽을 분주히 오가던 숙모가 일손을 멈추고 다가왔다. 숙모가 재식에게 물었다.

"그 꼬라지가 머꼬? 미꾸라지한테 잡아 묵힌 꼴이다."

"어무이, 수아누야랑 미꾸라지 잡을 거다."

"야가 지금 뭐라카노? 누나 바쁜 거 안 보이나? 오늘 내로 베날기 모다 끝내야 한다. 벌써 며칠째 하는데. 누나 냅 삐두고 니나 마이 잡거라. 재숙이는 뭐하노?"

재식이도 물러나지 않았다. 볼통하게 말했다.

"치, 어무이는 맨날천날 재숙이만 물어보고. 씨, 재숙이 물 퍼고 있다."

"바쁜 누야는 왜 불러? 너거 둘이서 잡아."

"어무이는 암것도 몰라. 누나가 얼매나 미꾸라지를 잘 잡는데. 수아누야 가자."

재식이가 수아의 손을 잡았다. 흙이 마른 재식의 손이 까끌까끌했다. 부스스 흙 부스러기가 떨어졌다. 수아는 숙모를 바라보면서 말했다.

"작은어머니, 잠깐만 보고 올게요. 궁금하네요."

"그래라. 베날기야 엉키나 안 엉키나 실만 잘 살펴 보믄 된다. 손이 많이 가지 않으니께, 팔산댁이랑 둘이 하믄 될 끼라."

재식이 활짝 웃었다. 팔짝팔짝 뛰었다. 수아는 재식의 손을 잡은 채 대문을 나섰다. 가을도 막바지에 접어들었다. 앞산을 붉게 물들이던 단풍이 많이 수그러졌다. 며칠 전까지만 해도 산등성이가 불붙은 것처럼 불긋불긋했다. 어제 다르고 오늘 다른 풍경이었다. 수아는 문득 걸음을 멈추고 하늘을 바라보았다. 하늘은 더 없이 푸르고 높고 고요했다. 서쪽하늘에는 조개구름이 켜켜이 앉아있었다. 하늘은 저리도 맑고 고요한데, 구금되어서 혹시 모진 압박에 시달리고 있을지도 모르는 아버지와 어디에 있는지도 모르는 어머니 생각에 수아는 맑은 하늘을 바라보는 것조차 불편했다. 아버지는 어머니 때문에 구속된 듯해요. 마산경찰서 박가놈이 선동질을 하고 있는 게 분명해요. 재민의 말이 떠오를 때면 눈에 보이는 모든 사물들 저마다 내밀한 비밀을 간직하고 있는 듯했다. 한시라도 빨리 재민을 다그쳐서 알아내야겠다고 수아는 속다짐을 했다.

어제 읍내경찰서에 다녀온 할아버지가 말했다. 수일 내로 아버지가 풀려날 것이라고. 할아버지와 친하게 지내던 친구 분들이 거의 다 세상을 떠났다. 아버지의 구명을 위해서 할아버지는 친구분들의 아들들에게 부탁을 할 수밖에 없었을 터인데, 할아버지의 그 마음이 오죽할까 싶어서 가슴 속이 다 먹먹해왔다. 눈에 꽉 차게 들어오는 푸른 하늘조차 야속해 보였다.

재식도 걸음을 멈추고서 하늘을 바라보다가, 수아를 올려다보면서 물었다.

"누야, 하늘에 머 있나?"

"저기, 조개구름 속에서 파랑새가 나오는데."

"어데? 안 뵈는데? 거짓부렁이제?"

"아이다, 벌써 날아갔다."

"누야는 허풍다리다."

재식은 개구쟁이 얼굴이 되어 낄낄 웃었다. 봇도랑에는 재숙이도 있었다. 수아를 본 재숙은 언니야를 부르면서 반색했다. 재숙의 옷과 얼굴에도 온통 진흙투성이였다. 봇도랑에는 동네꼬맹이들이 다 모여 있었다. 왁자지껄했다. 낄낄거리면서 웃고 떠들어대는 소리가 보기도 듣기도 좋았

다. 재숙이와 재식이가 자리 잡은 도랑은 물꼬 바로 옆이었
다. 잘하면 매기도 잡을 수 있는 장소로 미꾸라지 잡기 명
당자리였다. 수아도 예전에 더러 미꾸라지를 잡았던 곳이
다. 수아는 문득 그 철없던 시절이 떠올라서 멈칫했다. 재
식은 다른 아이들 자리와 구분하느라고 봇도랑 양쪽에 진
흙을 쌓아올려서 둑을 만들어두었다. 물이 얼마 남아있지
않았다. 재숙과 둘이서 물을 열심히 퍼낸 모양이다. 재숙이
수아를 올려다보면서 재촉했다.

"언니야 얼릉 와."

"옹야."

수아는 명쾌한 목소리로 대답했다. 수아는 양말을 벗고
몸뻬 바지를 무릎까지 걸어 올린 다음 봇도랑에 내려갔다.
진흙바닥에 발을 들여놓자 발가락 사이로 진흙이 쏙쏙 올
라왔다. 말랑말랑하고 부드럽다. 기분이 좋아진다. 물을 여
남은 바가지 퍼내자 더 퍼낼 물이 없었다. 재숙 재식과 나
란히 서서 차례차례 진흙을 뒤집었다. 뱃살이 노리끼리한
통통한 미꾸라지가 진흙과 함께 뒤집어졌다. 재식이 씩씩
거리면서 미꾸라지를 잡아서 바가지 속에 던져 넣고는 또
다시 재빠르게 진흙을 뒤집었다. 미꾸라지를 움켜쥔 재숙
이 깔깔 웃었다. 수아는 두 발을 감싸는 진흙의 질척질척함
이 싫지 않았다. 왼발 오른발을 번갈아가면서 발을 뺐다가
디뎠다가를 반복했다. 가슴속에 숨어있던 뭔가가 삐질삐질
머리를 디밀고 빠져 나오려고 했다.

미꾸라지는 많았다. 봄에서 여름, 늦은 가을까지 봇도랑 진흙에서 살았을 미꾸라지들은 통통하게 살이 올라있었다. 수아는 재식과 재숙이와 함께 봇도랑의 진흙을 모두 뒤집었다. 대아에는 흙을 뒤집어쓴 미꾸라지가 그득하게 담겼다. 재식은 쌓았던 둑을 원래대로 파했다. 재식이 물꼬 쪽의 흙을 허물다가 갑자기 앗, 소리를 질렀다. 혹시 철늦은 물뱀이라도 있었나? 깜짝 놀란 수아가 돌아보자, 재식이 또다시 소리쳤다.

"누야, 매기야."

재식은 제 팔뚝보다 조금 작은 매기를 두 손으로 움켜잡고는, 입이 함지박 만하게 벌어져서는 낄낄 웃었다. 수아도 활짝 웃어주면서 말했다.

"대단하다, 재식아. 너 팔뚝보다 크다."

"억수로 크다. 우리오빠야가 제일 큰 매기 잡았는갑다. 최고다."

재숙이 손뼉을 치면서 깔깔댔다. 재식이 씩 웃고는 어깨를 쑥 올렸다. 의기양양한 모습이다. 수아는 한 번 더 말해주었다.

"참말로 대단하다."

셋은 도천에 가서 팔과 다리, 얼굴을 씻었다. 도랑 둑길을 걸어서 집으로 돌아오는 길에 보니까, 다른 아이들은 아직도 열심히 진흙을 뒤집고 있었다. 재식이 도랑 쪽을 바라보면서 냅다 소리질렀다.

"야, 창식아, 니는 언제 다 할라카노?"

들었는지 못 들었는지 재식이 동무 창식이는 진흙더미에 코를 박고 있었다. 그러다 갑자기 윗몸을 일으키고는 재식을 향해 주먹을 불쑥 내밀면서 감자를 날렸다. 재식이 기가 차다는 듯이 킬킬거리며 말했다.

"저 새끼는 할 말 없으면 욕이다."

수아는 아이들을 데리고 대문으로 들어섰다. 베날기는 거의 끝나 있었다. 팔산아주머니는 집에 가고 없었다. 숙모 혼자 뒷설거지를 하고 있다가 재식이 들고 있는 대야 속을 들여다보고는 재식을 바라보며 말했다.

"마이 잡았구마. 실하다. 매기도 식이가 잡았나?"

"오빠야가 잡았다. 오늘 매기 잡은 사람은 오빠야 뿐이다."

재식이 대답할 틈도 없이 재숙이 촐랑대면서 말했다. 숙모가 빙긋이 웃고는 수아에게 말했다.

"오늘밤에 해금 좀 시키가꼬 낼 추어탕으로 해묵자. 할아버지가 좋아하시겠다. 그쟈? 토란줄기랑 배추랑 제피가루도 넣고 해묵자."

"예."

재식이 작은집 가는 쪽문으로 걸어갔다. 숙모가 큰소리로 말했다.

"식이 니는 안 씻고 어데 가노? 빨랑 와 씻어라. 매매 씻고 방에 들가야 된다."

숙모는 재숙을 데리고 우물가로 갔다. 재숙의 얼굴이며 팔과 다리를 뽀독뽀독 소리가 나게 닦았다. 재숙이 아프다면서 얼굴을 찡그렸다.

숙모가 수아에게 말했다.

"수아야. 날 맑을 때 바로 베매기도 해야긋제? 눈바람이라도 불면 일이 늦어지니께."

"예, 작은어머니. 잘 베울게요."

"니는 영리해가꼬 뭘 해도 한 번 보면 모다 해 낸다."

수아는 모래더미에 묻혀있던 삼실을 걸었다. 씨실로 써야 한다. 매듭을 내어서 묶어 헝클어지지 않도록 조심하면서 보자기에 쌌다. 씨실도 많이 필요하다. 날실이 셋이라면 씨실은 둘이나 들어간다고 전에 어머니가 했던 말이 생각났다. 그때는 지나가는 말이라고 흘러들었다. 수아는 숙모와 함께 베날기를 닷새 동안이나 했다. 삼베 열두 필은 짤 양이다. 숙모가 여섯 필 수아가 여섯 필을 짜다보면, 어쩌면 겨울밤이 다 지나가고 어머니가 돌아올지도 모른다. 베날기한 실들이 혹여 엉킬까 한지를 사이사이에 넣으면서 바구니에 갈무리한 숙모가 저녁밥을 안치면서 말했다.

"며칠 내로 아버지 나오신다고 했제? 오늘이 목요일이니까 모레, 반공일쯤에 나오시려나? 그랬으면 정말 좋겠다."

"예, 할아버지가 그렇게 말씀하셨어요. 몸이 많이 상했을 텐데요."

"가물치보다 초겨울은 잉어가 낫다. 요즘 정양강에서 많이 잡힌다는데, 팔산댁에 부탁혀서 몇 마리 잡아다 달라고 하자. 가마솥에 푹 고아서 아주버니와 할아버지, 다른 식구들도 모두 먹거로."

"예, 모두들 고생 많았어요. 가을걷이 하느라 힘들었어요."

"하모, 하모."

숙모의 목소리가 가라앉았다. 근심이 묻어있었다. 숙모는 생각만 해도 괘심하다는 듯이 이를 뿌득 갈아붙이고는, 덧붙였다.

"누가 만다꼬 무신 억하심정으로 택도 없는 일을 꼬질렀나 내 알아낼 끼다. 얄궂은 해코지를 해갖고 남을 몬 살게 하믄 지는 괘안을끼라꼬? 택도 없다. 내 무신 수를 써서라도 알아낼끼다. 남 해코지 하는 인간들은 천벌 받아야 된다."

숙모는 아버지의 구속이 누군가의 해코지로 생겼다고 여기는 듯했다. 평화롭고 조용하던 집안에 불어 닥친 일이 예삿일이 아니었다. 도대체 일이 어떻게 돼 가는 것일까? 무슨 곡절이 도사리고 있기에, 어머니는 행방이 묘연하고, 재민은 반 년 걸려서 풀려나고, 아버지는 또 무슨 크나큰 죄를 지었기에 경찰서 붙잡혀 있을까? 자세한 내막을 모르니 갑갑하고 답답했다.

아버지가 풀려났다. 구속된 지 여드레가 되었다. 할아버지가 읍내경찰서에 다녀오고 이틀이 지났다. 아버지가 붙잡혀있는 동안 할아버지는 이틀에 한 번씩 출타하셨다. 어디에서 누구를 만나고 왔는지 알 수 없었지만, 요즘 부쩍 기력이 없어보였다.

잘 씻지도 못한 듯 몹시 꾀죄죄한 모습으로 집에 온 아버지는 우선 씻고 싶어 했다. 물을 데워 목욕을 한 아버지가 사랑에 들어서 저녁때까지 할아버지와 얘기를 나누었다, 두런두런. 마당에 걸린 가마솥에서는 한약재를 넣은 잉어탕이 고아지고 있었다. 정미소 문을 조금 일찍 닫은 숙부와 숙모가 오고, 진주에서 공부 중인 재수와 재영도 왔다. 마산에 있는 재민도 도착했다. 안방에서 저녁을 먹은 식구들이 모두 사랑으로 건너갔다. 설거지를 끝낸 수아가 삭힌 감과 청주와 단술, 산자를 들고 사랑에 들어갔다. 식구들은 할아버지 앞에 빙 둘러 앉아있었다. 할아버지의 안색이 그런대로 평온해보였다. 할아버지의 잔에 먼저 청주를 따른 아버지가 숙부와 재민, 재수에게도 술을 따라주었다. 재영과 재식, 재숙은 단술과 감, 산자를 먹었다. 입 밖으로 소리 내어 떠들썩하게 말하지는 않았지만 가족들 모두가 아버지의 무사귀환을 기뻐했다. 할아버지와 재민이 바둑판을 사이에 두고 마주앉았다. 아버지와 숙부는 장기판에 말을 놓았다. 수아는 사랑에서 나와 마당에 섰다. 수런수런 사랑에서 이야기하는 가족들의 말소리가 마당까지 들렸다. 마침 토요일이고 시월의 마지막 밤이었다. 평화로운 밤이 지나가고 있었다.

그렇지만, 아무 일도 없었다는 듯이 안온하게 흘러가는 밤이 불편했다. 이상하게도 그랬다. 언제부터였을까? 꼭 꼬집어 말할 수 없다. 아마도 그때 부터였던 듯했다. 아버지가 구속되었을 때, 처음으로 경찰서에 갔다 온 재민은 아버지의 구속이 어머니 때문일지 모른다고 말했다. 그 말을 들었을 때 뭔가 미심쩍어 했던, 그러나 어렴풋이 짐작하고 있었던 비밀을 마주해야 한다는 두려움이 수아를 옥죄기 시작했다. 이제 마주해야 한다. 그것이 알고 싶었다. 재민은 알고 있을 것이다. 재민에게 물어보리라 마음먹었지만 여의치 않았다. 재민은 내일이면 마산으로 떠날 것이다. 재민을 다그쳐서 알아내야 한다. 오늘밤을 넘기지 않아야한다. 또다시 어물쩍 넘겼다가, 무슨 일을 당하고 난 다음에 우왕좌왕 하는 게 싫었다.

밤이 이슥해서야 사랑에서 아버지와 숙부와 재민이 나왔다. 초저녁이 지났을 무렵에 사촌들과 숙모는 집으로 돌아갔다. 숙부가 대문이 아닌 쪽문을 통해 작은집으로 건너가는 소리가 들렸다. 아버지도 안방으로 들어갔다. 재민이 신발을 끌고 변소에 가는 소리가 들렸다. 수아는 소리 안 나게 방문을 열고 방을 빠져나왔다. 변소에서 나오는 재민의 모습이 보였다. 재민은 두 손을 모으고 담배에 불을 붙인 다음 걸어오고 있었다. 수아는 재민의 팔을 잡아끌고 대문 밖을 나섰다. 재민이 아무소리 않고 끌려 나왔다. 수아는 재민을 끌고 동구 밖으로 향했다. 우물가 정자도 있지만 동

수아의 산수화

네 사람들의 눈을 피하고 싶었다. 골 밖이 훤히 보이는 언덕에 앉았다. 하늘에는 하얗게 야윈 하현달이 떠 있었다. 수아는 재민을 똑바로 응시했다. 달빛에 드러난 재민의 얼굴이 조금 홀쭉해보였다. 재민은 아버지가 경찰서에 잡혀 있던 여드레 동안 새벽 첫차로 출근했다가 막차를 타고 집에 왔고, 사랑에서 할아버지와 오랫동안 얘기를 나누다가 같이 잠이 들고는 했다. 어떤 밤에는 바둑돌 놓는 소리가 딱, 딱 새어나오기도 했지만 재민을 불러내어 알고 싶은 것들을 물어볼 수 없었다.

수아가 재민에게 말했다.

"이제 얘기 좀 시원하게 해 줘봐."

"뭘?"

"전에 얘기해준다고 했잖아."

"도대체 뭘?"

재민은 딱 잡아 뗐다. 오리발을 내밀고 있었다. 수아도 지지 않았다. 무슨 일이 있어도 오늘밤은 물러나지 않겠다는 듯 재민을 다그쳤다.

"대충 알아. 내가 이상한 상상하기 전에 어서 다 말해."

수아가 계속 다그쳤다. 재민도 수아의 결심을 알아챈 듯이 고개를 끄덕였다. 말을 꺼내기가 망설여지는 듯 재민은 한동안 아무 말도 하지 않았다. 이윽고 작심한 듯 재민이 입을 열었다.

"이제 너도 다 컸으니…… 어느 정도는 알고 있어야 하겠지만, 실은 나도 아주 자세히는 몰라."

얼마나 어려운 이야기일까? 얼마나 무서운 이야기일까? 재민은 얼른 말을 꺼내놓지 못하고 자꾸만 발을 빼려했다. 수아는 절대 물러서지 않으리라, 다시 재민을 다그쳤다.

"알고 있는 것만 말해."

"그래, 내가 아는 얘기라면…… 우선 외할아버지 얘기부터 하는 게 순서겠다."

재민이 돌아가신 외할아버지를 들이대자 수아는 화가 났다. 쓸데없는 얘기는 아예 하지 말고 본론부터 말하라고 재민에게 툭 쏘아붙였다.

"돌아가셨잖아? 벌써 4년이 지났건만. 왜 들먹여?"

"그래, 돌아가셨지. 사람이 죽어 없어져도, 물귀신처럼 끈질기게 물고 늘어지는 게 있거든."

"그게 뭔대?"

수아의 물음에 재민은 아무 말도 하지 않았다. 다만 수아를 멀뚱히 바라보기만 했다. 끼꾸루끼꾸루, 근처 나무 위에서 밤새가 울었다. 바람 한 자락이 후두두 나뭇가지를 건드리고 지나갔다. 나뭇잎 서너 개가 뱅글뱅글 돌면서 달빛을 받아 반짝이다가 땅으로 떨어졌다. 묵묵히 앉아있던 재민이 다시 입을 열었다. 어쩐지 목소리가 비장했다.

"되도록이면 너에게 알리지 말라는 어머니의 당부가 있었지만…… 너를 지키기 위해서…… 너에겐 지금껏 비밀이었지만…… 너도 알아야할 만큼 컸으니까. 이 오라비가 대

수아의 산수화

충이나마 얘기해줄 테니, 잘 듣고 앞으로 잘 생각해서 행동해. 사실은 말이지, 외할아버지는 사회운동가였어, 일제강점기 때는 독립자금을 모금하여 임정이나 필요한 곳에 보냈대. 해방 후 몽양선생의 논리에 동조하여 조선건국준비위원회에 동참하셨어. 잘은 모르지만, 그 당시 제일 중요한 것은 자유주의니 사회주의니 편 가르는 것보다 민족이 하나 되는 게 우선이라고 보셨을 거야."

재민이 말을 끊고는 수아를 바라보다가, 다시 말을 이었다.

"외할아버지의 영향으로 아버지는 건준치안대에서 활동하셨어."

"미군정이 해산시킨 단체잖아?"

"어? 네가 어떻게 알아?"

"내가 바보야? 사람들이 다 아는 걸."

"미군정은 여운형의 사회민주주의를 공산당이라고 인식했거든. 건국준비위원회 소속 치안대에서 맡아하던 치안을 미군정은 일제강점기 때 경찰들을 복귀시켜서 맡겨버렸지. 사람들은 많이 혼란스러워했다. 분명 해방이 되었는데, 일제앞잡이 경찰에게 또다시 감시당하고 핍박당한다고 생각했으니까. 해방의 기쁨에 찬물을 몇 동이씩이나 부어버린 셈이었어."

"그 얘긴 그만하고, 외할아버지 얘기나 해. 외할아버지가 왜?"

"외할아버지는 독립운동가로 불리는 걸 싫어하셨어. 대한사람이라면 누구나 해야만 하는 일이 조국해방운동이라고 생각하셨던 모양이야. 그걸 했다고 떠벌리면 속물이 된다고 여기셨던 게야. 사회운동가로 불리는 걸 좋아하셨다고 어머니가 말했어. 여러 사람이 함께 어울려 살아가는 사회생활에서 중요한 것은 태도라고 했다는 말도 들었어. 사람을 대할 때 합당한 예의로 대하고, 나무나 풀, 사물마저도 함부로 대하지 않아야 하고. 사물이나 사람을 대하는 태도가 그 사람의 인격일 수밖에 없다는 말은 내가 직접 외할아버지에게서 들었어. 그때 너무 어렸던 나는 그 말이 무슨 뜻인지 몰랐다. 뭐, 어쨌거나, 지금도 짐작만 할 뿐 확실하게 깨달았다고 말할 수 없지만 말이야."

재민은 말을 멈추고 수아를 건너다보았다. 수아의 반응을 살피는 것 같기도 했다. 수아가 재민을 쏘아보면서 말했다. 수아가 툭 쏘았다.

"사설은 됐고, 본론이나 말해."

"몽양선생이 암살당하고 난 다음 힘들어하셨다고 어머니가 말했어. 그러다가 이번 여름에 사형당한 조봉암의 진보당 일을 하게 되었지. 외할아버지는 열성을 다해서 서부경남지방당부를 결성하다가 누군가에게 피살당하셨다."

"피살이라니? 도대체 뭔 말을 하는 거야? 그냥 돌아가신 게 아니었어?"

"그래, 집 앞에서 밤중에 살해당했다. 범인이 사복경찰이라고도 하고, 자유당에서 보낸 깡패라는 소문이 파다했지만 경찰이나 검찰은 수사조차 하지 않고 유야무야 덮어버렸다. 그때 외삼촌이 행방불명되었고, 기함해서 쓰러진 외할머니는 두 달 뒤에 돌아가셨다."

"세상에 어떻게 그런 일이 있을 수 있어? 여태까지 나는 외할아버지 할머니 두 분 다 지병으로 돌아가신 줄로만 알고 있었어."

"할아버지와 아버지가 소리소문나지 않게 신중하게 처리하셨어. 입만 잘못 벙긋해도 빨갱이가 되고 간첩이 되는 세상이니까. 외삼촌도 아예 죽었다고 소문을 퍼트렸다. 어머니는 외조부의 일로 당신 자식 앞길이 막힐까 두려워했다. 그때 내가 사범학교에 다니고 있었잖아. 밉보여 간첩누명이라도 쓰게 되면 선생노릇 같은 건 아예 꿈도 꿀 수 없는 일이지. 성적과 상관없이 바로 탈락되니까. 할아버지가 많이 도우셨지. 두 분이 친구셨잖아."

"세상에…… 우리 어머니. 어머니도 분명 많이 연관되어 있을 테지?"

"더 이상은 알지 마라. 아마도 실종된 외삼촌과 연관되어 있는 것은 확실하다. 경찰이나 방첩대에서 간첩을 잡았다는 공을 쌓으려고 서로 외삼촌을 추적하고 있어. 더군다나 마산경찰서에서 어머니와 우리 가족을 엮으려고 눈에 불을 켜고 있다. 왜정 때부터 외할아버지를 몇 번씩이나 잡아드려서 고문한 놈이었어. 박가놈인데…… 어머니가 미끼가

된 듯해. 내 짐작으로는 그래. 어딘가에 안전하게 숨어 계
신다면 쉽사리 집으로 돌아오시지 못하실 거야. 어머니 자
신과 우리를 지키기 위해서 말이야."

"오라버니와 아버지도 그렇게 된 거였어? 세상에나, 아
버지가 어머니를 보란 듯이 찾아다닌 것도 다 연막이었던
거야? 우리 집, 어쩌면 좋아?"

수아는 심장이 터질 것만 같았다. 불쌍한 엄마, 울음이 터
질세라 수아는 입술을 꽉 깨물었다. 한참동안 말없이 앉아
있던 재민이 입을 열었다.

"작은집에선 모르는 일이니 입조심해라."

"숙모님도 모르겠네? 속인 거야?"

"바보냐? 속인 게 아니고 작은집을 보호하는 차원인거라
고. 숙부님은 어느 정도 눈치 챘거나 알고 있는 듯했지만.
아버지가 말씀하셨는지도 모르지. 어머니에 관한 건 속속
들이 얘기하지 않았을 거야."

수아는 이제야 그동안 마음속에 품고 있던 의문이 풀리는
듯했다. 어머니가 사라졌는데도 꿋꿋하던 아버지와 할아버
지. 아무 일도 없다는 듯 그런대로 평온하게 유지되던 집안
분위기 등에서 느끼던 이물감에 이런 무서운 비밀이 숨어
있었다니? 그렇다면 어머니는 납치됐든가, 사고를 당했든
가가 아닐 수도 모르겠다. 어쩌면 위험을 감지해서, 자진해
서 모습을 감추었을지도 있겠다. 어머니는 가족들의 안전
을 위하여 스스로 집을 떠났을까? 협박을 받았을까? 쫓기

고 있었을까? 어쩌면 어머니로서는 선택의 여지가 없었는 지도 모르겠다. 그렇다면, 열심히 어머니를 찾아다니던 아버지의 행동도 모두 계산속이었던 것이 된다. 아직도 수아에겐 재민의 말 자체가 짙은 안개 속에 가려진 것처럼 실체가 보이지 않았다. 수수께끼로밖에 들리지 않았다. 곧바로 해석되지 않아서 혼란스러웠다. 수아는 자신에게는 시간이 필요하다고, 사실을 받아들이고 생각하고 납득할 시간이 필요하다고 생각했다. 한참 만에 재민이 말했다. 목소리가 많이 가라앉아있었다.

"누군가 어머니를 돕고 있는 게 분명해. 마산경찰서 박가 놈이 나를 잡던 날 어머니가 행적을 감춘 것이 결코 우연이 아니라고 생각돼."

재민도 수아도 아무 말도 하지 않은 채, 꽤 오랜 시간동안 언덕에 앉아 있었다. 생각난 듯 문득 재민이 말했다.

"너무 걱정하지 마. 어머니는 잘 계실 거다."

재민은 어머니가 어디 있는지 알고 있기라도 하는 것처럼 말했다. 수아는 재민이 더 말하지 않는 게 있을지도 모른다는 생각이 들었다. 재민은 왜 솔직하게 다 말하지 않는 걸까? 재민이 다시 말을 이었다.

"넌 앞으로 어떡할래? 공부를 계속해 보는 건 어떠니? 세상이 하루가 다르게 변해갈 텐데? 익힐 수 있는 건 익혀두는 게 좋겠다. 뭐가 됐든."

"아직은 모르겠어. 앞으로 생각은 해 봐야겠지만."

수아는 낮게 중얼거렸다. 밤이슬을 맞은 몸이 오돌오돌 떨렸다. 갑자기 공기가 차게 느껴졌다. 수아는 두 팔을 앞으로 모아서 어깨를 감쌌다. 옷이 젖어있었다. 문득 고개를 들어 하늘을 올려다보았다. 홀쭉하게 야윈 하현달이 나뭇가지에 걸려있었다. 끼꾸루끼꾸루, 어디선가 밤새가 울었다.

재민에게서 사건의 전말을 듣고 난 다음부터 수아는 며칠 동안이나 정신이 아뜩했다. 어머니가 사라진 지 열 달이 지나는 동안 정성을 다해 집안을 보살피려고 노력했다. 갑자기 일어난 어머니의 부재가 수아로서는 견디기 힘든 일이었지만 어머니를 대신하여 집안 일을 꼼꼼하게 챙기며 있노라면, 어느 날 문득 아무 일 없었다는 듯이 어머니가 홀연히 돌아올 것이리라. 지금까지 굳게 믿고 있었던 수아였다. 그런데 그 믿음이 흔들리고 있었다.

이제 수아는 이전의 평화롭고 화평하던 자신으로 되돌아갈 수 없을지도 모른다는 생각이 자꾸만 들었다. 도무지 마음이 편안하지 않았다. 지금까지 정답게 보아왔던 부엌의 세간살이와 마당가의 장독대와 감나무와 우물이, 쭉 늘어서 있는 짚동들이, 파란 하늘마저도 이전에 익히 보았던 것이 아니라는 생각까지 들었다. 사물들이 이전과 전혀 다른 느낌으로, 무시시한 기운까지 내뿜으면서 다가오고 있었다. 이상한 일이었다. 혼란스럽다. 그러나 수아는 이 모든 사실을 받아들여야 한다는 걸 알고 있었다. 그리고 자신만의 방식으로 해석하고 정의해나가야 한다는 것도 깨달았다. 어머니도 아버지도 할아버지와 재민도 아닌 오로지 자신만의 눈으로 다시 세상을 보고 익혀야 될지도 모른다는 생각에 붙잡힌 수아는 몹시 두려웠다. 불안함이 끝없이 몰려들고 있었다.

혹시 유근과의 혼인이 깨어진 것까지도? 수아의 상념은 끝 가는 줄 모르고 뻗어나갔다.

베매기 하는 날이다.

눈비도 내리지 않았고 바람도 불지 않았다. 초겨울 날씨답지 않았다. 아침에 일어났을 때는 담장 위와 짚동 위, 마당가에 흩어져있던 감나무 이파리 위에도 서리가 하얗게 내려있었다.

"올해는 눈이 좀 늦은갑다."

숙모가 절구통에 생콩과 좁쌀을 찧고 갈면서 말했다. 해마다 11월 중순이 지나갈 때쯤에 첫눈이 내리고는 했다.

수아는 하던 일을 계속했다. 바디 구멍 하나에 날실 하나, 또다시 바디 구멍 하나에 날실 하나를 꿰어 나갔다. 어제 밤부터 하던 일이었지만, 서툴러서 시간이 많이 걸렸다. 여름날에 삼았던 삼이 베날기를 거쳐서 삼베를 짜기에 딱 알맞은 올실이 되어있었다. 수아는 숙모에게 일일이 물어야 했다. 길쌈에 대하여 아는 게 없었다. 길쌈뿐이 아니었다.

거의 모든 집안 일에 대해서 아는 게 별로 없었다. 사라진 어머니를 기다리면서 집안 일을 해나가면서 그 사실을 깨달았다.

어머니는 수아에게 길쌈이나 집안 일을 애써 가르치지 않았다. 강촌댁이 미자를 쥐 잡듯이 다그치면서 길쌈 일과 집안 일을 가르치는 것을 몇 번이나 보았지만 어머니는 그러지 않았다. 수아는 그저 어머니가 좋아서, 어머니 뒤를 졸졸 따라다니기만 했을 뿐이다. 구태여 뭘 배우고 싶다고는 생각조차 하지 않았다. 막상 어머니가 사라지자 수아는 어머니의 모습을 떠올리면서 더듬더듬 집안 일을 해 나갔다. 혼사도 깨어졌다. 앞으로 자신은 뭘 할 수 있을까? 자신이 참으로 무능하다고 느껴질 때가 많았다. 그럴 때면 수아는 '나는 밥만 축내는 쓸모없는 인간으로 살게 되지 않을까' 하는 생각이 들었고, 몹시 우울했다. 그럴 때마다 수아는 할아버지의 말씀을 기둥처럼 의지했다.

— 매사를 진심으로 대해라.

어머니에 대한 그리움은 더욱 커져갔다. 외가에 대한 비밀을 알고 난 다음부터 어머니를 생각할 때면 불쌍하다는 생각에 더욱 보고 싶다는 마음이 애절해졌다. 어머니에 대한 그리움이 연민으로 바뀌었을까? 어머니는 바느질을 하다가, 밥을 짓다가도 가끔씩 수아를 바라보면서 웃어주곤 했는데, 수아는 그것이 그렇게 좋을 수가 없었다.

절구질을 하던 숙모가 한 번씩 허리를 펴고 하늘을 바라보았다. 초겨울의 하늘은 맑고 깨끗했다. 숙모가 눈을 가늘게 뜨고 하늘 끝을 한참 바라보다가 말했다.

"베매기 좋은 날이다."

숙모가 마당가에 걸린 가마솥에 풀 끓일 차비를 했다. 절구질을 해서 채에 거른 콩물과 좁쌀물을 가마솥에 부었다. 불을 지피고 긴 나무주걱으로 가마솥 안을 저었다. 풀을 다 끓인 숙모가 수아의 곁으로 와서 물었다.

"다 돼가나?"

숙모를 바라보면서 수아가 대답했다.

"예. 지금 마지막 실을 꿰었어요."

"잘 했구마. 이제 슬슬 시작해뿌까?"

숙모가 도투마리를 내 오고 뱁댕이로 쓸 댓가지도 내왔다. 오늘은 삼베 두 필은 베매기를 해야 한다. 팔산아주머니는 숙부의 정미소에서 가져온 왕겨에 불을 지폈다. 마른 솔가지에 불을 붙인 다음 그 위에 왕겨를 올렸다. 연기가 피어올랐다. 아주머니가 벌떡 일어서서 기침을 해댔다. 매운 연기가 아주머니의 콧속으로 들어간 모양이다. 겨에 불이 붙는 듯하자 아주머니는 불속에서 솔가지를 꺼내어 물을 뿌렸다. 쉭쉭 소리를 내면서 불이 완전히 꺼지는 걸 지켜보던 아주머니가 숙모를 보고 말했다.

"성님요, 오늘 미자 함 들어오는 날이제예?"

"그런가? 뭐 그러든가 말든가."

숙모가 심드렁하게 대답했지만 팔산아주머니는 또다시

말을 걸었다.

"미자네 마당에서는 지짐이 부친다고 강씨 아짐들이 죄 모였어예."

"그렇겠지, 뭐."

"성님, 내일 신랑 오면 구경 갈까예? 강촌댁이 떡 벌어지 게 얼매나 상을 잘 차렸는지 구경가입시더. 신랑이 어케 생 겼는지 구경도 해 보입시더."

"무슨 구경거리가 될끼라꼬? 구경꺼리는 되겠제? 남사시 럽게 애를 배갖고 식을 올리니 그게 구경이제. 딴 게 구경 이겠나? 그것도 남의 신랑 쌔벼서."

"성님, 뭐라케심미꺼? 남의 신랑이라케십니꺼?"

"암 것도 아니다마. 불룩하게 튀어나온 배 꼬라지가 더럽 고 앵꼬바서 해본 말이데이."

"성님도 참, 마이 우사스러운 일이긴 하지예. 그건 그렇다 고치고예 강촌댁이 우귀 날짜를 삼 년이나 잡고 있다는 소문 이 사실이라예? 우짠 일로 우귀를 삼 년씩이나 묵힐까예? 시가에서 가만있을라나 모르겠네예. 억수로 수상하지예?"

"삼 년을 하든 삼십 년을 하든 그 집 이야긴 고만 치아뿌 리고 베나 열심히 매자. 오늘 두 필은 매야 된다."

수아는 팔산아주머니와 숙모가 주고받는 말을 고스란히 들어야했다. 특별하게 분하다거나 억울하다거나 하지는 않 았지만 듣기 좋은 소리는 아니었다. 지금까지 당연하다고 여기고 있던 것들이 갑자기 당연하지 않은 것으로 바뀌었을 때 어떻게 해야 하는지를 배우지 못했지만 재민에게 집안 애기를 듣고 난 다음부터 수아는 자신의 마음속에 씨앗 같은 심지 하나가 자라나고 있다고 느꼈다. 마음이 담대해지고 있는 것일까? 독기 같은 오기가 생겨나고 있는 것일까? 어쨌거나 수아는 마음을 다잡게 되었고, 따라서 자신이 조금씩 달라지고 있다고 생각했다. 아직도 유근을 생각하면 마음 한 구석이 아렸지만, 포천 부대로 찾아갔을 때처럼 안절부절 못한 채 분을 참지 못할 정도는 아니었다. 그만큼 여유가 생겼다. 유근과 있었던 일들을 곱씹어 보면서 언제 어디서부터 어긋났을까? 유근을 옴짝달싹 못할 정도로 옭아맨 것은 무엇일까? 그가 돌아선 진짜 이유는 무엇일까? 등을 짚어보는 정도의 여유였다. 좀 더 시간이 지나가면, 돌아온 어머니에게 그간의 사정을 죄다 일러바치고 나면 없었던 일처럼, 처음부터 있지도 않았던 일처럼 아무렇지도 않게 될 것이리라.

숙모가 안채 축담 아래에 들말을 놓았다. 들말 위에 도투마리를 얹었다. 그 자리에서 마당 저쪽으로 걸어가면서 발걸음을 헤아렸다. 스물까지 헤아린 숙모가 걸음을 멈추고 말했다.

"수아야, 이쯤이면 스무 자 될 성 싶다."

"한 걸음이 한 자예요?"

"얼추 그래."

숙모가 바디에 꿰인 날실을 톱대에 걸어서 도투마리에 맸다. 도투마리가 움직이지 못하도록 무거운 돌을 들말 위에 눌러서 고정시킨 다음 날실이 마당의 흙에 묻을세라 조심하면서 숙모가 끄싱개 쪽으로 걸어갔다. 올실 끝자락을 끄싱개에 야무지게 붙들어 맨 숙모가 손을 탁탁 털었다. 도투마리와 끄싱개 사이에는 날실이 팽팽하게 걸렸다. 숙모가 굵은 솔과 콩풀이 담긴 대야를 들고서 도투마리 가까운 자리에 앉았다. 톱대에 매어진 날실은 도투마리에 연결되었다. 숙모는 톱대에 매어진 곳부터 풀칠하기 시작했다. 풀칠한 올실 밑으로 팔산아주머니가 더운 내가 피어오르는 왕겨불을 놓았다. 숙모가 불에 손바닥을 펴서 대보고는 말했다.

"쪼메 뜨거운 거 같으다. 불 힘이 뜨뜻할 정도로 은근해야 한데이."

아주머니가 모여 있던 왕겨불을 넓게 펴서 온도조절을 했다.

숙모는 오른손으로 풀을 쥐어서 날실을 꼭꼭 잡으면서 풀을 묻혔고, 왼손으로는 풀이 묻은 날실을 굵은 솔로 여러 차례 문지르면서 풀이 골고루 스며들도록 했다. 숙모는 같은 동작을 서너 번씩 반복한 뒤에 다음 날실로 옮겨갔다. 풀칠한 부분이 마른 듯하자 숙모가 수아에게 말했다.

"수아야, 도투마리를 한 바퀴 돌려서 실을 감거라. 뱁댕이 끼우는 거 잊어뿌리면 안된데이."

"예, 작은어머니."

수아는 명쾌하고 씩씩한 목소리로 대답했다. 기죽은 목소리를 내기 싫었다. 되도록 아무렇지도 않다는 모습을 숙모에게 보여주고 싶었다. 수아는 도투마리를 번쩍 들었다. 날실이 한 바퀴 감기자 제자리에 얌전하게 놓았다. 마당 끝에 있던 끄싱개가 도투마리에 감긴 실만큼 끌려왔다. 그때 바깥에서 아이들이 떠들어대는 소리가 들려왔다.

"함진아비 온다."

동네 조무래기들이 신이 나서 골목길을 이리 뛰고 저리 뛰어다니면서 소리질렀다. 골목으로 지나갈 함진아비가 궁금한 것일까? 아주머니가 상체를 일으켜서 담장 밖을 내다보았다. 그들이 수아의 집 골목길로 지나가진 않는다. 미자네는 아랫담이니까 수아네 집까지 올라올 리가 없었다. 아주머니가 말했다.

"성님, 미자 신랑댁에서 보낸 함진아비가 도착했는갑지예. 뭘 보냈을까예? 수아야, 니도 궁금하제?"

숙모가 성난 사람처럼 말했다.

"왔으면 왔지, 뭔 상관이라꼬. 처녀 꼬셔갖고 애나 배게 하는 놈이랑은."

"성님, 그건 그렇지만예, 혼자서 일 냈겠습니꺼? 다 쿵짝이 맞아야 일이 생기지예."

숙모는 더 이상 아무 말도 하지 않았다. 숙모가 아무 말도 하지 않자 아주머니도 멋쩍었든지 실없게 실실 웃으며 말했다.

"성님, 처녀가 애를 밴 게 보통 일입니꺼? 우리 동네에 처음 있는 일이라예. 그래서 동네 사람들이 모였다하면 그 이바구뿐인 기라예. 우리 성님하고는 택도 없이 안 맞겠지만, 사람들 이바구도 틀린 게 없다 아입니꺼. 그래도 미자는 용감하긴 합디더. 올 봄에 배미등에 사는 처녀는 아를 배 갖고 물에 빠져 죽었다는 소문이 돌았지예. 건져내 보이깐 팅팅 부은 몸에 배가 부룩꾸 쌓아놓은 것 맹키로 불룩했다캐서예."

그래도 숙모는 아무 말도 하지 않았다. 묵묵히 풀질만 계속했다.

유근, 홍, 네까짓 거 뭐 볼 거 있다고! 수아는 되도록 유근에게 마음을 안 쓰려고 노력했다. 그렇지만 내일이면 미자 신랑이 되어 나타날 유근이 자꾸만 신경이 거슬렸다.

숙모는 풀칠과 솔질을 쉬지 않고 했다. 아주머니는 왕겨불을 알맞게 피웠다. 수아는 도투마리를 돌려서 날실을 감았다. 감을 때마다 올과 올이 붙지 않도록 날실 사이사이에 대나무 뱁댕이 끼우는 것도 잊지 않았다. 셋이 하는 작업이 오전 내내 이어져서 점심 먹을 때를 훌쩍 넘겨서야 베 한필을 맬 수 있었다.

힘들고 어려운 작업이었다. 어머니들이 이렇게 힘든 과정을 거쳐서야 가족들의 입성을 만들었다는 사실을 수아는 몸을 통해 처음으로 깨달았다. 숙연해졌다. 마음이 무거워진다. 지금은 삼배지만, 무명베도 마찬가지 공정을 거쳤을

수아의 산수화

터였다. 그다음 옷을 지었을 것이다. 수아는 어머니가 자신에게 길쌈일과 집안 일을 애써 가르쳐주지 않았다는 사실을 새삼 떠올렸다. 되새겨보았다. 왜 어머니는 집안에서 여자가 필수적으로 해야 하는 일을 가르치지 않았을까? 의심이 갔다. 평생 해야 하는 일을 왜 미리부터 하게해서 고생을 시키겠느냐? 아예 이따위 집안 일 같은 것은 하지 말라? 수아는 헛갈렸다. 두 가지 다 어머니가 원하는 것이 아닐 듯했다. 수아는 처음으로 자신이 어떻게 살아가야 할지, 어떻게 살아가야 옳은 삶이 되는지를, 어머니의 바람이 무엇인지 생각해보기 시작했다. 아직은 알 수 없었고, 길이 보이지 않았다.

청국장과 배추겉절이로 간단하게 요기를 하면서도 수아는 그 생각에서 벗어날 수 없었다. 때문에 유근의 생각 따위는 까맣게 잊었다. 어쩐지 그게 좋았다. 앞으로 어떻게 살아갈지를, 자신의 앞날에 대하여 진지하게 궁리해 봐야겠다고 생각하는 게 좋았다. 수아가 이 생각 저 생각에 빠져있는데, 아주머니의 목소리가 들렸다.

"성님, 오늘은 베를 더 맬 시간이 안 되지예?"

"오늘은 늦어뿌렸다. 시간이 얼매나 빠르게 지나갔는지, 암만 애살을 내도 시간 앞에서는 당할 재간이 없다."

"해가 마이 짧아져서 그래예. 하루에 한 필밖에 몬 합니더."

"한 필은 다음에 해야겠구마."

"성님, 그리 알고 지는 그만 가 볼랍니더. 내일은 쉬지예?"

"아무래도 그래야 되겠제? 혼삿집에 가 봐얄 테니. 한 동네 살면서 모른 척 했다간 원수된다. 자네는 부조 뭐 했는데?"

"지는예, 단술 한 동이 했심더. 성님은요?"

"매밀묵."

"잘 했네예. 모래 아침 먹고 오겠심더. 수아야, 오늘 수고 했데이. 니도 푹 쉬래이."

"예. 아지매도 수고하셨어요."

아주머니가 대문 밖으로 나가자, 숙모가 대문간으로 눈을 흘기며 말했다.

"남의 집 함 속이 뭐가 궁금타고? 쯧쯧 여직껏 우째 참았을꼬?"

그리고 수아 곁으로 다가온 숙모가 수아의 손을 꼭 쥐면서 물었다.

"괘안나?"

"괜찮아요. 이미 지난 이야긴걸요."

"유근이, 그놈 그거 얼마나 잘 사나 내 두 눈 시퍼렇게 뜨고 지켜 볼 끼다."

"작은어머니, 그럴 거 없어요. 이미 끝난 사이에요. 혼인 인연은 따로 있는가 봐요."

골목으로 쏘다니는 아이들의 발자국소리가 어수선하게 들렸다. 남의 집 혼인잔치에 아이들이 신이 나서 골목을 누비고 있었다. 친구와 약속이 있다면서 아침 일찍 출타한 아버지가 웬 낯선 사람과 함께 대문간으로 들어서고 있었다.

수아의 산수화

9
혼례

밤사이에 싸락눈 같은 된서리가 내렸다. 아침햇살에 잠시 반짝거리던 서리가 자취 없이 사라지고 골목길에는 냉랭한 바람만이 널름거렸다. 길바닥에 흩어져있던 지푸라기들이 짓궂은 바람에 이리저리 휘둘리고 있었다.

한낮이 되어가지만 새신랑은 코배기도 보이지 않았다.

사람들은 둘씩 서너씩 무리지어 서서 골 밖에서 동네로 들어오는 길목을 바라보았다. 동네 어귀 느티나무 옆 정자에도 사람들이 몰려있었다.

강촌댁은 애가 탔다. 신랑 본댁이 있는 정골은 이곳 이계에서 삼십 리 길이었다. 아침 먹고 천천히 나서서 한 시간에 시오리씩 걷는다 해도 지금쯤이면 도착했어야 마땅했다. 그렇건만 새신랑은 점심때가 다 되도록 나타나지 않았다. 신랑이 걸어오지는 않을 것이다. 초행신행길에 삼십 리 길을 걸어서 올 바보신랑이 어디 있겠는가. 초야는 고사하고 초례식도 올리기 전에 쓰러질지도 모르는 일이다. 같은 길이라도 긴장하면서 걸으면 더욱 진이 빠지게 마련이다. 신랑이 예식을 올리다가 초례청에 엎어지기라도 하면 어찌하겠는가? 우세도 그런 우세가 없을 터였다. 더군다나 신행길은 신랑 혼자만 오는 걸음이 아니었다. 상객과 배행을 동반하여서 적게는 열, 많게는 스물 정도의 동행이 있을 터였다. 얼마 전에 있었던 혼례식 때에도 신랑과 그 일행들이 동네로 들어오는 입구의 신작로까지 트럭을 얻어 타고 왔다고 했다.

애가 탄 강촌댁이 동네로 들어오는 길목을 연신 바라보았다. 대구 예식장에서 결혼식을 올린 아들 두석은 신혼여행 갔다 온 그 다음날, 첫인사를 올 때도 턱하니 군 지프차를 타고 부하들까지 거느리고 오지 않았던가. 그때 같이 왔던 사위될 녀석도 두석이 다닌 육군사관학교 후배라고 했다. 물론 하씨네 딸과 정혼한 사이였다는 것쯤은 이미 알고 있었다. 개의치 않았다. 그게 뭐 어쨌다고? 먼저 차지하는 사람이 임자지. 강촌댁은 미자 신랑도 지프차를 타고 올 것이라고 내심 기대하고 있었다. 기대와 아주 다르게 한낮이 지나가도록 나타나지 않았다. 혹시? 혼례식이 파투나는 것은 아닐까? 속이 타들어 갔다. 사위될 놈이 미자를 썩 좋아하지 않는다는 것을 강촌댁도 알고 있는 사실이었다. 그렇지만 크게 문제될 게 없다고 생각했다. 애새끼 낳고 살 부비고 같이 살다보면 어차피 없던 정도 생기게 마련일 테니까. 미자 뱃속에 놈의 씨가 들어있는 마당에 녀석에게 별 뾰족

수아의 산수화

한 수가 있을 턱이 없었다. 지나간 봄에, 똑똑하고 잘난 아들 두석이가 미리 귀띔해주었다. 여동생 미자의 행복을 위해서, 또 두석이 제 앞날에 도움이 될 것을 믿고 쓱싹쓱싹 일을 꾸며서 미자 뱃속에 유근이놈 씨가 들었다고. 그 말을 들을 때 강촌댁은 실실 웃음이 났다. 어쩐지 고소했다. 고상한 척 점잖은 척 에헴거리는 도도한 하씨 영감 손자사위를 낚아챘다는 것이 더없이 통쾌했다. 그런데 그 사위놈이 이대로 내빼는 게 아닐까? 애가 탄 나머지 강촌댁은 바싹바싹 침이 말라가고 있었다.

신랑이 나타나기를 기다리던 구경꾼들 사이에서도 의견이 분분했다. 신랑이 왜 이리 늦느냐, 오는 길에 무슨 사단이 일어난 게 아닐까, 혹시 신랑될 자가 결혼할 마음이 없다거나, 신부 쳐다보기가 겁나서 내뺀 게 아닐까, 그도 아니면 지난밤 동네총각들과 과음을 했을까? 그래서 술병이나 설사병이라도 얻어걸린 게 아닐까? 구경꾼들은 뒷담을 해대느라 시간 가는 줄 모르고 있었다. 그들이야 바쁠 것도 애가 탈 것도 없었다.

점심때가 지났다.

강촌댁은 애가 탄 나머지 심기가 사나워지고 있었다. 사립문 밖을 나서서 동네 어귀를 눈이 빠지게 바라보았지만 새신랑이 오는 기척은 없었다. 배고픈 손님들이 꼴 보기 싫게 술과 떡만 축내고 있었다.

만만의 준비를 한 초례식이었다. 두석이가 경비는 다 낼 터이니 대구에 있는 결혼식장에서 간단하게 결혼식을 올리자고 권했지만 강촌댁은 안 된다고, 그럴 수 없다고 잘라 말했다. 도둑결혼 시키는 것 같았기 때문이었다. 그래서는 미자가 이 동네에서 평생 얼굴을 들고 다닐 수 없을지도 모르는 일이라고 생각했다. 비록 배가 불러서 하는 남우세한 혼례식이었지만, 잔치만은 떡 벌어지게 빈틈없이 격식에 맞게 잘 치러 내어서 동네 사람들 앞에서 위신을 세우고 싶었다. 강촌댁은 씩씩거리며 미자를 보러 갔다. 얼굴에 분칠을 한 미자가 연지곤지를 찍고 있었다. 복대로 동여맨 배위에 원삼을 입혀 놓았으니, 배부른 표가 많이 나지 않았다. 미자의 두리두리한 배를 보자 강촌댁은 그녀 자신의 배가 부른 것처럼 뿌듯하면서 아들 두석이 눈앞에 서 있는 것처럼 든든했다. 어쩐지 마음도 느긋해졌다. 하여튼 아들 두석이는 잘난 놈 중에서도 잘난 놈이다. 어찌 그리도 머리가잘 돌아갈까, 허우대는 또 얼마나 멀쩡한 게 보기 좋은가 말이다. 그 잘난 아들이 꾀를 짜낸 덕택으로 저 유서 깊은 가문의 장자인 김유근을 사위로 맞게 되었다. 강촌댁은 채단함 속이 떠올랐다. 쪼르르 앉아있던 패물들이 눈앞을 스친다. 쌍가락지가 금과 옥, 칠보로 장식된 은가락지, 가락지가 세 쌍이요, 금은비녀에 칠보잠이라니. 어디 그뿐인가? 두 벌 비단 두루마기감에 치마저고리감에 양옷도 있었다. 납채 때 사성과 함께 들었던 녹의홍상까지 어울러서 생각해 보면 호사스러운 채단이었다. 강촌댁이 지금까지 구경

수아의 산수화

다닌 중에 미자가 받은 채단이 으뜸이었다. 그것만 보더라도 행세깨나 하는 그 사돈댁이 이쪽을 함부로 대하는 것 같지가 않았다. 이제 상객으로 신랑 아버지가 떡하니 나타난다면야 더 바랄 게 없었다. 강촌댁은 생각만 해도 신명이 났다. 반상의 법도가 목을 내리치는 칼날보다 더 무서웠던 세상에서, 감히 이런 혼사를 꿈이나 꿀 수 있었던가? 그 사이에 법도가 물러터진 것일까? 혹시 세상이 뒤집어진 것은 아닐까? 참으로 신통방통한 일이었다. 신기했다. 잠을 자다가도 자신의 허벅지를 세게 꼬집어본 적이 있었다. 아팠던 걸 보면 분명 꿈은 아니었다. 생각해보면 이 모두가 아들 두석이 덕분이었다. 잘 난 아들 두석일 생각하면 강촌댁은 자신의 앞니 네 개 뺀 것쯤은 아무 일도 아니라는 생각이 들곤 했다. 비록 낳아준 어미였지만 자신은 황소 등짝에 붙은 작은 파리새끼 같다고나 할 수 있을까. 얼마나 자랑스러운 아들인가. 앞으로 남은 생이 요즘만 같다면야 더 바랄 게 없다는 생각까지 들었다. 히죽 웃음이 절로 나온다. 거창 저자골목에서 짚신을 만들어 팔아 겨우 끼니를 연명하던 부모 밑에서 자라난 강촌댁이었다. 그래도 아주 나쁜 운은 아니었든지 어쩌다 장돌뱅이 두석이 애비를 만났고, 두석이 같은 아들을 얻을 수 있었으니 하늘이 자신을 편들어 주는 듯했다.

강촌댁은 부엌 뒷방에 누워있는 남편 대신 배부른 딸 미자의 귀밑머리를 풀어주면서 말했다.

"니는 참 복이 많은 기라. 잘난 오래비가 턱하니 버티고 니 앞가림을 해 주니 얼매나 좋노? 앞으로 오래비 말이라면 팥으로 메주를 쑨다고 해도, 달이 해라고 해도 믿고 살아야 한다. 알긋제."

미자는 싫다 좋다는 대답을 하지 않았다. 신부가 초례식을 할 적에, 귀밑머리를 풀어서 머리를 올릴 때에는 울어야 한다는 소리를 어디선가 들었던지 미자가 훌쩍훌쩍 울었다.

강촌댁은 마을 사람들은 물론이거니와 신랑을 따라올 상객과 배행들에게 책잡히게 되는 게 아들 두석이에게 흠이 될까 두려웠다. 또 그들의 입을 통해서 사돈댁으로 전해져서 괜히 체통이 깎이는 일이 생길까 걱정되었다.

강촌댁은 신랑일행들이 들어가 쉴 수 있는 정방을 시조카인 경수네 사랑채를 통으로 빌렸다. 먼지 한 톨 보이지 않게끔 깨끗하게 청소해두었다. 조카네 집이 동네 어귀를 지나면 곧바로 있었기에 맞춤한 자리였다. 정방은 혼례식을 올리는 집을 지나쳐 가지 않는 것이 내려오는 관습이다. 또 혹시 멀리서 찾아올 손님들을 위하여 이웃집들 중에서 말끔한 방 몇을 빌려두었다. 중풍에 걸려서 꼼짝도 못하는 미자아버지는 부엌 뒷방으로 옮겼다. 생각 같아서는 멀리 떨어져있는 일가붙이네 방을 빌려서 혼인잔치가 끝날 때까지 처박아두고 싶었지만, 남의 이목 때문에 집안에서 제일 눈에 띄지 않는 부엌 뒷방으로 옮겨서 숨기다시피 했다. 기

수아의 산수화

세기로 이름난 강촌댁이었지만 누워 있어도 명색이 대주인데 딸 혼인날에 집 밖으로 몰아낼 자신은 없었다. 대주를 괄시한다는 소문이 날지 모른다. 그런 말이 나돌아선 안 된다. 아들에게 누가 될 수 있었다. 사람들의 입방아에 두고 두고 오르내리기 좋은 웃음거리를 자진해서 만들어낼 강촌댁이 아니었다.

강촌댁은 아침 일찍부터 서둘렀다. 내려오는 관례에 따라 마당에 천막을 쳤다. 병풍을 펼쳤다. 그 앞에 초례상을 놓았다. 잔치에 필요한 그릇과 병풍 등은 동네에서 공동으로 쓸 수 있는 그릇집기들이다. 잘 쓰고 깨끗하게 닦아서 다음 사람이 잔치 때 사용할 수 있게 동네 재실에 가져다두면 되는 일이었다.

초례상 위에도 예식에 필요한 상차림은 일찌감치 끝냈다. 원래 초례상차림은 대주가 주관하는 것이지만 대주가 누워 있으니 강촌댁이 주관으로 할 수밖에 없었다. 강촌댁은 다복하고 점잖하기로 소문난 시당숙에게 부탁하였다. 당숙의 의견과 동네에 내려오는 풍습에 따라서 차린 초례상이었다. 시당숙은 초례식을 치를 때 홀기를 불러주기로 약조했다.

강촌댁은 다시 초례상 위에 진설된 음식들을 쭈욱, 살펴보았다. 혹시 빠진 게 있나 하나하나 훑어보았다. 격식에 맞춰서 빠지지 않게 물어, 물어가면서 장만한 상차림이지 않는가. 자칫 점검 없이 소홀하게 다루다가 중요한 걸 빠뜨리는 실수가 있어서는 안 되었다. 강촌댁은 두 눈을 부릅뜨고 꼼꼼하게 살펴보기 시작했다.

초례상 위 동편에는 늙지 않고 항상 푸르게 살아가기를 기원하는 소나무화병이, 서편에는 올곧은 절개를 뜻한다는 대나무화병이 자리 잡았다. 소나무 앞에는 홍보에 싸인 암탉이, 대나무 앞에는 청보에 싸인 수탉이 놓였다. 수탉은 처자식을 보호하고 암탉은 다산을 의미한다고 했다. 곳간 속에 항상 먹을 것이 가득하게 쌓이라는 염원을 담고 있는 대접에 수북하게 담긴 하얀 쌀과 자손번창을 소원하는 밤, 불로장생하면서 일부종사의 희원을 담은 대추와 잡신의 해코지를 막아주는 팥, 신랑의 강건한 성기를 뜻하면서 사악한 기운을 물리친다는 마른명태와 부부가 화합하여 백년해로 해주십사 하는 뜻을 지닌 청실홍실이 놓였다. 상 한가운데를 차지하고 있는 용떡은 시루떡 위에 떡가래를 겹겹이 쌓아서 만든 용모양이다. 흡사 하늘로 비상하는 용을 흉내낸 것처럼 가래떡을 둘둘 말아서, 꿈틀거리는 모양새로 쌓아올렸다. 사람 눈에는 보이지 않겠지만 용이 물고 있을 여의주가 신랑의 출세 길을 훤히 비추어준다는 믿음이 예전부터 내려온다. 강촌댁은 용떡을 바라보면서 오늘 첫날밤을 지내고 난 다음, 내일 아침 신랑각시 밥상에 용떡국을 올려야겠다고 생각했다. 용떡가래를 썰어서 떡국으로 신랑신부 첫 밥상에 올리면 용한 아들을 얻는다는 말을 들었다. 용떡 앞 가장자리에는 청실홍실이 매어진 조롱박 두 개가

수아의 산수화

있었다. 합근례 때 쓰일 조롱박이다. 빠진 것이 없었다. 아니다, 강촌댁은 머리를 갸웃거렸다. 뭔가가 좀 허전했다. 그랬다. 은행이 없었다. 부부화합과 금슬을 좋아지게 하는 은행이 보이지 않았다. 뭐니 뭐니 해도 부부 사이는 금슬이 좋아야 하느니! 깜짝 놀란 강촌댁은 부랴부랴 고방으로 갔다. 은행은 양재기에 담겨 있었다. 맞춤한 대접을 찾아보았지만 없었다. 노란색 양은 대접이 눈에 띄었다. 자세히 살펴보니 한 귀퉁이가 조금 찌그러져 있었지만 강촌댁은 개의치 않았다. 양은대접에 은행을 수북하게 담아서 초례상의 밤 옆자리에 놓았다. 청보 홍보에 싸인 닭들이 꿈틀거리면서 꾸꾸거렸다. 초례상을 한 번 더 휘익 둘러본 강촌댁은 만족한 듯 머리를 끄덕이고는 돌아섰다.

초례상과 조금 떨어진 곳에 전안청도 준비했다. 전안청 위에는 정화수와 찹쌀을 가득히 담은 사발과 홍색청색이 감긴 양초가 놓였다. 전안청 뒤로는 붉은색 물을 들인 무명베를 휘장으로 둘러쳤다.

뒷마당에 임시로 걸린 가마솥에서는 떡국육수가 펄펄 끓었다. 대례도 치르기 전에 손님들에게 떡국을 내어줄 수는 없는 일이어서 신랑이 당도하기만 하면 떡국떡을 가마솥에 넣으려고 기다리는 중이었다. 가마솥 옆에는 조금 작은 천막을 쳐서 임시로 고방을 만들었다. 인절미와 전, 돼지수육과 사과와 배가 담긴 채반이 천막 안에 늘어섰다. 단술과 메밀묵 꿀밤묵, 청주나 막걸리, 동동주와 산자나 인절미,

가래떡 등은 모두 동네에서 부조로 들어온 것들이다. 어떤 것은 멀리 떨어진 동네에 사는 친척이 보내온 것들도 있었다.

가마솥 속의 육수를 점검한 강촌댁이 고방으로 향했다. 고방에 다다르자 두런두런 이야기소리가 흘러나왔다.

"함진아비 왔다카던데예, 함속 구경했어예?"

"어데, 바빠서 못 봤다아이가. 아마 우리들하곤 다를끼다. 이름난 양반댁 아이가. 궁금타."

"두루마기 두 벌, 치마저고리 다섯 벌에 양옷도 두 벌이나 들었더만."

"시상에나! 굉장타! 패물은 뭐 뭐였어예?"

"가락지가 금쌍가락지, 옥쌍가락지, 칠보쌍갈지, 금비녀, 은비녀, 칠보잠이 쫄로리 누워 있더만."

"시상에나, 시상에나! 많이도 받아뿌렸서예. 울들은 구갱도 몬 해봐서예. 미자는 억수로 좋겠네예."

강촌댁이 들어서자 말소리가 뚝 끊어졌다. 동네부녀자와 미자네 친척 아주머니들이 접시에 전과 떡 돼지고기 등을 담아내다가 일손을 멈추고 강촌댁을 쳐다보았다. 갑자기 혼주가 등장하자 모두들 놀란 듯했다. 강촌댁은 그녀들의 말소리를 못 들은 척했다. 듣기 싫은 소리도 아니었다. 이제 신랑만 도착하면 일이 바쁘게 돌아갈 것이다. 초례식이 시작되면 대례를 구경하는 사람이 대부분이겠지만, 더러는 배가 고파서 먼저 식사를 하는 사람도 있을 터이고, 바쁜

수아의 산수화

일 때문에 돌아가야 하는 사람도 있을 터였다. 상은 각자한 상씩을 차려낸다. 강촌댁은 혹시 눈 가지 않는 곳에 빈틈이 있어서 잔치를 망칠까 걱정되어서 사방을 살폈다. 그런대로 원활하게 돌아가는 듯했다. 돼지고기를 접시에 담고 있던 윗담 경자네가 강촌댁에게 물었다.

"신랑이 아즉도 안 와서예?"

별말이 아닌데도 강촌댁은 괜히 심사가 틀어졌다. 말이 불퉁하게 나갔다.

"곰방내 당도한다는 기별이 왔소이. 긍께 헛말은 접어두고 고방일이나 단디들 보소."

강촌댁은 자신도 모르는 사이에 퉁명스럽게 말해놓고는 속으로 움찔했다. 얼른 자리를 떴다. 괜히 뒷말을 만들 빌미가 되지 않았을까 염려되었다. 하여튼 못된 내 성질머리는 나도 못 당한다니까. 강촌댁은 마당 쪽으로 걸어가면서 중얼댔다.

그때였다. 반가운 소리가 들려왔다.

"신랑 온다."

누군가가 소리쳤다. 강촌댁은 얼른 대반을 맡기로 한 경수부터 찾았다. 경수는 동네 청년들과 어울려 있었다. 마당가에 서서 무슨 농지거리를 해대는지 히쭉거리느라고 강촌댁이 불러도 대답도 하지 않았다. 강촌댁이 경수에게로 다가갔다. 경수는 흠칫 놀란 시늉을 해보였다. 강촌댁이 경수에게 말했다.

"단디 듣거래이. 신랑일행들을 정방으로 안내하는데, 배행은 왼쪽 방에 들게 해뿌고, 상객은 오른쪽 방으로 모셔거래이. 상객으로 오신 분이 누구신지 잘 보고 나한테 똑디 말해야 하는기라. 알았제? 얼릉 갔다 와."

"예."

경수가 대답하고 부리나케 사립문 밖으로 사라졌다.

과연 상객으로 누가 왔을까? 신랑 아버지가 턱하니 나타난다면야 더 바랄 게 없지만, 그것이야말로 강촌댁 입맛대로 될 일이 아니었다. 중담에 사는 하씨댁에 자주 들리던 조부는 올 초여름께 세상을 떠났다고 했다. 그 어른이 옛날에 사내아이를 데리고 하씨 집에 오는 것을 먼발치에서 보고는 했다. 어릴 때부터 미자 또래 수아와 정혼한 예쁘장하던 그 아이가 오늘 미자 신랑이 되어서 혼례를 올릴 줄 그 누가 짐작이나 할 수 있었겠는가? 강촌댁은 생각할수록 기분이 좋았다.

그나저나 상객으로 누가 올까? 백부도 숙부도 아버지도 모두 건재한 집안이라고 들었다. 상객이 누가 오는지에 따라서 그쪽에서 이쪽 사돈집을 어떻게 여기고 있는지 지레 짐작해볼 수 있었다. 채단이야 썩 마음에 들게 받았지만 그래도 모르는 일이지 않는가. 매파도 중매쟁이도 없는 혼인이다 보니 중간에서 상대편의 분위기나 상황이나 의견 등을 귀띔해줄 사람이 없었다. 강촌댁은 그야말로 깜깜이 혼례식을 치루고 있었다. 안 그런 척 씩씩대고 있어도 속으로는 무척이나 걱정이 되었다. 신랑의 본가에서 너무 기우는 혼인을 한다고 여기고 있지나 않는지? 그것보다도 더 걱정되는 것은 속임수를 써서 하는 덤터기 혼사라고 분개하고 있지나 않는지? 경수가 얼른 와서 말해 주면 좋으련만, 그 조카는 꾸물대고 있었다.

강촌댁은 부엌 옆 임시 고방으로 갔다. 정방의 상객에게 올라갈 다과상을 직접 보아야 했다. 혹시라도 상객을 소홀하게 대접하는 일이 일어날까 염려되어서였다.

강촌댁이 다시 마당으로 나왔을 때, 시당숙도 초례식 절차가 적힌 홀기를 들고 마당으로 들어서고 있었다. 당숙 뒤편에서 우쭐우쭐 걸어오는 경수가 보였다. 다가온 경수가 말했다.

"큰어무이, 상객으로 신랑 고모부가 왔어예. 아마도 여그가 고모부 본가와 가깝다 보니께 흉허물 없이 편하게 왔나 봅니더. 신랑이 두석이하고 재민이하고 서로 아는 사이 아입니꺼? 재민이는 새신랑이랑 같이 이바구하고 있습디더. 두석이는 와 안 왔어예?"

"가가 울매나 바쁜 사람인데. 씨원찮은 여동생 혼인식에 오겠나? 이번에 또 진급해갖고 계급이 또 마이 올랐다카더라. 그건 그렇고, 상객으로 온 고모부가 오데 사람이라 켔노?"

"큰어무이도 들어서 알낀데예. 율곡 샘실 이진사댁 둘째 아들 아입니꺼? 재민이 아버지하고도 잘 아는 사이랍니더. 같이 일본에서 공부했다고 하데요. 편케 생각하이소. 생판 모르는 상객이 와 있는 것보다야 안 나십니꺼."

"긍께, 고르콤 생각해뿌까?"

"하모예."

"와 이리 늦었다카더노?"

"그기예, 어제 밤에 신랑이 집에 몬 와가꼬예. 아침에 왔다케심더. 그래가꼬예, 준비해서 오니께 늦었다케심더. 고모부 자동차로 오는데 한꺼번에 다 몬탄다 아입니꺼? 먼저 온 사람들은 지서에서 기다렸다카데예. 왔다갔다 시간이 엄청시리 걸렸다카데예."

경수의 말이 끝나자마자 시당숙이 외치는 홀기소리가 들렸다.

"壻郎出(서랑출). 主人迎曙門(주인영서문)."

기럭아비가 목안을 안고 먼저 들어왔다. 그다음 신랑 유근이 사립문 안으로 들어섰다. 남색 단령을 입었고 사모관대를 갖추었다. 대반 경수가 쪼르르 달려 나가서 신랑을 맞이했다.

다시 홀기소리가 초례청을 가득하게 메웠다.

"奠雁廳(전안청). 從者奉雁授之壻(종자봉안수지서)."

경수가 신랑을 전안청으로 안내했다. 신랑은 기럭아비가 건네주는 목안을 두 손으로 받들었다. 목안을 품에 꼭 안은 신랑이 전안청 앞 방석에 꿇어앉았다.

"置雁於地 奉雁置于卓上(치안어지 봉안치우탁상)."

"勉伏興再拜(면복흥재배)."

연이은 홀기소리에 신랑이 전안상 위에 목안을 놓았고, 큰절을 두 번했다.

강촌댁은 상객으로 고모부가 왔다는 말을 듣고는, 몸속의 기운이 쑥 빠져나가는 듯했다. 백부 숙부 다 두고 고모부라니? 어쩐지 홀대 받았다는 느낌이 들었다. 울음이 왈칵 밀려들었다. 다리에 들어가 있던 힘이 풀려나가서 주저앉으려도 했다. 그렇지만 이대로 무너져서는 안 되었다. 자신에게는 잘 난 아들 두석이 있지 않는가. 정신을 바짝 차려야 한다. 강촌댁은 신랑이 전안청 상 위에 올려둔 목안을 청홍보에 싸서 품안에 안았다. 딸 미자가 있는 안방 앞으로 갔다. 방문을 열고 미자에게 목안을 던졌다. 미자가 치마폭으로 목안을 받았다. 이것으로 신랑 유근과 신부 미자의 혼인은 아주 질긴 끈으로 튼튼하게 옭아매어졌다.

미자의 치마폭에서 목기러기는 외로 비스듬하게 누웠다. 그 모양을 본 강촌댁이 돌아서면서 중얼거렸다. 외손녀를 보겠구마. 기왕이면 외손자였으면 더 좋겠구마.

"贊子引婿(찬자인서). 交拜席前(교배석전). 盥洗位南向立(관세위남향립)."

홀기소리가 연이어 터졌다. 강촌댁이 다시 초례청으로 왔을 때는 교배례가 시작되고 있었다.

대반이 신랑 유근을 초례상 동편으로 안내했다. 대반이 나서서 미리 준비한 대야의 물에 손을 씻은 신랑을 남향을 바라보게 했다. 신부출! 홀기소리에 신부 미자가 절어미의 부축을 받으면서 초례청으로 들어와 섰다. 미자는 붉은 치마 위로 녹의활옷을 입었다. 불룩하게 나왔던 배가 활옷자락에 가려져서 어렴풋했다. 연지곤지를 찍어 화장한 얼굴에 머리에는 칠보원앙족두리를 썼다. 한삼으로 가린 손 위에 원앙이 수놓인 새하얀 절수건을 걸쳤다. 절어미가 미자를 북쪽을 바라보게 세웠다. 이제 신랑과 신부가 각자의 위치에 서서 서로 마주 바라보았다. 미자는 고개를 수그렸고, 유근은 고개를 살짝 외로 틀었다.

홀기소리가 이어졌다.

"新婦再拜(신부재배)."

두 사람의 절어미가 신부의 양쪽으로 다가갔다. 신부 겨드랑이에 손을 넣어 부축하여 큰절 하는 걸 도왔다. 신부는 신랑에게 두 번의 큰절을 했다. 미자가 배 속의 아기 때문인지 뒤뚱거렸다. 힘이 드는 듯했다. 절어미가 도와주는데도 두 번째 절을 할 때 일어서다가 엉덩방아를 찧었다. 와하하. 구경꾼들의 웃음소리가 들렸다. 강촌댁은 마음이 좋지 않았다. 괜히 화가 나는 듯도 했다. 웃음소리 때문이 아니라 고개를 외로 돌린 신랑 탓일까? 지금이라도 이 혼인을 파해야하는 게 옳지 않을까를 잠깐 생각했다. 아무것도 모르는 시당숙이 힘찬 목소리로 또 홀기를 불렀다.

"壻答一拜(서답일배)."

신랑 유근이 신부 미자에게 절을 한 번 했다. 新婦又再拜(신부우재배), 壻又答一拜(서우답일배). 홀기소리가 연이어 울리자, 신부가 다시 두 번 절하고 신랑이 또 한 번 절했다. 新郎新婦各跪(신랑신부각궤) 소리에 신랑신부는 제자리에 앉았다.

"졸拜禮再行如之(근배례재행여지)."

합근례가 시작되었다. 초례식인지 대례식인지가 끝나가고 있었다. 강촌댁은 무례를 당한 듯해서 자꾸만 기분이 나빠졌다. 귀찮고 언짢았다. 신부가 싫어서 고개를 외로 틀고 있는 놈, 신랑이 꼴도 보기 싫다는 마음까지 생겨났다. 대반 경수가 대례상 위에서 청실이 매어진 조롱박을 들었다. 술을 따른 조롱박을 신랑에게 주었다. 신랑 유근이 조롱박에 입을 살짝 대자, 대반이 조롱박을 절어미에게 건네주었다. 절어미가 신부의 입에 조롱박을 살짝 대었다. 절어미가 홍실이 묶인 조롱박에 술을 따라서 신부의 입에 살짝 대었다가 대반에게 건네자, 대반은 다시 그 조롱박을 신랑의 입에 대었다가 뗐다. 두 번 연거푸 똑 같이 행했다. 마지막 세 번째는 신랑신부가 먼저 입을 댄 조롱박을 바꾸어서 조롱박 속의 술을 각자 목으로 넘겼다.

"大禮畢(대례필)."

시당숙이 마지막 홀기를 불었다. 신부 미자가 절어미의 부축을 받으면서 안방으로 들어갔다. 신랑 유근도 대반의 안내를 받으면서 정방으로 돌아갔다. 신부는 녹의원삼을 입은 채로 초야가 될 때까지 기다려야한다. 신랑은 신부가 마련한 새 옷으로 갈아입고서, 잘 차린 큰상을 받아 저녁을 먹은 다음 밤이 될 때까지 정방에서 기다렸다가 첫날밤을 맞이하는 게 관례였다.

생각이 복잡하고 혼란스럽게 흘렀지만, 강촌댁은 초례식을 망칠 수는 없다는 생각에 서둘러 고방과 부엌으로 갔다. 어쨌거나 이제 대례의식은 끝났다. 무를 수 있는 일이 아니었다. 도둑이 제 발 저리다는 말이 있듯이, 강촌댁은 지금 자신이 괜히 방정을 떨고 있다고 생각했다. 이러면 어떻고 저러면 또 어때? 이미 엎어진 물이었다. 좋은 쪽으로 마음을 돌리기로 작정한 강촌댁은 우선 정방에 앉아있을 상객에게 올릴 큰상을 준비했다. 상다리가 부러질 정도로 올린 음식들은 상객이 돌아갈 때 모두 싸 보내야만 한다. 사돈댁에서 새로 들이는 며느리집안의 음식솜씨를 알아볼 수 있는 중요한 일이다.

유근이 사모관대를 하고 합근례의 술을 마시는 꼴을 구경하던 숙모가 말했다.

"유근이 저놈 저 꼬라지 좀 보라지. 띠리하게 생겨갖고는 치사하게 굴고 자빠진 놈. 저놈 저거 끝까지 잘 사나 내 두고 볼끼다."

수아는 깜짝 놀랐다. 숙모의 팔을 세게 잡으면서 말했다.

"작은어머니, 누가 들으면 어쩌려고요?"

"흥이다. 들으면 들었지, 우짤낀데? 마 집에 가자. 저것들 혼례 올린 떡국은 차마 목으로 못 넘기겠다. 넘어가다가

　　　　　　　　수아의 산수화

도로 나올까 무섭다."

숙모는 분기탱천한 얼굴이었다. 집으로 발길을 돌리면서
도 숙모는 계속 씩씩거렸다. 보다 못한 수아가 숙모를 달랬
다.

"다 지나간 옛날이야기예요. 이제 아무렇지도 않아요. 그
러니까 작은어머니랑 이렇게 유근이 초례식 구경도 나왔잖
아요. 작은어머니도 잊어버리세요. 사람 일 모르잖아요. 나
중에 더 좋은 일 생기려고 지금 일이 틀어졌을 수도 있잖아
요?"

"말이사 고렇코름해싸도 지금 마음이 마음이겠나?"

수아는 아무 말도 할 수 없었다. 무슨 말을 해야 좋을지를
모른다고 하는 게 옳은 말일 터였다. 사실은 자신이 괜찮은
지 어떤지를 알 수 없었다. 다만 유근과의 지난 일들은 덮
고 지나가야 한다는 것쯤은 알 수 있었다. 이미 읽어버린
책 속의 한 장면인 것처럼, 읽고 지나쳐 간 낱장일 따름이
라고 생각해야한다는 것을. 그래야 한다는 것을. 아무렇지
도 않은 얼굴로 지내고 있었지만 솔직히 말해서 그동안 힘
들었다. 더구나 미자와 관계된 일을 알았을 때, 그 치욕감
은 감당하기 힘들었다. 얼굴을 들고 대문 밖을 나서는 일조
차 수아에겐 큰 용기가 필요했다. 오늘 혼례식 구경을 갔던
것도 이 모든 일이 그저 남의 일인 듯 흘려보내는 연습을
하려는 의도였다. 그런데 조금 전 혼례청에서 본 유근의 태
도가 마음에 좀 걸렸다. 똑바로 서서 신부를 바라보지 않고

고개를 외로 비틀어 꼬았던 그 모습을 어떻게 해석해야 좋을지 알 수 없었다. 유근이 미자를 좋아하지 않은 것일까? 그렇다면 미자 뱃속의 아이는 어떻게 설명해야하나? 남의 눈을 의식한 위악 같은 것일까? 어쩌면, 둘의 혼인에 어떤 음모가 숨어있는 건 아닐까? 상념 속에서 허우적거리는데 숙모의 목소리가 수아를 흔들어 깨운다.

"대여섯 살 쪼맨할 때부터 지금까지 얼매나 사이좋게 잘 지냈는데. 그 모습이 얼매나 보기 좋았는데. 수아야 내가 억울한 건 말이다. 그기 다 없어지는 데 있는 기라. 그 좋은 기억들을 다 이자뿌리고 살아야 한다는 그기 아프다 그 말인기라."

"작은어머니, 걱정마세요. 저는 이미 다 잊었어요."

"긍께, 성님이 안 계실 때 이런 일까지 겪어야 되고…… 내가 아주 살맛이 나야 말이제. 니 보기가 맴이 영 안 좋다. 그나저나 할아버지는 아시나?"

"알고 계셔요."

"그놈, 지를 그렇게도 이쁘라 하신 할아버지가 계시건만 우짜다가. 불지옥에나 갈 놈."

"……."

수아가 말이 없자 숙모는 더욱 애가 타는지 수아의 손을 꼭 잡았다. 아플 정도로 세게 잡았지만 수아는 차마 손을 빼내지 못했다. 숙모가 다시 말했다.

"그래 앞으로 우짤 작정이라?"

"재민 오라버니와 의논했는데요, 오라버니가 마산이나 진주로 내려와서 공부를 계속해 보라고 하데요. 저도 생각이 있지만, 어머니가 안 계신 마당에 할아버지랑 아버지는 누가 수발해요? 마음먹기가 쉽지 않아요."

"긍께, 우째야 좋을지를 아버지랑 작은아버지랑 머릴 맞대고 의논해서 할아버지께 말씀드려 보자. 할아버지 수발 걱정은 하지 마라. 재숙이도 있고 나도 있으니."

"예."

숙모가 숨을 크게 들이마시면서 말했다. 조금 사이를 두는 듯하더니, 숙모가 다시 말을 이었다.

"어제 오신 손님은 가셨나?"

"예, 아침 드시자마자 아버지와 같이 나가셨어요."

"누구라 하시더노?"

"별 말씀 없었어요. 어젯밤에는 사랑에서 할아버지와 한참동안 이야기들을 나누셨는데요, 할아버지가 아는 사람이라면, 아마도 할아버지의 친구 자제분 아닐까요?"

"그렇겠지? 요새 세상이 시끄럽다. 투표날이 마이 남았는데, 벌써부터 난리인기라. 누가 찾아와도 고마 걱정이 앞선데이. 별일 없어야 할 텐데, 매사가 조심스럽다. 니도 누가 말을 걸어도 대꾸도 하지 말고, 알았제?"

"예, 조심할게요."

집에는 재민이 와 있었다. 수아를 본 재민의 표정이 묘했다. 웃는 건지 화를 내는 건지 알 수 없었는데, 복잡한 심경

인건만은 분명해보였다. 재민이 찡그리면서 수아에게 물었다.

"어디 갔다 와?"

"잔치 집에. 오라버닌 언제 왔어?"

"조금 아까. 재미있었어?"

"재미있던데? 동네 사람 다 가서 구경하는데, 안 가는 것도 이상하잖아?"

"내 눈에는 구경하고 있는 네가 더 이상하게 보여."

재민은 수아가 안쓰러워 괜한 트집을 잡고 있었다.

수아도 별다른 감정을 내세우지 않으려고 노력하면서 지켜본 혼례식이었다. 눈으로 직접 보고나면 나름대로 정리하기가 수월할 듯했기 때문에 숙모에게 못이기는 척 이끌려 따라간 걸음이었다. 숙모 말대로 사이가 끊어졌다고 같이 보냈던 기억까지 말끔하게 끊어지는 것은 아니다. 수아는 되도록 추억하지 않으려고 노력하는 가운데 깨달은 것이 있었다. 기억이란 억지로 없애려고 애쓰기보다는 자연스럽게 지나가거나 사라지게 그냥 내버려두는 게 가장 쉬운 방법이라는 것을. 그래서 구태여 외면하지 않고 직시하는 쪽으로 마음을 정했다. 그것도 모르고 재민이 억장 무너지는 소리를 해대고 있었다. 수아가 재민에게 모르면 가만히 있기나 하라고, 한 소리하려는데 대문간이 소란했다.

재식과 재숙이 뛰어들면서 소릴 질러댔다.

"누야, 수아누야, 큰일 났데이. 사람이 죽었어."

수아의 산수화

재민이 나서면서 물었다.

"뭐라? 사람이 죽었다고?"

재민을 본 재식이 씩 웃으면서 말했다.

"형아 왔어? 사람이 죽어가꼬, 순경이 지금 실고 갔다. 저기 팔산으로 넘어가는 고갯길 있제? 그기에 사람이 죽어 있었다 카더라."

재민이 다시 물었다.

"재식아, 자세히 말해봐라. 죽은 사람이 여자야, 남자야?"

"그거는 몰라. 옷 색깔이 초록색인 거는 봤다, 형아."

재민이 후다닥 일어나 대문간 밖으로 뛰어나갔다.

재민은 해가 질 때까지 돌아오지 않았다. 해가 지고 땅거미가 내리고 어스름이 찾아오자 아랫담 미자네 집 주위가 떠들썩해지기 시작했다. 상객들은 해지기 전에 돌아갔을 것이다. 저녁이 되자 미자네 친척들이나 친하게 지내는 이웃들이 잔치 집으로 속속 모여들고 있는 듯했다. 저들은 밤이 이슥하도록 먹고 마시고 놀 모양이다. 어쩌면 노래까지 부를지도 모르겠다. 수아는 일찌감치 잠자리에 들어야 되겠다고 생각했다.

저녁상을 물린 후 할아버지가 식구들을 사랑으로 불러들였다. 아버지와 재민이, 숙부와 숙모까지 사랑에 들었다.

시간이 조금 흐른 뒤 숙모가 수아를 불렀다. 할아버지가 찾으시니 얼른 사랑에 들라고 했다. 수아가 사랑에 들어가자, 모두들 수아를 쳐다보았다. 할아버지가 수아에게 말했다.

"아가야."

그리고 한동안 할아버지는 아무 말도 하지 않았다. 수아는 말없이 할아버지를 바라보았다. 수아가 어렸을 때 할아버지는 수아라는 이름보다 아가야, 하고 부르는 걸 좋아했다. 그동안 잊고 있었다. 갑자기 할아버지가 아가야, 하고 불러서 수아는 흠칫 놀랐다. 할아버지가 다시 말을 이었다.

"아가야, 아버지와 숙부숙모와 다 함께 의논했다. 진주나 마산에 가서 공부를 계속해라. 여자라고 집일만 해야 한다는 법은 없다. 앞으로 세상은 더욱 변해 갈 것이다. 배워야 사는 세상이 온다. 네가 뜻만 세우면 그 뒤는 오라비가 다 알아서 준비할 것이다."

"갑작이요? 할아버지와 아버지는요?"

"여기 걱정은 할 것도 없다. 다 복안이 마련되어 있느니."

"어머니는요?"

"그 걱정도 할 필요가 없느니. 알아 들었느냐?"

너무 갑작스럽게 듣는 말이었기에 수아는 어떻게 마음을 먹어야 될지 난감하기만 할 뿐, 생각나는 게 없었다. 수아가 아무런 대답도 못하고 머뭇거리자 아버지가 말했다.

"수아야, 어른들이 모두 한마음으로 결정한 일이다. 너는 아무 걱정하지 말고 따르기만 하면 된다."

"그래도 아버지, 너무 갑작기라서요."

"너한테는 갑자기 일어난 일 같겠지만, 어른들은 한참 전에 이미 다 계획한 일이다. 그리 알고 준비하여라."

"예, 새해가 되면요."

"그래, 우선 무슨 공부가 좋을지, 하고 싶은 공부가 뭔지를 잘 생각해 보도록 하여라."

할아버지의 말씀에 아버지가 말했다.

"그래라."

모두들 동의하는 듯했다. 그중에서도 수아와 눈이 마주친 숙모가 고개를 끄덕였다. 이제 여기 일은 걱정하지 말라는 뜻인 모양이라고 수아는 생각했다. 재민이 말했다.

"할아버지, 낮에 팔산재에서 사람이 죽었어요. 지서에 가 봤는데, 죽은 사람이 양산에 사는 민주당 운동원이라는데요. 자살인지 타살인지 모른데요."

재민의 말에 숙부가 아버지를 보고 말했다.

"형님도 조심하시오. 지서 순경들도 싹 바뀌었어요. 순경들이 모두 다 자유당원이랍디다. 어제 왔던 사람도 혹시 민주당 운동원 아니에요?

"아니야. 초계 사람인데, 아버지 친구 분 자제야. 읍에서 우연히 만났는데, 차가 끊겨서 우리집에 데려왔을 뿐이야."

아버지의 말에 할아버지가 고개를 끄덕였다. 숙부는 다짐하듯이 아버지를 보고 다시 말했다.

"요즘 세상은 그저 굿이나 보고 떨어지는 떡이나 먹는 게 제일 안전해요. 애들을 생각해야지요. 사회운동 같은 건 절대 하지 말아요. 자칫하면 빨갱이로 찍혀요."

"알아. 걱정 안 해도 돼. 발 끊은 지가 언젠데."

아버지의 목소리를 들으면서 수아는 사랑을 나왔다.

수아는 짚동이 줄지어 서 있는 마당가에 섰다. 어느 사이 밤이 깊었다. 달도 없는 그믐밤에 별들만이 총총히 박혀있었다. 서리가 내리는지 옷깃이 축축해지고 있었다. 바람이 불었다. 목깃을 스치고 지나가는 바람이 차갑다.

왁자하게 떠드는 소리가 들려왔다. 아랫담 미자네 집 쪽에서다.

수아의 산수화

10
상여집

동네가 새 단장을 했다. 먹구름이 내려앉은 것처럼 침침하던 동네가 환했다.

50호가 넘는 초가가 지붕갈이를 했다. 일 년 동안 눈, 비, 바람을 맞으면서 거무죽죽 썩어가던 이엉을 걷어내고 새 이엉으로 갈았다. 밝은 미색으로 빛나는 지붕들 사이로 하씨네 재실이나 서재, 큰댁과 작은댁 그리고 강씨네 몇몇의 잿빛 기와지붕이 간간이 섞여있긴 했지만, 동네가 보름달이 내려앉은 것처럼 환했다.

묵은 이엉은 모두 걷어서 마당으로 내려진 다음, 두엄자리에 옮긴다. 썩은 이엉들은 좋은 거름이 되어서 그 쓰임을 다할 터였다. 제일 먼저 새 지붕을 올린 사람은 동네에서도 부지런하다고 소문난 달구였다. 달구는 마당가에 세워둔 짚동을 허물어 새 볏짚으로 새끼를 꼬았고, 이엉과 용마루를 엮었다. 혼자서 며칠 동안 꼬고 엮었다. 달구의 새색시가 부엌에서 마당으로 찐 고구마나 국수 같은 새참을 가져다주는 모습을 담장 너머에서도 볼 수 있었다. 그 모습을 골목을 지나가던 노인들이 걸음을 멈추고서 물끄러미 바라보다가, 헛기침 섞인 실없는 웃음을 바람결에 날리고는 다시 골목길을 흐느적흐느적 걸어가고는 했다.

일 잘한다고 소문난 달구였지만, 이엉을 지붕에 올리는 날에는 팔산아저씨의 손을 빌릴 수밖에 없었다. 헌 이엉을 걷어내고 새 이엉을 올릴 때는 적어도 두 사람 이상의 손이 필요했다. 지붕 양쪽에서 이엉이 제자리에 잘 앉고 있는지 이엉과 이엉의 틈새가 너무 좁거나 너무 벌어지지 않았는지 살펴보고 난 다음에야 새끼줄로 찬찬하고 힘 있게 이엉을 고정시키는 작업을 해야했다. 달구와 팔산 아저씨는 새 이엉을 얹기 전에 먼저 시커멓게 썩어가는 묵은 이엉을 걷어내었다. 뒤쪽 지붕 이엉을 모두 걷어낸 다음 앞쪽을 반이나 걷었을 때, 두 사람은 화들짝 놀란 얼굴로 서로를 바라보았다. 그리고는 두 사람은 군말 않고 지붕을 내려왔다. 일을 미루고 있을 달구나 아저씨가 아닌데도 둘은 한동안 지붕에 올라가지 않았다. 걷어낸 이엉을 거름자리로 옮기고, 마당에 너부러져 있던 짚단을 치우기도 하고 골목길을 기웃거리기도 했다. 두어 시간이 족히 지났을 때 달구가 조심조심 지붕 위로 올라갔다. 걷다 만 이엉자리를 살펴본 뒤에 다시 지붕에서 내려온 달구가 팔산아저씨에게 말했다.

"아재요, 업이 자리를 옮겼어예."

"잘 됐구마. 고마 빨랑 끝내자. 이러다 해 다 넘어 가겠다. 그 업구렁이님 엄청 크고 황금색으로 광이 번쩍번쩍 하더만. 달구야, 아무래도 니 부자 되겠다. 만약 그기 아니라면 삼신 할매가 큰 인물 될 아를 점지할라나? 아무튼 말이다. 업님이 보살피는 집이라 생각하고 만사 조심해야헌다."

"예, 아재. 그나저나 업님이 우리 집을 벗어나진 않았겠지예? 그러면 안 되는데 말입니다. 우리 각시 놀랄까봐 업구렁이님 봤다는 말도 못했어예."

팔산아저씨가 웃으며 말했다.

"잘했다. 백지 얘기해서 시집 온 지 얼마 되지도 않은 각시 놀라자빠지면 안 되겠제. 그라고 업님도 한 번 자리를 잡으면 함부로 다른 곳으로 이사 가지 않는다카더라."

마지막 용마루를 얹을 때는 이웃집 남자들도 거들었다. 몇 사람은 새끼줄로 이엉과 용마루를 꼼꼼하고 야무지게 묶었다. 또 몇 사람은 마당에 서서 혹시 이엉들이 삐틀어졌는지 기울어진 부분은 없는지, 용마루는 반듯하고 잘 앉았는지를 눈가늠으로 지붕의 모양새를 잡아주었다. 지붕을 다 이었다. 사립문 양 쪽으로 돌과 흙으로 쌓은 담장의 지붕도 새로 엮은 이엉으로 단장했다. 달구네 마당은 잔치하는 집처럼 떠들썩했다. 새색시가 도가에서 받아온 막걸리와 늙은 호박부침개를 안주로 내오자, 모두들 흥겨운 듯이 아이들처럼 와자하게 떠들었다. 새끼를 꼬던지 이엉이나 용마루를 엮을 때는 얼마든지 혼자서도 할 수 있지만 지붕에 올리는 일이란 혼자서는 엄두도 내지 못할 만큼 어렵다.

사람이 많을수록 더 잘 되는 일 중의 하나가 초가에 지붕 올리기고, 그 중에서도 용마루 앉히는 일이였다.

곧이어 다른 집들도 한 집 두 집 이엉을 엮기 시작하더니, 어느 사이 동네의 지붕들이 모두 새 옷으로 갈아입었다. 새롭게 단장한 초가지붕들이 십일월 초의 화창한 햇볕을 받아서 온화하게 빛났다. 어느 집의 초가지붕에 업구렁이가 살고 있을까? 지붕갈이를 하면서 사람들 눈에 띄었을까? 아무도 모른다. 설령 지붕을 걷어내면서 업구렁이를 보았다 하더라도 집주인들은 함구했다. 절대로 본 대로 말하는 법이 없었다. 지나가는 말처럼, 강촌댁네 대들보 바로 위 지붕 근처에 장정 허벅지만한 먹구렁이가 똬리를 틀고 앉아있는 것을 보았다는 말이 한동안 떠돌아다녔다. 아무도 모른다, 있는지 없는지.

새롭게 단장한 초가지붕의 처마가 가지런했다. 볏짚들이 한 뱃속에서 나온 형제처럼 서로 꼭 붙어서 엮여있었다. 볏짚에서는 아직도 여름날 들녘의 푸른 내음이 폴폴거리는 듯했다. 선들바람이 불어와 초가의 처마자락을 스치고 지나가면 다닥다닥 붙어있는 볏짚형제들이 싸르락싸르락, 싸락눈 쌓이는 소리를 냈다. 장독 위에 쌓이는 싸라기눈 소리보다 더 크게 울렸다.

팔산아저씨네 집 지붕만이 아직도 잿빛으로 남아있었다. 집 마당 한 쪽에는 엮다가 만 이엉이 둘둘 말려 있었고, 다 엮은 이엉들은 처마 밑에 쌓여 있었다. 아저씨는 며칠 전에

수아의 산수화

마당에서 이엉을 엮다가 처가에 갔다. 쪽진 머리를 풀어헤친 팔산아주머니가 통곡을 하면서 사립문을 나서는 모습을 보았을 때 동네 사람들은 아주머니의 친정집에 초상이 났다는 것을 대번에 알았다. 아저씨도 엮고 있던 이엉을 둘둘 말아 치우고서 아주머니 뒤를 따라 나섰다. 그 이튿날 아저씨의 장모가 죽었다는 부고가 인편으로 수아네 집에도 도착했다. 아버지는 부고를 대문 안으로 들이지는 않았다. 버리지는 않고 대문 밖 담장에 끼워두었다. 아버지는 두 말은 족히 될 멥쌀 자루를 지고 상갓집에 문상을 갔다. 문상만 하고 곧 돌아온다던 아버지는 상갓집에서 하룻밤을 보냈다. 아버지는 늦은 밤에 홀로 팔미재를 넘어오기가 무섭기도 했을 것이다. 시루봉에 호랑이가 나타났다는 소문이 종종 들렸다. 서쪽은 용주, 산청이고 동쪽은 대양으로 나누어지는 팔미재는 시루봉의 작은 줄기이고 지리산과 연결되어 있다. 지난여름에도 산청 어딘가에서 호식을 당했다는 소문이 들려와 사람들을 놀라게 했다. 여름날 아무리 덥다 해도 마당의 평상에서 잠들면 안 된다고 어른들이 아이들의 잠자리를 단속했다. 어쨌거나 아버지는 이튿날에야 팔미재를 넘어서 무사히 집에 왔다. 상갓집에서 돌아온 아버지가 주섬주섬 이야기를 늘어놓았다.

팔산아주머니 친정어머니는 밭두렁에서 검불을 태우다가 참변을 당했는데, 검불에 붙은 불길이 치맛자락으로 옮겨붙어서 속수무책으로 변을 당했다고 했다. 장례는 5일장이고, 장지는 팔미재 해 뜨는 양지쪽이라고 했다. 바로 수아네 동네 뒷산이다. 팔산 뒷산도 있을 텐데 왜 굳이 이쪽으로 장지를 잡았는지는 알 수 없지만, 아마도 지관의 말을 따랐을 성 싶다는 등, 아버지는 잔잔한 목소리로 많은 이야기를 했다. 딸이라곤 팔산아주머니 한 사람뿐이고 아들만 넷인 집안인데도 며느리들이 내는 곡소리가 제법 구슬펐고, 멀리 객지에 나간 아들 두 사람이 대문간으로 들어오는 걸 보고 초상집을 나왔다고 했다.

수아는 아버지의 이야기를 들으면서 이상한 생각이 들었다. 평소의 아버지는 출타해서 겪었던 일을 세세히 이야기하지 않았다. 그런데도 이번에는 어쩐 일인지 초상집에서 겪고, 보고, 들은 것들을 자세하게 술술 이야기를 하고 있었다. 아버지가 하는 이야기보다 이야기를 늘어놓고 있는 아버지가 더 신기했다. 아버지 성격이 변했나? 이야기를 주고받을 상대가 없어서 외로움을 타는 것일까? 전과 다른 아버지의 모습이 어쩐지 불안했다. 수아는 아버지가 이상하다는, 아니 변했다는 생각이 들어서 한참동안 아무 말도 하지 않았다.

장례를 잘 치루는 것처럼 보였다는 말을 덧붙이면서 아버지가 수아를 슬쩍 바라보았다. 수아가 마주 바라보자 아버지는 이야기를 다한 듯 수아에게 실쭉 웃어주고는 마당 저쪽으로 휘적휘적 걸어가버렸다. 수아는 아버지가 어떤 말을 하려다가 그만두었다는 느낌을 받았지만 쫓아가서 물어

수아의 산수화

보진 않았다. 대체 아버지는 무슨 말을 하고 싶었던 것일까? 초상집에 갔다 왔으니까, 뭐 내가 죽으면 너희들 두 남매는 의좋게 지내라? 아니면 내가 죽더라도 너희는 장례 때 울지 마라? 이것도 아니면 부모 초상이 나면 무조건 자식 많은 집이 좋아 보이기 마련인데 너희는 딱 남매 둘 뿐이라서, 나중에 많이 쓸쓸하겠다는 말을 하려던 것은 아니었을까? 작은집에 사촌들이 많은데, 다 같이 상주노릇을 하면 그만일 텐데, 여러 생각들이 수아의 뇌리를 스쳤다. 그것보다 아버지의 뒷모습이 부쩍 쓸쓸해 보였다는 것이 마음에 걸렸다. 아마도 어머니 때문일 터였다. 어머니의 부재가 그동안 아버지를 쓸쓸하게 만들고 있었을 터였다. 그동안 수아는 아버지가 어머니의 거처를 알고 있을 것 같다는 생각을 수아는 지울 수가 없었다. 그렇지만 수아가 어머니의 거처를 물어보지 않는 것은 그만한 이유가 있어서 숨기고 있다는 생각 때문이었다. 아마도 재민오라버니도 알고 있을 것만 같았다. 이번에 재민이 오면 다그쳐서 어머니가 어디 있는지 꼭 물어봐야겠다고 생각했다.

수아는 재숙을 데리고 마당에서 나락을 널어 말렸다. 재숙은 맨발로 나락 위를 걸어 다녔다. 깔깔 웃으면서 재숙이 말했다.

"언니야, 발바닥에 개미 천 마리야."

"나락이 개미야?"

"따끔따끔, 따끔개미."

재숙이 또 까르르 웃었다.

날씨는 쾌청했다. 벼 말리기 좋은 날씨였다. 아버지가 출타하면서 마당에 멍석 4개를 깔았고, 멍석 하나에 벼 한 가마니씩 부려주었다. 멍석에 벼를 널어 말리는 것은 수아의 몫이 되었다. 벼를 매매 말려두지 않으면, 벼에서 군내가 피어났다.

골목길에서 수선거리는 소리가 났다. 상여가 올라오고 있다는 소리가 들렸다. 팔산아주머니 친정어머니의 발인 날이다. 수아는 고무래로 멍석 위에 벼를 골고루 펴면서도 눈과 귀는 팔미재에 쏠렸다. 팔미재에서 어른거리는 사람들의 모습이 보이는 듯했다. 제아무리 지척이라지만 수아네 집 마당에서는 팔미재의 사람들이 보일 턱이 없었지만 수아의 눈앞에는 상여와 상여꾼들이 보이는 듯했다. 수아는 문득 상여가 보고 싶다는 생각이 들었다. 상여가 보고 싶었다. 웬일인지 그랬다.

"재숙아, 우리 꽃상여 구경 가자."

"언니야, 꽃상여가 어데 있는데?"

"팔산에서 팔미재로 올라오고 있어."

수아는 서둘렀다. 벼를 모두 널고 난 뒤 재숙이 손을 잡고 집을 빠져나왔다. 팔미재로 올라가는 길로 접어들었다. 초입부터 가파르고 좁은 길이다. 발밑에서 마른 가지와 나뭇잎들이 바스락거렸다.

낯선 사람 서넛이 산길을 올라가는 게 보였다. 수아는 발걸음을 늦추었다. 앞서 가는 사람들이 모롱이를 완전히 돌아나가 보이지 않을 때까지 천천히 걸었다. 수아는 재숙의 손을 꼭 잡고 모롱이를 돌았다. 으슥하고 눅눅한 길이 나왔다. 갑자기 한기 같은 게 몰려들었다. 오싹했다. 수아는 재숙의 손을 더욱 꼭 잡았다. 사방을 휘둘러보니 길에서 조금 떨어진 곳에 상엿집이 있었다. 이런 곳에 상엿집이라니? 원래 공동으로 쓰는 상엿집은 동네로 들어오는 초입에서 왼쪽 길로 들어가면 나오는 작은 저수지를 지나서, 땅골로 들어가는 길옆 수풀 속에 있었다. 언제 이곳으로 옮겼을까? 수아는 상엿집을 바쁜 걸음으로 지나쳤다. 이상야릇한 한기가 등골을 스치고 지났다. 산 위로 올라갈수록 두런거리는 사람들의 말소리가 뚜렷하게 들려왔다. 재숙은 힘이 드는지 낑낑거렸다. 수아가 재숙을 내려다보면서 물었다.

"업어줄까?"

"괘안타."

재숙이 도리질을 했다. 가파른 산길을 조금 더 올라갔다. 곧바로 팔미재 마루가 보이기 시작했다. 어화, 어화. 상여 소리가 희미하게 들려왔다. 산마루 가까이까지 상여가 올라오고 있는 모양이었다. 수아는 재숙을 덥석 업었다. 걸음을 빨리했다. 팔미재 고개가 훤히 보이는 곳에서 걸음을 멈추었다. 조금 더 올라가자 마땅한 자리가 나타났다. 옴팡하게 들어간 곳이었고. 앞쪽과 양 옆으로 다복솔이 소담스럽게 서 있었다. 일부러 숨어서 상여를 구경하고자 한 것은 아니었지만, 서 있는 장소가 숨어있는 듯한 느낌을 들게 했다. 저쪽에서는 보이지 않을 것 같은 비밀스러운 공간에 숨어있는 듯했다. 기분이 묘했다. 결코 좋은 느낌이 아니었다. 드러내지 못하고 숨어있다는 것은 뭔가 떳떳치 못함을 뜻하는 듯해서였다.

장지라고 짐작되는 곳에 사람들이 몰려있었다. 팔미재 마루에서 왼편 아래쪽으로 스무 걸음쯤 내려오는 양지 바른 곳이었다. 풍수에 무지한 수아가 보기에도 괜찮았다. 산마루를 가로지르며 달리는 바람마저도 잠깐 쉬어갈 듯이 아늑한 느낌을 들게 하는 그곳에서는 산역꾼들이 산소로 쓸 광중을 미리 파 놓고 상여가 도착하기만을 기다리고 있었다. 떡과 과실과 술이 놓인 제사상도 보였다.

어화, 어화. 상여소리가 더욱 가까이 들렸다. 상여가 아주 가까이에, 팔미재 마루까지 올라온 모양이었다.

이제 가면 언제 오나. 어화, 어화, 어화 넘차, 어화.

상여꾼들의 상여메김소리가 뚜렷하게 들리기 시작했다. 숨 가쁜 소리였다. 상여가 가파른 오르막길을 올라오고 있는 듯했다. 상엿소리가 끊어졌다. 잠깐 사이를 두더니 다시 이어졌다. 상여가 무사히 팔미재를 넘었다. 제일 먼저 명정이 보였다. 그다음 혼백을 태운 요여가 나타났다. 진다홍색의 명정에는 유인인동장씨지구(孺人仁同張氏之柩)라 적혀있었다. 요여는 작은 꽃가마처럼 생겼다. 두 가마꾼이 요여의 가마채를 들었다. 그들의 앞가슴에는 흰색 끈이 엇걸려서

수아의 산수화

어깨에 매달려 있었다. 마치 가위표시를 한 모양이었다. 요여의 녹색지붕에는 붉은색과 흰색 연꽃이 몽실몽실 피었고, 옆면에도 연꽃봉오리가 새겨져있었다. 여닫이문이 달린 정면 앞에는 흰 고무신 한 쌍이 놓였다. 산 사람이 방문 앞에 신발을 벗어놓고 방에 들어가듯이, 혼백도 고무신을 벗어두고서 요여 방에 들어가 향로와 영정의 보필을 받으면서 혼백상자 안에서 쉬고 있다고 했다. 혼백은 육신을 매장하는 모든 예절이 끝나고 반혼할 때 흰 고무신을 신고 돌아가 빈소에서 지내게 될 터였다. 수아는 요여 안을 들려다본 적이 있었다. 육년 전 할머니가 돌아가셨을 때였다. 아무도 몰래 병풍 뒤로 숨어 들어서 빈소 안으로 들어갔다. 혼백상자를 열고 오색의 동심결에 감긴 할머니의 혼백을 살짝 만져보았다. 매끌매끌했다. 혼백은 아홉 마디로 도톰하게 접힌 비단 속에 있었다. 수아는 눈앞에 나타난 요여를 보면서 생각했다. 그때 왜 그렇게 빈소 안이 궁금했을까? 철이 없었던 것일까? 잔망한 아이에 지나지 않았던 까닭일까? 수아는 그 후로 오랫동안, 지금까지도 할머니를 생각할 때면 손끝에서 매끌매끌하게 만져지던 할머니 혼백의 감촉이 떠올랐다.

곧이어 요령소리와 함께 상여가 나타났다. 네 각의 귀퉁이마다 청사초롱을 매달았고, 붉고 노랗고 하얀 색색가지 종이꽃들이 뭉실뭉실하게 피어난 꽃상여였다. 상여 앞에서 선소리꾼이 짜르랑짜르랑 요령을 흔들면서 목청을 돋우고

소리쳤다.

— 명사십리 해당화야 꽃 진다고 설워마라.

소리를 받아서 상두꾼들이 후렴을 불렀다. 선소리꾼이 짤랑짤랑 요령장단을 맞추었다.

— 어화, 어화, 어화넘차, 어화.

다시 선소리꾼이 소리를 높였다.

— 명년 춘삼월에 너는 다시 피련마는, 우리 인생 한 번 가면 다시 오지 못하노라.

상두꾼의 후렴이 이어졌다. 어화, 어화, 어화넘차, 어화.

상여꾼들이 오른발 왼발 발 맞춰 조심조심 앞으로 나아갔다. 그다음 뒤로 몇 발자국 떼놓았다가 다시 앞으로 조심스럽게 서너 걸음 나아갔다. 또다시 뒷걸음을 쳤다. 꼭 가기 싫은 길을 하는 수 없이 억지로 끌려가는 것처럼 보이는 걸음걸이였다. 상여에 꽂힌 꽃들이 너울너울 춤을 추었다. 굴건제복을 한 상제들과 복인들이 상여 뒤를 따라갔다. 외로 꼰 새끼굴레를 머리에 쓰고 삼베치마저고리를 입고 곡을 했을 안상제들은 보이지 않았다. 아마도 동구 밖까지만 배웅을 하고 집으로 들어갔을 것이다. 관습이었다.

선소리꾼이 상여 앞에서 요령을 흔들면서 소리를 했다. 집을 벗어날 때는 상여 위에 올라타고 소리를 매겼을 선소리꾼이었지만, 산을 오르느라고 상여에서 내렸을 것이다.

— 간다간다. 나는 간다. 북망산천 나는 간다. 이제 가면 언제 오나.

　　　　　　　　　　　수아의 산수화

상여꾼들이 후렴을 불렀다.

— 어화, 어화, 어화넘차, 어화.

— 저승길이 멀다 해도 방문 앞이 저승이라. 못가겠다, 못
가겠다. 일직사자 월직사자 창검 들고 철봉 들고 쇠사슬을
비켜들고 쏜살같이 달려와서 성명 삼자 불러내니 뉘 분부
라 거역하리.

— 어화, 어화, 어화넘차, 어화.

상여가 앞으로 나갔다가 다시 뒷걸음을 쳤다가는, 다시
더듬더듬 앞으로 나아갔다. 드디어 상여가 미리 파놓은 광
중 앞에 다다랐다. 앞소리꾼이 처량한 목소리로 소리를 했
다.

— 이어갈꼬, 어이갈꼬. 우리영감 홀로 두고 저세상을 어
이갈꼬.

— 어화, 어화, 어화넘차, 어화.

앞소리가 이어진다.

— 상주들아, 상주들아, 내 상주들아. 너거 아베 잘 섬겨
라. 사위사위 우리 사위 이제 가면 언제 볼꼬. 사위사위 우
리 사위 내 딸내미 부탁함세.

상여가 뒤를 돌았다. 팔산아저씨가 앞에 나가서 절을 올
리고 돈봉투를 상여에 꽂았다. 다시 앞소리꾼의 입에서 구
슬프고 구슬픈 소리가 흘러나왔다.

— 이제 가면 언제 오나, 상주들아, 상주들아. 울지 마라,
울지 마라, 내 상주들아, 내년 이때 제삿날에 다시 한 번 만

나 보자. 잘 있거라, 잘 있거라, 내 상주들아.

상여가 앞쪽을 세 번 낮게 숙였다. 상주들과 복인, 문상객들이 뿌르르 나가서 돈봉투를 상여에 꽂고는 절을 했다. 어화, 어화. 후렴소리와 함께 상여가 광중을 향해서 나아갔다. 어화넘차, 어화. 상여꾼들이 상여를 땅에 내려놓았다. 상여 저편과 이편에 서서 구경하는 사람들 중에 고개를 돌리거나 훌쩍거리는 사람들이 많았다. 훌쩍이는 사람 중에 숙모도 언뜻 눈에 띄었다. 숙모는 언제 올라왔을까? 빠르기도 했다. 수아는 왠지 자신의 모습을 숙모에게 들키지 않았으면 했다. 숨어서 꽃상여를 구경하는 것이 조금 창피했다. 수아는 엉뚱하게도 상제들이 쓰고 있는 삼베두건이 유난스레 샛노랗게 보인다는 생각이 들었다. 치자가 몇 개나 들었을까? 얼마나 오래동안 치자 우린 물에 삼베를 담가 두었을까? 등을 생각하다가 수아는 재숙에게 물었다.

"상여가 예뻐?"

"억수로 이쁘다."

"그렇게 이쁘나?"

"이쁘기는 한데. 언니야, 고마 집에 가자. 쪼매 무섭다."

"그래도 우리 쪼매만 더 있자. 쩌기에 엄마도 있는데? 엄마한테 갈까?"

수아가 재숙을 데리고 나타나자 숙모가 깜짝 놀라면서 말했다.

"하관하는 중인기라."

"저쪽에 있었어요. 온 지 얼마 안돼요."

"그랬어? 긍께 일찍 안 오고."

숙모는 수아가 재숙을 데려온 게 마뜩찮은 눈치였다. 어린아이에게 험하다면 험한 것을 보이고 있다고 생각하는 듯했다.

요여는 장지 맨 위쪽의 한가한 장소에 놓여있었다. 혼백이 있다면, 자손들을 내려다보는 듯한 위치에 앉아있었다.

희뿌연 연기 한 줄기가 하늘로 솟아올랐다. 이승에서 저승으로 망자를 모셔간 상여는 해체되는 중이었다. 일부를 불태우고 있었다. 부활을 소원하면서 뭉실뭉실 피었던 종이꽃과 저승길을 밝혀주던 청사초롱, 환생을 기원하면서 상여의 앞과 뒤 옆 사방의 아랫단에 붙었던 연꽃그림들과 상여의 지붕을 가리던 휘장들이 불길 속에 던져졌다.

상두꾼들이 상여를 곳집으로 운반해가기 편하게 분해했다. 기본골격만 남았고, 먼저 눈에 들어오는 것이 관을 덮었던 운각이다. 장방형의 운각은 앞뒤로 잡귀를 막는다고 알려진 눈을 부릅뜬 귀면을 그렸다. 삐쭉빼쭉 거칠게 그려진 수염이 무서움을 느끼게 했다. 용마루 앞과 뒤에는 용이 몸을 꼬고 있었다. 용 등에는 저승사자와 강림도령, 염라대왕이 호랑이 위에 앉아있었다. 이들은 용과 호랑이를 타고 이승과 저승을 마음대로 넘나들면서 죽음을 관장한다고 알려져 있었다. 죽은 이를 순순하게 저승으로 인도하면서 부활과 재생에 도움을 준다고 알려져 있는 신들로서, 임종 직후에 떠 놓은 세 그릇의 사자밥은 이들을 대접하기 위한 것이라고 전해온다. 운각을 빙 둘러싼 난간에는 용과 연꽃 봉황새 병아리 등을 그려넣었고, 빈곳에는 빈틈없이 단청을 입혔다. 주검을 넣는 몸체는 운각과 난간 사이에 기둥을 박아서 만들었다. 수아는 조그마한 절을 보는 듯했다. 아름답기까지 했다. 그동안 동네의 곳집을 지날 때마다 몸이 으스스 저절로 떨리면서 까닭도 모를 두려움에 사로잡힌 적이 많았다. 그 무서운 곳집에 보관되어 있었던 상여가 저렇게 아름다운 모습을 하고 있었다니, 놀라웠다. 지금껏 무서워서 빠른 걸음으로 곳집을 지나쳤던 것은 무엇 때문이었을까? 스스스 느껴지던 한기는 또 어떤 연유일까? 그것은 아마도 곳집 안에 보관되어 있는 상여가 죽음과 연관되어 있다고 상상했기 때문일 터였다. 상상으로 느끼는 무서움이다. 세상에서 죽는 것보다 더 무서운 것이 있을까. 존재하는 그 무엇도 생존보다 우위에 있는 것은 없을 것이다.

상여는 그저 주검이나 나르는 단순한 기구 이상의 어떤 의미를 품고 있음이 분명했다. 이승과 저승을 이어주는 가교역할을 하면서, 설사 죽더라도 그 다음 생을 꿈꾸게 하는 사람들의 소망을 담아내는 제기 같은 게 아닐까? 그럴지도 모르겠다. 어쩌면 죽음 이후에 새롭게 맞닥뜨리게 될 미지의 세계에 대한 희원을 담고 있는 게 상여일수도 있겠다는 생각이 들었다. 이승에서의 죽음은 슬픔이지만, 저승에서 새롭게 태어나서 다시는 죽음 같은 게 없는 영원한 생명을

　　　　　　　　수아의 산수화

얻게 될 것을 바라는 사람들의 염원이 녹아있는 게 상여일 지 모른다고 수아는 생각했다. 관을 덮는 운각을 휘감은 용 과 염라대왕이 올라탄 호랑이는 좋은 산소자리를 말할 때 제일 먼저 일컫는 좌청룡 우백호와 연관되어 있을까? 이제 부터 상여가 안치된 곳집을 지나칠 때 지금 보았던 저 아름 다운 상여의 운각을 떠올리면서 무서워하지 않아야겠다고 생각했다.

용마루, 운각, 난간, 몸체로 따로따로 분리된 상여를 상두 꾼들이 나누어 들고서 휘적휘적 산을 내려갔다.

그 사이 광중은 메워졌다. 사람들이 관을 받아들여서, 품 에 안은 광중을 흙으로 덮었다.

서기 일천구백오십구 년 십일 월 초파일, 저 김경호는 삼가 산신께 고합니다. 인동장씨부인의 유택을 건조하고저…….

상주는 호상의 지휘 아래 산신제를 지내고 있었다. 그다 음 평토제를 올릴 차례였다. 봉분이 모두 완성되지는 않았 지만, 반혼을 서둘러야했다. 더 지체해서 안 된다. 육신을 잃은 혼백이 반신반의하고 하다가 혼백함을 벗어나 요여에 서 빠져나올 수도 있다고 했다. 광중이 평지처럼 되었을 때 제사상이 펼쳐졌다. 제수가 진설되었다. 혼백을 모셔온다. 제상에 안정하고, 향을 피우고, 제주를 올리고, 상주들이 절을 하고 곡을 하고 축문을 읽었다.

유세차기해십일월을해삭초파일갑오고애자형영감소고우 현비유인인동장씨……

숙모가 사람들 다 내려갔다면서 얼른 가자고 했다. 수아는 재숙의 손을 꼭 붙잡고 산을 내려오기 시작했다. 산모롱이를 돌면서 뒤를 돌아보았다. 평토제가 끝난 듯, 반혼을 하고 있었다. 산을 내려가는 요여를 상주들이 곡을 하면서 뒤따르고 있었다. 육신은 묘지에 묻었지만, 혼백은 다시 모시고 집으로 가서 빈소에 안치하는 것이 예절이다. 너무 늦게까지 묘지에서 꾸물거리면 혼백이 죽어버린 육신을 그리워하면서 묘지 주위를 배회하느라고 요여에 오르지 않을 수 있다고 전해진다. 요여에 놓인 고무신이 멀리서도 하얗게 보였다. 혼백은 저 고무신을 신고 요여 안으로 들었을까?

동네에 다다르자 수아는 재숙에게 물어보았다.

"재숙아, 상여가 왜 무서웠어?"

"언니야는 그것도 모르나? 꽃송이는 이쁜데 안에 사람이 죽어 있다믄서? 죽은 사람은 억수로 무섭다."

한동안 동네는 팔산아주머니의 친정집 장례 이야기가 떠돌았다. 우물가, 사랑방, 빨래터, 혹은 산자락에서 나무하는 나무꾼들 사이에서도 숱한 말들이 돌고 돌았다.

애고애고, 곡을 하면서 팔미재를 넘어가는 팔산아주머니를 본 나무꾼들이 많았다. 곡소리가 얼마나 컸던지 산비탈 너머까지 들렸다고 했다. 만약 통곡소리가 그렇게 크지 않았다면 귀신을 보았다고 모두들 도망쳤을 것이란 말도 떠돌았다. 산발을 하고 산길을 걸어가는 아주머니가 귀신처럼 보였지만, 큰소리로 통곡하는 귀신을 본 적도 들은 적도 없었기에 사람인 줄 알았다는 나무꾼들도 있었다.

수아는 고개를 쭉 빼어 들고서 팔산아주머니네 집을 쳐다 보았다. 조용했다. 엮다가 만 이엉들이 처마 밑에 쌓여있었 다. 아저씨와 아주머니는 아직도 집으로 돌아오지 않았다.

햇볕이 좋았다. 마당에는 벼가 말라갔다. 며칠만 볕이 더 좋으면 벼 말리기는 끝이 날 듯했다. 예전보다 올해는 모든 일이 조금씩 늦게 돌아가고 있었다. 작년 같았으면 벼 말리 기는 이미 끝났을 시기였다. 아버지는 출타가 잦았고, 염탐 꾼들이 호시탐탐 노려보는 듯해서 일이 자꾸만 뒤로 밀리 고 있었다. 벼를 널어 말리는 작업은 추수라든지 모내기라 든지 때를 다투어서 해야 하는 일이 아니었기에 느릿느릿 진행해도 되는 일이긴 했다.

여전히 집은 어머니의 부재로 무겁게 내려앉아 있었다.

마루에서 무채를 썰던 숙모가 빈 소쿠리를 탈탈 털면서 일어섰다. 혼자 말인 듯 수아에게 하는 말인 듯 숙모가 무 심한 목소리로 말했다.

"무어라무어라 해싸도 상갓집에서는 곡소리가 좋아야 해. 그래야 망자가 마음 놓고 세상을 떠나서 다음 생을 산 다 안카더나."

수아가 물었다.

"그런 말이 있어요?"

"예전부터 내려오는 말이다. 죽은 사람이 보기에 자손이

슬프게 울어야 잊지 않고 있구나, 나를 그리워하고 있구나, 하고 느끼지 안 켔나? 입장 바꿔가꼬 생각해보래이. 내가 죽었는데 아들이나 딸이 울지도 않고 맹숭맹숭하게, 잘 죽었다 하는 맹키로 있어봐라. 얼매나 보굴나겠노? 저승 갈 마음이 나겠나?"

"그럴까요? 근데 작은어머니, 장례 때 눈물이 안 나면 어떻게 해요?"

"억지로라도 울어야 하는 기라. 울지 않으면 큰 흉 된다."

"재작년에 시집 간 영자 있잖아요, 친정아버지 생일 때 와서 얘기하던데요, 시집간 지 녁 달 만에 시어머니가 가셨는데, 눈물이 나오지 않아서 혼났대요. 곡을 해야 하는데 곡소리도 안 되고 눈물도 안 나고, 울음도 안 나오고 남모를 고생 많았대요."

"이해된다. 녁 달 같이 산 시어미와 무슨 정이 있겠노? 오래 같이 살기나 했으면 미운 정이라도 생겼겠지만 그럴 시간이 있었겠나?"

"미운 정에도 눈물이 날까요?"

"아이다. 억울해서 우는 기라. 설움 받았던 게 억울해 갖고 우는기라. 왜 울 일이 없겠노? 시집살이가 그리 만만했겠나? 억장 무너지는 일이 천지빼까린 게 시집살이지."

"아버지가 팔산아주머니 친정며느리들이 잘 운다고 하던데요. 잘 운다는 게 뭔지 모르겠어요. 보통은 사람들이 울 때 그 모습이 예쁘거나 보기 좋거나 하지는 않잖아요?"

　　　　　　　수아의 산수화

"억수로 잘 울어뺏나? 초상집에선 무조건 울어야 한다. 그것도 아주 구슬프게 울어야 하는 기라. 울음소리가 안 들리믄 그기 무슨 초상집이고? 아침점심저녁으로 제를 올릴 때 울음소리가 구슬프게 흘러나와야 잘 하는 초상이제. 옛날에는 곡비도 많이 불렀는데, 요즘은 짜달라시 부르지 않는 것 같긴 하더라."

"곡비를 생업으로 하는 사람도 있나보지요?"

"하모. 있다마다."

숙모의 말에 수아는 마른 침을 삼켰다. 사람구실을 제대로 하면서 살아가는 일이란 참으로 복잡한 일이라고 생각되었다. 촘촘한 금줄이 사방으로 쳐져있는 게 일상의 법이고, 사람 구실을 잘하는 일이란 그 금을 따라서 잠자고 입고 먹고 움직여야만 한다는 것을 의미하는 것은 아닐까? 자신이 행하는 행동 하나하나를 규칙에 맞추어야만 한다면? 수아는 자신이 없었다. 도대체 처음으로 금을 그린 사람은 누구일까? 그리고 어머니는 어디쯤에서 금 밖으로 나가버린 것일까? 어쩌면 어머니는 애초에 잘못 그려진 금을 따라 걷고 있었던 것은 아니었을까? 수아는 문득 어머니를 영원히 찾을 수 없을지도 모른다는 불안감에 사로잡혔다. 정신이 아득해졌다.

11
파종

"묘사가 다가오는데 시숙어른은 우짜실라꼬 아즉도 보리 파종을 덜 하셨는지 모르겠다. 수아야, 니는 뭐 알고 있나?"

"예?"

숙모의 말소리가 먼 곳에서 들려오듯이 아련했다. 온갖 상념에 사로잡혀 있던 수아가 후드득 깨어났다. 숙모가 무슨 말을 했는지 기억나지 않았다. 놀라는 수아에게 숙모가 말했다.

"니 정신이 어디 갔다 왔노? 긍께 시숙어른 말이다. 보리 파종이 한참 늦어지고 있다아이가? 곧 묘사가 시작될 낀데. 내는 억수로 걱정이 되는기라. 천성이 개을받은 것도 아인데 왜 그리 뜸을 들이시는지 모르겠다."

"예, 작은어머니. 그렇지 않아도 며칠 내에 못한 보리파종 마저 끝낸다고 하셨어요."

"그래? 그날 나도 힘을 보탤꺼이게. 얼른 끝내뿌리자. 이러다 눈 내리겠다."

"예."

숙모의 말대로 가을추수는 한참 전에 끝났다. 들녘은 텅 비었다. 댕기들판의 넓은 들에는 사람 그림자 하나 보이지 않았다. 이제 들판에는 묻어둔 보리에서 새싹이 날 때까지 사람들의 왕래가 뜸할 것이다.

벼를 추수한 다음에야 경찰서에서 풀려난 아버지는 출타가 잦았다. 수아는 남의 눈도 있으니까 자중하는 의미에서라도 집에만 있어 주었으면 좋겠다고 생각했지만, 아버지는 수아의 걱정과 염려에는 아랑곳하지 않은 듯했다. 재민을 만나려고 마산을 다녀오기도 했고, 멀리 있는 친구의 아버지가 죽어서 그 초상집에 다녀오기도 했다. 또 할아버지의 심부름으로 쌍백과 상가를 다녀오기도 했다. 낯선 사람이 동네로 찾아들거나, 누군가 담장너머로 집안을 기웃거릴 때면 수아는 간이 콩알만큼 짜부라들고는 했다. 반이나마 한 보리파종도 아버지는 출타 중에 짬짜미로 대충대충 끝냈다. 날이 더 추워지기 전에, 세사가 시작되기 전에 보리파종 끝내고 밀 씨앗도 뿌리고, 마늘도 심어야 한다는 것쯤은 농사일을 잘 모르는 수아도 알고 있다.

닷새가 지났을 때 아버지는 반이나 남은 댕기들판의 논을 갈아엎었다. 아버지는 너른 들에서 마지막으로 보리파종을 하는 농부가 된 셈이다.

아버지가 작은집 소 달랑이를 빌렸다. 달랑이에게 보리등

겨에 짚을 촘촘하게 썰어 넣어서 끓인 소죽을 실컷 먹였다. 소죽은 숙모가 끓였다. 아버지는 달랑이 등에 쟁기를 매이고 논을 갈았다. 아버지의 쟁기질은 너무나도 서툴러 보였다. 수아가 알기로는 아버지는 항상 일상생활이나 논밭 일에 좀 겉도는 모습을 보였다. 언젠가 아버지가 말했다.

— 내가 좀 반거충이라서, 허허.

그때 수아는 아버지가 왜 웃는지, 무엇 때문에 웃는지 알 수는 없었다. 다만 허허 웃던 아버지의 그 모습이 수아의 뇌리에 오래도록 남아있었다. 어디 먼 곳을 돌아, 돌아 온 허튼 바람소리 같기도 하고 냉랭하고 투명한 겨울하늘을 떠올리게도 한 그 웃음소리가 수아는 가끔씩 생각나곤 했다.

요즘 들어서 아버지가 부쩍 야위어 가는 듯했다. 수척해 가는 아버지의 모습이 어쩐지 위태위태해 보였다. 아버지의 신변에 위험이 닥쳐오는 것은 아닌지 불안했다. 어머니 때문일 수 있었다. 언젠가부터 수아는 아버지의 뒷모습에 어른거리는 어두운 그림자는 모두 어머니 때문이라고 단정 짓는 버릇이 생겼다. 재민의 말을 듣고부터 아버지를 바라보고 있으면 어머니가 어둡고 칙칙한 모습으로 떠올랐다. 밝고 다정하던 어머니였다. 어릴 때 몇 번 보았던 외삼촌도 함께 떠오른다. 가끔 수아는 상상했다. 사람들이 쉽사리 찾아낼 수 없는 어딘가에, 깊은 산속 절간이거나 무인도 같은 곳에서 두 사람이 태평하게 살고 있는 모습 같은 것이다.

수아의 상상은 끝도 없이 이어지다가 탄식한다. 태평은 무슨, 언제 잡힐지 모르는데. 그다음은 자책으로 이어진다. 엉뚱한 상상 그만하라고, 제발 무탈하게 지내달라고. 수아의 생각 속으로 숙모의 목소리가 날아들었다.

"수아야, 아주버니가 참으로 용하시다. 농사일이 마이 서툴 텐데 곧잘 쟁기질을 하신다. 니가 보기에도 그렇제?"

아버지가 쟁기질하는 모습을 칭찬하는 숙모에게 수아는 좀 뚱한 목소리로 대답했다.

"제 눈에는 어설퍼요."

"아이다. 그만큼 하시면 제법 상일꾼이다."

"그런가요? 작은아버지랑 비교하면 엉터리 같은데요, 뭐."

"작은아버지야 어릴 적부터 해 온 일이고 아주버니는 공부만하다가 느지막이 시작했으니 손에 안 익어서 그렇지."

"그럴까요?"

"파종 끝나면 눈코 뜰 사이 없다. 묘사 준비해야 된다. 대박골묘사야 대문정에서 준비하겠지만 삼밭골은 우리 소관이다. 수아야. 형님이 제물 적어 놓은 게 어딘가 있을 끼다. 찾아봐라. 그거 보고 하면 좀 쉽다."

"예, 안방 문갑 서랍에 있는 거 봤어요."

묘사는 해마다 시월보름날 십 오대 할아버지 산소가 있는 대박골에서부터 시작된다. 제사나 묘사 같은 일은 일손이 많이 간다. 숙모는 어머니가 준비하던 묘사를 거의 혼자서 준비하고 있었다. 그동안은 어머니가 하는 걸 옆에서 거들기만 했던 숙모였지만 올해는 혼자서 주관하다시피 해야 함으로 걱정이 많은 모양이었다. 어쨌거나 지금은 숙모가 큰집과 작은집을 지탱하는 큰 기둥이다.

수아와 숙모가 새참을 가지고 들에 다시 나갔을 때는 아버지가 써레질 준비를 하고 있었다. 써레질 할 소 달랑이 등에 써레를 매면서 아버지가 작은어머니를 보고 말했다.

"제수씨, 재숙이 어디 있습니까? 써레에 태우면 좋아할 텐데요. 써레가 무거울수록 흙이 잘 썰립니다. 돌을 얹는 것보다는 재숙이 태우는 게 좋겠다는 생각이 듭니다."

"예? 예, 재식이와 집에 있십니더. 데려올까예?"

수아가 나섰다.

"제가 얼른 가서 데려올게요."

수아는 빠른 걸음으로 작은집에 갔다. 재식은 나무로 팽이를 깎고 있었고 재숙은 제 것도 깎아달라고 나무토막을 들고 오라비 곁에 쪼그리고 앉아있었다. 수아가 재숙을 데리고 나오려고 하자 재식이도 깎던 팽이를 팽개치고 따라나섰다.

아버지는 쟁기로 갈아엎은 논의 흙을 꼼꼼하게 오래오래 썰었다. 써레 위에 재식을 태웠다가 재숙을 태웠다가 번갈아 태우면서 논바닥의 흙을 차례차례 썰었다. 재미있다고 깔깔 웃는 재숙의 웃음소리가 때아니게 들판을 가로 지르면서 한동안 폴폴 날아다녔다. 숙모가 재식과 재숙을 바라보면서 빙그레 웃었다. 싫지 않는 눈치였다.

수아는 숙모의 뒤를 따라 다니면서 괭이질을 했다. 숙모는 써레질이 끝난 곳에 쇠스랑으로 큰 흙덩이를 잘게 부수면서 보리파종을 위한 골을 내었다. 수아도 숙모의 뒤를 따라다니면서 괭이로 흙덩이를 부수고 골을 내었다. 아버지가 달랑이와 재식 재숙을 데리고 써레질을 꼼꼼하게 한 탓인지 큰 흙덩이는 별로 없었다. 수아가 괭이질을 몇 번 하자 작은 흙덩이들마저 잘게 부서졌다. 골의 흙은 씨보리를 뿌려도 될 만큼 충분히 부드럽고 노글노글해졌다.

아버지의 써레질이 끝나갈 때쯤에는 숙모와 수아의 흙 고르는 작업도 거의 끝났다. 아버지는 흙덩이 으깨는 작업이 수월하라고 써레질을 몇 번씩이나 오래오래 한 듯했다.

아버지가 소쿠리에 씨보리를 가득 담았다. 아버지는 판판하게 잘 다듬어진 골에 씨보리를 솔솔 뿌렸다. 숙모와 수아도 소쿠리에 씨보리를 담아서 아버지 옆의 골을 잡았다. 골하나씩을 잡아서 나란히 씨보리를 뿌려나갔다.

수아는 문득 신발을 벗었다. 양말도 벗었다. 발바닥에 닿는 흙의 감촉이 부드러웠다. 연하고 노긋노긋했다. 달콤하기까지 한 기분 좋은 느낌이 발바닥에서부터 종아리로 허벅지로 가슴으로 차오르는 듯했다. 온몸이 누긋해 진다. 수아는 기분을 좋게 하는 이 느낌을 잊지 말아야 되겠다고 생각했다. 살아가면서 너무 힘든 일이 생길 때면 이 느낌을 꺼내어 추억하면서 용기를 얻고 싶었다.

재식도 할 수 있다면서 보리를 한 소쿠리 담더니, 제법 어른 흉내를 내면서 술술 뿌려댔다. 보리씨 뿌리는 일은 금방 끝났다. 뭔가에 홀린 것처럼 보리파종이 끝나가고 있었다. 씨보리가 뿌려진 골의 양편의 흙을 고무래와 쇠스랑으로 슬쩍슬쩍 씨앗을 덮어주었다. 한 마지기 쯤 되는 논에 밀도 뿌렸다. 밀도 보리씨 뿌리는 것과 똑 같은 방법으로 파종을 했다.

이튿날에는 마늘도 심었다. 전날 밤에 벌마늘이나 육쪽마늘을 조각조각 떼 놓았다. 씨 마늘로 쓸 거라고 잘 간수한다고 했지만 마르고 썩은 마늘조각이 많았다. 마늘을 심을 곳은 흙을 조금 북돋우어서 골을 만들었다. 가운데 손가락 하나 정도의 길이만큼 사이를 두고 한 조각씩 마늘을 심었다.

명년 봄이 되면 들판에는 보리와 밀, 마늘 등이 파릇파릇 새싹을 틔우고 올라올 것이다. 수아는 가을 파종이 모두 끝난 들판을 바라보았다. 농사일을 모두 끝냈다는 생각에 마음이 느긋해졌다. 지금은 비어 있는 듯이 보이지만 이미 새싹을 품고 있는 들판이었다. 눈에 보이지 않는다 하여 빈 들이라고 함부로 말하면 안 된다고 수아는 생각했다.

"상차림 준비는 얼추 돼 간다고 하더냐?"

할아버지가 대청에 앉아서 문어다리로 봉황을 깎아내면서 물었다.

"예, 대문정 고지기 말이 준비가 다 됐다고 합니다."

아버지가 안방에서 나오면서 대답했다. 아버지의 안색이 좋지 않았다.

"올해는 빠지지 말고 참석해라."

"예."

대답하는 아버지의 목소리에 힘이 없었다. 부엌문을 통해서 보이는 아버지 얼굴이 병자처럼 파리했다. 보리파종 때보다도 몸피가 좀 더 줄어든 것처럼 보이기도 했다.

묘사를 이틀 앞둔 날 밤이었다. 할아버지는 출타하고 집에 없었다. 몇 남지 않은 친구의 미수연에 참석하여 이틀 동안 머물다가 온다고 했으니, 내일은 돌아올 것이다. 수아는 오밤중에 뱃속이 꿀렁댔다. 탈이 난 듯했다. 저녁 때 뭔가 잘못 먹은 게 있는 걸까? 변소에 갔다. 뱃속이 조금 가라앉는 듯했다. 마당이 환했다. 상달 열사흘 밤의 달이 중천에 걸려있었다. 수아가 사랑 앞마당을 거쳐 거처로 돌아오는데 할아버지도 안 계신 사랑에서 인기척이 있었다. 도둑이 들었나? 수아는 살금살금 사랑마루께로 다가갔다. 사랑의 기미에 귀를 기울였다. 사랑에서 이상한 소리가 흘러나왔다. 울음소린가? 우는 것인지, 웃는 것인지 분간이 잘 되지 않았다.

"<u>흐흐크크, 크크흐흐흐</u>……"

아버지였다. 아버지가 웃고 있었다. 아니 울고 있었다.

12
도깨비불과 베짜기

　스산한 바람이 불었다. 사방에는 눅눅한 습기가 배어있었다.

　아침밥을 짓는다. 굴뚝을 빠져나온 연기가 하늘로 올라가지 않았다. 굴뚝의 바깥표면을 타고 흘러내린 연기가 뒷마당을 가득 채우더니 앞마당까지 덮었다. 처음엔 도천의 물 위에 피어오른 물안개를 보는 듯했고, 그리고 하얀 솜이 뭉글뭉글 피어난 목화밭을 보는 듯했다. 연기가 많아질수록 수아는 마당인줄 알고 있으면서도 연기 속으로 선뜻 발을 내딛지 못하고 우물쭈물했다. 마당에 가득 내려앉았던 연기가 슬그머니 위로 올라가면서 익숙하던 주위의 풍경을 하나 둘 지워나갔다. 낯설었다. 문득 집이 허공에 떠돌아다니고 있다는 착각에 빠져들었다. 땅 위에 견고하게 붙박여 있는 집이 아니라 허공중에 떠 있는 집, 뿌리내리지 못하고 바람 따라 이리저리 흔들리는 집, 수아는 어쩐지 흔들거리는 듯한 집이 아버지를 닮았다는 생각이 들었다. 허깨비를 닮은 구름 같은 저 연기 속에 한 걸음만 앞으로 내디디면 깊이도 모를 낭떠러지 아래로 굴러 떨어질 것만 같았다. 아버지의 세계일까?

수아는 세차게 내리는 소낙비를 맞은 것처럼 후드득, 정신이 들었다. 섣부른 감상에 빠져서는, 도대체 무슨 망상을 하고 있는 거야? 쓸데없는 상념을 내쫓으려는 듯이 수아는 마당에 희뿌옇게 내려앉은 연기를 대빗자루로 휘휘 쓸어내면서 발걸음을 떼 놓았다. 땅이다. 하늘을 올려다보았다. 진회색구름이 낮게 떠 있었다. 첫눈이 내리려나? 비가 오려나? 늦가을에 내리는 비는 아무짝에도 쓸모없었다. 큰 비가 아니더라도 비가 설핏 뿌린 듯 지나가고 나면 추위가 밀려오는 게 흔히 있는 일이었다. 아마도 오늘밤에는 기온이 크게 내려갈 듯했다. 눈비 내린 다음 기온이 떨어지면 노인들의 낙상사고가 잦았다. 빗물이 잔뜩 고인 골목길은 차갑게 내려간 밤 기온 탓에 얼어붙었다. 잠 없는 노인들이 새벽에 골목길에 나섰다가 넘어지는 경우가 많았다. 그런 날 새벽이면 수아는 혹시 할아버지가 일찍 산책을 나서게 될까 염려되었다. 사랑의 기척에 마음이 쓰인다. 귀를 기우려 할아버지의 기침을 헤아리곤 했다.

그제 저녁참에는 때아니게 승비산 산마루에 도깨비불이 번쩍였다. 시퍼런 빛으로 뭉친 도깨비불이 대여섯 개나 원을 그리면서 돌아다녔다. 여름날도 아닌데 웬 도깨비불이냐? 괴이쩍은 일이로세, 동네 어른들이 수군거렸다. 이슬비 내리는 여름날에 간혹 나타나고는 했던 도깨비불이 난데없이 초겨울날에 나타난 것은 어쨌거나 상서롭지 못한 일이었다. 뭔지 모르지만 가까운 곳에 변고가 일어난 게야. 집집마다 단단히 집단속들을 잘 해야 할 것인데, 아랫담 큰사랑에 모여서 새끼를 꼬던 노인들이 골목을 나서면서 걱정서린 말들을 주고받았다. 아직도 더 뒤집어질 세상이 남았던가? 지독한 사변도 겪어냈는데. 중얼중얼, 골목길을 걸어가는 노인들도 있었다.

동구 밖 우물가 정자에는 미자 사촌오라비 경수가 친정집에 다니러 간 아내를 기다리고 있었다. 율곡 샘실 출신인 부인 이옥자가 혹시 친정에서 무거운 짐이라도 들고 올까, 염려되는 듯했다. 종일토록 경수는 골 밖에서 들어오는 길목을 바라보았다. 경수부부는 혼인한 지 이태도 지나가지 않은 신혼이었다. 부부사이가 유별나게 좋아서 간혹 동년배의 놀림감이 되기도 했지만, 경수는 그 놀림조차 싫어하지 않았다. 동네 입구 저쪽에 아내 그림자만 얼씬거려도 춤을 추듯이 뛰쳐나갈 태세로 경수는 길목을 바라보고, 또 바라보고는 했다. 이옥자는 저녁때가 다 되어도 나타나지 않았다.

동네가 조용했다. 골목이 소란하지 않은 것을 보니 별 탈없이 어젯밤이 지나 간 듯했다. 다행이다. 다시 하루가 시작되었다. 오늘도 어제처럼 무사히 지나갈 수 있을까? 도깨비불이 나타난 다음부터 동네 사람들은 불안감을 감추지 못했다. 혹시 낯선 사람이 눈에 띌라치면 어른들은 긴장을 늦추지 않은 채 그 사람을 주시했다. 빈집에 들어가서 주인 모르게 무엇인가를 집어내지나 않는지 살펴보기를 개을리 하지 않았다.

지난해부터 동네에 낯선 사람들이 부쩍 드나들었다. 그들은 집주인들이 농사일로 집을 비운 사이에 마음대로 집에 들어가 마당에 굴러다니는 옛날 항아리나 부엌에서 식기로 사용하는 사기대접이나 식초병으로 사용하는 백자술병들, 심지어 문짝들도 훔쳐갔다. 오래된 그림과 옛날 책과 집안 어른들의 문집 등을 염탐꾼처럼 살펴보다가 훔치기도 하고, 집주인이 있으면 싼 값을 매겨서 사 가는 경우도 더러 있었다. 놋쇠로 만든 제기를 웃돈을 받고 나무나 스텐으로 바꾸어 주기도 했다. 제기뿐만 아니라 평소에 놋그릇을 식기로 사용하는 집에 번쩍번쩍 빛나는 스텐그릇을 들이밀고 놋그릇을 가져가는 경우도 있었다. 놋그릇 닦기에 진저리를 치던 부녀자들은 얼씨구 좋아라, 웃돈을 얹어주고 맞바꾸는 장면도 볼 수 있었다.

재실에서 도둑맞은 제기와 5대조 4대조 윗대 할아버지들이 남긴 옛 책과 문집들은 끝내 재실로 돌아오지 못했다. 문집이나 옛 책들은 원래 이계서원에 있었다. 대원군의 서원철폐 때 서원이 문을 닫았고, 서책들은 재실로 옮겨 보관했지만 도둑들의 먹잇감이 되었다. 문중에서 아끼던 고서들이었지만 책임지고 지키는 사람이 없었다. 추석 지나고 재실고지기 지씨가 부인과 함께 도망갔다. 이제 문중에는 대문정 고지기만 남았다.

도둑이 잡혔다. 읍내 군청 문화관광과 과장의 둘째아들이 도둑이었다. 문중에서 범인을 잡았을 때는 이미 고서나 재기는 그의 수중에 없었다. 오래된 옛날 물건을 주로 사 간다는 대구에서 온 상인에게 팔아 치운 뒤였다. 종가인 왕 큰집의 복이 오라버니가 할아버지를 찾아와 범인을 어떻게 처리하면 좋을까를 물었다. 도둑의 처리는 알아서 하라고 말한 할아버지는 이왕 벌어진 일을 어떻게 되돌릴 수 있느냐? 남아있는 것이나 잘 지키라고 했다. 비교적 단명이 내력인 집안이었다. 그런대로 미수를 넘긴 할아버지가 제일 웃어른인 셈이어서 복이 오라버니도 문중의 중요한 일에는 할아버지와 의논하는 일이 종종 있었다. 수아는 복이 오라버니가 그 도둑놈을 경찰에 넘기지는 않았다고 들었다.

도깨비불이 희뜩대던 어제하루가 그냥 지나가지 않았다. 오늘도 하루 종일 아내 이옥자를 기다리던 미자 사촌오라비 경수가 사색이 되어 골 밖으로 뛰쳐나간 것은 해가 서산으로 설핏 기울기 시작했을 무렵이었다. 경수는 해거름이 다 되었을 때 아내를 업고 돌아왔다. 경수의 아내 샘실댁의 상태는 말이 아니었다. 신발은 온데간데없었다. 양말과 옷에는 붉은 황토가 여기저기 묻었고, 머리카락에는 온갖 검불이 묻은 채로 마구 헝클어져있었다. 흙투성이인 목과 얼굴에는 핏물이 맺힌 붉은 줄이 몇 군데나 나 있어서 흉측한 몰골이었다.

경수는 아내 샘실댁의 머리카락에 묻은 검불을 떼어냈다. 흙 묻은 양말을 벗긴 경수는 따뜻한 물에 적신 수건으로 아내의 얼굴과 목, 발을 닦았다. 정갈한 걸 좋아하는 아내는 지금의 자신 모습을 모르는 듯했다. 울컥 치솟는 노여움을 가라앉히고 경수는 아내의 옷을 벗겼다. 아내의 적삼과 속치마를 벗겨내던 경수는 움찔 놀랐다. 몸에도 생채기가 있었다. 가슴과 옆구리 배에 가시 같은 것이 긁고 지나간 것처럼, 길게 깊게 난 생채기들이었다. 경수는 물수건으로 생채기 부위를 살살 닦았다. 아내가 얼굴을 찌푸렸다. 아내의 단속곳을 벗기던 경수는 깜짝 놀랐다. 안에 입었던 속속곳이 보이지 않았다. 아내는 항상 단속곳 안에 속속곳을 입었다. 친정에 가던 그날 아침에도 갈아입을 속속곳을 장에서 꺼내는 모습을 경수는 똑똑히 보았다. 끈이 달리는 부분에 푸른색 나무 이파리 한 잎이 수놓아진 속속곳이었다. 도깨비가 여자고쟁이를 좋아한다는 말은 들어보지도 못했다. 도깨비를 빙자한 인간의 짓이 분명했다. 밤새 아내를 얼마나, 지독하게, 유린했으면 정신까지 놓았을까, 경수는 끓어오르는 분노 때문에 정신을 잃을 지경이었지만, 따뜻하게 데운 물수건으로 아내의 온몸을 꼼꼼하게 닦아냈다. 속속곳 단속곳 속치마와 속적삼을 차례차례 입혔다. 경수의 자상한 손길도 모르는 듯, 샘실댁은 초점 없는 눈으로 먼 곳을 바라보았다. 절대 용서할 수 없다는 분노가 다시금 경수를 옭아맸다.

다음날이었다.

샘실댁이 지난밤에 도깨비에 홀려갔다는 말이 동네에 파다하게 퍼졌다. 샘실댁은 갈골 못 위에 있는 도롱골 바위틈에 쓰러져 있었다고 했다. 샘실댁을 처음 발견한 사람은 도리에 사는 옹기장이 염씨였다. 소달구지에 장독으로 쓸 옹기 다섯 개를 싣고 갈골에 도착한 염씨는 주문한 사람 집에 들렀다. 돈을 받고 옹기를 내려주었다. 돌아가는 길에 갈골 연못 근처를 지나다가 소피를 보고 싶었다. 염씨가 워워, 소달구지를 세웠다. 도롱골 쪽을 올려다보면서 소피를 보는데 바위틈으로 흰 옷자락이 눈에 띄었다. 염씨는 문득 이상한 생각이 들었다. 올라가보니 사람이 죽어있었다. 집으로 돌아가는 길에 지서에 들러서, 사람이 죽어있다고 신고했다. 염씨가 특별하게 신고하는 정신이 투철한 사람은 아니었다. 갈골에서 도리로 가려면 반드시 지서 앞을 지나가야만 했기에 잠깐 들어가서 죽은 사람을 봤다고 얘기한 것뿐이었다. 만약에 염씨 집이 도리가 아닌 무곡이나 아천이었다면 신고가 늦어졌을 것이고 샘실댁은 진짜로 죽어버렸을 수도 있는 일이었다. 지서 순경 두 사람이 들것을 가지고 도롱골로 갔을 때도 샘실댁은 죽은 것처럼 보였다. 그러나 몸에 온기가 남아 있었고 콧구멍에서도 가늘게 더운 김이 나오는 것을 알아본 순경들이 실신한 것일 뿐 아직 살아

수아의 산수화

있다고 판단했다. 순경들이 실신한 샘실댁의 가족을 어떻게 찾느라고 우왕좌왕 하고 있을 때, 마침 지서에서 잔심부름을 하던 소사 강군이 샘실댁을 알아보았다. 김순경이 비상전화로 구장에게 연락했다. 구장이 급히 경수에게 알렸다. 다행히 샘실댁은 숨이 끊어지진 않았다. 기진맥진하여 실신한 상태였을 뿐이었다.

동네 사람들은 승비산 꼭대기에 도깨비불이 나타났을 때 알아봤다고 수군거렸다.

또다시 도깨비가 나타났다. 도깨비가 출몰하는 일은 흔했다. 그런데 도깨비를 만났다는 사람들의 이야기가 조금씩 달랐다. 도깨비는 만나는 사람에 따라서 상대하는 태도가 달랐다. 대개 남자를 만나면 도깨비는 씨름을 하자고 덤빈다고들 했다. 올 봄에도 팔산아저씨가 도깨비를 만났다고 했다. 팔산아저씨는 고무신과 우비를 사려고 읍내 오일장에 갔다가 용주에 사는 군대친구를 만났고, 반가운 마음에 술을 마시다가 밤늦게 집으로 돌아오는 길이었다. 거나하게 취해서 무서운 줄도 모르고 흥얼흥얼 걷는데 도깨비와 딱 마주쳤다. 아천과 검은들 두 동네 사이에 있는 오리목에서 도깨비를 만났는데, 키가 전봇대만한 도깨비가 앞에 딱 버티고 서서 씨름을 하자면서 덤벼들었다고 했다. 다행히 팔산아저씨는 도깨비와 씨름을 할 때는 반드시 도깨비의 왼발을 걸어야 이길 수 있다는 걸 알고 있었다. 아저씨는 장대 같은 도깨비의 왼발을 걸었다. 단숨에 이길 수 있었다.

씨름에서 진 도깨비는 꽁지가 빠지게 내뺐고, 아저씨는 무사히 집으로 돌아올 수 있었다고 했다. 만약 씨름에서 아저씨가 졌다면, 도깨비에 홀린 아저씨는 아마도 이계 못이나 무곡 못, 혹은 갈골 연못에 처박혔거나 좁은 길 낭떠러지 아래로 굴러 떨어졌을 것이라고들 동네 사람들이 입을 모아 말했다.

동네에 내려오는 이야기를 들어보면, 여자가 도깨비를 만났을 경우는 남자와는 전혀 달랐다. 여자를 만난 도깨비는 씨름을 하자는 내기 같은 것은 아예 하지 않았다. 곧바로 여자를 홀려서 어디론가 데려 갔다. 밤새도록 여기저기 끌고 다니면서 희롱하다가 새벽녘에야 바위틈이나 깊은 산골짜기에 팽개치고 달아난다고 했다.

샘실댁도 해가 진 다음에 동네로 들어오다가 변을 당한 듯했다. 들어오는 길 어디쯤에 숨어있던 도깨비에게 홀려 간 듯했는데, 샘실댁은 얼른 쾌차하지 못했다. 샘실댁은 입가에 침을 질질 흘리고 멍한 눈으로 앞만 바라보고 앉아있었다. 사람들은 도깨비가 샘실댁의 혼을 빼갔기 때문이라고들 말했다. 원래 샘실댁은 인물이 고왔다. 살림솜씨도 야무져서 동네 어른들이 참한 신부를 맞아들였다고 경수 칭찬이 자자했다. 경수가 한약을 지어다 달여서 먹이고 읍내 병원에도 갔다 오고 했지만 샘실댁의 병은 차도를 보이지 않았다. 한 달 가량 보신을 시키고 약을 먹여도 소용이 없었다. 결국 친정집에서 샘실댁을 데려갔다.

수아의 산수화

"옥자야, 옥자야, 니가 우짜다가 이리 됐노?"

친정아버지가 울면서 샘실댁을 데려갈 때, 경수도 꺼이꺼이 울었다. 덩달아서 동네 아주머니들도 많이들 같이 울었다.

샘실댁의 친정아버지가 경수에게 말했다.

"걱정 말아. 내 무슨 수를 써서라도 천금 같은 우리 딸내미 꼭 낫게 할끼다."

병구완 때문에 아내를 친정에 보낸 다음 경수는 제정신이 아닌 듯했다. 밤이면 밤마다 도깨비를 잡아 죽인다고 산으로 들로 헤매고 다녔다. 동네 사람들은 드디어 경수마저 병이 났다고 수군댔다. 경수는 어둑해지면 집을 나섰다. 동네로 들어가는 길목에 몸을 숨기고 도깨비를 기다렸다. 하루는 이쪽 동네 입구를, 또 하루는 저쪽 동네 길목에 숨어서 기다렸다. 경수는 아내를 끌고 다닌 도깨비를 찾아내려고 온힘을 기우리고 있었다. 경수는 날마다 아내를 유린한 도깨비가 그 모습을 나타내기를 기다리고 기다렸다. 사람들이 말했다. 경수가 기를 쓰고 찾고 있으니 곧 도깨비의 서식지를 찾아낼 거라고.

날씨는 점점 추워졌다. 얼음이 얼고 눈이 내렸다. 골목길에 나다니는 사람이 드물었다. 골목길에 나서면 이집 저집에서 베 짜는 소리가 또닥, 또닥 들렸다. 또닥, 또닥. 따닥.

봇도랑의 물이 꽁꽁 얼었다. 아이들은 신이 났다. 재식이도 썰매를 만들었다. 재숙이는 재식이 뒤를 쫄쫄 따라다니면서 썰매를 태워달라고 졸랐다. 도천의 물이 꽁꽁 얼자 아이들은 얼음지치기를 했다. 남자아이들은 제법 스케이트 흉내를 내면서 얼음 위를 미끄러져 달리고 여자아이들은 밑에 굵은 쇠줄을 댄, 네모나고 납작한 썰매에 앉아서 얼음지치기를 했다. 어른들은 도천에서 얼음지치기를 할 때 숨구멍이 있는지 조심하라는 주의를 수시로 했다. 도천에서 얼음을 타다가 얼음숨구멍으로 빠져죽는 일이 가끔 일어났기에 어른들은 단속을 게을리 할 수 없었지만 아이들은 아랑곳하지 않았다.

숙모가 재식을 다그쳤다.

"봇도랑에서 타거라이. 도천 근처는 함부로 가지 마라. 봇도랑에서야 빠져 봤댔자 옷밖에 더 젖겠나. 도천에 빠지면 죽는다."

"긍께예. 잘 알고 있어예."

재식도 지지 않고 한 마디 하고는 바쁘게 달아났다.

숙모와 수아도 베틀을 차렸다. 잠실로 사용했던 작은집 문간방에 베틀 두 대를 나란히 세웠다. 분해하여 안채 뒤편 추녀 끝에 매달아 두었던 베틀을 내려서 원체를 조립하는 일은 숙부가 했다. 두 개의 누운다리에 두 개의 앞다리와 뒷다리를 끼운 다음 가로대와 앉을개로 튼튼하게 고정시키는 것까지 숙부가 했다. 숙모는 앞다리 뒤쪽에 도투마리를 넓적한 면을 세워서 얹었다. 용두머리에 눈썹대를 연결한 다음 눈썹대 끝머리 눈썹노리에 눈썹끈을 매달아서 잉앗대에 연결했다. 용두머리 뒤쪽의 신나무에는 베틀신이 달린 베틀끈을 베틀신대에 묶어서 연결했다. 베틀 세우는 일이 끝났다. 숙모는 베틀에 걸린 날실을 한 줄 건너 한 줄씩 끌어올려 잉앗줄에 건 다음 잉앗대에 감았다. 숙모의 일솜씨는 꼼꼼하고 재빨랐다. 날실이 감긴 잉앗줄을 잉앗대에 걸면서, 지나가는 말인 듯 무심한 어투로 숙모가 말했다.

"미자는 몸 풀 날이 얼마 안 남았다카제?"

"며칠 전에 우물가에서 만났는데 배가 아래로 많이 쳐졌더라고요."

"오늘 내일 하네."

"……."

"깡그리 이자뿌렸제? 그까이껏 생각할 필요도 없다 아이가?"

"그럼요. 생각하는 것 자체가 좀 아깝다는 생각이 들어요."

수아는 자신 있게 대답했다. 수아의 말에 안심이 된 듯 숙모가 말을 이었다.

"잘했다. 니 한테는 말 안했지만, 듣자니 두석이놈이 술을 맥여서 미자와 어거지로 맺어줬다카더만. 사정이 그렇다 해도 그기 그긴기라. 넘어간 놈이나 넘긴 놈이나 도낀개낀이제. 잘 파토난기라. 그런 줏대 없는 놈한테 가봐라. 평생 고생이제."

"예, 저도 그렇게 생각해요."

"베틀 좀 봐라. 크고 작은 것들이 어울려서 베를 짠데이. 이중에 어느 것 하나만 없어도 삐걱거려서 베를 짤 수 없는 기라. 이 중에서도 요 용두머리와 잉아가 참 묘하데이. 아무리 비경이나 베틀신대가 도와준다 해도 용두머리나 잉아가 없으면 북이 드나들 수 있는 길을 열 수가 없제. 씨실 없이 날실 혼자 베가 짜지겠나? 안 되제. 그까짓 유근이 같은 놈은 싹 이자뿌리고. 수아야, 니는 요 용두머리나 잉아 같은 사람이 되어야 하는 기라. 세상에 없으면 안 되는 사람 말이다. 무슨 말인지 알겠제?"

열에 들뜬 사람처럼 숙모의 얼굴이 붉게 물들어 있었다. 당황한 수아는 어떤 말로 대꾸를 해야 좋을지 생각이 얼른 떠오르지 않았다. 용두머리나 잉아 같은 사람이 어떤 사람을 말하는지 알 수 없었지만 수아는 알았다는 듯이 숙모에게 고개를 끄덕여주었다. 살짝 웃어주기도 했다. 숙모의 표정이 너무도 진지했기 때문에 다른 표현을 할 수 없었다. 수아는 숙모의 눈빛에서, 숙모의 숨겨진 열망 같은 것을 느낄 수 있었다. 숙모의 꿈은 무엇이었을까? 숙모는 어떤 소망을 간직하면서 자라났을까? 문득 숙모의 어릴 적 꿈이 궁금했다. 겉으로는 만사를 좋게 생각하는 듯 긍정적인 태도를 보여주는 숙모였지만, 가슴속엔 일상과 다른 무언가가 꿈틀대고 있었던 게 분명하지 않을까? 수아는 어쩐지 숙모의 숨겨둔 마음이 가슴에 와 닿는 듯했다. 마음이 아팠다. 숙모의 그 열망은 나처럼 살지 말라, 그런 뜻으로 변이되어 수아에게 전달되고 있는 듯했다.

시간이 조금 지나간 다음, 숙모는 아무 일도 없었다는 듯

수아의 산수화

평상시의 얼굴로 돌아왔다. 숙모가 다시 잉앗대에 잉앗줄을 걸었다. 베틀메기가 모두 끝난 뒤, 숙모가 수아의 베틀에 앉아서 베를 짜기 시작했다. 또닥, 또닥. 손가락 두어 마디정도 베를 짠 숙모가 베틀에서 내려오더니, 베틀 가까이로 수아를 끌어당겼다.

　수아는 베틀에 앉기 전에 약간 두려웠다. 북 속의 씨실이 잘 빠져나오지 않으면 어떻게 하나, 중간에서 씨실이 끊어지면 어떻게 하나, 염려가 앞섰다. 숙모가 수아를 앉은개에 앉히고 허리에 부티를 둘러주었다. 부티끈을 잡아당겨 수아의 배 바로 앞에 있는 말코에 매었다. 수아의 오른발에 베틀신을 신게 하고, 손에는 북을 쥐어주었다. 막상 베틀에 앉아 베를 짤 때는 조금 전의 걱정은 한낱 쓸데없는 기우에 지나지 않았다는 것을 알았다. 정작 어려운 것은 따로 있었다. 수아는 숙모가 하던 대로 따라했다. 오른발에 힘을 주고 베틀신을 당겼다. 눈썹대가 쳐들리고 잉앗대가 올라갔다. 잉아에 끼어있던 날실이 위로 올라가면서 북길이 열렸다. 재빨리 오른손으로 북을 밀어 넣었다. 날실 사이를 뚫고 나온 북을 왼손으로 잡았다. 오른손으로 바디를 배 쪽으로 당기면서 탁탁 쳤다. 턱,턱 소리가 났다. 골목길에서 들었거나 숙모가 바디집을 칠 때 나던 맑고 상쾌한 느낌을 주는 또닥, 소리가 아니었다. 수아는 당겼던 오른발을 밀었다. 베틀신이 벗겨지려했다. 잉아대가 내려갔다. 잉앗줄에 감긴 날실이 내려가고 밑에 있던 날실은 위로 치올랐다. 다시 열린 북길에 왼손에 들고 있던 북을 밀어 넣고 오른손으로 받았다. 왼손으로 바디를 치는데 제대로 힘이 들어가지 않았다. 틱 소리가 났다. 틱, 틱, 틱. 쉽지 않은 일이었다. 씨실꾸리가 담긴 북이 몇 번이나 엇갈리는 날실 사이를 왔다 갔다 했다. 오른손으로 바디집을 칠 때는 그런대로 힘이 들어가서 삼베가 야무지게 엮어지는 듯했지만, 왼손에는 계속해서 힘이 들어가지 않았다. 수아는 자신이 짠 베를 내려다보았다. 고르게 짜지지 않았다. 왼손으로 바디를 친 올은 사이가 많이 벌어져 있었다. 숙모가 베틀에서 내려와 수아가 짠 삼베를 내려다보고는 말했다.

"첫 솜씨에 이만하면 억수로 잘했기다. 손목에 힘이 안 생겨서 그렇지. 자꾸 하다보면 늘게 돼 있으니께 걱정 안 해도 된다. 솜씨가 좋네. 성님을 닮았구마."

"작은어머니, 올이 울퉁불퉁해요. 괜찮을까요?"

"하모, 괘안타. 빨래해서 풀 먹이면 올이 판판하니 똑같아진다. 걱정할 거 하나도 없는 기라."

숙모는 다시 베틀에 올랐다. 짧은 겨울 해가 아직도 중천에 있었다. 문득 숙모가 흥얼흥얼 노래를 부르기 시작했다.

월궁에 놀던 선녀 지상에 내려와서, 할 일 없어 길쌈을 배웠더니,

배틀 하나 없네, 무지개다리 높이 놓아 천상에 올라가서,

계수나무 굽은 가지 옥토끼로 찍어내어, 금도끼로 다듬어

수아의 산수화

서 베틀 한 쌍 지었네.

지상에 내려오니 베틀 놓을 자리 없네, 여기저기 살펴보니 옥난간이 비었구나.

베틀 놓자, 베틀 놓자, 옥난간에 베틀 놓자.

베틀 몸은 두 몸이요, 선녀 몸은 한 몸이네.

조그맣게 시작한 숙모의 노래 소리는 점점 커졌다. 옥난간에 베틀 놓자를 부를 때는 또닥 소리보다 더 컸다. 수아가 일손을 멈추고 가만히 귀를 기우리자 숙모가 노래를 멈추고 물었다.

"와? 듣기 싫나?"

"아니에요. 작은어머니 목소리도 좋고 가사도 좋아서 더 듣고 싶어서요."

"배틀노래가 많지만 이 노래가 젤 좋더라. 베 짜는 내가 선녀 같제?"

숙모가 호호 웃었다. 수아는 숙모가 정말 노래를 잘 한다고 생각했다. 수아도 웃으며 말했다.

"예. 선녀를 꼭 닮았어요. 끝이에요?"

"아이다. 더 있제. 베 많이 짜서 누구누구 옷 지어주고 마지막에 한양에 과거시험 보러 간 서방님 옷을 짓겠다는 대목이 나오면 끝인기라."

"허황된 노래가 아니네요. 참, 작은어머니는 어릴 때 꿈이 뭐였어요?"

"난데없이 꿈은 와 묻노?"

"꿈 많은 소녀였을 것이란 생각이 들어서요."

"긍께. 남자로 태어났어야 했는데. 긍께, 마도로스가 되고 싶었다. 여덟 살인가 아홉 살인가 됐을 때 그림책에서 봤어. 파란 바다에 파도를 가로지르면서 나아가는 배 그림. 큰 배를 타고 세상 구경을 함시로 훨훨 나다니는 사람이 되고 싶었지. 우리엄니가 왜 나를 딸로 태어나게 했을까. 그런 생각이 들면 지금도 억수로 억울하다. 와 여자로 태어났을까 싶어서. 전생에 죄를 많이 지은 사람이 여자로 태어난다고 하더라. 아마 내가 전생에 엄청시리 죄를 많이 지었는갑다. 우리엄니를 원망하면 안 되것제?"

숙모가 웃었다.

"작은어머니 목소리는 국보급이에요. 듣기가 정말 좋아요."

"그런가?"

숙모가 말했다. 목소리에 쓸쓸함이 배어있었지만, 얼굴에는 옅은 미소가 비쳤다가 사라졌다. 수아는 숙모에게 베 짜는 노래 끝까지 불러보시라 권했다. 시간이 조금 흐른 후에 숙모가 노래를 흥얼거렸다.

— 앞다리는 높게 놓고, 뒷다리는 낮게 놓아. 구름에 잉아 걸고 안개비에 꾸리 삶아, 앉을깨에 앉은 선녀 우리엄니 넋이로세.

숙모의 목소리가 또닥, 소리와 함께 멀리 퍼져나갔다.

살인사건이 일어났다. 색실동네 앞으로 흐르는 도천가 바위 위에 머리가 터진 채 남자가 죽어있었다. 죽은 사람의 신원도 밝혀졌다. 색실사람으로 이름은 이호개, 나이는 47세였다. 뾰족한 돌덩이로 내려찍은 것처럼 보이는 거의 절단된 생식기와 머리 한 귀퉁이가 완전히 으깨어진 채 죽어있었다고 했다. 참혹한 모양새를 보면 원한에 의한 살인이 분명하다는 소문이 떠돌았다. 그렇지 않고서야 어떻게 사람을 머리와 생식기를 한꺼번에 작살내서 죽일 수 있느냐? 읍내 경찰서에서 나온 형사들과 지서 순경들이 색실동네를 쥐 잡듯이 뒤지고 다녔지만 동네에서는 아무런 단서를 찾을 수 없었다. 수사범위를 넓혔다. 읍 경찰서에서 파견 나온 형사들이 면내의 모든 동네를 돌아다녔다. 죽은 이와 조금이라도 관계가 있는 사이거나 안면이라도 터놓고 지낸 사이라면 붙잡아 조사했다. 순경과 형사들이 근 보름 동안이나 면의 구석구석을 뒤지고 다녔지만 뚜렷한 단서를 확보하지 못했다. 흉기로 사용됐다고 짐작되는 돌덩어리조차 찾아내지 못했다.

이사골은 색실과 이웃이다. 한낮에 골 안으로 들어온 형사 두 사람이 동네 사람들을 붙잡고, 이호개를 아느냐고 물었다. 바로 옆 동네이다 보니 농번기에 일손을 돕기 위해 이호개가 몇 번쯤은 동네에 들어왔을 터였다. 남자들은 거의가 안면이 있는 사이였지만 뜻밖에도 이호개와 친하게 지낸 사람은 달구아저씨였다. 아저씨가 어쩌다가 죽은 이호개와 친한 사이가 됐는지 모르겠으나, 아저씨는 읍내 경찰서까지 불려가 조사를 받았다. 하루를 꼬빡 잡혀 있다가 풀려난 아저씨는 형사들이 별의별 걸 다 물었다고 떠벌렸다. 마지막으로 본 게 언제냐? 사고가 난 그 시각에는 어디서 무얼 하고 있었느냐? 근래 이호개의 행동에서 이상한 점은 없었느냐? 이호개와 원수진 사람을 알고 있느냐? 달구 아저씨는 아는 대로 거짓 없이 다 말했고, 마지막에는 참착한 사람이었다는 말도 해주었노라고 의기양양 말했다.

형사들이 근 한 달을 탐문하고 돌아다녔지만 범인을 찾아내지 못했다. 형사들이 철수했다. 지서 김순경은 수사가 멈춰진 게 아니라 새로운 단서가 나올 때까지 잠시 쉬고 있을 뿐이라고, 수상해 보이는 사람이 보이면 신고하라고 했다.

별의별 괴상한 소문이 꼬리에 꼬리를 물고 한동안 떠돌았다. 면을 넘어서 군 전체로까지 파다하게 퍼졌다. 범인을 모르니 죽은 사람에 대한 이야기가 대부분이었다. 뜬금없이 죽은 이호개가 지독한 호색한이었다는 소문이 대부분이었다. 심지어 언제 당해도 호되게 한 번 당할 줄 알았다는 소문도 있었다.

얼마 뒤였다. 밤마다 도깨비를 찾아다니던 경수가 동네에서 자취를 감췄다. 집도, 가제도구도, 제 자리에 다 있는데 경수만 홀랑 빠져나간 듯이 사라졌다. 동네 사람들은 경수가 아내를 찾아서 율곡 샘실 처가에 갔다고들 짐작했다.

샘실에서 경수를 찾아왔다. 경수를 대신해서 강촌댁과 강씨 일가붙이 몇이 나서서 손님을 맞이했다. 손님이 전해준 말은 참혹했다. 침을 질질 흘리면서 시름시름 앓던 샘실댁은 어느 날부터 완전히 정신줄을 놓고는 미쳐버렸다고 했다. 그리고는 끝내 제 정신을 찾지 못한 채 행방불명이 되었는데, 처가식구들이 백방으로 찾았지만 헛수고였다. 하늘로 솟았는지, 땅으로 꺼졌는지 샘실댁의 행방을 도저히 찾을 수가 없었다. 그러한 사실을 신랑이 알고는 있어야 되지 않겠느냐면서 알려주려고 왔노라고 했다. 강촌댁과 동네 사람들은 어쩌다가 이런 일이 일어날 수 있느냐면서 애통해했다. 그리고 경수가 남몰래 아내 샘실댁을 데리고 갔을 것이다, 어디로 갔을까? 아마도 대구나 진주 큰 병원에 데려 가지 않았을까? 동네 사람들은 그렇게 믿으려고 애썼다.

강촌댁과 일가들이 샘실손님에게 말했다. 아마 샘실댁은 신랑 경수가 데리고 갔을 것이라며, 샘실댁 부모에게 전해달라고 부탁했다. 경수는 책임감이 강한 사람이다. 병을 고치기 위해서 아내 이옥자를 큰 병원에 데려갔을 것이 분명하다고.

할아버지가 넘어졌다. 할아버지는 앞산에 모셔진 증조부모 산소와 할머니 산소를 둘러보고, 집 대문을 들어서서 대여섯 발자국을 떼었을 때였다. 대문 그림자에 가려서, 밤사이에 얼어붙었던 얼음이 대낮이 지났는데도 미처 녹지 않았던 그늘진 곳에서였다. 할아버지는 그곳에서 발이 삐끗하면서 몸의 중심을 놓친 듯했다. 심하게 다치진 않았지만 할아버지는 며칠 동안 굴신조차 힘들어했다.

소식을 들은 재민이 왔다. 이순분과 함께 온 재민이 사랑에 들었다. 마침 아버지도 집에 있었다. 아버지는 마산에서 이순분을 몇 번 만난 적이 있었다. 재민이 풀려날 때도 같이 있었다고 들었다.

재민이 말했다. 이순분과 혼인을 약속했으며, 벌써 저쪽 댁에서는 허혼을 했다며 할아버지와 아버지를 바라보았다. 담담하게 말하는 품이 평소의 재민답지 않게 제법 의젓한 모습이었다. 수아는 순분과 재민이 잘 어울린다고 생각했다. 재민이 계속해서 말을 이었다.

"순분씨의 작은 고모부 되시는 분이 아버지를 알고 계셨어요. 해방 전에 일본에서 같이 공부했다고 하시더군요. 그분의 중개가 있어서 쉽게 허락을 받았어요. 어머니도 잘 알고 계시는 듯했어요. 어머니 안부를 물어 보셨는데요, 사실대로 말했어요. 외가를 쑥밭으로 만든 마산경찰서 그 박가에 대해서도 아주 소상히 알고 계셨어요."

"뭐, 워낙 좁은 바닥이니까 동경에 같이 있었다면 알 수도 있겠네. 그래 성함이?"

순분이 대답했다.

"예, 함안이 고향이시고예, 고가에 이자 수자를 쓰십니더."

"아, 고이수. 잘 알지. 알다마다."

아버지가 모처럼 함박웃음을 웃으며 말했다.

13
순돌할매와 육손이

휭휭. 후드득. 사락사락. 또닥또닥.

동네 골목길은 소리들로 가득 찼다.

겨울 북풍이 먼 뒷산에서부터 내려왔다. 산 중턱에 서 있는 참나무와 소나무 오리나무의 가지를 흩트리면서 휭휭 불어 닥친 찬바람이 마당가에 서 있는 감나무와 대추나무의 빈 가지를 후드득후드득 흔들어대고는 동네어귀로 빠져나갔다.

골목길을 휘적휘적 걸어가던 행인들이 스며드는 칼바람에 옷깃을 여미고는 으스스 몸을 떨었다. 그러다가 행인들은 귓속으로 파고드는 또닥또닥 소리에 발걸음을 슬쩍 멈추었다. 귀에 익은 소리였다. 가만히 귀를 기우린다. 들을수록 어머니 목소리처럼 따뜻한 소리였다. 어릴 때 잠 속에까지 따라왔던 또닥또닥 자장가소리. 어머니가 베 짜던 그 소리에 마음자리마저 포근해진 행인들은 가만히 듣고 있다가 문득 생각난 듯이 다시 옷깃을 여미고 발걸음을 떼 놓았

다. 이따금씩 사락사락 눈이 내렸다. 동네 골목골목에 눈이
소복소복 쌓여갔다. 하얀 눈이 소복한 골목길에 또닥또닥
베 짜는 소리가 음악소리처럼 울려 퍼졌다.

　동지섣달 밤은 길었다. 베를 짜다가 숙모는 밤이면 종종
삶은 고구마와 동치미나 연시를 들고 할머니들이 모이는
순돌네를 찾아갔다. 수아도 숙모를 따라서 순돌네 사립문
을 밀고 안으로 들어갔다. 또닥또닥 순돌네가 베 짜는 소리
가 들렸다. 남자노인이 없는 순돌네는 사랑채에 베틀을 차
렸다. 할머니들이 한겨울에 방안에서 하는 놀이는 이야기
하기와 육백나기였다. 순돌네 시어머니 안금할매는 여든
살이 넘는 상노인이었지만 우스개와 옛이야기를 곧잘 했
다. 숙모를 뒤따라 수아도 안금할매가 거처하는 건넌방에
들어섰다. 머리가 온통 새하얀 할머니들이 옹기종기 모여
앉아서 육백나기 화투를 치고 있었다. 할머니들은 거의 다
담배를 피웠다. 장죽에 풍년초를 꾹꾹 눌러 담아서 성냥불
을 붙이고는 양쪽 뺨을 홀쭉하게 만들면서 연기를 쭉 빨아
들이는 모습이 이야기책 그림 속 홀쭉이할머니들을 닮았
다. 장죽을 입에 문 채 화투짝을 돌리는 할머니들의 모습이
수아의 눈에는 기이하게 비쳤다. 방바닥에는 풍년초 가루
가 흩어져있었다. 수아는 할머니들이 방바닥에 흘린 담배
가루를 풍년초 봉지에 쓸어 담았다. 누런색 가루담배봉지
에는 전매청이라고 박혀있었다. 탐스럽게 익은 벼가 고개
를 숙이고 있는 그림이 그려진 앞면과 달리 뒷면에는 풀 한

포기도 그려져 있지 않았다. 다만 '간첩침략을 분쇄하자'라는 문구가 쓰여 있었다. 간첩침략? 수아는 불현 듯이 어머니가 떠올랐다. 아직도 어디에 숨어있는지, 살아있기나 한 것인지, 생사조차 알 수 없는 어머니와 외삼촌. 그들은 간첩침략을 횡행하는 빨갱이들이었을까? 빨갱이는 돌로 내리쳐 죽여도 죄가 되지 않는다는 것이 지금의 사회에서 통용되는 암묵적 동의인 것일까? 경찰들은 머리가 으깨어진 채 처참한 모습으로 쓰러진 외할아버지의 죽음을 조사조차 하지 않았다고 들었다. 그 자리에서 혼절하여 깨어나지 못하고 생을 마감한 외할머니. 그 외에도 알려지지 않았을 무수히 많고 많은 죽음들. 당장 지난여름에 간첩이라는 이유로 사형당한 조봉암도 있지 않는가. 수아는 상념이 깊어질수록 저절로 몸이 떨려왔다. 쓸데없는 생각들에서 벗어나고자 수아는 무심한 듯 할머니들의 장죽에 풍년초 가루를 꾹꾹 눌러 담았다.

순돌할매가 양 볼을 합죽하게 만들면서 장죽에서 연기를 빨아들이고 나더니 하던 이야기를 계속했다.

"이형룡이 친구에게 버림받고 평양거리에서 문전걸식을 하고 있을 때, 옥단춘이가 이도령을 불러들여 극진히 보살피고 대우하는 기라. 이형룡을 다독이며 간곡히 말했제. 출세했다꼬 친구 박대하는 그런 놈과 앞으로는 다시 만나지 마오. 지금부터 이를 악물고 공부하시오. 뒷바라지는 알아서 다 하리다."

경자할머니가 이야기참견을 했다.

"옥단춘이가 이도령 과거급제 시켜서 데리고 살려는 욕심에서 그카제?"

순돌할매가 손을 내저으며 이야기를 계속했다.

"긍께, 들어보래이. 이형룡이 딱 결심을 해쁜기라."

숙모는 가지고 간 삶은 고구마와 동치미와 연시를 방안에 늘어놓고 할머니들에게 먹기를 권했다. 할머니들과 어울려서 육백나기를 한 판 끝내고 나서야 숙모가 일어섰다.

동네할아버지들도 동지섣달 기나긴 겨울밤의 무료함을 달래고, 또 일손도 돕는다고 동네 큰사랑에 모였다. 그들은 입을 꾹 닫고 말없이 새끼를 꼬거나 가마니를 쨌다. 뭐, 그들은 딱히 할 얘기가 없었다. 설령 있다고 해도 떠벌떠벌 떠들어대는 것이야말로 사내답지 못한 행동이라는 교육을 단단히 받고 자라난 집단인 듯했다.

연말이 다가오고 있었다. 말 많고 힘들었던 한 해가 지나가는 중이었다. 날씨는 맑았다. 거짓말처럼 따뜻한 날씨가 연이어서 계속되었다. 마당가에 쌓여있는 눈뭉치와 골목길에 가득 쌓였던 눈덩이가 서서히 녹기 시작했다. 열흘 전쯤에 내렸던 눈이 모두 녹아서 없어졌다. 땅바닥은 비온 뒤처럼 질척거렸다. 날씨는 연일 봄이 온 것처럼 따뜻했다. 겨울이 일찍 찾아오더니 일찌감치 찬바람을 데리고 물러간 모양이라는 순돌네에게 안금할매가 퉁을 놓았다.

"한겨울은 시작도 하지 않았는데 웬 김치국부터 마시냐?"

크리스마스 전날에는 4H청소년회원들이 동네 어른들을 위해서 송년잔치를 열었다. 노래자랑과 연극공연이다. 4H 회원은 동네에 거주하는 청소년들이었고, 재영과 재식도 4H회원이었다. 그들은 가을에는 산이나 들에서 풀씨와 열매들을 모았고 보리철에는 보리이삭을 주워서 공동기금을 만들었다. 회원들은 4H운영에 필요한 자금을 직접 조달했다.

연극은 '낙랑공주와 호동왕자'였다. 방학이어서 집에 와 있던 재영이 맡은 역은 낙랑공주였고, 재식은 호동왕자의 시종 역할이라고 했다.

4H회원들은 따로 무대를 세우지 않았다. 무대는 재실 대청을 이용했다. 넓은 대청 가운데쯤에 검은색으로 물들인 광목 이불보를 장대에 매달아 휘장처럼 늘어뜨려서 무대를 꾸몄다. '대목리 이계동 송년 대잔치'라고 쓰인 흰색 광목이 검은색 휘장 한가운데 붙어있었다.

역할을 맡은 배우들은 이불보 뒤편에서 순서를 기다렸다. 차례가 된 배우는 검정이불보 오른쪽이 들리면서 나타났다. 연기를 마치면 왼쪽 이불보를 살짝 들고는 이불휘장 뒤편으로 사라졌다. 관객들은 거의 다 부모형제거나 일가친척이었으므로 모두들 배우의 이름을 불러대면서 큰소리로 웃고 박수를 쳤다. 연극에서 가장 박수를 많이 받은 배우는 낙랑공주역의 재영이었다. 연기를 잘해서라기보다는 분홍색 보자기로 머리를 감싼 모습이 진짜 소녀처럼 예쁘장했기 때문이었다. 하필이면 절름발이 시종역이어서 재식이 절뚝거리면서 호동왕자를 따라다니다가 무대에서 넘어지는 바람에 관객들을 폭소하게 만들었다. 재식은 그 일을 두고두고 분하게 생각했다. 년 말이 다가오지만 날씨는 초겨울만큼 춥지 않았다. 따뜻한 날이 계속되었기에 마당에서 구경하는 관객들은 추위에 떨지 않아서 좋다고들 했다.

연극이 끝나고 노래자랑이 시작되었다. 4H회원들은 면사무소에서 마이크와 확성기를 빌려왔다. 동네 사람들은 나름대로 노래솜씨를 뽐냈는데, 달구아저씨가 부른 유정천리가 제일 많은 박수를 받았다. 사람들은 달구는 옛날부터 노래를 잘 했다면서 부러워하는 눈치였다. 한동안 동네골목길은 달구아저씨가 부른 노래 가락이 유행처럼 흘렀다.

가련다~ 떠나련다~ 어린 아들 손을 잡고~ 세상을 원망하랴~ 내 아내를 원망하랴~

동네 사람들 몇이 읍내에 가서 '유정천리' 영화를 보고 와서는 골목길에서 노래를 부르고 다녔다. 큰소리로 이민자가 어떠니, 김진규가 어떠니 영화이야기로 떠들기도 했다.

무료해서였을까? 근래 아버지는 부쩍 마산으로 출타하는 일이 잦았다. 마산에서는 이순분의 작은 고모부와 곧잘 어울린다고 재민이 말했다.

어떤 단체를 같이 만들었다고 하던가. 무슨 단체에 같이 들어갔다던가. 어쨌거나 어떤 활동을 같이 하고 있는 것은 분명하다고 했다. 수아는 아버지를 못 믿어서가 아니라, 아버지가 가입했다는 모임이 정치색이 없는 순수 사교모임이었으면 좋겠다고 생각했다. 어머니나 외삼촌, 외할아버지와 외할머니의 비극적인 죽음을 생각하면 정치에 얽히면 그 끝이 좋지 않다는 것쯤은 세 살짜리 어린아이라도 알 수 있는 일이었다. 일본에서 신식공부를 하였다는 아버지가 그 사실을 모를 리 없었다. 외삼촌과 어머니가 지금 어디에 있는지, 살았는지 죽었는지 그 생사조차 모르고 있지 않는가. 그 모든 비극이 정치활동에 휘말려서 일어난 일이라고 수아는 생각하고 있었다. 설마 처부모가 그렇게 참혹한 모습으로 세상을 떠났다는 사실을 알면서도 위험한 일에 발을 들여놓을 만큼 아버지가 어리석지는 않을 것이다. 이미 돌아가신 분에게 이러쿵저러쿵 말하면 안 되는 일이지만, 외할아버지가 아무리 우리민족을 위해서 한 점의 사심도 없이 사회운동을 했을 뿐이라고 할지라도 사람들은 그것을 곧이곧대로 곱게 믿어주지 않는다. 그렇게 무참히 죽었을 때는 그만한 죄를 지었기 때문이라고 수근걸릴 게 뻔했다. 수아는 자신마저도 외할아버지를 의심하고 있다는 생각이 들어서 움찔 놀랐다. 어쨌거나 아버지가 외할아버지나 외할머니, 외삼촌처럼 되는 게 싫었다. 겁이 났다. 마산에서 아버지가 돌아오면 기필코 물어보리라 다짐했다. 혹시 간첩할동 같을 것을 하느냐고.

여름에는 비가 많았다. 많은 사람들이 홍수와 태풍으로

큰 고생을 했다. 지금은 또 눈이 많이 내린다. 성가실 정도로, 겁이 날만큼 눈이 많이 내린다. 눈 때문에 고생할 조짐이 여기저기에서 나타나고 있었다. 며칠 전에도 뒷산의 소나무가 눈을 견디지 못하고서 굵은 가지를 부러뜨렸다. 허술하게 올린 초가지붕이 폭삭 무너질 수도 있는 일이었다. 그저 바람을 막을 정도로 가볍게 지은 축사는 지붕이 통째로 와지끈 내려앉을 수도 있었고, 먹을 게 없는 산짐승들이 마을로 내려와 돼지나 닭을 물어가는 일이 밤마다 일어날지도 모른다. 논두렁이나 밭 언덕에 가득 쌓인 눈을 그대로 방치한 채 해토를 맞게 된다면, 그 위에 비라도 세차게 내리게 된다면 논두렁이나 밭두렁은 속절없이 허물어질 터였다. 사람들은 허물어진 것을 다시 바로 세우기 위해 많은 노력을 쏟아야할 터였다.

밤사이 마당에 수북하게 쌓인 눈을 쓸어내는 일도 예사일이 아니었다. 눈을 치우지 않고는 바깥출입을 할 수 없으므로 최소한 사람이 나다닐 수 있는 길은 내어야만 했다. 처음에는 마당과 집 앞의 골목길을 열심히 치우던 사람들도 많은 눈이 내릴수록 눈을 방치했다. 나중에는 눈으로 쌓인 굴속처럼 한 사람 정도가 나다닐 수 있는 통로를 내었을 뿐이었다. 쌓이고 쌓인 눈이 녹기를, 봄이 올 때까지 기다릴 수는 없는 노릇이었지만 눈에 지친 사람들은 손을 놓았다. 4H회원들인 청소년들이 동네를 위한답시고 나서서 치우는 일이 잦았다. 워낙 눈이 많이 오니까 힘에 부쳐서 그

수아의 산수화

들도 두 손을 들었다.

　수아도 눈 오는 날이면 쌓이는 눈부터 치웠다. 조금 쌓인 눈은 치우기가 쉽지만 많이 쌓이면 힘이 든다. 요즘은 할아버지가 무사한지 살펴보는 게 먼저였다. 할아버지는 겨울 들어 부쩍 잔기침이 많아졌다. 지난밤에도 눈이 많이 내렸다. 눈 내리는 밤 이튿날은 새벽에 잠 깨기 일쑤다. 어찌된 일인지 모르지만 그랬다. 부엌문을 열고 들어서면 도사리고 있던 냉기가 훅 달려들었다. 아궁이에 바싹 마른 솔가리를 넣고 성냥을 그어 불을 붙이면 환한 불빛이 피어올랐다. 흡사 좋은 소식인 것처럼 몸과 마음으로 환한 빛이 스며들었다. 그래선지 새벽에 일어나 아궁이에 불을 지피는 것을 수아는 좋아했다. 주황빛으로 환하게 타오르는 불빛에는 무어라 말할 수 없는 신비한 온기가 서려있었다. 아직도 어두운 바깥을 향해서 번져가는 불빛을 바라보면서, 수아는 아궁이에 솔가리를 한 줌, 또 한 줌 집어넣었다. 자신을 태우면서 불길 속으로 사라지는 솔가리를 바라보고 있노라니 마치 솔가리가 무한하거나 혹은 유한한 시간의 실체처럼 보였다. 보이지 않고 만져지지 않는 시간들을 두 눈으로 직접 보고 만지고 있다는 착각에 빠져들기도 했다. 타닥타닥 소리와 함께 한 순간의 빛으로 사라지는 솔가리들 속에 오래 전에 자신을 스쳐지나간 시간과 앞으로 닥쳐올 시간이 내재되어 있는 듯했다. 수아는 자신은 그 시간들을 어떻게 기억하며 어떻게 떠나보내야 스스로에게 이익이 될 것인지를 잠깐 생각해보았다. 아직은 뚜렷이 손에 잡히는 것이 없었다. 어쨌거나 수아는 이 겨울이 지나고 봄이 오면 자신에게 변화가 찾아올 것이며, 자신은 옳은 선택이라고 믿은 일에 최선을 다할 수밖에 없다는 것을 느끼고 있었다. 무엇이 옳고 무엇이 옳지 않을까? 알 수 없다. 다만 자신에게 주어진 운명 같은 것은 없다고 생각하기로 다짐했다. 세상에 진실 같은 게 있기나 할까? 그것도 모른다. 자신도 오로지 저 솔가리처럼 한 순간에 빛을 내며 사라지는 시간 속에만 존재한다는 것을 항상 염두에 둔다면 매사에 조금은 덜 경솔해지지 않을지도 모른다고 생각했다.

물은 금방 끓었다. 수아는 대접에 대추차 한 숟가락을 떠넣고 뜨거운 물을 부었다. 대추차는 초겨울이면 해마다 어머니가 가족들을 위해서 만들곤 하던 차였다. 대추와 도라지, 생강을 듬뿍 넣고, 계피 한 조각을 넣어서 푹 끓였다. 건더기를 건져내고 다시 졸였다. 묽은 물엿처럼 걸쭉할 때 조청이나 꿀을 조금 더 넣고 한소끔 끓인 다음 항아리에 담아두면 겨울 내내 먹을 수 있다. 봄이 되고 여름이 될 때까지도 변하지 않았다. 올해는 숙모와 수아가 가마솥에 한 가득 끓였다. 수아가 대추차를 들고 사랑에 들어갔을 때 할아버지는 일어나 있었다.

할아버지는 무사했다. 수아는 지난밤에도 할아버지의 기침소리를 들었다. 눈의 무게를 이기지 못한 뒷산의 나뭇가지가 뚝뚝 부러지는 소리에 설핏 잠에서 깨어났을 때 할아

수아의 산수화

버지의 기침소리가 들렸다. 가래가 섞인 그르릉 소리가 몇 번이나 들려왔다. 할아버지의 해수병이 도졌을까 염려되었다. 할아버지는 몇 년 전부터 겨울이면 해수병 때문에 기침이 심했다. 어떤 해 겨울에는 천식까지 겸하여서 식구들이 노심초사한 일도 있었다. 수아는 할아버지가 대추차를 마시는 모습을 지켜보았다. 네 번에 걸쳐서 쉬엄쉬엄 대추차를 들이키는 할아버지의 모습을 유심히 살펴보았다. 살이 빠져서 양 볼이 홀쭉했다. 근래에 많이 수척해진 모습이다. 노인들에게 겨울은 너무 가혹한 계절이라는 생각이 들었다. 이어서 어쩌면 노인에게는 사계절이 모두 다 힘에 부칠지도 모른다고 생각했다. 그나마 봄과 가을은 괜찮지 않을까? 그것도 알 수 없었다. 오히려 봄가을에 세상을 떠나는 노인이 많다고 하지 않던가. 그 누구도 경험해보지 않은 일을 자신 있게 말하는 것은 외람된 일이었다. 노인에게 적합한 계절은 아예 없을지도 모른다는 생각에, 어쩌면 할아버지에게 남아있는 시간도 얼마 되지 않을 수도 있다는 생각이 불현 듯이 들었다. 수아는 자신의 생각에 흠칫 놀랐다.

수아가 빈 대접을 들고 사랑의 마루에 섰을 때 얕은 담장 너머의 작은집 부엌에도 불이 밝혀져 있었다. 숙부는 벌써 정미소로 나간 듯했다. 음력설이 얼마 남지 않았기에 정미소 일이 바쁘다고 했다. 숙부는 며칠 전에 대구를 다녀왔는데, 가래떡 만드는 기계를 주문하고 왔다고 했다. 구정 전에 가래떡 뽑는 기계를 들인다는 말을 수아는 숙모에게 들었다. 숙부는 정미소 안에 적당한 자리를 만들었고, 떡을 찔 때 쓸 장작더미도 이미 들여놓았다고 했다.

눈밭에서 신바람이 나서 훨훨 날아다니는 건 강아지와 아이들뿐이었다.

할아버지가 아침상을 물리고 났을 때였다. 또래들과 어울려서 앞산으로 뛰어가는 재영이와 재식이 보였다. 또 토끼몰이를 나서는 모양이었다. 수아는 슬며시 웃음이 났다. 재식의 말이 떠올라서였다.

"누야, 토깽이몰이가 아니고 토깽이를 그냥 줏으러 간다는 말이 맞제. 토깽이란 놈이 눈 위에 지 발자국을 쪼르르 남기고는 바보처럼 굴속에 폭 들어 앉아 있는기라. 막대기 하나만 있으면 토깽이 줍는 건 일도 아이다."

정작 재영이는 토끼를 집에 가져오지 않았다. 잡은 토끼는 달구아저씨와 팔산아저씨 혹은 순돌네나 일가 사람들에게 줘버리고는 빈손으로 돌아왔다. 집에는 토끼의 목을 따고, 껍질을 벗기고, 내장을 꺼내고, 살을 발라낼 사람이 없었다. 아버지는 거의 집을 비웠고, 숙부는 정미소 일이 너무도 바빴다. 재영이 생각에는 차마 할아버지나 숙모나 누나에게 토끼를 잡으라고 할 수는 없었던 듯했다. 그렇다고 재영 스스로 토끼의 피를 볼 배짱은 없었을 것이다. 어떤 날은 산토끼를 받은 달구아저씨나 팔산아저씨가 토끼탕을 한 사발도 더 되게 양푼에 담아서 가져올 때도 있었다.

수아의 산수화

공명한 선거를 하자. 해가 바뀌기도 전에 공명선거를 위한 캠페인이 라디오에서 흘러나오고 있었다. 이승만 대통령은 5월인가 6월에 실시될 예정이라던 대통령과 부통령을 뽑는 선거를 3월 15일로 앞당긴다는 성명을 발표했다. 자유당과 민주당은 서로서로 공명선거를 한다고 했다. 자유당은 자유당을 찍어야 공명선거가 된다고 하고, 민주당은 민주당을 찍어야 정직한 선거가 된다고 선전했다. 동네입구 느티나무 곁 정자의 벽에는 여러 포스터가 나붙기 시작했다. 남자어른들은 모이기만 하면 투표이야기를 심심찮게 했다.

1959년 12월 마지막 주 월요일 저녁이다. 기해년이 사흘 밖에 남지 않았다. 경자년이 코앞에 다가와 있었다. 라디오에서 흘러나오던 징글벨 노래도 성탄절이 지나간 다음부터 들리지 않았다. 그 대신 밝아오는 새해 경자년은 상서로운 흰쥐의 해이다, 흰쥐는 영험하며 복을 불러들인다. 만사가 잘 풀리는 해가 될 것이다. 등의 새해맞이 인사치례 말이 흘러나왔다.

마산에서 재민이와 같이 있던 아버지가 근 열흘 만에 집에 왔다. 아버지가 할아버지에게 말했다.

"재민이 결혼날짜를 잡았습니다."

"그래? 언제라?"

"설 쉬고요. 봄방학 때요. 마산 예식장에서 식을 올리기로 했어요. 양력으로 2월 24일나 25일 양일간에 예식장 예약이 되는대로요. 예식장은 신부 집에서 예약하기로 하고 들어가는 비용은 반씩 나누어서 부담하기로 정했어요."

"잘했다."

"집에서 하면 번거롭고, 어미도 없는 마당에 그 많은 일을 누가 감당할 수 있겠습니까? 제수씨에게 떠넘기기에는 미안한 일이고, 혼례식이란 게 보통 까다로운 일입니까. 일은 얼마나 많습니까? 잘해도 흉이고 못해도 흉인 게 혼인잔치 뒷말인데 제수씨에게 할 짓이 아니지요."

"그래, 잘 한 일이야."

"예."

아버지는 할 말이 더 남아 있는 듯 조금 머뭇거렸다. 할아버지가 아버지를 바라보고 빙긋 웃더니 말했다.

"정말 잘된 일이다. 이제 재민이 걱정은 하지 않아도 될 듯하다. 신부될 처녀가 썩 내 마음에 든다. 듬직하고 믿을 만한 사람이더라."

"예. 저도 그렇게 보고 있습니다. 고이수의 주선으로 순분의 아버지도 만났는데요. 사돈 될 사람도 참 무던해 보였습니다."

"그래, 다행한 일이지. 그것도 재민이 복이지."

아버지는 순분이가 할아버지께 문안 인사를 온다고 했는데, 설이 얼마 남지 않았으니 그때 세배를 와도 된다고 했다면서 말을 그쳤다. 할아버지는 고개를 끄떡이고는 어떤 생각에 잠긴 듯이 고요히 눈을 감았다. 허리를 꼿꼿이 세우고 한동안 앉아있던 할아버지가 말했다.

"혼인날은 신부 댁에서 정하는 게 마땅하지만, 되도록 2월 25일로 잡았으면 좋겠구나. 아직 정월이고 순한 기운이 흐르는 날이니."

"……."

아버지는 입을 꾹 다물고 아무 말도 하지 않았다. 신부 집에서 하는 일에 관여하지 않겠다는 의지인 듯했다. 할아버지도 더 이상 아무런 말도 하지 않았다. 설날이 되면 알 수 있을 터였다. 구정 전이라 해도 재민이 온다면 결혼날짜를 어떻게 잡았는지 확실하게 알 수 있을 것이고, 결혼식에 따른 또 다른 소식이 있을 수도 있다.

미자가 몸을 풀었다. 세차게 흩날리던 눈발이 잠잠해지기 시작하던 이십여 일쯤 전에 강촌댁 대문에 금줄이 걸렸다. 생솔가지와 숯덩이가 꽂힌 금줄이었다. 동네 사람들은 금줄에 꽂힌 생솔가지를 보고 미자가 딸아이를 낳았다는 것을 알았다. 남자아이가 태어나면 숯덩이와 빨간 고추와 한지를, 여자아이가 태어나면 숯덩이와 푸른 솔가지를 금줄에 꽂는 게 동네에 내려오는 오래된 풍습이었다.

난데없이 이상한 소문이 동네에 쫙 퍼졌다. 태어난 아기가 육손이라고 했다. 동네 사람들은 미자가 괴물을 낳았다고 수군거리기까지 했다. 오른손 엄지에 조금 작은 엄지가 하나 더 붙어있다고 했다. 소문은 4H꾼들의 송년잔치 이후

잠잠하던 동네에 이야기거리가 되었다. 수아는 그 소문이 한여름에 쉬어빠진 김장김치를 씹는 것처럼 시금털털했다. 직접 본 사람은 아무도 없었다. 금줄이 걸린 집에는 그 집에 사는 사람들 외에는 누구도 함부로 출입해서는 안 되었다. 동네 사람들은 미자가 낳았다는 육손이 궁금했지만 아기를 직접 볼 수는 없는 일이어서 금줄이 걷히기만 기다렸다.

어느 날인가 금줄을 보고 온 재숙이 숙모에게 물었다.

"어무이요, 얼라를 낳았는데 숯하고 생솔가지를 왜 금줄에 매달아?"

"얼라를 지키라고 하는 거지. 생솔가지에 찔리면 아파? 안 아파?"

"아파."

"긍께, 얼라를 해코지 하려는 나쁜 마음씨로 들어가는 게 있다면 사람이든 미물이든 콕콕 찌르지. 아파서 들어가지 못하도록 막는 게지."

재숙이 고개를 끄덕였다. 제 엄마의 말을 이해한다는 몸짓이었다. 알았다는 듯이 이해한다는 듯이 고개를 끄덕이는 재숙의 모습에 수아는 슬몃 웃음이 났다. 알기는 뭘 안다고? 재숙을 보고 있으면 까닭 없이 슬몃슬몃 웃음이 차오를 때가 있었다. 딱히 이유라면 남자형제 뿐인 집안에 유일한 여자형제라는 유대감이 작용하지 않았을까 생각했다. 비록 친자매는 아니지만 자매만이 느낄 수 있는 감정을 앞으로 공유할 수 있을 것이라는 기대감도 있을 법했다. 재숙이 좀 더 자라면 아마도 그렇게 될 터였다.

미자가 아기를 낳은 지 삼칠일이 되었다. 삼칠일 이튿날 정오가 되자, 강촌댁이 대문에 걸린 금줄을 직접 걷었다. 걷은 금줄은 대문 옆 담장에 걸쳐두었다. 태워 없애는 집도 더러 있었지만 담장에 걸쳐두고 비바람에 썩어가도록 내버려두는 것 또한 풍습이었다. 골목을 지나는 낯선 사람들도 담장에 걸쳐진 금줄을 보고는 아, 얼마 전에 아이가 태어난 집이구나, 조금은 조심스러운 마음으로 그 집 앞을 지나가고는 했기 때문이다.

제일 먼저 강촌댁의 대문을 넘어선 사람은 정골에서 온 미자 이모였다. 동네 사람들은 이튿날 그 이튿날이 되어서야 겨우 강촌댁 대문을 넘을 수 있었다. 동네 부녀자들은 식혜라든지, 삶은 고구마나 백설기 같은 먹을 것을 하나씩 들고 강촌댁 대문을 넘어 들어갔다. 아기를 보고 온 사람들이 말했다. 진짜 육손이라고. 엄지가 둘이라고. 수아는 아기를 보러 가지 않았다. 수아와 유근의 관계를 알고 있는 강촌댁이나 미자가 혹시라도 언짢게 생각할 수도 있는 일이었다. 무엇보다 유근을 닮았을 아기를 본다는 것이 아직도 썩 기분 좋은 일이 아니었다. 그리고 기분이 좋지 않다는 자신의 마음 그 자체가 마음에 들지 않은 수아였다.

육손이를 보고 온 숙모가 들릴 듯 말 듯 말했다.

"애살도 엄청시리 많은 여편네. 벌 받는 것도 엄청시리 빠르네."

수아는 못 들은척했다.

구정을 보름 앞두고 강촌댁이 느닷없이 비어 있는 경수의 집을 청소하기 시작했다. 읍내에 가서 끊어 온 벽지로 안방 도배까지 했다고 숙모가 말했다. 숙모는 강촌댁을 좋아하지 않았다. 숙모는 싫다, 싫다 하면서도 오며가며 강촌댁 집에 들러서 이것저것 참견도 하고 아기엄마에게 좋다는 음식도 만들어 갖다 주기도 했다.

강촌댁은 미자를 경수네 집으로 옮겼다. 산후 조리가 끝나면 시댁으로 들어간다고 했는데 미자를 집에서 내보내는 강촌댁의 속내를 알 수 없다고, 속이 시커먼, 엉큼하기가 따라갈 사람이 없다고 숙모는 지나가는 말인 것처럼 강촌댁 흉을 보았다. 대놓고 크게 티를 내지 않았지만 숙모는 속으로는 은근히 강촌댁을 무시했다. 숙모가 강촌댁의 근본이 천박하다고 깔보고 있다는 것쯤은 수아도 눈치로 알고 있었다.

수아는 유근이 왜 미자를 본댁으로 데려가지 않는지, 그것이 정말로 궁금했다. 유근이나 미자에게 무슨 말 못할 사정이 있는 것인가? 혹시 미자가 육손이를 낳았기 때문은 아닐까? 그게 미자의 잘못은 아닐 터였다. 그러고 보니 유근은 아직까지 아기를 보러오지 않았다.

혼인식을 끝내고도 시집으로 가지 않고 친정에서 한 해나 두 해, 혹은 몇 해씩 묵는 해묵이 신부들이 많이 있기는 했다. 하지만 그들은 보통 시댁에 인사를 가서, 시댁의 허락을 얻고 난 다음 친정에 다시 온 다음 한두 해씩 살다가 가는 경우가 대부분이었다. 미자처럼 시집에 인사조차 가지 않는 경우는 드물었다. 그래서인지 미자가 육손이 때문에 시집에서 버림받았다는 말까지 나돌았다. 그 소문을 들은 강촌댁이 동네 앞 우물 옆의 정자로 왔다. 정자에는 노인들과 아낙들이 앉아있었다. 강촌댁은 동네가 떠나갈만큼 큰 소리로 말했다.

"뭐라 카노? 할일 없으면 뱃대지 방바닥에 처박고 잠이나 퍼질러 잘 것이지, 뭐한다꼬 남의 집 애면 딸내미를 함부로 소박데기로 맹글고 처자빠졌노? 어떤 년, 놈인지 밥도 못 처먹게 입구멍을 확 찢어버릴끼다."

이어서 강촌댁은 미자는 친정에서 몸조리를 한 후에 신랑이 근무하는 임지로 바로 떠난다고 미리 입을 맞춰둔 상태라고 동네 사람들에게 설명했다.

"암것도 모리면서 이러쿵저러쿵 떠들지 말라꼬."

음력설이 코앞에 다가왔을 때, 마침내 숙부는 정미소에 가래떡 기계를 설치했다. 대구까지 가서 맞추어 온 기계였다. 불린 쌀을 고운 쌀가루로 만드는 기계와 쌀가루를 찌는 나무로 만든 찜틀과 찐 떡을 기계에 넣고 절구 공이 같은 것으로 기계 속으로 밀어 넣으면, 기계 옆구리에 있는 두 개의 구멍에서 가래떡이 술술 나왔다. 수아가 봐도 신기한 기계였다. 인근 동네로 금세 소문이 퍼졌다. 시작하자마자 가래떡 뽑을 사람으로 정미소가 북적였다. 숙모도 정미소로 출근했다. 설이 가까워질수록, 불린 쌀을 머리에 인 사람들이 몰려들었다. 숙부는 새벽부터 오밤중까지 기계를 돌려야했다.

일이 너무 바빠지자, 수아도 정미소에 나가서 숙모를 돕기로 했다. 숙부는 가래떡 한 말을 뽑는 삯으로 쌀 반 되(800그램)를 받았다. 돈으로 받을 때는 백 환을 받았다. 풍년초 한 봉지 값이 40환이니 풍년초 두 봉지 값이 조금 넘는 셈이다. 숙부는 쌀 80키로 한 가마니시세가 일만 이백 팔십 환이어서, 800그램 조금 못 되게 계산하여 받았는데 비싸다고 말하는 사람도 있고, 집에서 직접 만들 때 들이는 고생을 생각하면 절대 비싸지 않다는 사람도 있었다. 신문에서는 쌀값이 폭락했다고 떠들어댔다. 지난 5월에는 한 가마니에 일만 사천 환까지 올랐던 쌀값이 거의 일 만환 가까이로 떨어졌기 때문이다.

집에서 가래떡을 만드는 일은 어렵고 힘든 일이다. 쌀을 불리고, 디딜방아나 절구에 불린 쌀을 찧고, 체에 내려서 고운 가루로 만들고, 가마솥에 찌고, 도마 위에서 두 손으로 비벼서 만들던 가래떡에 비교하면 일이 줄어든 게 아니고 숫제 그저 먹는 일이라고 할 수 있었다. 쌀을 불려 건져서 정미소에 가지고 가면 끝나는 일이 되었으니 사람들이 몰려들 수밖에 없었다. 또 하나 정미소에서 뽑는 가래떡을 좋아하는 이유가 있었다. 손으로 비벼서 빗은 가래떡은 끓이면 떡국떡이 쉽게 풀어졌지만 기계떡은 야무져서 잘 풀어지지 않았다. 꼬들꼬들하게 오랫동안 본래의 형태와 맛을 유지했다. 살림하는 여자들이 좋아할 수밖에 없었다. 꼭 두새벽에 몰려와서 한나절을 기다렸다가 가래떡을 이고 가면서도, 모두들 값이 아깝지 않다고들 했다.

가래떡을 정미소에 맡긴 동네 사람들은 설을 쇨 준비를 차곡차곡 해나갔다. 집집마다 한과를 만들었다. 음력설에 세배꾼들이 들이닥치면 다과상에 올릴 유과나 강정 산자 엿을 만드는 일에 집집마다 공을 들였다. 삼색 강정을 만들기 위해서는 불린 쌀에 세 가지 색으로 물을 들여서 찐다. 치자 물이나 팥물, 지초뿌리를 찧어서 만든 진한 붉은색으로 녹색과 분홍색으로 물들여 찐 고두밥을 햇볕에 말렸다. 근 열흘동안 물에 불린 찹쌀도 가루 내어 쪘다. 조금 한가할 때 미리 바탕산자를 만들어서 시렁에 보관했다.

뻥튀기장수가 왔다. 해마다 설 때쯤이면 나타난다. 동네 사람들은 쌀이나 보리쌀, 수수나 좁쌀 등을 가지고 나와서 차례를 기다렸다. 펑 소리가 나면서 뿌연 김과 고소한 냄새가 사방으로 퍼지고 뻥튀기장수가 종이포대나 뻥튀기 주인들이 가져온 나무통이나 소쿠리, 혹은 무명 자루에 담아주었다.

설이 대엿새 남았을 때부터 동네 골목길은 달착지근한 냄새로 가득 찼다. 집집마다 엿을 고았다. 엿기름을 많이 넣어 잘 삭힌 진한 단술을 밥풀때기를 걸러내고 졸이다보면 걸쭉해진다. 달이던 조청을 주걱으로 떠보았을 때 쭈루루 미끄러지듯이 떨어지면 한 사발 떠내어 산자 옷 입힐 때 사용했다. 좀 더 달이다가 또다시 주걱으로 떠서 떨어뜨렸을 때 뚝, 뚝, 떨어지면 강정 만들기에 적합한 조청이 된다. 그것 또한 필요한 만큼 떠서 보관했다. 그다음 갱엿이 될 때까지 달이면 된다. 너무 달이거나, 한 눈을 팔거나 하면 가마솥 안에서 불이 나는 경우도 있었다. 조청을 만든 다음에 강정과 산자를 만든다. 산자는 참기름을 바른 바탕산자를 뜨거운 자갈 속에 구워내어서 조청을 바르고 뻥튀기 옷을 입힌다. 강정은 삼색으로 물들여 쪄서 말린 밥풀때기를 뜨거운 모래 속에 파묻어 튀겨 낸 다음 조청과 섞어서 나무판에 굳히면 강정이 된다. 집집마다 엿을 만들고, 강정을 만들고, 산자를 만들었다. 남자들은 돼지를 잡았다. 모두 바빴다. 온 동네에 고소하고 달착지근한 내음이 폴폴 날아다녔다.

겨울방학인데 집에 오지 않고 마산에만 머물던 재민이 왔다. 설을 나흘 앞두고서였다. 사랑에 든 재민이 할아버지께 고했다.

"할아버지 결혼식 날짜를 2월 25일로 예약했어요. 시는 11시 40분이에요. 예식장 예약이 다 차고 그 때만 남아있었어요. 마산까지 가시기에 너무 이른가요?"

"아니다. 딱 알맞은 시를 잘 맞추어 잡았구나."

수아의 산수화

"그리고 할아버지, 외삼촌이 은밀하게 인편으로 연락해 왔어요. 아버지는 알고 계셔요."

"그래? 그럴 줄 알았다. 어멈은 무사하다더냐?"

"많이 아프셨다고 했어요. 이제 조금 나아졌으니 걱정하지 말라 했어요."

"다행이구나. 어딘지는 말하지 않았지?"

"예."

어머니가 살아있었어! 많이 아팠다고 했어! 수아는 눈물이 나려고 했지만 아무렇지도 않은 척했다. 아마 할아버지는 이 모든 걸 짐작하고 있었던 듯했다.

열흘도 더 전에 마산에서 돌아온 아버지는 줄곧 숙부의 정미소 일을 거들고 있었다. 힘들지 않느냐고 묻는 수아에게 아버지는 일이 재미있다고 말했다.

저녁을 먹고 수아는 재민과 할아버지와 함께 사랑에 둘러앉아서 바탕산자에 솔잎솔로 참기름을 바르고 있을 때였다.

"불이야."

골목길에서 외침소리가 들려왔다. 재민이 후다닥 방문을 박차고 뛰어나갔다. 놀라서 벌떡거리는 가슴을 손으로 누르면서 수아도 뒤따랐다. 사랑마루에서 바라보이는 곳은 순돌네 집이 있는 곳으로 짐작되었다. 이미 불길은 자리를 잡고 벌겋게 피어오르고 있었다. 설마 순돌네 집에서 불이 난 건가? 수아는 가슴이 두 방망이질을 해댔다. 골목길에 나섰다. 순돌네 집 쪽으로 사람들이 뛰어가고 있었다. 수아도 뛰었다. 동네 사람들이 모두 나와 물을 길러 오고 있었다. 오줌통을 들고 오는 사람도 있었다. 동네 사람들 모두 불을 끄기 위해서 노력했지만, 집을 지켜낼 수 없었다. 겨울답지 않게 따뜻한 날씨에 초가지붕은 물기 없이 메말라 있었던 탓에 불길을 잡았을 때는 이미 집의 형체가 남아 있지 않았다. 더 큰 문제는 순돌이 할머니 안금댁이었다. 안금할매는 부엌의 설강 아래 물독 뒤에 쓰러져 있었다. 겉으로는 멀쩡해 보였다. 아무런 해를 입지 않은 듯했다. 화상도 없었다. 그런데도 숨이 멎어 있었다. 지서에서 나온 순경이 불이 난 경위를 적어갔다. 때마침 설밑에 마지막 오일장이 서는 날이었다. 장에 간 순돌아버지는 미처 돌아오지 않았다. 화상은 순돌네가 입었다. 불에 탄 등짝이 빵떡처럼 부풀어 올랐다. 불길이 제법 번졌을 때 잠에서 깬 순돌네가 잠든 순돌이를 안고 뛰쳐나올 수 있었는데, 그때 방문의 문짝이 순돌네 등으로 떨어졌다고 했다. 돌이 지난 지 얼마 지나지 않은 순돌이를 재우던 순돌네는 깜빡 잠이 들었다고 한다. 안금할매는 연기를 마셔서 질식사 한 것으로 밝혀졌다. 왜 안금할매가 부엌 물독 옆에 쓰러져 있었는지 아는 사람은 없었다. 동네 사람들은 열심히 추측했을 뿐이었다. 입이 심심했던 안금할매가 저녁 때 남겨둔 누룽지나, 숭늉, 혹은 고구마를 삶아 먹으려고 하다가 불 지핀 아궁이 앞에서 스르르 잠이 들었던 건 아닐까? 아니면 정신을 깜박 놓

수아의 산수화

았던 건 아닐까? 혹시 치매끼가 있었던 걸 식구들이 모르고 있었을까? 어쩌면 안금할매는 베를 짜다가 손자를 품에 안은 채 노곤한 모습으로 잠들어 있는 며느리가 안쓰러워, 깨우기 싫었을지도 모른다.

집이 거의 다 타버린 순돌네는 재실의 빈 방에서 구정을 보냈다. 동네 사람들이 십시일반으로 먹을 것과 입을 것을 가져다주었다. 설을 쉬고 난 다음 순돌이 아버지 하창기는 아내와 아들을 데리고 동네를 떠났다. 처음에는 순돌네가 등에 입은 화상을 치료하기 위해서 도시병원에 간다고 했다. 그동안 읍내 병원에서 화상을 치료했지만 별 효과가 없었다. 등에서는 계속해서 진물이 뚝뚝 흘렀다. 보다 못한 경자 할머니가 나서서 예부터 내려오는 비법이라면서 소나무 겉껍질을 붙여보자고 했다. 경자할머니는 소나무껍질이 고운 가루가 될 때까지 갈았다. 인절미고물처럼 고운 갈색 가루를 진물이 번질거리는 순돌네 등짝에 솔솔 뿌리고 광목으로 둘러맸다. 이튿날도 옥도정기로 소독한 다음 소나무가루를 발랐다. 사흘이 지나가자, 진물이 흐르던 화상 부위가 거짓말처럼 꾸덕꾸덕했다. 더는 진물이 흘러나오지 않았다. 순돌네의 상처가 웬만해지면 동네를 뜨겠다고 순돌아버지가 할아버지께 말했다. 어디로 갈 작정이냐는 할아버지의 물음에 도시에 가면 일할 곳이 있지 않겠느냐, 설마 산 입에 거미줄 치겠느냐면서 순돌네 친정 언니가 살고 있는 수원 어딘가로 가서 자리를 잡겠다고 대답했다. 순돌네가 이사 가면 마을을 떠난 가구가 벌써 넷이 되는 셈이다. 경수, 재실지기 지씨, 순돌네, 추석 쉬고 곧바로 고향을 떠난 손목아저씨. 사라호 태풍으로 돼지막사가 주저앉으면서 자식처럼 애지중지하던 돼지 열댓 마리를 모두 잃은 손목아저씨는 고향이 정말 싫다는 말을 남기고 마을을 떠났다.

수아는 구정을 쉬고 나면, 자신도 고향을 떠나게 되리라는 것을 알고 있었다. 떠나기 전에 자신의 진로에 대하여 충분히 생각하고 결정을 내려야했다. 할아버지가 마음에 걸린다. 요즘 새벽녘에 할아버지의 기침소리를 듣고 잠에서 깨어날 때가 많았다. 마른기침소리였다. 할아버지는 해수병이 도진 듯했다.

14

그믐밤

섣달그믐날이다.

겨울날의 짧은 해가 서산너머로 사라졌다. 그믐밤의 칠흑
같은 어둠이 산골마을에 재빠르게 내려앉았다. 개 짖는 소
리 하나 들리지 않았다. 오로지 캄캄한 어둠만이 마을을 둘
러쌌다.

하나, 둘 집집마다 등불을 밝히기 시작했다. 온 동네가 환
해지고 있었다.

수아도 대청마루에 호야등을 내걸었다. 사랑마루와 부엌
과 변소에는 호롱불등을 매달았다. 튼튼한 철제 골격에 바
람막이가 둥근 유리로 된 호야등과는 다르게 호롱불등은
나무로 된 사각 등이다. 사방은 창호지를 발라서 바람을 막
았다. 호롱불등은 호야등 만큼 밝지 않았지만 그 빛이 은은
하여 오묘한 느낌을 들게 했다. 할아버지가 바람막이 아래
쪽 귀퉁이에 각각 그려넣은 국화와 난초, 대나무와 매화꽃
에서 묵향이 풍기어 나오는 듯했다.

동네 사람들은 대부분 섣달 그믐날밤에는 밤중 내내 등불을 밝혀둔다. 새해 새날이 밝아올 때까지 집안 곳곳에 밝혀둔 불을 꺼트리지 않았다.

  세배꾼들이 왔다. 소장수 마씨와 강씨 성의 남자들이 댓이나 한꺼번에 몰려들었다. 일가친척이 아닌 집에는 음력 설날부터 대보름, 혹은 정월 한 달 동안 함부로 출입하지 않는다. 그 대신 작은 설날 저녁에 타성바지 웃어른들에게 미리 세배를 하는 것이 예의라고 여기면서 살아온 동네 사람들이다. 오랫동안 마을에 내려오는 풍습이기도 했다. 세배꾼들이 사랑에 들었다. 쭈욱 늘어 서서 한꺼번에 할아버지에게 절을 했다. 할아버지도 같이 고개를 숙이면서 절을 받았다. 마씨가 고개를 들면서 할아버지께 말했다.

  "어르신예, 과세(過歲) 편히 보내시이소."

  할아버지가 말했다.

  "자네들도 과세 편히들 하시게나."

  수아가 상을 내갔다. 강정과 산자, 그리고 수정과를 올린 다과상이다. 할아버지가 상 위에 놓인 한과들을 쓱 훑어보고는 말했다.

  "술을 좀 내 오너라. 청주보다 동동주가 좋겠구나."

  처음 있는 일이었다. 할아버지가 세배꾼들과, 그것도 까치세배를 온 타성바지 사람들과 함께 술을 마시겠다고 하는 것을 수아는 처음 보았다. 수아가 동동주와 생태를 다져 넣고 담근 깍두기를 담은 보시기와 무전과 누름적을 담은

수아의 산수화

접시와 양은술잔을 올린 쟁반을 들고 다시 사랑에 들어갔을 때, 할아버지는 세배꾼들을 다과상 가까이로 다가앉으라고 권하고 있었다. 할아버지가 양은술잔에 동동주를 따랐다. 술잔 속의 동동주는 막걸리보다 맑았다. 밥풀 몇 개가 동동 떠다녔다. 먼저 술을 한 모금 들이 킨 할아버지가 세배꾼들을 둘러보면서 말했다.

"얼른들 자시게나. 몇 시간 남지 않은 기해년 잘 보내고, 경자년에는 다들 강건들 하시게. 하는 일마다 모두 잘 풀리시게."

세배꾼들도 대답했다.

"예, 어르신도 건강하시갖고예, 그저 무병 무탈한 새해가 되시소예."

세배꾼들 앞에 놓인 빈 잔에 다시 동동주를 채워 준 할아버지는 앞에 놓인 술잔에 남아 있던 동동주를 마저 마셨다. 마씨 등이 돌아간 다음에도 연이어서 세배꾼이 들었다. 팔산아저씨도 까치세배를 왔다. 설날 새벽 첫 버스를 타고 부산에 가야한다고 했다. 첫 버스는 새벽 일곱 시 못 되어서 면사무소 앞을 지나간다. 일곱 시면 캄캄하다. 골 밖의 면사무소까지 나가서 버스를 타야함으로, 여섯 시 지나면 서둘러서 집을 나서야 한다. 설날 아침 할아버지께 세배를 올 여유가 되지 않았다. 할아버지는 무슨 급한 볼일이 있기에 정월 초하룻날에 부산에 가느냐고 묻지 않았다. 할아버지는 몹시 걱정이 되고 궁금할 터였지만 아무것도 묻지 않았다. 시시콜콜 캐묻지 않는 것 때문에 집안사람들이나 동네 사람들이 할아버지를 싫어하지 않는 모양이라고 수아는 생각했다.

왁자하게 떠드는 소리가 들렸다. 아래쪽 골목길에서 들려오는 소리였다. 강촌댁 집 쪽이었다. 서너 사람은 족히 될 사람들의 목소리였다. 쾌활하게 웃는 웃음소리와 굵직한 목소리까지 섞여있었다. 그 중 몇 마디는 담장을 타넘고 수아의 귀에 또렷하게 들어와 박혔다.

"이게 다 두석이가 보냈다고?"

"야, 저 군인 둘이 강두석이 집이 어디냐고 묻습디더. 데불고 오는 길이라예."

"뭐가 이리 많노?"

"모르겠심더. 엄청시리 많네예. 소고기도 있고 조기도 있네예."

"차례상에 올리라고 보냈는갑제?"

"그런갑제예."

사랑에서 나온 까치세배꾼들이 마당을 가로질러 대문간을 향하면서 말했다.

"두석이가 출세를 하긴 억수로 했는갑제?"

"어찌됐동 난 놈은 난 놈인 겨."

"강촌댁이 소원풀이 했나벼. 해마다 달집에 소원 빌고 살더니만."

그들의 귀에도 골목길 저쪽의 말소리가 들렸던 모양이다.

　　　　　　　　　수아의 산수화

그믐밤은 원래 길다. 해(亥)시가 되기 전에 까치세배꾼들은 모두 돌아갔다. 집안은 대낮처럼 환했다. 거무죽죽하게 서 있는 앞산이 밝은 빛에 가리어 잘 보이지 않았다. 새해에는 어둠이 멀리멀리 사라지고 오직 맑고 환한 빛이 집안에 가득하기를 바라는 마음에서 그믐밤 내내 불을 밝혀 두는 게 아닐까? 더 깊은 뜻이 담겨 있을지도 모르겠지만 아마도 그럴 것이라고 수아는 생각했다. 그렇지만 저 산 속의 어둠처럼 눈앞에 보이지 않는다고 그것이 없는 것은 아닐 것이다. 사실이 그렇다고 해도, 밝음으로 어둠을 적당히 덮어버리고서 그럭저럭 살아가는 게 사람들이 살아가는 진짜 모습일지 모른다는 생각이 불현듯이 들었다. 진실로 그럴지도 모르겠다고 수아는 머리를 끄덕였다. 밝음이 덮어버린 어둠. 그 어둠 같은 비의에 숨어버린 어머니. 수아는 흠칫, 몸을 떨었다.

초저녁에는 숙부와 숙모, 그리고 아버지도 함께 정미소에서 팥시루떡과 막걸리로 고사를 지냈다. 숙모가 정미소와 이웃한 사람들에게 돌리고 남은 고사떡을 가져왔다. 아래와 위에 통팥을 얹은 고사떡은 통팥이 씹힐 때마다 달착지근하고 고소했다.

아버지와 숙부는 정미소에서 돌아오지 않았다. 설날부터 정월대보름날까지 정미소 문을 닫는다. 아버지는 숙부와 정미소의 뒷설거지를 하고 난 다음 함께 집으로 올 것이다. 보름동안이나 문을 닫기 때문에 정미소 안 단속을 꼼꼼하게 해두어야한다. 혹시 기름이 새고 있지나 않는지, 가래떡을 찔 때의 불씨가 남아있지나 않는지 살펴야하고, 보름 지나고 정미해야할 보리와 벼가 담긴 가마니는 단단히 덮어야한다. 곡식 가마니와 목화뭉치 등에 물기가 스며들거나 습기가 차지 않게끔 갈무리를 한 다음에야 아버지와 숙부는 집으로 돌아올 것이다.

수아는 은근히 걱정이 되었다. 아버지와 숙부가 멱살잡이로 싸우지는 않을 터이지만, 염려가 되었다. 숙부가 아버지를 탐탁하게 여기지 않는다는 것쯤은 예전부터 알고 있었다. 숙부는 충분히 그럴만했다. 맏이라는 이름으로 할아버지의 재산을 많이도 축낸 아버지였다. 일본유학에, 무슨무슨 사업을 한다면서 할아버지의 전답을 쏠쏠하게 팔아치웠다. 반면에 숙부는 할아버지께 손을 벌리지 않았다. 순전히 혼자 힘으로 정미소를 차려서 운영하고 있었다. 수아는 언젠가 한 번 우연히, 숙부가 아버지를 책망하는 소리를 들었던 적이 있었다.

"공부한다고 전답을 팔아치운 것은 어쩔 수 없었다고 해요. 되지도 않은 사업을 벌이느라 대대로 내려오던 논밭을 팔아 없애는 게 말이 되냐고요? 불쌍한 아버지 그만 우려먹고, 얼토당토 않은 생각 좀 하지 말고 그냥 좀 삽시다. 이제부터 아예 생각 같은 건 하지 말고, 그냥 몸만 움직이면서 살아요. 형님한테는 그게 약이요."

동생한테 그런 말을 들은 아버지는 뭐라고 할 만한데도

아무런 대꾸를 하지 않았다. 그때 수아는 반론을 재기하지 않는 아버지에게서 배신당한 것 같은 느낌이 들었다. 왠지 아버지가 비겁하다고 생각됐다. 아버지는 잘했던 못했던 선은 이렇고 후는 이렇고, 아니면 잘하려고 노력했지만 잘 되지 않았다고, 혹은 운이 없었다는 등의 대꾸를 동생에게 했어야했다. 어쨌거나 그 다음부터 수아는 아버지와 숙부 두 사람만 함께 있으면 알게 모르게 긴장이 되곤 했다.

가래떡 썰기는 재민이 맡았다. 떡은 겉이 딱딱하게 굳어 있었다. 어쩌다 보니 가래떡을 썰어야할 시기를 놓쳤던 게 탈이었다. 재민은 안방에서 낑낑거리면서 떡을 썰었다. 수 아는 끙끙대는 재민의 모습이 재미있고 고소했다. 어쩐지 얄미운 사람 놀려주는 것 같기도 했다. 내색하지 않고서 속 으로만 재미있어했다. 그렇다고 진짜로 재민이 미운 것은 아니었다. 그냥 재미로, 뭔지 모르지만 그냥 좀 그렇다는 것뿐이었다. 재민이 객지에서 자유롭게 공부하면서 앞길을 개척해 나갈 때 자신은 뭔가에 묶여서 빈둥빈둥 놀고 있었 다는 것이 스스로에게 미안한 마음이 들었기 때문일 터이 라고 수아는 자신의 미묘한 마음을, 그렇게 눙쳤다.

숙모가 갱엿이 담긴 양재기를 가마솥에 넣고 불을 지폈 다. 금방 김이 올랐다. 가마솥 뚜껑을 열고 안을 살펴 본 숙 모가 고개를 끄덕였다. 양재기 속의 갱엿이 충분히 녹은 것 을 확인한 듯했다. 숙모가 가마솥에서 양재기를 꺼냈다. 쟁 반 위에 펼쳐놓은 콩고물 위에 갱엿을 쏟았다. 검붉은 색깔의 갱엿이 쭈르르 떨어졌다. 숙모는 양재기에 달라붙어있는 갱엿을 몽당숟가락으로 박박 긁어서 마지막 한 방울까지 콩고물 위에 떨어뜨렸다.

숙모가 갱엿이 담긴 쟁반을 들고 안방으로 들어갔다. 수아도 뒤따라 들어갔다. 재민은 온몸으로 떡을 썰고 있느라고 고개도 들지도 않았다.

숙모는 갱엿을 길쭉하게 만들면서 콩고물을 골고루 묻혀서 끝자락을 쥐고는 반대편 끝자락을 수아에게 주었다. 수아가 갱엿을 쥐었다. 뜨거웠다. 갱엿의 뜨거운 열기가 손가락을 통해서 팔뚝으로 심장으로 번져오는 듯했다. 지지난 설에는 어머니와 같이 갱엿을 늘이고 켜서 구멍이 숭숭 뚫린 연하고 하얀 엿을 만들었다. 그때는 뜨거운 줄을 몰랐다. 이상하다. 그때는 왜 뜨겁지 않았을까? 수아의 얼굴을 슬쩍 바라본 숙모가 말했다.

"마이 뜨겁지?"

"예."

수아의 대답에 숙모가 빵긋이 웃으면서 말했다.

"별나게도 갱엿이 마이 뜨겁다. 식기 전에 마이 늘여야 된데이. 식어삐믄 잘 안 늘어나. 연한 엿을 만들라믄 얼릉얼릉 늘여야 된다."

숙모와 수아는 뜨거운 갱엿의 끝자락을 서로 주고받으면서 엿을 늘여갔다. 엿가락에서 점차 검붉은 색깔이 옅어지고 흰빛이 돌기 시작했다. 이윽고 숙모는 완전하게 희어진 엿가락을 쟁반에 늘어놓기 시작했다. 가운데손가락만큼의 굵기로 길게 늘어놓았다. 완전히 굳어지면 알맞은 길이로 잘라야 한다. 차가운 공기일수록 빨리 굳는다. 숙모가 엿가락이 담긴 쟁반을 마루에 내 놓고, 방문을 닫으면서 말했다.

"수아야 일이 마이 줄었제? 세상에 말이다. 인절미 맹그는 거이 이리 수월할지 누가 알았겠노? 고물이고 찰떡이고 다 그저 묵기다, 그쟈?"

"예, 그러네요. 가래떡도 썰기만 하면 되고. 인절미도 고물만 묻혀서 모양 좋게 만들면 되니까 정말 수월해요."

"긍께. 좀 더 일찍 기계를 들여놓았어야 했는데. 왜 그리 고생하믄서 떡을 만들었을까나. 우짠지 바보같이 살았다는 생각이 든다."

열심히 떡을 썰고 있던 재민이 말했다. 음률이 들어간 목소리였다.

"가래떡은 제가 다 썰고 있다고예."

"아이고, 우야꼬. 우리 장손 손 좀 봐라. 벌겋타."

숙모가 재민의 손을 보고는 펄쩍 뛰듯이 말했다. 겉이 말라버린 가래떡을 썰 때는 힘이 많이 든다. 숙모가 부엌에서 도마와 칼을 챙겨왔다. 수아도 숙모와 같이 가래떡을 썰었다. 셋이 하니까 금방 떡국떡을 다 썰었다.

아버지와 숙부가 들어왔다. 둘 사이에는 아무런 다툼이 없었던 듯 보였지만, 무덤덤한 얼굴들이었다. 수아는 숙부와 숙모, 아버지와 재민과 사랑에 들었다. 할아버지는 옛 문집을 보고 있었다. 모두 할아버지 앞에 빙 둘러 앉았다.

할아버지를 바라보면서 아버지가 말했다.

"아버지, 편히 주무세요."

숙부가 말했다.

"새해에 뵐게요. 푹 주무세요."

할아버지가 미소 짓고는 말씀하셨다.

"그래, 올 한 해 모두들 수고 많았다. 다들 좋은 꿈꾸면서 푹 자거라."

"할아버지, 안녕히 주무세요."

재민과 수아도 인사를 하고, 아버지와 숙부를 따라서 사랑에서 물러났다.

설날 아침은 항상 세배로 시작된다. 차례상은 아버지와 숙부, 숙모와 다 함께 차리기 때문에 크게 걱정할 것도 고생될 것도 없었다.

밖의 기온은 영하다. 그믐밤인 어젯밤에 땐 군불이 식었다. 방바닥에서 냉기가 올라오고 있었다. 냉기 때문에 잠을 깬 수아는 식구들의 세숫물을 데우기 위해 잠자리를 빠져나왔다. 수아가 문을 열고 마루에 나갔을 때 사랑에 걸린 가마솥 아궁이 속에는 이미 불이 벌겋게 지펴져있었다. 재민이 아버지와 할아버지를 위하여 세숫물을 데우는가 싶었다. 그런데 아버지였다. 재민이가 아닌 아버지가 헛간에서 삭정이를 들고 나오고 있었다. 아버지는 부엌에도 온기가 있어야 된다면서 부엌아궁이에도 불을 지폈다. 아버지가 좀 변한 듯했다.

수아는 설날부터 웬 늦잠이냐, 잠충이가 따로 없다면서 재민을 깨웠다. 뭐라꼬? 잠충이? 내가 잠벌레라꼬? 아직 꼭두새벽이구만, 재민이 투덜대면서 일어났다. 수아는 어쩐지 재민이가 어린애 같이 굴고 있다는 생각이 들었다. 이제 곧 장가를 가야 하는데 저러다 새언니 될 이순분에게 흉이라도 잡히는 게 아닌지 모르겠다고, 재민이 걱정된다고 구시렁거리다가 깜짝 놀랐다. 생각해보니, 예전에는 재민이가 어린애 같다는 생각을 한 번도 해 본적이 없었다는 생각이 떠올라서였다. 이상했다. 언제부터 오라버니 재민의 행동거지가 어리게 보이기 시작했을까? 그래서일까? 지난 해 한 해 동안 어머니의 빈 자리를 지키느라고 애써다 보니까, 그 사이 자신도 모르게 나이보다 겉늙어버린 것은 아닐까? 수아는 곰곰 생각해 보았다. 일 년이 그냥 일 년이 아닐 수도 있지 않을까? 어머니의 비호 아래 자라지 못했던 부분이 한꺼번에 훌쩍 자라났을 수도 있지 않았을까? 그렇다면 재민이 정상인 게고 자신이 비정상일 수도 있었다. 재민은 겉으로만 그렇게 보일 뿐 내면은 끝없이 성장하고 있을 것이다. 자라지 않은 나무가 없듯이 자라지 않은 사람도 없을 터였다. 어쨌거나 자신이 조금 더 자랐다고 생각했다. 이제 자신은 혼자, 오로지 혼자서 걸어가야 한다는 것쯤은 알고 있었다. 유근이 같은 건 깨끗이 잊고, 찡찡대지 말고, 두려워하지 말고 또박또박 걸어가야 한다고 설날 아침에 다짐했다. 요즘 수아는 어머니를 생각할 때면 그런대로 마음이 놓였다. 많이 아팠다고는 했지만 어딘가에 안전하게 살아있다는 생각만으로도 안심이 되었다.

한복은 며칠 전에 미리 다림질 해 두었다. 수아는 아버지와 할아버지의 바지저고리 두루마기와 그 위에 입을 도포까지 손질하여 안방과 사랑의 횃대에 걸어두었다.

수아는 치마저고리를 입었다. 지지난 설에 어머니가 지어 놓은 꽃분홍색 치마와 노랑저고리였다. 생각지 않으려고 해도 어머니가 생각났다. 문득 설움이 차올랐다. 설날인데도 떡국 한 그릇도 드시지 못하는 게 아닐까? 아픈 몸이 더욱 아프지는 아닐까? 치마감과 저고리 감을 꽃분홍색과 노란색으로 물들이면서 이를 다 드러내고 환하게 웃던 어머니가 눈앞에 선연하게 서 있다가 사라진다. 읍내 오일장에서 물감을 사 온 어머니가 수아에게 말했다.

"꽃분홍색과 노랑색은 궁합이 잘 맞아. 우리 수아 유근이와 혼례식 올릴 때 초록저고리를 입을까? 노랑색을 입을까? 신랑 집에서 사주저고리로 어떤 색을 보낼까? 궁금하다."

"에이, 엄마는 그게 뭐가 궁금해? 보내오는 대로 아무 색이나 그냥 입으면 되지."

"글쎄, 그게 그렇지 않다니까."

"그럼, 노랑으로 보내왔는데, 노랑 싫어요. 초록으로 바

　　　　　　　　　　　수아의 산수화

꿔주세요. 그래요?"

"초록저고리는 안 되어야. 말이라도 입에 올리지 마라."

"왜?"

"예부터 혼인 때 초록저고리를 입으면 시집살이가 무지막지하게 힘들고, 노랑저고리를 입고 예식을 올리면 고추보다 맵다는 시집살이도 수월해서 놀고먹기라는 말이 내려온다니까 그러네. 엄마가 어떻게 궁금하지 않겠니?"

"거짓말이지?"

"예부터 내려오는 말에는 거짓이 없어. 유근이 불러다가 노란색으로 사주저고리 보내라고 미리 언질을 좀 줄까?"

"피이, 그건 아니네요. 며느리감이 당돌하다고 찍히고 말게?"

그날 어머니는 수아의 말에 즐겁게 웃었다. 수아 또한 웃는 어머니를 보고 같이 마음껏 웃었다. 그때로부터 일 년 남짓한 시간이 흘러갔을 뿐이다. 그렇지만 수아는 까마득한 세월 저쪽에 있었던 아주 먼먼 옛일인 듯했다. 정말이지, 실제로 있었던 일이 아닌 듯도 한 것이 꿈속의 일인 양 아득하기만 했다. 수아는 어머니를 생각할 때면 떠오르는 의문 하나가 있었다. 어머니가 꾸려나가던 집안 일을 하나하나 배우고 해쳐나갈 때부터 매순간 떠올렸던 것은 왜 어머니는 자신에게 살림살이를 가르치지 않았을까? 하는 의심이었다. 혹시 어머니는 좋은 집안에 괜찮은 남자에게 시집가서 아들딸 낳고 알콩달콩 사는 게 여자가 누릴 수 있는 가장 큰 행복이라고 여겼던 것일까? 그렇다면 더욱 더 살림살이를 가르치는 게 이치에 맞는다. 그게 아니라면 남자 못지않게 바깥일을 하는 여자로 살아가기를 바랐을까? 그것도 아닌 것 같았다. 왜냐면 수아가 농업고교를 졸업할 2년 전, 그때 마산이나 진주에 있는 대학에 진학할 것을 권해서야 맞는 말이 되기 때문이다. 그렇게 하지 않은 것은 어머니가 보기에 수아 같은 자질이 특별하지 않은 딸은 공부 시켜봐야 별 볼일 없을 것이란 생각이 들었기 때문이었을까? 이리 생각해도 저리 생각해도 이치에 맞지 않았다. 나중에 어머니를 만나면 꼭 물어보리라고 수아는 생각했다. 어렴풋이 생각 하나가 떠오른다. 어쩌면 어머니는 딸을 숨겨두고 싶어 했을지도 모른다는 것. 남의 눈에 특별히 띄지도 않고 모나지도 않고 대충대충 살아가기를 바랐던 것은 아니었을까? 어머니 자신이 겪어냈을 파란 같은 것을 겪지 않고 평탄한 삶을 살아가기를 소원했을지도 모르겠다. 지금은 흔적도 없이 사라졌지만 예전에 외가는 상당한 재력가였지만 외조부는 거의 다 독립자금으로 사용했다고 한다. 어머니는 일본유학시절에 아버지를 만났다고 들었다. 어머니는 하고 싶은 일이 있었지만 빨갱이 딱지를 붙이고 사느라고 그 뜻을 펴보지도 못했을 수도 있었다. 그것뿐인가? 남편과 자식한테 불똥이 튈까봐 조심조심 살아가다가 급기야 자신의 몸을 숨겨야 될 지경까지 이르렀을지도 모른다. 그 심정이 오죽할까? 가족들 누구도 입에 올리지 않았지만,

수아의 산수화

오라버니와 아버지가 구금된 일이 그냥 일어난 일이 아니란 걸 모두 알고 있었다. 아마도 외삼촌을 잡기 위한 미끼였을 것이다.

수아와 재민이 발소리를 내면서 안방 방문 앞에 섰다. 재민이 방문을 열었다. 아버지가 한복바지 데님을 매고 있었다. 아버지가 곧바로 두루마기를 입고 방 한가운데 자리를 잡고 앉았다. 수아와 재민은 안방의 방문 앞에 나란히 섰다. 문 밖에서 아버지에게 먼저 허리를 숙여 예를 갖춘 다음 큰절을 올렸다. 방안으로 들어간 재민과 수아는 서로 마주보고 맞절을 하고 나서, 아버지 앞에 나란히 앉았다. 아버지가 덕담을 했다.

"재민이 올해는 덤벙대지 말거라. 장가도 가는데. 아프지 말고, 제자들도 열심히 가르치고, 스스로를 위한 공부도 게을리 하면 안 된다. 수아도 미루지 말고 하고 싶은 거 시작하는 새해가 돼라. 다시 새롭게 산다고 생각하고 하고 싶은 일에 매진해라."

"예."

수아와 재민이 함께 대답했다. 세 사람은 사랑으로 건너갔다. 세 사람은 사랑마루에 섰다. 아버지가 사랑 방문을 열었다. 할아버지는 일어나 있었고, 벌써 방 한가운데 앉아 있었다. 아버지가 방문 밖에서 방안에 앉아있는 할아버지께 세배를 올리면서 말했다.

"아버지, 과세 편히 하세요."

"그래."

할아버지의 목소리를 들으면서 재민과 수아는 아버지의 뒤를 따라서 방 안으로 들어갔다. 할아버지 앞에 나란히 섰다. 둘이 나란히 반절을 한 다음 세배를 올렸다. 아버지와 재민이 수아는 할아버지 앞에 앉았다. 할아버지가 말했다.

"과세 편히 했지?"

"예."

셋이 동시에 대답했다. 할아버지가 웃었다. 다시 말을 이었다.

"아범은 3월 선거에 조심히 행동해라. 쓸데없는 일에 끼어들지 말고, 이편저편 편 갈라서 돌아다니지 마라. 뜻하지 않는 시비에 휘말리게 될까, 걱정되는구나."

아버지가 대답했다.

"예, 조심할게요. 걱정 마세요."

고개를 끄덕인 할아버지가 재민과 수아를 한동안 바라보다가 입을 열었다.

"재민아."

"예."

"이제 곧 어른이 되겠구나. 가장이 되어 가정을 이끌어나가는 일이 쉬운 듯이 보이겠지만…… 사실은 매우 어려운 일이다. 아내가 신뢰하는 남편이 되어야한다. 아내 눈에서 눈물이 흐르게 하는 남편이 되어서는 안 된다. 그건 반편이나 하는 짓이다."

"예. 걱정 마세요."

"말뚝이처럼 대답만 하지 말고 꼭 그렇게 실천해라."

"예. 할아버지, 명심할게요."

할아버지는 한참동안 재민에게서 눈을 떼지 않았다. 이윽고 재민에게서 눈을 뗀 할아버지의 시선이 수아에게 쏠렸다. 수아를 굽어보며 할아버지가 말했다.

"수아야."

"예."

"좀 늦은 감이 있지만, 공부를 시작한다고 하니 이 할아비 마음이 좋구나. 그래 무슨 공부로 정했냐?"

수아가 대답했다.

"할아버지, 저…… 아무래도 기술을 배우는 게 좋겠어요. 기술을 익혀두면 살아가는데 평생 든든한 지원군이 되어줄 듯해요. 어떤 기술을 배울지는 아직 정하지 못했어요. 혼자 생각하는 것보다 재민오라버니나 새언니와 상의해보는 것도 나쁘지 않을 것 같고요."

수아의 말에 재민이 조금 쑥스러운 듯이 실쭉 웃으며 수아를 바라봤다. 수아는 주먹으로 재민의 허리께를 툭 쳤다. 할아버지가 허허 웃으면서 말했다.

"잘 생각했다. 기술을 배워두면 그 누구도 뺏어갈 수 없지. 좋은 생각을 했구나. 네 결심이 그렇구나. 수아야, 이 할아비가 제안 하나 해도 되겠지?"

수아가 할아버지를 쳐다보며 물었다.

"예?"

"수아야, 해인대학이라고 알고 있느냐?"

"예? 해인대학요?"

"모르나 보구나. 이사를 좀 많이 다닌 대학이다. 원래 서울에 있었다. 동란 때 부산으로 피난 내려가서 전시연합대학으로 편입되었다가, 다른 대학들이 단독으로 개강하자, 대학을 해인사 경내로 옮겨서 개강했다."

"대학이 왜 해인사 안에 있어요?"

"해인사재단 대학이니, 해인사 경내로 피난했지."

"승려가 되는 학교인가요?"

궁금하다는 수아의 물음에 할아버지가 빙긋 웃고 난 뒤에 말을 이었다.

"승려? 아니다. 해공선생이 초대학장이었고, 이승만, 김구선생이 이사가 되어서 세운 국민대학감이 전신이지. 지금은 마산에 있다. 해인사에 있던 52년도에 빨치산의 습격을 받고 순경이 죽고 학생들이 납치되는 사고가 있었다. 산중에 있다 보니 치안에 문제가 있다고 여겨서 진주로 옮겼다가, 다시 이사해서 지금은 마산에 있다.

국민대학감이 재정난으로 어려움에 처하자 해인사와 다솔사의 토지를 기반으로 대학 승격 인가를 받았다. 해인사 주지 환경스님은 합천 사람으로 이 할아비와 친분이 있다. 만해스님의 독립운동에 동참하는 통에 이삼 년쯤 옥고를 치르기도 했던 분이다. 대학이 이사 가기 전에 스님을 만나

　　　　　　　　수아의 산수화

러 종종 해인사에 들렀을 때 보니까, 명월당과 사운당은 강당으로, 화쟁각은 도서관으로, 극락전은 교수기숙사, 관음전은 학생기숙사로 사용하고 있는 걸 봤다. 얼마 전에 해인사에 갔을 때 지나가는 말로 무심결에 주지스님에게 수아, 네 얘길 했던 적이 있었다. 주지스님이 학교에 일손이 필요하다면서, 학교에서 일하면서 공부도 할 수 있는 방법을 알아보겠다고 했으니 아마 좋은 소식이 올 것 같다. 문학부만 해도 국문학, 영문학, 사학, 종교학이 있고, 농학전공도 있다더라. 우선 올 한 해는 학교에서 일하며, 앞으로 무슨 공부에 매진할 것인지를 염탐해 보아라. 또래들과 접촉하다 보면 자연히 네게 맞을만한 공부가 보이지 않겠느냐? 손에 익힌 기술뿐만 아니라, 머리로 익힌 것도 기술이지 않겠느냐? 마침 재민이도 마산에서 신혼집을 꾸민다하니까 여러 가지가 안성맞춤이라는 생각이 드는구나. 객지에 여식을 홀로 있게 하는 건 아무래도 걱정되는 일이지 않느냐? 소소한 일들은 재민이 처와 의논해도 좋을 것 같구나."

할아버지는 하고 싶은 말을 다 한 듯이 가만히 수아를 바라보았다.

"예, 좋아요. 할아버지."

수아가 명랑하게 대답했다. 할아버지의 얼굴에 미소가 서렸다. 수아는 자신의 거침없는 대답이 할아버지를 안심하게 만들었다고 생각했다. 얼굴에서 웃음을 거두지 않은 채 수아를 건너다보던 할아버지가 다시 말을 이었다.

"수아야, 세상이 무엇으로 되어있다고 생각하느냐?"

"예? 하늘, 땅, 바람, 물, 나무, 꽃, 태양이요. 공기도 있어요."

갑작스러운 할아버지의 물음에 수아가 아이처럼 꾸밈없이 대답했다. 할아버지가 소리 내어 웃었다. 그리고 말했다.

"그렇지, 그렇고말고. 그다음에는 네 생각으로 이루어져 있지. 그중 네 생각이 90이고 다른 것들은 10이라고 말 수 있다."

"예?"

수아가 얼떨떨하게 대답했다. 맞은편에 앉아 있던 아버지와 옆에 있던 재민이 풋 웃었다. 웃는 소리가 수아의 귀에 어렴풋이 들렸다. 수아가 재민을 흘겨보았다.

그때, 사랑 마당이 시끌시끌했다. 발자국 소리가 요란했다. 곧이어 숙부의 헛기침소리가 들려왔다. 작은집 식구들이 할아버지께 세배를 온 모양이었다. 우르르 사랑마루에 오르는 발소리가 들렸다. 재민이 일어나 문을 열었다. 숙부와 숙모, 재수, 재영, 재식이 그리고 재숙이가 마루에 서 있었다. 숙부와 숙모가 문 밖에 서서 할아버지께 먼저 반절로 예를 표한 다음 큰절을 올렸다. 재수와 동생들은 숙부의 뒤에 나란히 섰다. 보기 좋은 모습이었다. 넷이나 되는 자식들이 든든하게 부모를 지켜주는 듯했다. 세배를 마친 숙부와 숙모가 방안으로 들어오자 아이들도 뒤따라 들어왔다.

　　　　　　　　　　수아의 산수화

재수와 그 형제들이 할아버지 앞에 나란히 서서 반절을 먼저 한 다음 큰절로 세배를 올렸다. 수아와 재민, 사촌들이 서로 맞절을 했다. 세배가 끝나자 할아버지가 덕담을 했다. 한 사람, 한 사람에게 꼭 알맞은 말이라고 수아는 생각했다.

사랑에서 나온 식구들이 차례상을 차리기 시작했다. 상을 펴고 재수를 상 위에 올리는 일은 아버지와 숙부가 했다. 재민과 재수는 어른들의 심부름과 잔일들을 했다. 수아와 숙모는 미리 끓여 놓았던 사골 육수에 떡국을 끓였다. 추석 차례보다 설 차례가 조금은 수월한 편이다. 설날에는 떡국으로 차례를 지낸다. 햅쌀로 매를 지어 올리는 추석에는 삼색 나물과 탕을 빠뜨릴 수는 없는 일이다. 그것만 해도 어디냐고, 일이 줄어들지 않았느냐 숙모가 좋아했다. 그저 과일과 포, 술만 있으면 된다는 할아버지의 말씀에 따라서 예전보다 많이 간소화된 상차림이었다. 차례상이 거의 다 차려질 즈음에 고조의 아들들인 3종형제들과 그 자손들이 들이닥쳤다. 모두들 사랑에 들러 할아버지에게 먼저 세배를 했다. 차례상이 다 차려졌다. 할아버지가 대청에 올랐다. 차례상에 절하는 제관들로 대청마루가 꽉 찼다.

두런두런 이야기를 하면서 새해 첫 떡국을 먹은 친척들이 다음에 차례를 지낼 집인, 작은집으로 몰려들 갔다. 재숙이도 오라비들을 따라갔다. 작은집 차례를 지낸 뒤에는 그 다음 작은집으로, 또 그 다음 작은집으로 갈 것이다. 차례는 점심때가 가까워 올 무렵에야 모두 끝이 날 것이다.

집에는 숙모와 수아, 할아버지만 남았다. 수아는 할아버지께 드릴 다과상을 차렸다. 상을 들고 사랑 마당으로 들어서는데, 사랑에서 나온 할아버지와 마주쳤다. 할아버지가 말했다.

"산소에 다녀오마."

"예."

아버지와 숙부, 재민, 재수가 집안의 차례를 모두 끝내고 산소에 가려면 오후가 될 터였다. 할아버지는 그 전에 먼저 휘익 둘러볼 심산인 듯했다.

수아는 숙모와 부지런히 설거지를 했다. 세배를 가야 한다. 마당에 걸린 가마솥 아궁이에는 아직 불이 꺼지지 않았다. 아버지가 오며가며 꺼지지 않게끔 장작을 넣는 것을 수아는 보았다. 뜨거운 물에 우물물을 섞어서 설거지 한 그릇들을 소쿠리에 담아 평상에 두었다. 햇볕 때문에 얼어붙지 않았다. 물기가 거의 빠졌을 때 마른행주질을 했다. 평소에는 사용하지 않는 그릇을 대청 끝 고방으로 가져가면서 숙모가 말했다.

"재민이 혼인식을 마산에서 한다믐서?"

"예."

"이 그릇들은 추석에나 쓰이겠다. 아니다. 예식 끝나고도 집에서 동네 사람들에게 떡국이라도 끓여 먹여야 된다, 수육에 벼락김치나 담아서. 객지에서 혼인식 하고 입 싹 닦고 있으믄 흉본다. 도둑장가 들었느니, 인심이 형편없느니 말들이 많다."

고방에 그릇을 다 챙겨 넣은 숙모와 수아는 재숙을 데리고 집을 나섰다. 해떨어지기 전에 일가 어른들에게 세배를 다 하려면 서둘러야했다. 수아와 숙모는 일가의 집집을 다니면서 머리 하얀 할머니들에게 세배를 했다. 촌수를 세세히 따져보지는 않았지만 거의 다 10촌 안팎인 할머니들이 나무껍질 같은 손으로 수아의 손을 쓱쓱 만지면서 말했다.

"곱다. 참 곱다."

세배를 가면 집집마다 모두 강정과 유과와 엿이 담긴 다과상을 내었다. 어떤 집은 수정과나 식혜가 나오기도 했다. 떡국을 끓여주는 집도 있었다. 세배는 오후 내내 이어졌다. 일가의 집을 찾아가는 골목길을 걸어가노라면 동네 큰 마당에서 놀고 있는 윷놀이패들의 왁자한 웃음소리가 들렸다. 웃음소리에는 걸이요, 개요, 윷이요, 외치는 고함소리가 섞여있었다. 눈에 선했다. 마당 한가운데 멍석을 깔고, 그 위에 새끼줄을 쳐놓고 윷을 던지면서 왁자하게 떠드는 사람들의 모습이 보지 않아도 눈에 선해서 수아는 슬쩍 웃음이 났다. 검정색과 흰색 말은 누가 놓고 있을까? 숙모와 수아의 세배는 해가 설핏 기울 무렵에야 끝났다.

15
다시, 정월을 지나며

이순분은 설 이튿날 점심 먹기 전에 왔다. 사랑에 들어 할아버지와 아버지께 세배 올리는 모습을 지켜보다가 수아와 숙모는 점심으로 떡국을 끓였다. 만들어 놓은 육수에 떡국떡을 넣고 한소끔 끓이고, 고명단지에서 고명 한 숟가락만 떠 넣었다. 동치미와 김치와 전 몇 가지가 상에 올랐다. 점심 식사가 끝났다. 수아는 기회를 보아서 이순분과 마주앉았다. 앞으로 자신이 할 공부와 그 진로에 대해서 말하고 해인대학에 대하여 알아봐 줄 것을 약속받았다. 수아의 말에 순분은 반색을 하며 좋아했다. 마산으로 돌아간 순분이 한 주일도 지나지 않아서 상세하게 적힌 편지를 보내왔다.

해인사에 갔다 온 할아버지는 해인대학 도서관과 생활관에 일자리가 있다고 말했다. 수아는 집을 떠날 차비를 했다. 짐은 되도록 간단하게 꾸렸다. 자질구레한 것들, 편지나 낙서 같은 일기장 들은 모두 태워버렸다.

곧 정월 대보름이다. 재민의 혼인식도 열흘 남짓 남았다.

수아의 산수화

수아는 재민의 혼인식 전에 자신이 거처할 방과 집 정리를 해 두는 게 좋을 듯했다.

수아가 집을 떠나는 날, 마침 유근이 미자와 육손을 찾아오고 있었다. 유근은 동네로 들어오기 전에 면소재지의 상점에 들렀다. 강촌댁과 미자에게 줄 과일과 과자, 술을 고르고 있었다. 그때 유근의 눈에 버스를 기다리는 수아의 모습이 잡혔다. 반가웠다. 유근은 무심결에 어릴 때처럼 수아에게 다가가려고 몇 발자국 떼 놓다가 멈칫 섰다. 이미 지나간 옛정혼자였다. 그렇다 해도 아는 척은 해야 사람도리지, 궁시렁거리며 유근은 상점 문을 열고 나갔다. 찻길 건너에 수아가 있었다. 수아가 목을 빼고 버스가 올 한길을 내다보고 있었다. 유근이 찻길을 건너가려는데, 그사이 달려온 버스가 길을 막았다. 버스에 오르는 수아의 뒷모습이 보였다. 유근은 버스를 세우려고 두 팔을 휘저으면서 뛰었다. 그러나 버스는 떠났다. 유근은 멀어져가는 버스를 멍하니 바라보고 서 있을 수밖에 없었다.

유근이었다. 무슨 미련이 남았다고 환영 따위를 보는가? 수아는 자신을 꾸짖었다. 느닷없이 보이는 유근의 모습에 처음에는 환영인줄 알았다. 그런데 떠나는 버스를 세우려는 듯이 두 팔을 휘저으며 따라오는 군복 입은 남자는 유근이 분명했다. 유근은 미자와 아기를 만나러 온 것일 거다. 그들을 만나러 오는 것은 남편과 아버지로서 마땅히 해야 하는 일이다. 수아는 머리를 끄덕였다. 고향하늘이 점점 멀어져갔다. 처음으로 고향을 떠나는 수아였다.

마산 버스정류장에는 재민과 순분이 함께 기다리고 있었다. 순분이 수아의 손을 꼭 잡으면서 말했다.

"잘 왔어요."

경자년 정월대보름이 지나자, 곧바로 2월이 중순으로 접어들었다. 양지바른 곳에서는 해토가 시작되었다. 쑥이나 냉이, 광대나물이나 달래 같은 봄나물이 따뜻한 덤불 속에서 뾰족뾰족 새순을 내밀었다. 골목길을 쏘다니면서 놀던 조무래기들은 산으로 들로 영역을 넓혀서 쏘다녔다. 아이들은 찔레 순을 꺾어먹고 봄나물도 캤다.

동네 어귀 우물가 옆집 담벼락에 벽보가 붙은 것은 지난해 12월 중반쯤이었다.

지서의 김순경과 면사무소 직원들이 사나흘에 한 번씩 번갈아 동네를 드나들었다. 어딘지 모르게 동네 분위기가 달라지고 있었다.

구정을 쉬고 난 다음부터 구장이 면사무소에 뿔나게 불려다녔다. 지서에 근무하는 김순경이 하루가 멀다 하고 동네를 드나들기 시작한 것도 그 즈음부터였다.

공고

5월로 예정되어 있던 대통령·부통령 선거를 3월 15일에 실시함.

노인 서넛이 벽보를 쳐다보면서 뭐라 뭐라 떠들어대고 있었다. 장죽으로 벽보를 툭툭 치기도 했다. 담화문 아래 위 여백에는 숯이나 연필 따위로 별, 세모, 네모나 동그라미나 세모 같은 기호와 대한민국지도와 태극기, 무궁화처럼 생긴 꽃, 혹은 글자 같지도 않은 기묘한 문자와 뜻을 알 수 없는 그림이 삐뚤삐뚤 그려져 있었다. 이제 막 학교에 들어가서 글자를 익히는 개구쟁이들의 짓인 듯했다. 종이가 참으로 귀했다. 개구쟁이들에게 공고문 같은 건 그저 낙서하기에 알맞은 종이에 지나지 않았을지도 모른다.

노인들 중에는 두석이 작은아버지인 강노인도 있었다. 강노인은 성격이 드세고 말빨도 센 편이다. 강노인이 장죽을 힘껏 빨았다. 양 볼이 볼록하게 튀어나오게 연기를 삼켰다가, 공중에 뱉어냈다. 뿌연 연기가 물결 같은 무늬를 만들었다. 강노인이 곁에 있는 하노인을 돌아보면서 물었다.

"처음에는 5월 중순이라던가 말쯤이라든가 안 켔나?……뭐할라꼬 투표날짜를 훌쩍 땡겨뿌렸을까?"

하노인이 말했다.

"긍께. 양력 5월 말이믄 한창 보리타작할 때 아이가? 농번기라꼬, 우리덜 생각혀서 일찌감치 앞으로 땡겨뿌렸나?"

강노인이 우물가 옆에 서 있는 느티나무 밑으로 가서 곰방대를 나무 밑둥치에 탁탁 털었다. 곰방대에 남아있는 재를 후후 불어 날린 다음 강노인이 말했다.

"아이다. 나라에서 언제 우리들 생각했띠가? 아무래도

이상타. 무슨 일이 있는 기라. 56년 그니까 4년 전 대통령 당선될 때 이승만 나이가 일흔 여덟이라 켔제?"

"하모, 그랬제."

하노인이 고개를 끄덕이며 대답했다. 강노인이 다시 말했다.

"올해 여든 둘이겠다. 우리보다 나이가 더 많다. 상노인이구마. 조병욱이도 죽었다카더마. 혼자 나오는데 선거는 뭐칼라고 하는지 모르겠다."

"대통령은 됐고 이번에는 부통령 잘 뽑으라고 고무신도 주고 풍년초도 주고 그런다고 하데."

"맞다, 부통령. 구장이 이기붕 찍어라카더만. 그건 그렇고, 그거 모르제?"

강노인이 정색을 했다. 하노인이 물었다.

"뭘?"

"우리 장조카 두석이 말이제, 이번에 또 진급해갖고 소령이 됐다카데. 곧 중령 단다카더라. 대단하제? 아무래도 가가 큰 인물이 될끼라. 그뿐이 아이다. 경수 글마 있제, 두석이가 경수도 데불고 뒤를 잘 봐주고 있어갖꼬 경수가 무슨 사업을 시작했다더만."

하노인이 맞장구를 쳤다.

"계급이 또 올랐다는 소문은 쫙 퍼졌다. 강촌댁이 아들하나는 똑띠 잘 뒀다. 우리 재종 하영수도 이번에 민주당 영남위원장에 뽑혔는데 영수가 안한다 했더라."

수아의 산수화

하노인의 말에 강노인이 말했다.

"그래 뺐나? 영수는 욕심이 없네. 한 자리 할 낀데."

노인들이 담화문 앞에 서서 시시콜콜 떠들고 있을 때 골 밖에서 들어오는 길목에 김순경이 나타났다. 김순경은 이웃동네 사람이다. 동네에 친구들이 있어서 어릴 때부터 자주 놀러오곤 했다. 동네 사람들하고 안면이 있었다. 김순경이 곧바로 동네로 들어왔다. 노인들이 김순경을 삥 둘러쌌다. 강노인이 물었다.

"또 머꼬? 요새 부쩍 마이 본데이."

노인들이 쭉 둘러 서 있자, 기가 좀 죽은 목소리로 김순경이 말했다.

"별일 아이라예. 그저 잘 계시나 보러 왔심더."

하노인이 담화문을 가리키면서 말했다.

"말은 비단이구마. 띠리하게 굴지 말고 퍼뜩 말해삐라. 궁금타. 니 설마 저기에 낙서 좀 했다꼬 얼라들 잡아가려고 온 거는 아이제?"

김순경이 펄쩍 뛰었다. 두 팔을 휘저어대면서 말했다.

"와 이캄미꺼? 아이라예. 하영수씨 집에 있으면 우리 서장님이 좀 보자꼬 해서 집에 기시나 보러 왔심더."

"영수, 집에 읍따. 아침 일찍 나가는 거, 봤따. 초산 어른도 나갔다."

하노인의 말에 김순경이 눈을 크게 떴다. 정색을 하고 말했다.

"그래예? 우짜꼬예. 헛걸음했네예. 그래도 집에는 가보고 가겠심더. 할배들예, 걱정 마시고 편히 노시소."

잡힐세라, 후딱 골목길로 들어가는 김순경을 보고 강노인이 투덜댔다.

"거참, 물찬 재비처럼 빠르네. 물어볼 이바구가 있는데. 긍께, 가보면 뭐 하노? 아무도 없는 집이구마."

골목으로 사라졌던 김순경이 금방 다시 나타났다. 노인들이 서 있는 쪽으로 머리를 한 번 꾸벅거리고는 지나쳐갔다. 강노인이 김순경을 불러 세웠다.

"와 그냥 가노? 이리 온나."

김순경이 쭈뼛쭈뼛 강노인 앞으로 다가갔다. 강노인이 김순경을 보고 헛기침을 두어 번 하더니 말문을 열었다.

"서장이 배미등하고 덕정 사람들한테는 집집마다 풍년초 두 봉지씩 돌렸다던데 우리 동네 사람들에게는 와 안 주노? 사람 차별하나? 우리 동네도 빽 있으니께, 나중에 후회하덜 말고 똑디 하라꼬 서장한테 전해라."

"그래예? 지는 모르는 일이라예."

"모른다꼬? 한통속이믄서 모른다고 짤라뻰다고 통하겠나? 투표 잘하라고 줬다더만."

"할배예, 뭐 잘 못 들으신 게 아임미꺼?"

"내를 노망난 노인네로 몰아삐릴라꼬? 아니 땐 굴뚝에 연기날 택이 있나? 우짜든지 서장한테 똑디 전해라. 안 그랬다간 내 조카 강두석한테 꼰질러 서장 모가지 댕강해삘

수아의 산수화

끼다."

강노인의 닦달에 김순경이 머리를 주억거리면서 대답했
다.

"말씀은 잘 전하겠심더."

"단디 전해라. 알긋나?"

쇠말뚝 같은 강노인의 다짐에 김순경은 꾸벅 한 번 절을
하고는 재빠른 걸음으로 동네를 빠져나갔다.

재민의 혼인식이 끝났다.

재민은 신혼여행을 동래 온천장으로 갔다. 아버지는 고향
에서 올라온 친척들을 정류장으로 데리고 가서 버스에 태
워 보냈다. 차표를 미리 끊어 두었기에 앉을 자리가 있어
서서 가는 일가친척이 없었다고 했다. 다행한 일이라고 할
아버지가 말했다.

숙모가 신접살림을 차린 집을 구경하고 가야한다고 우겼
다. 아버지가 할아버지를 모시고 숙부숙모와 함께 재민이
살림집에 들렀다. 재민의 집은 버스정류장과 가깝다. 번화
가를 벗어나 남쪽 큰길을 건너면 개울을 만난다. 개울을 끼
고 동쪽으로 나 있는 구부러진 길로 쭉 들어가다 보면 곧바
로 초록색 대문을 단 아담한 양옥집이 나온다. 초록색 철문
을 열고 들어가면 바로 좁은 마당이 있다. 재민과 순분은
좁지만 마당이 있는 기역자집을 통째로 빌렸다. 방 두 개와
다용도실이 있는 남향집이다. 마당에서 집을 보면 마당 가

까이로 툭 튀어나와 있는 서쪽이 안방이고, 동쪽이 건넌방이다 두 방 사이에 연결된 마루에 미닫이로 된 다용도실이 있다. 재민은 다용도실에 탁자와 의자를 들여 서재로 꾸몄다. 안방은 방 한가운데 있는 미닫이문을 닫으면 두 개의 방으로 나누어지는데, 문을 열거나 떼 내면 큰방 하나가 되는 구조였다. 안방과 담장 사이의 좁은 길 끝에 부엌이 있고, 연탄과 잡다한 살림살이를 보관할 수 있는 작은 창고가 딸렸다. 난방은 부엌에 있는 연탄보일러로 하는데. 연탄불이 꺼지지 않게 조심해야했다. 연탄불이 꺼지면 방은 곧바로 냉기를 피어 올렸다. 수아가 거처하는 작은방도 연탄아궁이가 따로 설치되어있었다.

숙모가 집을 샅샅이 둘러보았다. 수아가 거처하는 건넌방 바닥 여기저기를 손바닥으로 쓸어보고 난 뒤에 숙모가 말했다.

"따시네. 재민이 꼼쟁이가 집은 잘 구했다. 수아야, 같이 살면서 불편한 거 없지라?"

"그럼요. 작은어머니."

수아의 대답에 숙모는 고개를 끄덕였다. 안심이 된다는 표정이었다. 할아버지와 아버지 숙부와 숙모는 곧바로 시골로 돌아가려고 일어섰다. 떠나기 전에 할아버지가 물었다.

"언제부터 출근한다고?"

"예, 할아버지. 다음 주 월요일쯤에 가 보려고 해요. 개강 전에 미리 가서 일자리를 결정하려고요. 그게 좋겠지요?"

할아버지가 고개를 끄덕이더니 말했다.

"일 년 동안은 앞으로 뭘 할지 숙지하는 기간이라고 생각하고 잘 관찰해라. 그다음 결정하면 된다."

"예, 할아버지."

해지기 전에 집에 도착하자면서 숙부가 현관을 열고 나갔다. 뒤따라 나서던 숙모가 수아의 손을 꼭 잡고는 속삭였다.

"집 걱정, 할아버지 걱정, 아버지 걱정은 말거래이. 우짜든지 잘 지내야 한데이."

항상 같이 지냈던 가족들이 모두 떠났다. 이제부터 진실로 홀로 지내야 한다. 수아는 문득 이상한 생각이 들었다. 홀로 떨어져 있는 게 홀가분하고 좋은 것 같기도 하고 허전하고 쓸쓸한 것 같기도 했다. 지금까지 느껴보지 못했던 감정들이었다. 처음엔 두려운 마음과 설레는 마음이 반반이었는데, 점차 두려운 마음이 커져갔다. 수아는 커져만 가는 두려움을 찍어 누르듯이 두 주먹을 꼭 쥐었다. 그다음 차분하게 생각하기 시작했다. 학교에서 일하게 되면 크고 작은 일들과 맞닥뜨리게 될 것은 분명할 터였다. 많은 사람들도 만나게 될 것이다. 그것들을 잘 헤치면서 앞으로 나아갈 수 있을까? 진실로 잘 해 나갈 수 있을까? 자신에게 그만한 용기와 힘이 있을까? 수아는 밤이 이슥할 때까지 쉬 잠들지 못하고 뒤척였다. 새벽녘이 되어서야 겨우 잠들었다. 잠들기 전에 내일 당장 해인대학으로 찾아가야겠다고 마음먹었다. 두 눈으로 직접 보고 난 다음, 또 부딪쳐 보고 난 다음 앞으로 어떤 일을 하면서 살아가야 할 것인지를 결정해야 하는 게 순서일 듯했다. 아직은 앞으로 어떻게 펼쳐질지 모르는 나날들에 미리 겁먹을 필요는 없는 것이다.

해인대학은 무학산이 바다로 뻗은 끝자락에 자리 잡고 있었다. 수아는 조심스럽게 교문 안으로 들어섰다. 수위실은 열려 있었지만 사람은 없었다. 오고가는 학생들도 보이지 않았다. 3월, 새 학기가 시작되려면 아직은 며칠이 남아있었다. 교문에 들어선 수아는 교사가 있는 쪽으로 걸어갔다. 게시판이 있었다. 게시판에는 '해인대학 현황'이라는 제목의 교보가 붙어 있었다. 할아버지가 이야기해 준 내용들이 많았다.

반듯하게 지은 강의동 4채가 나란히 서 있었다. 뾰족한 삼각형으로 지붕을 얹은 건물들은 모두 2층으로 지었고, 기다란 장방형이었다. 두 번째 건물 입구에 도서관 표지판이 붙어있었다. 출입문을 살짝 밀어보았다. 잠겨있었다. 아직 개강 전이라 잠가 둔 것일까? 건물들 사이를 천천히 걸어 다녔다. 발돋움을 하고서 1층의 창문들을 통해 안을 들여다 보았다. 회랑처럼 긴 복도가 보였다. 복도를 따라서 걷다보면 국문학과, 영문학과, 종교학과 같은 표지판이 걸린 강의실이 나타날 것이다. 건물들 오른편으로 단층짜리건물 네채가 서 있었는데 역시 장방형이었다. 앞의 한 동에 생활관이라는 표지판이 붙어있었다. 뒤편의 두 동에는 기숙사라는 표지판이, 맨 마지막 건물에는 이렇다 할 표지판이 없었다.

교사를 모두 둘러본 수아는 교문을 향했다. 교문 왼편은 제법 높은 언덕이었다. 히말라야삼나무가 열을 지어 서 있었다. 수아는 삼나무 아래 섰다. 바다였다. 산골에서 자라난 수아였다. 바로 코앞에 파란 바다가 펼쳐져 있었다. 마산항구도 보였다. 배 한 척이 항구를 떠나고 있었다. 배가 반짝, 빛났다. 반짝이는 게 배 뿐이 아니었다. 하늘과 산, 바다 등 눈에 띄는 모든 것이 반짝였다. 하얀 지느러미 같은 포말을 들쳐 업은 바다가 이른 봄의 햇빛 아래 보석인양 빛나고 있었다.

바다 때문이었을까? 아니면 반짝이면서 떠나가는 배 때문이었을까? 교문을 나서는 수아의 마음속 깊은 곳에서는, 뭉클한 어떤 감정이 솟아났다. 그것이 무엇인지 알 수 없었다. 다만 도서관에서 일을 해야겠다는 생각이 들었을 뿐이었다. 집에 도착하기 전에, 수아는 그렇게 해야겠다고 마음을 굳혔다.

새 학기 강의는 3월 3일 목요일부터 시작된다. 수아는 개강 하루 전 날 집을 나섰다. 거리엔 미처 치우지 못한 3·1절 기념행사 현수막이 펄럭였다. 큰길을 벗어나 대학으로 가는 길목으로 접어들었다. 사람들이 삼삼오오 모여서 숙덕거리고 있었다.

대학 사무국에서는 수아가 찾아오리라는 것을 이미 알고 있었다. 수아는 도서관에서 일하고 싶다고 말했다.

이튿날 수아는 일찌감치 도서관을 찾아갔다. 문을 열고 들어서자 서적들이 즐비하게 꽂힌 서가가 먼저 눈에 들어왔다. 서가는 왼편에 줄을 지어 서 있었다. 오른편으로 나열되어 있는 직사각형 책상들 중 한 곳에는 십여 명의 학생들이 무리지어 앉아있었다. 그들 가운데 한 남학생이 일어나서 수아에게 다가오더니 말했다.

"하수아씨입니꺼?"

"아, 예."

수아의 대답에 남학생이 활짝 웃었다.

"잘 왔어예. 저는 도서관 책임일꾼 한정한이라고 합니더."

"예, 잘 부탁합니다. 저는 도서관 일이 처음이라 잘 모릅니다."

"특별한 게 있겠습니꺼? 정리만 잘 하면 됩니더."

정한은 수아를 서가 앞으로 데려갔다. 서가 맨 위에 적힌 숫자와 책에 적힌 숫자에 대해 세세히 설명했다. 그리고 말했다.

"어렵지 않지예?"

수아는 되도록 침착한 말투로 알았다고 대답했다. 수아의 대답에 한정한이 씨익 웃었다. 그리고 정한은 같이 있던 패거리로 돌아가서 그들과 다시 어울렸다.

수아는 서가에 꽂힌 책들을 쭉 훑어보았다. 서가는 문학,

수아의 산수화

철학, 과학 등으로 분류되어있었고, 입구 쪽 책꽂이에는
《文藝》《文學과 藝術》《現代文學》《自由文學》등의 문예지
와 《新天地》《思想界》《새벽》등의 종합지가 꽂혀있었다.
20년대 문예지 《백조》《개벽》《문예운동》《삼천리》같은 낡
아 보이는 책들도 맨 아래 칸에 진열되어있었다. 을유문화
사의 세계문학전집과 손 안에 들어 올만큼 작은 문고도 따
로 서가 한 쪽을 차지하고 있었다. 농업고등학교의 작은 도
서관에서 보았던 국어대사전과 속담사전, 김동리, 황순원
소설들도 눈에 띄었다. 수아는 어쩐지 행복했다. 눈앞에 나
란히 꽂혀있는 책들이 소곤소곤 말을 걸어오는 듯도 했다.
문득 수아는 서가에 꽂힌 책들을 모두 읽어보고 싶은 마음
이 간절해졌다. 서가 사이를 왔다 갔다 하던 수아는 손에
잡히는 대로 얇은 책 한 권을 빼들었다. 시집 『님의 침묵』이
었다. 교양서적과 알 수 없는 전문 서적도 더러 빼내어 들
추어 보았지만, 눈길은 문학서가에 자주 머물렀다. 어쩐지
그랬다.

　수아는 도서관이 마음에 들었다. 도서관 일을 잘 익힐 수
있겠다는 생각마저 들었다.

　학교에 나갔다가 돌아온 재민이 물었다.

　"어때? 마음에 들어?"

　"괜찮은 것 같아. 도서관 일을 하면서 앞으로는 책을 많
이 읽어야겠어."

　"잘 됐다. 좋은 생각이야."

3월 3일 목요일, 마침내 개강일이다. 수아는 일찌감치 집을 나섰다. 재민의 집에서 학교까지는 걸어서 약 이십여 분쯤 걸린다. 천천히 걸었다. 이른 시각이다. 등교하는 학생들은 보이지 않았다. 저만치 교문이 보였다. 무릎 아래까지 내려오는 검정색 코트를 걸친 남자가 앞서서 교문으로 들어가고 있었다. 뒤따라 교문 안으로 들어 선 수아는 걸음을 멈추고 돌아섰다. 지나쳐 온 길을 잠깐 바라보았다. 어슷하게 구부러진 길이 서먹하고 어색했지만, 어쩐지 정다워 보이기도 했다. 수아는 곧장 언덕이 있는 쪽으로 걸어갔다. 바다가 보고 싶었다. 히말라야삼나무가 늘어선 낮은 언덕에 올라서서 앞쪽을 바라보았다. 며칠 전에 보았던 것처럼 푸른 바다가 도망가지 않고 누워있었다. 손을 뻗으면, 손끝에 닿을 듯했다. 숨이 탁 트이는 듯했고, 조금 설레는 듯도 했다. 바다에는 파도가 잔잔하게 살랑거리고 있었다. 마치 댕기들판에서 살랑바람에 흔들리는 벼를 보는 듯한 기분이 들었다. 불안했던 마음이 평안해졌다. 마음 한쪽이 느슨해지고 있었다. 나쁘지 않았다. 수아는 서둘러 도서관으로 향했다.

도서관에 들어섰다. 한정환이 벌써 나와 있었다. 대출대 바로 앞 의자에 앉아서 자료인 듯한 종이를 들여다보고 있는 중이었다. 옆에는 검정색 코트가 길게 늘어져있었다. 좀 아까 한 발 앞서 교문으로 들어가던 남자가 정환이었을까? 수아는 일부러 발소리를 내면서 걸었다. 수아가 내는 인기척에 정환이 머리를 들었다. 수아를 알아보고는 반가운 얼굴이 되면서 말했다.

"벌써 나옵니꺼? 이렇게 일찍 나오지 않아도 되는데예."

"그냥요. 청소도구함이 어디 있나요?"

"예?"

정환은 의아한 표정으로 수아를 바라보았다. 무슨 말인가를 더 하려다가 그만두었다. 뒤돌아서서 고개를 갸웃거렸다. 처음 출근한 수아가 청소도구함부터 찾는 것이 이상한 모양이었다. 정환이 대출대 뒤 쪽에 있는 문을 열었다. 창고였다. 수아도 정환을 따라서 창고 안으로 들어갔다. 한 쪽 벽면에는 정리되지 않은 책들이 벽에 기댄 것처럼 쌓여 있었고, 다른 쪽에는 종이나 봉투, 끈이나 박스 같은 잡다한 비품들이 흩어놓은 것처럼 어지럽게 널려있었다. 정환이 걸레와 쓰레받기, 빗자루를 찾아서 수아에게 주면서 말했다.

"뭐할라꼬예? 청소는 내가 합니더."

"책에 앉은 먼지를 좀 닦아내려고요."

정환은 더 이상 아무 말도 하지 않았다. 의자로 돌아가서 읽고 있던 자료를 다시 내려다보았다. 수아는 걸레에 물을 조금 묻혀서 서가에 꽂힌 책들 위를 쓰담쓰담 하는 것처럼 닦아냈다. 걸레에 금방 먼지 찌꺼기가 묻어나왔다. 찌꺼기를 쓰레받기 위에 털었다. 수아가 책꽂이 한 개에 꽂힌 책들 위의 먼지를 모두 닦아내고 또 다른 책꽂이로 발걸음을 옮기고 있을 때 정환이 말했다.

"먼지떨이로 털어내면 수월하겠는데예."

수아가 그 자리에 섰다. 정환을 똑바로 바라보며 말했다.

"예, 그렇지요. 그런데 그 먼지가 다시 앉을 염려가 있고, 공기 중에 떠돌다가 사람이 들이킬 수도 있어서요."

"그렇기는 하겠네예. 그렇지만 시간도 많이 걸리고 수아 씨가 힘들 텐데예."

"괜찮아요."

정환은 대답대신 수아를 물끄러미 바라보았다. 걸레를 쥐고 있는 수아의 손을 내려다보다가 예사로운 음성으로 말했다.

"마이 아팠겠심더."

"예?"

뜬금없는 정환의 말에 수아가 되물었다. 정환은 손가락 말입니더. 하고는 창고로 들어갔다. 쌓여있던 책을 정리하는 듯한 소리가 났다. 수아는 자신의 새끼손가락을 내려다보았다. 아팠겠다고 말해준 사람은 처음이었다. 정환은 시간이 꽤 지나서 창고에서 나왔다. 옷을 툭툭 털어대면서 수아에게 말했다.

"강의 들으려 가 봐야 됩니더."

"예."

정환이 도서관 밖으로 나갔다.

수아는 계속해서 책들을 닦아냈다. 쓰레받기에는 자잘한

　　　　　수아의 산수화

지렁이 같은 먼지가 가득 담겼다. 점심시간이 될 때까지 철학서적과 역사서적이 꽂힌 서가의 책들은 모두 닦을 수 있었다. 두꺼운 책들이 많아서 먼지를 닦아내기가 용이했다. 도서관 문을 열고 들어오는 학생은 없었다. 개강 첫날이라 학생들은 바쁜 일들이 많은 모양이었다. 점심시간이 지났을 때 돌아온 정환이 수아에게 물었다.

"점심은 먹었어예?"

"예. 도시락을 가져와서요."

수아는 낼부터 도시락을 싸와야겠다고 생각했다.

열흘이 지났다. 수아는 도서관에 있는 모든 책의 먼지를 걷어낼 수 있었다. 그러면서 책 하나하나를 만져보았다는 사실에 어떤 희열감 같은 것을 느꼈다. 그동안 정환도 강의를 듣지 않는 시간에는 틈틈이 거들었다. 창고정리는 정환이 도맡다시피 했다. 도서관 책꽂이를 최대한 늘려서 창고의 책을 가져다 꽂았다. 여기저기 제멋대로 흩어져 있던 비품들이 종류별로 정리됐다. 보기가 좋았다.

도서관을 찾는 학생들도 점점 늘어났다. 자료를 찾으며 공부하는 학생들도 있었고, 시나 소설을 읽는 학생들도 있었고, 필요한 책을 대출해가는 학생들도 있었다. 수아는 대출카드 작성하는 요령도 익혔다. 자주 들르는 학생들과는 반갑게 인사를 나눌 정도로 도서관 생활에 익숙해져갔다. 이제 내일부터는 열심히 읽고 싶은 책을 골라서 쉬는 시간에, 혹은 달리 할 일이 없을 때 읽어야겠다고 수아는 작정하고 있었다.

일요일이었지만 수아는 도서관에 출근했다. 학생들은 일요일에도 도서관에 나와서 공부를 하고 책을 대출해가기도 했다.

문이 열리면서 정한이 들어왔다. 얼굴에는 굵은 땀이 솟아있었다. 수건으로 얼굴을 문지르면서 정한이 말했다.

"수아씨, 일요일인데 데이트 안 합니꺼?"

"무슨 데이트는요. 데이트 할 사람도 없는데요, 뭐."

"돌섬유원지에서 가곡 부르기 경연대회 있다꼬 그리로 마이 몰려 가심더. 수아씨는 안 갑미꺼?"

"그래요? 정환씨는 왜 안 갔나요?"

"내기배구 했심더. 지는 편이 아구찜 사긴데 이겼심더. 이따 저녁때 아구찜 먹으려고 갑니더. 같이 가입시더."

"오늘은 집에 일찍 가봐야 해서요."

"그렇습미꺼? 화요일에 보입시더."

정한이 서둘러 나갔다. 오늘은 올케언니 순분의 생일이다. 순분은 아침에 미역국도 못 먹고 출근했다. 며칠 전에 임신사실을 알린 언니는 요즘 좀 해쓱해 보였다. 수아는 조금 일찍 들어가서 미역국을 끓이고 다과도 준비해서 언니의 임신과 생일을 한꺼번에 축하할 참이었다. 내일 월요일은 도서관이 쉰다. 모래는 화요일이고 15일이다. 마침내 선거일이 되었다.

현주지를 재민오라버니 집 주소로 옮겨놓지 않은 탓에 수아는 투표를 할 수 없었다. 관심도 없는 투표를 하려고 고향까지 갈 수는 없는 노릇이었다. 조병옥 박사가 죽었으므로 대통령은 이승만 단독 후보였다. 이승만이 또다시 대통령이 되는 것은 따 놓은 당상이었다. 장면과 이기붕, 둘 중에 부통령만 뽑으면 되었다. 딱히 재미있는 선거가 아니었다. 수아에게 투표하는 날은 공휴일도 뭣도 아닌, 월요일 하루 쉬고 난 뒤 도서관에 출근하는 그냥 보통의 화요일일 뿐이었다. 수아는 화요일 도서관에 가면 어제 읽다가 둔 임꺽정을 마저 읽어야 되겠다고 생각했다. 집에서 쉴 때 읽으려고 했는데, 책을 가져오지 않았다. 임꺽정이 눈 내린 산에서 관군에게 쫓기는 장면까지 읽었다. 신발을 거꾸로 신고 달아나면서 관군을 따돌리고 있었는데, 그 다음이 궁금하다. 집에서 무료하게 보내는 월요일 하루가 수아는 허전하고 심심했다. 독서할 때가 좋았다. 책을 읽고 있으면 아무런 생각도, 어머니 생각조차 나지 않았다. 독서할 동안은 빨리 달리는 자동차에 올라타고 있는 것처럼 시간이 흘렀다.

재민오라버니와 올케 순분이 출근하고 난 다음에 수아는 집을 나섰다. 해인대학까지 가는 길목에는 민주당사가 있다. 투표소도 있었다. 민주당사 앞은 조용했고 투표소 앞에는 서너씩 혹은 대여섯씩 때를 지어서 사람들이 늘어서 있었다. 순경이 왔다 갔다 하는 게 보였다. 동사무소 직원으로 보이는 사람이 늘어선 사람들 사이로 오가면서 무슨 말인가를 하고 있었다. 투표할 때 주의해야 할 사항들을 일러 주고 있는 듯했다.

교내에는 알 수 없었지만 미묘한 활기가 넘치고 있었다. 삼삼오오 모여 앉아서 얘기를 나누는 학생들의 목소리가 수아의 귀에까지 들렸다.

도서관 문을 열고 들어갔지만 정환은 보이지 않았다. 항상 수아보다 먼저 나와 있었던 사람이 보이지 않자 수아는 조금 걱정이 되었다. 탁자와 의자, 흐트러진 책들을 정리하고 났을 때 정환이 들어왔다. 수아를 보고는 한 쪽 손을 들고 굿모닝! 했다. 요즘 정환의 아침인사법이었다. 처음에는 그런 인사자체가 조금 우습고 쑥스럽기도 했지만, 어느 사이에 수아도 같이 손을 들어보이곤 했다. 정환이 말했다.

"투표하고 오느라 늦었심더. 수아씨는 투표 했습미꺼?"

"아니오. 현주지를 옮기지 않아서요."

"잘했심더. 아무래도 하나마나한 투표가 될 듯 합니더."

"예?"

"민주주의라 카는 게 비밀투표가 우선인데예, 보니까 뭐, 칸막이도 없고예 동사무소직원들이 투표하는 사람 옆에 쭉 늘어서서 뭐라뭐라해싸코 뭐, 그렇습디더. 재미 억수로 없어예."

"아, 예."

수아는 읽다 만 임꺽정을 모두 읽었다. 서쪽으로 해가 한참 기울었다. 수아는 서가를 둘러보았다. 흐트러진 책과 의자와 탁자들을 정리했다. 오늘은 학생들이 도서관을 많이 찾지 않았다. 수아는 느긋하게 퇴근준비를 했다. 정환이 들어오면서 말했다.

"어떤 군인이 수아씨를 찾는데예."

"예? 찾아올 사람이 없는데요."

수아는 창가로 가서 바깥을 내다보았다. 도서관 바로 앞마당에 군인이 서 있었다. 유근이었다. 유근이 왜? 수아가 정환에게 말했다.

"같이 좀 가실래요?"

정환이 잠깐 어리둥절하다가 알았다는 듯 수아의 뒤를 따랐다. 유근이 수아를 보고 웃었다. 가슴에는 중위 계급장이 번쩍거렸다. 수아가 무덤덤한 표정으로 유근에게 말했다.

"어쩐 일이에요?"

"여기 학교에 출장 왔다가…… 생각나서."

"일 다 봤으면……가세요. 미자는 잘 있지요?"

유근의 대답도 듣지 않고 수아는 정환의 팔을 잡고 교문 쪽으로 걸었다. 약간 놀란 듯 주춤하던 정환은 아무렇지도 않은 듯 걸었다. 수아는 뒤를 돌아보지 않았다. 교문을 벗어난 뒤 수아가 정환의 팔을 놓고 말했다.

"놀랐지요? 미안해요."

"대학에 군인들이 무슨 볼 일이 있을까예? 저쪽에도 더 있던데예."

정환이 수아에게 물었다. 수아도 아는 게 없었다. 수아는 유근이 대학에 볼 일이 있다는 건 그냥 핑계였을 것이라 생각하는 중이었다. 군인이 더 있다고? 모종의 작전 중인가? 수아가 고개만 갸웃거리고 말이 없자 정환도 더 이상 말하지 않았다. 정환의 얼굴빛이 아주 조금 붉어있었다. 만약 정환이 누구냐고 묻는다면 수아는 옛날의 정혼자라고 수아는 말했을 터였다. 정환은 묻지 않았다.

정환과 헤어져 집으로 가는 길은 어수선했다. 마산시민주당사 앞에 사람들이 떼지어 모여서 외치고 있었다. 부정선거! 선거 무효! 사람들이 점점 모여들고 있었다. 또 다른 많은 사람들이 자유당사가 있는 쪽으로 몰려가고 있었다. 수아는 재민이 걱정되었다. 집을 향해 빠르게 걸었다. 재민은 조심해야 된다. 까딱하면 어머니 때문에 공산당으로 몰리게 될 수도 있는 일이었다. 집에는 순분도 재민도 없었다. 해가 지고 사방이 어둑해지는데도 둘은 들어오지 않았다. 수아는 바깥으로 나왔다. 개천을 끼고 나 있는 길을 돌아나가면 곧바로 시의 중심에 이른다. 재민이 재직하는 상업고 등학교로 통하는 길이기도 했다. 혹시 재민이 마주 걸어오고 있나 싶어서 앞만 보고 걷던 수아는 갑자기 걸음을 멈췄다. 개천 둑에 경찰들이 총을 들고 죽 늘어서 있었다. 앞으로 조금만 나가면 시내고 민주당 마산시당사가 있는 길목이 나오기도 했다. 수아는 옆길로 나왔다. 어머니가 실종되고부터 경찰을 보면 괜히 주눅이 들었다. 얼른 재민과 순분을 찾아서 집으로 돌아가야겠다는 생각뿐이었지만, 어디에서 찾아야 될지 알 수 없었다. 하는 수 없이 수아는 집으로 들어가는 길목에서 기다렸다. 사방은 완전한 어둠에 묻혔다. 시내에는 많은 사람들이 웅성거리고 있었다. 얼추 두어 시간은 기다렸다. 여덟 시가 된 듯했다. 그때 재민과 순분의 모습이 골목 어귀에 나타났다. 수아는 반가운 마음에 재민에게 화를 냈다. 도대체, 왜 이제야 오느냐? 재민이 웃으면서 말했다.

"위험한데, 왜 나와 있어?"

순분이 말했다.

"수아씨가 한참 기다렸군요. 우리 반과 저이 반 학생들이 시위에 참가할까봐 집에 잘 가는 걸 보고 오느라고 늦었어요. 괜히 시내에서 얼쩡거리다가 사고라도 당하면 큰일이잖아요."

셋은 무사히 대문으로 들어섰다. 임신 중인 순분을 위해서 수아가 저녁을 차렸다. 밥상에 앉아 수저를 드는데 전깃불이 나갔다. 성냥을 찾아 촛불을 밝히는데 피웅, 피웅 소리가 나더니 곧이어 총소리가 들렸다. 따콩따콩. 총소리는 연이어서 크게 들렸다.

또 전쟁이 터진 것은 아닐 텐데, 투덜대면서 밖으로 나가려는 재민을 뒤에서 꽉 끌어안고 수아가 말했다.

"오라버니 못 나가."

주저앉은 재민이 라디오를 켰다.

― 지금 시위 진압에 나선 경찰들이 시위대에게 최루탄에 이어 실탄을 난사하고 있습니다. 오늘 오후 2시 30분경부터 민주당 마산시당 간부 30여 명으로 시작한 시위에 시민들이 합세했습니다. 오후 5시쯤에는 600여 명으로 시위대가 늘어났고, 시내에서 경찰과 대치하기 시작했습니다. 6시 30분 무렵에는 시위대가 수만 명으로 불어났습니다. 8시가 넘어도 시위가 멈추지 않았고, 8시 30분에 정전이 되었습니다. 어둠을 틈타서 경찰이 시위대에게 총을 쏘기 시작했습니다. 남성동파출소에서도 시민에게 총을 난사했습니다.

재민과 순분이 집을 나설까 염려된 탓에 수아는 밤이 이슥할 때까지 두 사람 곁에 바투 앉아있었다. 재민과 순분도 혹시라도 반 학생들이 철없는 정의감에 객기를 부리다가 변이라도 당할까 노심초사하면서 라디오에 귀를 기울렸다.

시위대는 밤 12시가 다 되었을 무렵에 해산했고, 경찰이 쏜 총에 12명이 사망하고 250여 명의 부상자가 발생했으며, 수백 명이 체포되었고 다수의 실종자도 발생했다고 했다. 정전이 된 것은 경찰이 일부러 낸 것이 아니고 소방차가 무학국민학교 앞 전봇대를 들이받아서 일어난 것이라고 해명한 경찰은 시위대는 공산당이 일으킨 것이므로 체포한 시민과 학생들을 고문하여 빨갱이들의 실체를 밝힐 것이라고 공표했다는 보도가 라디오에서 흘러나왔다.

재민이 학생들이 체포됐다는 뉴스에 화들짝 놀라서 잠을

수아의 산수화

설치더니, 날이 밝자마자 학교에 갔다. 수아는 은근히 정환이 걱정되었다. 워낙 활달한 사람이라서 시위대에 휩쓸려 다닐 수도 있는 일이었다.

이튿날 도서관 문을 열고 수아는 정환부터 찾았다. 정환은 보이지 않았다. 혹시? 사망한 12명, 혹은 250여 명의 부상자 중에 정환이 들어있지나 않을까? 수아는 심장이 쿵 내려앉는 듯했다. 수아는 서가를 한 바퀴 둘러본 다음 대출카드를 정리하기 시작했다. 대출기간이 만료되었어도 돌아오지 않는 책들의 카드를 따로 분리하는데 자구만 손이 떨렸다. 10시가 다 되었을 무렵에 정환이 도서관에 나타났다. 수아는 마음이 놓였지만, 왜 늦었는지 묻지 않았다. 정환이 말했다.

"늦었지예? 어젯밤에 친구놈이 다리에 총을 맞았어예. 생명에는 지장이 없지마는 평생 절름발이로 살아야 될지 모르겠어예."

"큰일이네요. 어쩌다가요?"

"담배 가게에 갔다가 시위대에 휩쓸리는 통에, 어쩌다가 총까지 맞았어예."

정환은 그자식 이제 큰일났다며 한숨을 푹 쉬고는 강의 시간에 늦겠다면서 총총거리며 사라졌다. 정환이 나가고 난 다음에야 수아는 제정신으로 돌아왔다. 어쨌거나 정환이 무사했다. 이게 무슨 감정인지 모르지만, 같은 공간에서 마주치는 사람이니 걱정되는 것은 당연하다고 생각했다.

학교에서 정환 만큼 친한 사람도 없지 않는가.

부통령당선자 이기붕이 마산 시위사태 대하여, 경찰이 국민에게 총을 난사한 것에 대하여 기자회견을 열어 입장을 밝혔다.

— 총을 줄 때는 쏘라고 준 것이지 가지고 놀라고 준 것은 아니다.

재민은 이리저리 뛰어다녔다. 학교 학생 중에 3월 15일부터 학교에 나오지 않은 학생이 세 명이었는데 한 명은 병원에서 찾았고, 또 한 명은 사망자에 포함되었는데 또 다른 한 명은 아직도 찾지 못했다고 했다. 남원이 고향인 그 학생의 어머니까지 합세하여 백방으로 수소문하며 뛰어다니고 있었지만 찾아낼 수 없다고 했다. 재민은 날마다 곤죽이 되어서 집으로 돌아왔다. 수아는 그저 그러려니 했다. 재민이나 순분이 무사한 것이 고마울 따름이었지만 재민 앞에서는 내색하지 않았다. 어쨌거나 시위는 잠잠해지고 있었다. 수아는 도서관 일에 열중했다. 시간이 나면 『청록집』에 실린 시들을 외우기도 하고, 『우리말큰사전』에서 낱말들을 찾아보기도 하고, 우리문화 총서에 실린 민속과 전래문화 목록에 실린 것 중에서 알고 있거나 경험한 것을 비교해 보기도 했다. 재미났다. 혼자서 살짝 웃기도 했다.

재민이 그렇게 찾아다니던 학생이 4월 11일 아침나절에 마산 중앙부두 앞바다에서 떠올랐다. 한 쪽 눈에 최루탄이

수아의 산수화

박힌 참혹한 모습에 시민과 학생들이 분노했다. 오후부터 시작된 시위는 늦은 밤까지 계속되었다. 경찰이 쏜 총에 시민 2명이 사망했다. 시위는 더욱 가열되었다. 재민은 밤이 이슥해서야 집에 돌아왔다. 왼팔이 피투성이었다. 놀란 수아와 순분이 재민의 윗옷을 벗겨냈다. 팔꿈치 아래 손가락 두어 마디만큼 찢겨있었고 옷과 살에 피가 엉겨붙어있었다. 순분이 약솜으로 피를 닦아냈다. 상처에 빨간약을 바르고 붕대를 동여매는 순분의 손이 떨리고 있었다. 시위하는 학생에게 경찰이 각목을 휘둘렀고, 경찰과 몸싸움을 했는데, 그 각목에 못이 박혀있었던 모양이라고 재민이 태연하게 말했다. 수아는 가슴이 덜컹 내려앉는 듯했다. 담임을 맡고 있는 반 학생들이 다칠까봐, 학생들과 같이 행동을 하다 보니 어쩔 수 없는 일이라는 생각이 들었다. 재민이야 그렇다하더라도 순분에게는 여간 걱정스러운 일이 아니었다. 임신초기인 순분이 학생들을 보호한답시고 시위대 앞으로 나섰다가 넘어지기라도 하면 큰일일 터였다. 불상사는 예기치 않게 찾아오는 경우가 많으니까. 되도록 곁에서 순분을 감시해야겠다고 생각한 수아는 정한에게 부탁하여 며칠의 말미를 얻어야겠다고 생각했다.

이튿날 수아는 일찍 집을 나섰다. 시내거리에는 군데군데 사람들이 모여있었다. 도서관 문을 열었지만 정환은 보이지 않았다. 매일 하듯이 서가를 한 번 둘러본 수아는 광장으로 나갔다. 산자락에 자리 잡은 탓에 광장에 서면 마산시가지가 훤히 내려다보인다. 거리에는 까만 옷을 입은 학생들이 줄지어 시청 쪽으로 가고 있었다. 막 교문으로 들어선 학생들이 수아 곁을 지나치면서 말했다.

"마산시내 고등학교 학생들은 다 나온 거 같다. 학교 별로 교복을 챙겨 입고 질서정연하게 행진하고 있더라. 경찰들이 막지만 학생들은 계속 행진하고 있어."

"우리도 참가해야겠지."

오후가 되자 해인대학 학생들이 속속 광장으로 모여들었다. 도서관에서 학생들 몇이 책을 보고 있다가 후다닥 뛰어나갔다. 수아가 흐트러진 책들을 정리하는 사이에 정환은 나무판에 붉은 물감으로 글을 써 넣고 있었다.

— 피로서 찾은 자유! 총칼로서 뺏을 소냐!

정환이 피켓을 들었다. 이삼백 명이나 되는 학생들이 시위에 나섰다. 수아는 정환과 같이 서 있다가 시위대에 휩싸였다. 자신도 모르는 사이에 독재정권 타도하자! 외치고 있었다.

마산시민과 학생들의 외침은 전국으로 퍼져나갔다. 마침내 마산경찰서 경비주임 박이 체포됐다.

폭풍 같던 4월이 지나고 5월이 되었다. 세상은 또다시 푸른빛이 감싸고 있었다.

오늘은 5월 6일이고, 금요일이다. 마산경찰서 경비주임, 박가 그 자가 체포된 지도 열흘이 지났다. 그자는 많은 독립군을 잡아서 고문하여 죽였다. 그 자의 음모로 외할아버지가 살해되었다. 외가댁을 풍비박산 만들었고 외삼촌의 삶을 뿌리까지 뽑아버렸으며, 어머니를 불행하게 만들었다. 그것도 모자라 꿈 많은 고등학생의 눈에 최루탄을 박아 죽인 그 자는 대통령이 하야한 다음 날인 4월 27일에 검거되었다.

아직도 수아는 어머니에게서는 이렇다 할 소식 한 장 듣지 못했다.

수아는 그동안 도서관의 책들에 파묻혀 지냈다. 딱히 친하게 지내는 친구도 소속도 없었던 터라 같이 어울려 배구를 한다거나 놀러 다니거나 할 처지도 아니었다. 무엇보다 수아는 도서관이 정말 좋았다. 하루 종일 있어도 지루한 줄 몰랐다. 일요일이면 가방에 책 두어 권 챙겨 넣으면 그저 행복했다. 월요일 종일토록 방안이나 마루에서 편안한 자세로 드러눕거나 엎드리거나 혹은 앉아서 줄곧 책을 읽었다. 햇볕이 마루까지 올라왔다가 슬그머니 내려가는 것을 지켜보다가 마지막 햇살 한 주먹이 남았을 때, 햇살 속으로 한 발을 슬쩍 들이밀기도 했다.

아무튼 수아는 책을 손에 들고 있으면 다른 것은 그 무엇도 거의 눈에 들어오지 않고 생각나지도 않은 기이한 경험에 도취해있었다. 자신의 그 모습이 스스로 좀 멋쩍고 부끄러웠다. 도서관에서는 책을 읽다가도 문득 고개를 들어 주위를 둘러보고는 했다. 누군가 지켜보는 듯했기 때문이다. 그제까지 김동리와 황순원 단편집을 읽은 수아는 오늘부터 세계문학전집에 눈독을 들였다. 마침 을유문화사에서 출판한 세계문학전집이 도서관에 들어와 있었었다. 수아는 제1권 토마스 만의 『마의 산』의 첫 장을 펼치고 읽어나가기 시작했다.

— 한 평범한 젊은이가 한여름에 고향 도시인 함부르크를 떠나 그라우뷘덴주의 다보스 플라츠로 가는 여행길에 올랐다. 그는 3주 예정으로 누군가를 방문하러 가는 길이었다.

함부르크에서 그곳까지는 먼 여행으로…….

따르릉, 소리가 들려왔다. 책에서 눈을 떼고 밖을 내다보았다. 빨간색 자전거가 도서관 앞에 멈췄다. 베레모를 삐딱하게 눌러쓴 젊은이가 자전거에서 내리지도 않고 소리쳤다.

전보요!

— 모귀래속래바람.

세상에나! 기적처럼, 아니, 거짓말처럼 어머니가 돌아왔다는 소식이었다.

수아는 정환에게 도서관 일을 부탁했다. 토요일과 일요일은 집안에 급한 일이 있어서 고향에 가야한다는 말을 수아는 들뜬 목소리로 빠르게 말했다. 평소답지 않은 수아의 목소리가 심상치 않게 들렸을까? 정환이 걱정스러운 얼굴로 물었다.

"나쁜 일은 아니지예?"

"예, 좋은 일이에요."

시위 때 다친 다리를 절뚝거리며 정환이 쾌활하게 말했다.

"그럼 됐어예. 여기 일은 걱정 마이소."

대문 안으로 들어섰지만 집안은 인기척 없이 조용했다. 사랑 앞에서 할아버지를 불렀다. 대답이 없다. 수아가 사랑 문을 열었다. 할아버지가 요 위에 반듯한 자세로 누워 있었다. 평소에 잘 눕지 않았던 할아버지인지라 수아는 깜짝 놀랐다.

"할아버지, 어디 편찮으세요?"

수아의 목소리에 재민과 순분이 사랑으로 들어섰다. 할아버지가 눈을 떴다. 할아버지의 기력이 많이 쇠약해 보였다. 천천히 몸을 일으킨 할아버지가 수아와 재민, 순분을 둘러보고는 빙그레 웃으며 말했다.

"지금들 왔어?"

"예, 괜찮으세요?"

재민이 할아버지 앞에서 앉으며 말했다.

"아직은 괜찮다. 잠깐 오수를 즐겼을 뿐이란다. 그래, 수아, 도서관 일은 재밌쟈?"

"예, 재미있어요. 제가 책 읽기를 좋아하는 줄 미처 몰랐어요."

"보기 좋구나. 새아가도 잘 있었지? 마산에 큰일이 터졌다는 소식을 듣고 놀랐다. 다들 무사해서 좋구나."

"예, 할아버지. 걱정 드려서 죄송해요."

순분의 대답에 이어 재민이 말했다.

"그런데 어머니 아버지가 안 보이네요."

"댕기들판 논에 갔다. 아범이 어멈에게 논밭부터 보여주고 다니더라. 아범이 밖으로 나돌지 않고 농사에 마음 붙이기로 한 모양이라서, 어쨌든 좋구나."

"너무 걱정하시지 마세요, 할아버지. 아버지도 느끼신 게 많을 거예요."

재민이 할아버지 손을 어루만지면서 말했다.

마당에서 인기척이 났다. 수아가 사랑 문을 열었다. 마당에 어머니 아버지가 서 있었다. 어머니는 야위고 초췌한 모습이었다. 얇은 무명적삼 아래로 앙상한 빗장뼈가 도드라지게 솟아있었다. 어머니가 처음 만나는 며느리 순분의 두 손을 꼭 잡았다. 어머니의 눈에 물기 같은 게 살짝 비쳤다가 사라졌다. 수아는 왜인지 모르겠지만 그렇게 오매불망 그리워한 어머니가 눈앞에 있는데도 덥석 안기지 못하고 있었다. 어쩐지 어머니가 낯설었다. 이미 어머니와 수아 자신은 전혀 다른 세계에서 살고 있는 듯이 생각되었다. 또, 행여 그러한 마음을 어머니에게 들키게 될까 염려되기도 했다. 수아는 자신의 마음을 어떤 말로서 어떻게 표현해야 할지 갈등하다가 어머니 등 뒤로 다가갔다. 두 팔로 어머니를 꼭 껴안았다.

저녁을 먹은 후 온 가족들이 사랑에 모였다. 숙부와 숙모
도 왔다. 사랑 문을 활짝 열었다. 우물가 감나무 아래 감꽃
이 하얗게 떨어져 있었다. 바람결을 타고 날아온 아까시아
꽃내음이 은은하게 콧속으로 스며들었다. 어머니가 입을
열었다.

"아버님, 거듭 쇠송합니더."

"괜찮다. 네 잘못이 아니다."

"워낙 쇠심줄 같은 자였습니더."

어머니의 거듭된 말에 할아버지가 말머리를 돌렸다. 순분
을 바라보면서 말했다.

"새아가는 홀몸이 아니라 많이 힘들 거다. 재민아, 얼른
건넌방에 가서 쉬게 해라."

재민이 순분과 나가자 할아버지가 수아에게 물었다.

"그래, 수아야. 무슨 공부를 할지 정했느냐?"

"예, 글공부를 해볼까하고 있어요. 저하고 맞을 듯해요."

"좋은 생각이구나. 이제 그만들 가서 쉬어라. 피곤하구나."

할아버지의 장례를 치렀다. 할아버지는 지난 겨울 수아가
짠 삼베로 만든 수의를 입고 가셨다. 할머니 옆에 쌍분으로
모셨다.

삼우제도 올렸다.

어머니가 돌아오고 가족들이 모두 모였던, 그 때가 수아

가 본 할아버지의 마지막 모습이었다. 수아가 마산으로 떠나온 그 이튿날 아침에 아버지가 사랑 문을 열었을 때 할아버지는 이미 돌아가셨다고 했다. 처음엔 믿기지 않았다고 했다. 그만큼 할아버지의 얼굴은 생시와 다름없었다는데, 수아가 도착했을 때도 할아버지의 얼굴은 편안해보였다.

사람들이 말했다. 어르신이 큰 자부 얼굴 보고 가시려고 기다렸다고. 할아버지 친구 분들이 거의 다 돌아가시어 소식을 전할 곳이 많지 않았다. 아버지도 간소하게 장례를 치르자는 숙부의 의견에 따랐다. 한동안 정신을 차릴 수 없었다. 울음도 나오지 않았다. 다만 할아버지가 보여주신 그 지극한 사랑만이 가슴속에서 자꾸만, 자꾸만 들끓었다. 수아는 세상 하나가 통째로 사라져버린 듯한 깊은 공허감에 시달렸다. 그렇게 허전할 수가 없었다.

다만 어머니가 너무 애통해 하는 것이 안타까웠다. 어머니는 자신 때문에 할아버지가 돌아가셨다고 생각하는 듯했다.

도서관에 출근하기까지 한 주일이 걸렸다. 서가의 책을 정리하고 있던 정환이 반가워했다. 할아버지가 돌아가셨다는 소식을 듣고 많이 놀랐다고 말했다. 문상을 가려다가 그만두었다는 말도 덧붙였다. 정환이 계속 주저리주저리 떠들었다. 서먹하거나 어색할 때 정환은 떠드는 버릇이 있었다. 그러다가 생각난 듯 신문을 가져와서 탁자 위에 펼쳐놓고 말했다.

수아의 산수화

"이 군인아저씨 저번에 수아씨 찾아왔던 사람 맞지예?"

수아는 신문을 내려다보았다. 스무 명 남짓한 군인들의 사진이 대문짝만하게 실려있었다. 젊은 군인들이 두 줄로 나란히 앉거나 서 있는 사진이었다. 앞줄 중앙에 강두석이 턱하니 버티고 앉아있었다. 뒷줄 귀퉁이에 서 있는 유근이 보였다. 사진 아래쪽에 설명이 적혀있었다.

〈육사졸업 장교들이 현 국방부장관에게 정군을 건의하였으나 국방부장관을 만나지 못하자, 충무대에서 군사정변을 결의하였다〉

정환이 말했다.

"군인들 움직임이 심상치 않다는 소문이 떠돌고 있어예."

"설마 군인들이 쿠데타 같은 걸 일으킬 리 있겠어요?"

"세상일은 알 수 없다고예. 저는 영장 나와서 군대 가야 하는데 걱정입니더."

"언제요?"

"아직 시간이 좀 있심더. 연기해야 되는데예, 신청하면 받아줄랑가 모르겠네예."

학생들과 정환이 강의시간이라며 도서관을 나갔다. 몇몇이 남아서 드문드문 앉아있었다. 과제를 하거나 책을 읽거나 했다. 수아는 자신의 옷매무새를 쓰윽 훑어보고는 대출대에 앉았다. 읽던 책을 덮고 공책과 연필을 꺼내들었다. 할아버지에 대한 기억이 가물거리기 전에, 잊어버리기 전에 조금씩이라도 적어두어야겠다고 생각했다. 그때 도서관 앞에 서 있는 배롱나무가 살랑, 가지를 흔들었다. 어디서 날아왔는지 새 한 마리가 우듬지 바로 아래 가지에 앉아있었다. 처음 보는 새였다. 새가 포로롱, 소리를 내면서 날아올랐다. 파란 날개에 배는 하얗다. 신비로운 느낌을 주는 새였다. 나무에서 눈을 땐 수아가 공책을 펴고 글을 쓰기 시작했다.

　— 배롱나무 우듬지 바로 아래 가지에 날개가 파란 새 한 마리가 앉았다. 신기하고 묘한 느낌을 준다. 한참동안 올려다본다. 문득 새가 포로롱, 소리를 내면서 날아올랐다. 어쩌면 할아버지 넋이 새가 되어 찾아온 것은 아닐까? 지난 정월대보름 전날 할아버지가 기함으로 쓰러지셨다. ✶

장엄한 낙조(落照)를 그리는 풍속화(風俗畵)

1

대학 진학을 한 뒤, 내가 나름 비로소 인문학도가 돼 가고 있다는 느낌을 스스로 가질 수 있었던 것은 난생 처음 인류학 강좌를 만나고 거기서 접하게 된 레비스트로스의 『슬픈 열대』에 깊이 빠져 들던 때부터였다고 생각한다.

대학 초년생이 가지는 순진한 감성과 왕성한 지적 호기심을 어루만져주는 데 있어 인류학만한 게 없을 성싶었는데 이는 인류학 탐구에 생애를 걸었던 레비스트로스도 마찬가지였던 듯하다. 인류학은 세계의 역사와 그 자신의 역사를 재결합시켜주고, 세계와 그 자신이 공유하는 동기를 동시에 해명해 준다고 믿었던 그는 인간의 다양한 습관, 태도, 제도를 연립한 인류학 가운데서 자신의 삶과 성격을 조화시킬 수 있다는 믿음도 가졌다.

이제는 상식화 되었지만, 당시만 해도 나에게는 세계를

343

문명과 미개(야만)로 나누는 우열논적 양분법이 서구인들의 편협한 세계인식의 표출에 지나지 않는다는 그의 자기성찰적 비판이 놀라운 개안으로 다가왔다. 레비스트로스는 서구의 '문명'과 비서구의 '미개'를 별개의 것으로 논하던 종래의 습관을 벗어나서 이 둘이 하나의 체계 속에서 관계를 맺고 있음을 발견하는 탁월한 시각을 가졌으며 문명과 미개가 모두 서구인의 욕망이 발명한 상상의 실체에 불과하다는 것을 우리에게 일러주었던 것이다.

각론에서도 그랬다. 예컨대 종족들 사이에 오래 지탱해온 근친금혼의 제도가 실은 교환구조를 통해 호혜성의 원칙을 지키려는 결혼제도의 양상임을 설파하는 대목에서도 인간관계와 제도의 본질을 관통하는 그의 혜안을 만날 수 있었다. 레비스트로스는 친족체제의 기능은 남녀의 성적 결합이나 위계질서의 유지보다는 집단의 사회적, 경제적 이익을 더 중시하며 여기에 필연적으로 근친금혼이 개입돼 있다고 보았다. 즉 경제생활에 있어서 재화와 용역의 순환과 흡사한 '여자의 자유로운 순환'을 위해서도 그에 저해되는 근친결혼은 금기시 될 수밖에 없었다는 주장이다. 그에 따르면 집단들은 여자를 집단간 교환할 수 있는 기호로 간주하며 이 기호들을 교환함으로써 서로가 공통적인 유대와 협력관계를 얻을 수 있다고 보았다.

서구 구조주의 철학의 근간을 세우는데 핵심적 기여를 한 레비스트로스의 인류학 탐구서가 바로 『슬픈 열대』인데 이

수아의 산수화

는 그가 1937년부터 1938년까지 브라질에 체류하면서 내륙 열대원시림 부족들 즉 카두베오족, 보로로족, 남비콰라족, 투피 카와이브족에 대한 현지 조사와 연구를 행하는 과정을 기록한 저서다. 이를 통해 레비스트로스는 그동안 개척과 개화의 기치를 쳐든 서구문명이 얼마나 잔혹하게 브라질 열대 밀림지역을 관통하였는가를 증언한다. 단순한 식민지 지배 문제만이 아니라 나름의 원칙과 관습으로 자족해온 원주민들의 문명을 서구 방식으로 철저히 해부하고 유린하여 마침내 흥밋거리로 치부해버린 비참한 현실에 대한 분노와 연민이 점철돼 있는 기록이기도 하다.

열대 밀림을 찾아들었던 서구인들 즉 침략자, 탐험가, 선교인 그리고 인류학자들, 그들이 마주한 원주민 부족의 삶은 또 하나의 풍경에 지나지 않았다. 그들의 삶 자체는 이미 문명 혹은 미개와 전혀 상관없는 것임에도 불구하고 바라보는 이의 시선에 의해 파괴, 교화의 대상이 되는가 하면 존중, 친화의 상대가 되기도 한다는 점을 통렬히 지적하고 있었던 것이다. 진정한 풍경의 발견은 외부를 향한 것이 아닌 오히려 내면을 향한 시선에서만 가능하다는 점을 일깨워 준다.

숙부가 수아의 손을 꾹 누르면서 소반 위의 칼을 잡았다. 칼날이 둘째마디에서 손톱 쪽으로 조금씩 옮겨갔다. 조심조심 옮겨가던 칼끝은 손톱이 시작되는 곳 조금 못 미쳐서 잠시 멎었다가 다시 움직이더니, 첫째마디 쯤에서 멈췄다. 숙부가 칼날을 세웠다. 손등을 덮은 숙부의 손바닥이 땀에 젖은 채 미세하게 떨렸다. 겁이 났다. 숙부를 슬쩍 쳐다보았다. 숙부의 표정은 더욱 굳어있었다. 단칼에 조카의 손가락 끝마디를 잘라내지 못할까를 염려하는 숙부의 마음을 느낄 수 있었다. 숙부와 눈길이 마주치자 수아가 고개를 끄덕였다. 그리고 두 눈을 꼭 감았다.

뜨거운 불에 덴 것처럼 화끈했다. 활활 타오르는 불길에 살점이 타들어가는 듯했다. 곧이어 매서운 통증이 시작되었다. 무서웠다. 눈을 뜰 수조차 없었다. 잘려나간 손가락을 본다는 사실에 겁이 났다. 자신도 모르는 사이에 악 하고 소리쳐서 일을 그르치게 된다면? 그것이야말로 두려운 일이었다. 그렇지만 수아는 용기를 냈다. 눈을 똑바로 떴다. 새빨간 선혈이 뭉툭하게 잘린 약지 끝에서 주르르 흘러내리고 있었다. 숙부가 할아버지의 몸을 아주 조금 일으켜 안고서, 피가 엇나가지 않고 오롯이 할아버지 입속으로 흘러들어가도록 애쓰는 게 보였다. 선혈은 막힘없이 흘렀고 알맞은 각도에서 할아버지의 입속으로 자연스럽게 흘러들었다. 수아는 조금 어찔했다. 몸속의 기운이 모두 빠져나가는 듯도 했다. 첫닭 우는 소리가 들렸다.

— 009~010p 인용

심우정 장편소설의 맨 앞머리를 꾸미고 있는 장면이다. 이른바 '정성단지(精誠斷指)' '단지효성(斷指孝誠)'의 극적 장면묘사다. 병세 위중한 할아버지를 살리기 위해 젊은 손녀가 손가락 자르기를 자청하고 숙부가 그 청을 받아들여 일을 단행하고 있다. 이게 도대체 어느 시대의 이야기인가? 조선조 세종 때, 숙종 시기의 이야기인가? 아니다. 고소설(古小說)이 이렇듯 찬찬히 또 생생하게 그려질 수 없다. 20세기 현대소설의 한 토막이기에 그렇다. 그런데 어떻게 '말도 안 되는 얘기'를 이렇게 능청스럽게 풀어놓을 수 있단 말인가. 앞길이 만 리 같은 손녀가 늙은 할아버지의 목숨을 구한다고 손가락을 자르다니! 이거야 말로 위력에 위한 폭력이다. 자녀 폭행이다. 사람의 피를 마시면 죽어가던 사람이 깨어난다는 근거는 어디 있는가? 피의 성분이 무엇인데? 그렇게 함부로 손가락을 자르다니, 2차 감염이라도 생기면 어떡하려고? 미신과 야만이 범벅된 이야기를 소설이라고 버젓이 포장하고 있는 까닭이 무엇인가? ―독자들 가운데는 이런 비난을 퍼부을 이들이 으레 있을 수 있다.

그래서 앞서 나는 풍경 이야기를 했다. 이 장면도 풍경의 한 단면에 지나지 않는다. 작가는 그 풍경을 여실히 보여주기만 할 뿐 '이런 정성이라도 보이는 것이 자식된 도리다'라거나 '현대에 와서는 이러한 무모한 짓거리는 해서 안 된다' 식의 의견개진은 추호도 하지 않는다. 대상이 되는 풍경을 어떤 시선으로 바라보느냐 하는 것은 독자의 몫이다. 그러나 생각해 볼 바는 분명 있다. 우리는 조선시대의 효자, 효녀 이야기를 통해서 이런 이야기를 숱하게 접했다.

손가락 자르기보다 훨씬 엄청난 일을 치른 자녀 얘기들을 들으면서 미담으로 여기기까지 했다. 그런데 시대와 사회가 바뀌었다고 해서 그 '아름다운 이야기'가 미신과 야만으로 치부되는 이유는 무엇인가? 과학적 인식의 보편화, 현대적인 윤리의식의 계발(啓發) 때문인가? 그렇다면 '과학적' '현대적'인 것은 다 옳고 바른 것인가?

심우정의 소설 쓰기, 풍경화 그리기의 기본적 자세도 결국은 이러한 질문법과 연관이 있다.

2

이 소설의 시대적 배경은 서기 1959년 한 해이며 그 공간은 영남지역 한 촌락의 반가(班家)와 그 주변이다. 정치, 사회적으로 보자면 식민지시대를 벗어난 지 14년, 한국전쟁이 휴전상태로 접어든 지 6년째 되는 때다. 사사오입 헌법 개정으로 제3대 대통령이 된 이승만이 또 한 번의 대통령이 되기 위해 3·15 부정선거를 획책하던 직전 해이며 이승만이 자신의 정치적 라이벌이었던 조봉암을 간첩혐의로 처형한 그 해이기도 하다. 나라의 경제는 1인당 국민소득이 55달러에 지나지 않는 극빈국 처지에 지나지 않았다. 헐벗고 굶주린 아동들은 미국민이 제공하는 잉여농산물과 의복으로 간신히 허기와 추위를 견뎌내기도 했다.

수아의 산수화

어리고 배고픈 자식이 고향을 떴다

— 아가, 애비 말 잊지 마라
가서 배불리 먹고 사는 곳
그곳이 고향이란다
— 서정춘 「30년 전-1959년 겨울」

30여 년 전에 발표된 한 시인의 짧은 시편이 그 1959년
겨울의 상황을 잘 일러주고 있다. 어린 시절이었지만, 필자
도 그 시기를 생생하게 기억하고 있다. 저녁 6시 무렵이면
마을 앞 철로에 군용열차가 지나갔다. 부산에서 서울로 가
는 미군열차. 때가 되면 마을 아이들이 철로 양쪽에 줄지어
서서 열차를 기다렸으며 이윽고 화차가 굉음을 뿜으며 달
려오면 아이들은 누구랄 것도 없이 길길이 뛰면서 소리를
질러댔다. "기브 미 쪼꼬레또!(초콜릿)."

그러나 그 해의 이야기를 다루고 있지만 심우정의 소설에
서는 그 배고픈 얘기들이 없다. 학교도 못 간 비렁뱅이 아
이도, 겨우 학교는 다니지만 펌프 물로 점심을 때우거나 강
냉이 죽을 배급받는 학동들 모습도 보이질 않는다. 더러 문
둥이에 쫓기는 아이, 불발탄을 갖고 놀다가 사고를 당하는
소년들이 그려지긴 하지만 이 또한 제법 목가적 분위기를
배경으로 하고 있을 따름이다.

숙모가 큼직한 대야 두 개에 각각 송기와 쑥을 담았다. 찹쌀가루를 송기와 쑥에 넣고서, 비벼가면서 골고루 섞었다. 숙모가 가마솥에 시루를 걸었다. 송기떡과 쑥떡을 쪘다. 콩으로 만든 고물은 미리 준비해두었다. 깨끗하게 씻은 대두를 볶았다. 숙부가 정미소에서 밀가루 빻는 기계에 내렸다. 콩고물은 디딜방아에 찧은 것보다 훨씬 부드럽고 고소했다. 노란색도 하얀색도 아닌 노리끼리한 색깔의 콩고물이 고소한 냄새를 사방으로 흩날렸다. 숙모가 일감이 줄었다고 좋아했다.

"디딜방아 찧어서 콩고물 내려 봐라. 하루 종일 걸릴끼다. 다리가 죽어난다."

숙모가 하하 웃으면서 말했다.

시루에 찐 송기찰떡과 쑥찰떡을 식기 전에 절구통에 넣고 찧었다. 떡매질은 숙부가 했다. 숙모는 숙부 옆에서 찰떡이 절구통에 눌러 붙지 않게끔 가장자리에 연신 물을 발랐다. 숙모의 이마와 콧잔등에 땀방울이 대롱거리다가 바닥으로 떨어졌다. 숙부가 절굿공이로 차지게 매질한 덕분에 송기떡과 쑥떡은 끈기가 있었다. 윤이 나면서 반들거렸다. ― 042~043p 인용

서술만 보면 빈곤, 기아, 헐벗음과는 상반되는 풍요, 윤택의 살림살이가 느껴진다. 떡을 만들려고 해도 쌀이 있어야 하고 고물을 쓰려 해도 콩이 있어야 했다. 물론 전답을 넉넉히 지닌 부농(富農)의 경우는 어려운 시대에도 '고소한 콩고물 냄새를 사방에 날리는' 여유로운 삶이 가능했다.

수아의 산수화

이렇듯 심우정 소설에 그려지는 농촌 농가의 살림 규모는 대다수 서민, 영세농의 그것과는 상당히 이질적인 양상을 띠고 있는데 이 또한 작가가 가진 시선의 차이에서 기인하는 것이지 상황의 진위문제와는 상관이 없다.

연이은 가뭄과 홍수, 전염병의 창궐 같은 자연재해는 물론 탐관오리의 수탈로 피폐한 삶을 이어갈 수밖에 없었던 조선시대 농촌사회에서도 태평연월의 분위기가 물씬 풍기는 「농가월령가」 같은 노래는 끊임없이 불려지고 있었다는 사실을 주목해 볼 필요가 있다.

농부의 힘 드는 일 가래질 첫째로다/ 점심밥 잘 차려 때맞추어 배 불리소
일꾼의 집안 식구 따라와 같이 먹세/ 농촌의 두터운 인심 곡식을 아낄소냐
물꼬를 깊이 치고 도랑 밟아 물을 막고/ 한편에 모판하고 그 나머지 삶이 하니
날마다 두세 번씩 부지런히 살펴보소
— 농가월령가 3월령

한편, 소설에서 당대의 빈곤, 결핍의 문제가 직접적으로 드러나지 않는다고 해서 혼란한 정치, 사회상을 그리는 것도 아니며 이데올로기 문제를 정면으로 끌어오지도 않는다. 되레 이 모든 것들은 수묵화의 여백처럼 풍경의 뒷전에

은은하게 숨어있다.

따라서 이 소설은 정통의 비판적 리얼리즘 소설로의 접근 자체를 거부하는 자리에 위치해 있음을 암시해 준다.

3

앞서 밝힌 것처럼 사물, 사건, 시대를 바라보고 읽는 시선은 작가 마다 다를 수밖에 없으며 그 다름이 곧 작가의 개성 그리고 세계관이 된다. 한국현대사에서 서기 1959년의 의미성을 내세운 심우정의 소설에서 왜 조봉암의 억울한 죽음은 조명되질 않고 사소하기 짝이 없어 보이는 동짓날 쥐불놀이 이야기며 꽃상여 구경 같은 얘기들이 그렇게 세밀하게 그려지고 있느냐는 항변은 그래서 의미가 없다.

라캉(Lacan)에 의하면 린네(스웨덴. 박물학자)의 분류법으로 정의된 고양이는 내가 우리 집에서 키우고 있는 '검은 털의 고양이'와는 전혀 다른 의미의 고양이다. 즉 린네의 고양이는 고양이과의 야행성·육식성 포유동물이다. 계통적으로 구분하면 동물계, 척살동물문, 포유류강, 식육목을 거쳐 고양이과에 이른 그 어떤 녀석이다. 따라서 고대 이집트에서는 고양이가 신성한 동물이었다거나 오랜 세월 인간과 관계를 맺어왔다는 식의 이야기 등은 끼어 들 틈이 없다. 그리하여 '고양이'는 생물의 보편적 분포에 따라 분류학상 의미로 이해된 특정 용어에 지나지 않는다. 묘사의 네 가지 변수 즉 형태·수·기질·크기를 기초로 구축된 이들은 언어와 시선에 의해 거의 일률적으로 탐색될 뿐이다. 이 과정에서 생명은 생생한 내용이 사라지고 단지 분류상의 단순한 경계로 표시된다.

이러한 시선의 지배는 곧 관계를 지배하는 질서가 된다. 인간이 자연이나 사물을 대상화하는 시선 자체가 특권적 지위의 단적인 표현이다. 라캉이 보기에는 하찮아 보이는 통조림 깡통조차 시선의 관점에서 일방적 대상이 아니다. 인간의 시각이 독립적 기능이 아니라 빛의 기능에 의존하듯이 빛의 초점에서 사물과 우리는 서로를 응시하는 관계다. 문학작품 역시 저자와 독자가 서로 만나 응시를 길들이는 장으로서 절대적인 단 하나의 해석을 거부한다.

이를 빌리자면, 심우정의 소설적 응시는 지나간 시대 즉 1959년으로 대표되는 한 시대의 풍속(風俗)에 집중돼 있다. 우리네 조상 대대로, 수백 년간 이어져 오던 보편적 삶의 편린 하나하나를 영상으로 남겨놓듯이 언어로 재현한다는 표면상 이유가 우선 전면에 드러난다. 그것은 이미 사라져 없거나 희미하게 흔적만 남아 있는 것이기에 더욱 의미화하기 쉽다.

수아는 베틀에 앉기 전에 약간 두려웠다. 북 속의 씨실이 잘 빠져나오지 않으면 어떻게 하나, 중간에서 씨실이 끊어지면 어떻게 하나, 염려가 앞섰다. 숙모가 수아를 앉은개에 앉히고 허리에 부티를 둘러주었다. 부티끈을 잡아당겨 수아의 배 바로 앞에 있는 말코에 매었다. 수아의 오른발에 베틀신을 신게 하고, 손에는 북을 쥐어주었다. 막상 베틀에 앉아 베를 짤 때는 조금 전의 걱정은 한낱 쓸데없는 기우에 지나지 않았다는 것을 알았다. 정작 어려운 것은 따로 있었다. 수아는 숙모가 하던 대로 따라했다. 오른발에 힘을 주고 베틀신을 당겼다. 눈썹대가 쳐들리고 잉앗대가 올라갔다. 잉아에 끼어있던 날실이 위로 올라가면서 북길이 열렸다. 재빨리 오른손으로 북을 밀어 넣었다. 날실 사이를 뚫고 나온 북을 왼손으로 잡았다. 오른손으로 바디를 배 쪽으로 당기면서 탁탁 쳤다. 턱,턱 소리가 났다. 골목길에서 들었거나 숙모가 바디집을 칠 때 나던 맑고 상쾌한 느낌을 주는 또닥, 소리가 아니었다. 수아는 당겼던 오른발을 밀었다. 베틀신이 벗겨지려했다. 잉아대가 내려갔다. 잉앗줄에 감긴 날실이 내려가고 밑에 있던 날실은 위로 치올랐다. 다시 열린 북길에 왼손에 들고 있던 북을 밀어 넣고 오른손으로 받았다. 왼손으로 바디를 치는데 제대로 힘이 들어가지 않았다. 턱 소리가 났다. 턱, 턱, 턱. 쉽지 않은 일이었다. 씨실꾸리가 담긴 북이 몇 번이나 엇갈리는 날실 사이를 왔다 갔다 했다. 오른손으로 바디집을 칠 때는 그런대로 힘이 들어가서 삼베가 야무지게 엮어지는 듯했지만, 왼손에는 계속해서 힘이 들어가지 않았다. 수아는 자신이 짠 베를 내려다보았다. ─249~250p 인용

수아의 산수화

전통의 베짜기 모습을 그린 부분인데 인용을 좀 길게 해 보았다. 이제는 우리네 농촌사회에서도 찾아보기 어려운 노동의 형태이기에 경제적 효용성과 무관하게 전시대적 유물로 치부될 수밖에 없다. 노동의 형태와 내용만 그런 것도 아니다. 북, 앉은개, 부띠끈, 말코, 잉아대 등등 사용되는 우리 언어가 외래어 마냥 낯설고 어색하다. 오늘날 우리네 의복생활과 상관도 없는 베짜기임에도 불구하고 작가는 굳이 눈에 보이듯이 섬세하고 치밀하게 묘사하고 있는 까닭이 무엇일까. 베짜기 뿐이랴. 혼례, 제사, 장례와 같은 집안 대사는 물론 음식, 의복, 놀이, 예절 등 생활상 전반에 걸쳐 이러한 시선이 투입되고 끈질긴 재현이 시도된다.

잔디밭에서 새파란 잔디가 올라오기 시작하면 배고프고 입이 심심한 아이들은 삘기를 뽑아 먹었다. 볼록하게 배동이 부풀어 오른 삘기를 쏙쏙 뽑아서 입에 넣고 잘근잘근 씹으면 달짝지근한 즙이 입 안 가득해졌다. 삘기철이 가면 아이들은 나무의 새순들을 따 먹었다. 통통하게 살이 오른 찔래순은 달착지근하고 소나무순은 조금 새콤한 짠맛이 돌았다. 지금은 오디와 깜부기뿐만 아니라 밀이나 보리도 구워먹을 수 있다. 비록 배는 고팠지만 아이들에게 요즘처럼 신나는 계절이 또 있을까. 동네 아이들은 끼리끼리 모여서 밀사리나 보리사리를 했다.

— 071p 인용

봄날, 산야를 쏘다니며 나름의 군것질을 찾아 먹고 노는 당시 아이들의 모습을 그리고 있는 부분도 마찬가지다.

팔산아저씨는 고무신과 우비를 사려고 읍내 오일장에 갔다가 용주에 사는 군대친구를 만났고, 반가운 마음에 술을 마시다가 밤늦게 집으로 돌아오는 길이었다. 거나하게 취해서 무서운 줄도 모르고 흥얼흥얼 걷는데 도깨비와 딱 마주쳤다. 아천과 검은들 두 동네 사이에 있는 오리목에서 도깨비를 만났는데, 키가 전봇대만한 도깨비가 앞에 딱 버티고 서서 씨름을 하자면서 덤벼들었다고 했다. 다행히 팔산아저씨는 도깨비와 씨름을 할 때는 반드시 도깨비의 왼발을 걸어야 이길 수 있다는 걸 알고 있었다. 아저씨는 장대 같은 도깨비의 왼발을 걸었다. 단숨에 이길 수 있었다. ─ 243p 인용

그 시대에는 우리네 산하 곳곳마다 이러한 도깨비들이 살고 있었기에 팔산아저씨의 이야기도 결코 '귀신 씨나락 까먹는' 이야기가 아니다.

이렇듯 심우정 소설의 전편을 관통하는 것은 나와 우리가 살았던 한 시대의 풍속들이다. 그것이 전시대의 것이고 지금은 아무 쓸모가 없는 것이라고 해서 함부로 버리고 잊어도 좋을 것이 아님은 자명하다. '과거는 현재를 비추는 거울이다'고 한 카아(E.H.Carr)의 말을 빌려오지 않아도 괜찮다. 오늘을 살고 있는 우리의 삶 자체가 그 과거의 시간과

수아의 산수화

토양을 바탕으로 하고 있음을 누구도 부인할 수 없기 때문이다. 사건의 시간만이 역사가 되는 것은 아니다. 역사에 생기를 불어넣어주는 풍속 또한 역사의 또 다른 이름이기 때문이다. 역사가 풍속을 만드는 것이 아니라 풍속이 역사를 거느린다.

이러한 풍속을 재현함에 있어 작가 심우정은 남다른 자기 특장을 보인다. 여성적 섬세함과 정치함이 돋보이는데다 유려하고 단아한 문체가 어두운 시대의 암울한 이야기마저 온기와 빛으로 감쌀 줄 안다.

풍속이 도드라지다 보니 서사가 약할 수밖에 없다는 점이 지적될 수도 있지만 이는 이 작품의 본체를 제대로 헤아리지 못한 관점이 된다. 그리하여 성장 과정에 의해 가족공동체에서 사회와 역사를 향해 눈을 떠가는 수아며 그 가족과 이웃 인물들이 전개할 이야기는 훨씬 뒷날에 기약하여도 무방하다.

머잖아 다가올 민주혁명과 그에 뒤따르는 산업화, 근대화의 역사 이동을 감안한다면 서기 1959년은 누천년 누려온 봉건제도와 농경사회의 진정한 해체가 시작되는 시기가 될 수 있다. 그 장엄한 몰락을 장식하는 석양빛의 한 가닥으로 이 소설의 자리매김을 할 수 있다. ✶

유년을 놓아주는 송가

고향을 그리워하는 것은 지나간 날들을 보듬어 만지는 일일 것입니다.

사전을 들춰보면 고향이란 자신이 태어나서 자란 곳이라고 쓰여 있습니다. 그곳엔 부모님과 함께 보낸 시간들, 소꿉친구 추억들이 알록달록하게 남아있습니다.

우리들의 고향은 아직도 그곳에 온전히 잘 있을까요? 잘은 모르지만, 아마도 존재하지 않을 듯싶습니다. 물론 지도에 행정적 명칭이야 남아있겠지만, 이미 그곳은 고향이 아닐지도 모릅니다. 왜냐면 그 당시 함께 살았던 부모와 친구와 이웃들을 볼 수 없기 때문입니다. 그 시간대에 그 땅에서 살아가던 그 사람들, 그때의 하늘과 구름, 나무와 풀잎들, 산과 들의 온갖 생물들과 같이 숨 쉬며 함께 살아가던 그들은 오래 전에 죽어서 보이지 않습니다. 이제, 오직 아련한 기억 속에서만이 존재하는 곳, 마음속의 그곳이 고향일 거라는 생각이 문득 듭니다.

수아의 산수화

저에게도 고향이란 곳이 있어서, 찾아가 보았습니다.

비가 조금만 많이 쏟아져도 건너갈 엄두도 내지 못했던 넓지 않은 강에는 시멘트 다리가 놓였습니다. 사람들의 발길에 반질반질하던 징검돌들은 퇴적에 파묻혀 흔적조차 보이지 않습니다. 어머니나 동네 아낙네들이 빨래하던 넓은 돌무더기도, 수양버들이 늘어서 있던 둑 아래 잔디밭도, 장정들이 씨름하던 모래밭도 오간데 없습니다.

골목길과 집의 형태도 많이 변했습니다. 예전에는 볼 수 없었던 집, 양옥인지 한옥인지 족보조차 알 수 없는 집들이 쭉 늘어섰습니다. 시멘트를 발라 포장된 골목길은 번듯했지만, 옛날 골목길의 향취는 느낄 수 없습니다. 산과 들에서 놀다가 집에 들어가기 전에 손발을 씻던 개울, 마을 가운데로 흐르던 개울도 사라졌습니다. 한참을 골목길에 서 있었지만 아이도 어른도 보이지 않고 개 짖는 소리만 요란합니다. 들판도 많이 변했습니다. 구불구불하던 논둑길은 반듯반듯하고 진흙탕이던 농수로와 봇도랑은 시멘트를 발라서 허옇게 말끔합니다.

발전했다고들 말합니다. 생활이 편리해졌다고 합니다.

발전하고 편리해졌다는데, 그런데, 물이 없습니다. 예전에는 곳곳에 물이 흔했습니다. 우렁이와 붕어들이 재미나게 살아가던 농수로와 미꾸라지 매기들의 놀이터였던 봇도랑과 동네 개울까지 사시사철 맑은 물이 흘렀습니다. 물과 편리를 맞바꾸었을까요?

세월 따라 변하지 않는 것은 없습니다. 옛 어른들 몸에 박혀 있던 지엄한 풍습도 사라진 지 오랩니다. 시절을 이길 수도 비껴갈 수도 없지요. 옛날이 좋고 지금이 나쁘다고 이러쿵저러쿵, 가타부타 말하는 것은 천부당만부당한 일입니다. 다만 지금은 너무도 멀리, 아득하게 저 멀리 사라져버린 것에 대한 그리움이거나 애상 같은 것이 문득 가슴을 후려쳤을 뿐입니다. 어쨌거나 어릴 때 보고 들은 것을 본 대로 느낀 대로 서술하려고 노력했습니다.

이 소설은 오래전 떠나왔지만 아직도 떠나보내지 못하여 마음속에서만 꼬물거리는 저의 유년을 놓아주기 위한 송가입니다.

발문을 써 주신 최학 교수님, 졸작을 편집해 주신 황충상 선생님, 깊이 고맙습니다. 고개 숙여 절 올립니다.

항상 든든하게 곁을 지켜주는 황산소설창작회 문우님들과 정완 은경 은영 도준 우민에게 사랑하는 마음을 전합니다.

2022년 12월
심우정